● 坝上的白桦

路边的山溪 ●

●独龙江公路上的隧洞（隧洞凿穿冰川而成）

去珠峰的路●

●穿越高黎贡山 ——几人踩在脚下的是原始森林中刚刚倒下的一棵大树

原始森林中倒卧的巨树●

● 额尔古纳河边的腾跃

京西古道马蹄坑 ●

与俄罗斯族老乡同乐——摄于额尔古纳河边室韦村

与喇嘛交谈——摄于四川甘孜州白玉县

慎过冰河

穿越长城

山间的历史

山里的春天

查干湖冬捕

色达的经房——摄于四川色达县

健康浪漫在山野

刘正钦 著

「驴友」手记

中国书籍出版社
China Book Press

图书在版编目（CIP）数据

健康浪漫在山野："驴友"手记/刘正钦著.--北京：中国书籍出版社，2019.4
ISBN 978-7-5068-7272-0

Ⅰ.①健… Ⅱ.①刘… Ⅲ.①游记—作品集—中国—当代 Ⅳ.①I267.4

中国版本图书馆CIP数据核字（2019）第071378号

健康浪漫在山野："驴友"手记

刘正钦　著

图书策划	成晓春
责任编辑	张　娟　成晓春
责任印制	孙马飞　马　芝
封面设计	东方美迪
出版发行	中国书籍出版社
地　　址	北京市丰台区三路居路97号（邮编：100073）
电　　话	（010）52257143（总编）　（010）52257140（发行部）
电子邮箱	eo@chinabp.com.cn
经　　销	全国新华书店
印　　刷	三河市顺兴印务有限公司
开　　本	710毫米×1000毫米　1/16
字　　数	380千字
印　　张	21.75
版　　次	2019年6月第1版　2019年6月第1次印刷
书　　号	ISBN 978-7-5068-7272-0
定　　价	65.00元

版权所有　翻印必究

自　序

　　世纪之交的时候，我成了一名"驴友"。原因其实很简单，我是一名跑步爱好者，当时城里车辆增多，空气开始变得不好，跑还是不跑，心里很纠结。一次在西单商场见到一顶户外露营帐篷，忽然触发了我的灵感。躲开城市，到山野去，去呼吸大自然的清新之气，不是很好的选择吗？那年初秋，我和妻子潜进云蒙山，露营在青林之间，潺溪之畔，听瀑布喧喧，观流星飞坠，谛林鸟夜鸣，吸山野清馨，惬意之极。从此，一发而不可收，假日远足山野，成了我们生活的重要内容之一。在我看来，"驴友"就是一群崇尚自然、醉心山野，徜徉于峻岭清溪，游走于林莽花海，于艰程险阻中磨砺意志、锻造健康，在奋力前行中享受浪漫、放飞心灵的背包客。

　　以后的十多年，我们踏遍了京郊诸山，时或进入冀、晋、豫山地，后又延至川、滇、青、藏等地深部，越走越大，渐行渐远。军都山的春花，雾灵山的秋林，百花山的夏雨，海陀山的冬雪；高黎贡山深处的丙中洛，雅鲁藏布江畔的直白村，亚丁神山下的藏寨，太行高崖上的农家；还有许许多多说不过来的原生风景，淳朴人情。这些加在一起，就构成了"驴友"生活色彩斑斓的背景。

　　多年的户外运动，使身体得到强健，精神得到愉悦。走山的同时，还结交了不少朋友，这些"驴友"来自各行各业，虽经济收入、社会地位、文化水平、脾气秉性各有不同，但少利害，无猜忌。在穿越深山峡谷、丛林溪流的过程中，为克服地形、气候等带来的困难和艰险，"驴友"之间经常需要结成关系紧密的团队，密切协作，互相帮助，有时甚至以生命相托。"驴友"之关系，淳朴而密切。"忆昔聚山野，山友情依依。相携越高岭，渴共山泉掬。扎帐林深处，夜话伴潺溪"，"驴友"之交，在人际关系中增添了积极和谐的成分。

　　"驴友"远行，即为游子。天涯孤旅，漫漫征途，乡愁萦怀，惆怅不去，也成为"驴友"精神生活的一部分。

　　近年来，"驴友"已经成为一种时尚的生活方式，为许多爱好自然和运动的人所青睐。它在现代生活中别具风格，不乏挑战，富有神秘感，充满正能量。它是生活水平提高的一种反映，是生活品质提高的一种方式。我还以为，驴友生活已经形成为一种文化，其中蕴含着向往自然、崇尚运动、磨砺意志、挑战自我、讲求合作、保护环境等多种元素。

近年来，城里的环境大为改善，空气质量有所好转，我又开始跑步了。目前我虽然暂停了"驴友"生活，但我时时怀念行走崇山峻岭、穿越密林花海的那些日子。十年走山，使我的身体和精神得到了极大的锻炼和愉悦，收获了一笔可观的人生财富。

十年"驴友"生活，有许多见闻、感受和思考，茶余饭后，假日闲暇，聊敲键盘，记之备忘，积以时日，也成了一小笔精神财富。这些文字分为四部分：第一部分"远行漫笔"，是游历川、滇、青、藏等地的游记；第二部分"走山手记"，是在京冀等地山地穿越野营的手记；第三部分"村野闲言"，是用文言文写的游记；第四部分"茅屋诗草"，是一百多首古体诗，大部分是反映"驴友"生活的，还有少量反映思乡等日常生活的。关于第三部分的文言文散文，我认为，虽然作为一种常用的表达方式，文言文已退出历史舞台，但作为中国传统文化的一种传载方式，它仍会永久地存在下去。作为语言艺术，文言文不应该失传，而应该在利用它的文化传载功能的同时有所继承发展，使其能够表达新的生活内容，就像书法艺术一样。

目　录

自　序 ………………………………………………………… 1

第一辑　远行漫笔 ………………………………………… 1
　　从高黎贡山到澜沧江 ……………………………………… 3
　　川西北掠影 ………………………………………………… 22
　　青海农区一瞥 ……………………………………………… 33
　　南太行山纪行 ……………………………………………… 37
　　行走高原 …………………………………………………… 45
　　最后的秘境 ………………………………………………… 67
　　独辟蹊径感受晋北风情 …………………………………… 85

第二辑　走山手记 ………………………………………… 95
　　"香巴拉" …………………………………………………… 97
　　行走"三山" ……………………………………………… 100
　　站梁 ………………………………………………………… 103
　　长峪城 ……………………………………………………… 105
　　芦子水 ……………………………………………………… 107
　　百花山 ……………………………………………………… 110
　　白草畔 ……………………………………………………… 112
　　灵山 ………………………………………………………… 114
　　韭山和黄草梁 ……………………………………………… 117
　　金河寺和寺沟窑 …………………………………………… 119
　　穿越云蒙山 ………………………………………………… 123
　　从小张家口到八达岭 ……………………………………… 133
　　黍谷山 ……………………………………………………… 136

"盖不严" ………………………………………… 138
猴石梁头 ………………………………………… 141
四竿顶 …………………………………………… 143
从廊坊峪到侯家 ………………………………… 146
牛盆峪 …………………………………………… 151
从边墙沟到石门山 ……………………………… 155
二进边墙沟 ……………………………………… 158
三进边墙沟 ……………………………………… 161
石门山 …………………………………………… 164
大东沟 …………………………………………… 166
大海坨 …………………………………………… 169
窝头山 …………………………………………… 172
凤驼梁 …………………………………………… 174
牛犄角边 ………………………………………… 176
黑坨山 …………………………………………… 178
九仙庙 …………………………………………… 180
九龙山 …………………………………………… 182
东大坨 …………………………………………… 185
燕羽山 …………………………………………… 188
从居庸关到碓臼峪 ……………………………… 191
小水峪 …………………………………………… 194
大滩 ……………………………………………… 198
白塔和五里坡 …………………………………… 201
灵鹫禅寺 ………………………………………… 203
柳棵峪沟 ………………………………………… 206
屋后的山径 ……………………………………… 209
遁入山林 ………………………………………… 212

第三辑　村野闲言 ………………………… 215

游板古岭记 ……………………………………… 217
游京西古道记 …………………………………… 220
云湖记 …………………………………………… 222

游小西天记	224
老屋记	226
游寒山记	229
园田记	231
老城记	233
游郭亮村记	235
游锡崖沟记	237
小青沟记	239
雨中游青沟记	240
独行阳台山记	242
秋游小青沟记	244
登牛角岭记	246
端阳记游	247
为胡君辑诗作序	248
为王君"听"诗题序	249
《神秘的查干湖冬捕》画册说明词	250
山友传二篇	252
游藏小赋	254

第四辑 茅屋诗草 255

日登三山	257
暮春燕山行	259
访大海陀山	261
夜来常静思	263
宿杨木栅子村老马家	265
古槐扎根深	266
云湖晨练	268
读贾君记老城文	269
复王君《五十四岁记》	270
除岁复王君	270
春节赠山友	271
复陈君新疆塔城赠诗	271

诗梦 ·· 271
复贾兄暑日诗 ······································ 272
初冬秋意 ·· 272
访大沽口炮台 ······································ 273
假日天雨 ·· 273
再访小西天（二首） ······························ 274
鹅卵石 ··· 274
贺小薛新婚 ··· 275
新年 ·· 275
正月观雪 ·· 276
除夕赠山友 ··· 277
早春还乡 ·· 277
初春游小青沟 ······································ 277
戏言 ·· 278
杏花 ·· 278
读王君怡情诗有感 ································ 279
喜日送侄女 ··· 279
感春（二首） ······································ 280
游石峡关 ·· 281
云湖春早 ·· 281
清明暮信步密云水库宾馆 ······················ 282
游藏复陈君咏秋诗 ································ 282
游川藏路小记 ······································ 283
过理塘 ··· 283
游亚丁 ··· 284
游藏返乡途中 ······································ 284
游成都武侯祠 ······································ 285
远游还家 ·· 285
游杜甫草堂 ··· 286
中　秋 ··· 286
国　庆 ··· 287
和胡君中秋诗 ······································ 287

秋　梦	287
云谷山庄感秋	287
雁栖湖秋晚	288
菊　花	288
初　雪	288
严冬晨练	289
感　时	289
复王君冬枝诗	290
春日闲作（七首）	290
贺同学生日成韵八十字	292
复王君（四首）	292
寄表弟向阳	293
春　雪	294
山桃花	294
清明前街头	294
春雨（二首）	295
垂柳	295
清明	295
独登阳台山	296
怀柔圣泉山培训得陈君佳句	296
暮登红螺寺前山	296
咏怀	297
午梦	297
和友人端午诗	298
暑天云蒙行	298
斜穿云蒙山	299
草原行	299
呼伦贝尔草原复王君	300
灵山古道行	300
游西夏王陵	301
溯河源至鄂陵湖、扎陵湖	301
宿称多	302

庐山夜雨	302
登三清山遇雨	302
过景德镇	303
雨中游婺源李坑	303
庐溪行	304
归故园	304
查干湖	306
观贺兰山东葡萄酒庄	307
访北大荒	307
南沙守礁人	308
潭门捕鱼人	309
宿琼海遇台风	309
游海口五公祠	310
雨中游台儿庄	310
清江引(二首)	311
塞罕坝摄影采风	312
访峄城石榴园	312
临微山湖湿地	313
题冬湖荷梗图	313
临温州三垟湿地	313
游曲阜	314
游阆中	314
初秋日游牛盆峪	315
夜访江心屿	315
山间农家	316
独登阳台山	316
樱桃沟早行	316
春节思旧	317
湘黔边界的别样风格	317
登小小五台	318
土城春早	319
登岳阳楼	319

游韶山冲	319
三九晨练	320
夏末游赤峰等地	321
访韩观农事	322
游许昌	322
访愚溪	323
谒屈子祠	323
游湘桂界古村	323
游钟山十里画廊	324
游荔江湾	324
游东兴口岸	324
清明前游凭祥遇祭者	324
从乐业至凤山	325
游巴马江村	325
游恩施峡谷	325
游三峡大坝	326
参观抗战纪念馆	326
立春日会友	326
初夏日老友重访半城子、遥桥峪水库	327
读老陈回忆录赋诗五百字	327
秋日修沙厂水库老友相聚	328
暑日老友聚忆七六年半城子水库洪灾	329
撰文体会	329
山村访旧	329
老柯	331
井冈山即兴（四首）	331
夜宿云蒙山	332
学车	333
正月（三首）	333
闻周君登顶珠峰有感	334

第一辑

远行漫笔

从高黎贡山到澜沧江

一、怒江

六库是怒江州的首府，卧铺大巴到六库的时候正是后半夜。看到一个城镇，灯光不是很亮，街上静静的，接着过了一座桥，桥下江水又大又急，想这该是怒江。车沿着江边左侧的公路向上游行进，快出城的时候，开到一个修车铺进行检修，我们下车透气。公路左侧的山体非常陡峭，夜幕中望不到顶，右侧是怒江，灯光照到浮动的水面上，只见江流汹涌，漩涡急卷，势不可当，深不可测，令人生畏。怒江的右侧也是黑魆魆的大山，两山夹一江，河谷窄狭。发源于青藏高原的怒江，流了几百公里到这里，百川汇流，江水澎湃，俨然世界级大河的气势，却仍被横断山紧束其间，不得自由伸展，只能左冲右突，夺路而行，其"怒"也理所当然。据说怒江的名字源于怒族，音译成汉语用了发怒的怒，但以怒来喻怒江的水势，则极贴切。

上午八点多，车到福贡。这是坐落在怒江边的一个县城，小巧而整洁。从福贡到贡山很近，打个面包车花二十元。路在怒江右侧，车沿江而行。白天看怒江，气势更加令人震撼，其浊浪排空，如万匹桀骜不驯的奔马，我忽然想起苏东坡"乱石崩云，惊涛裂岸"的词。江两侧是坡度极陡的高山，一下子高起三四千米，形成V字形的大峡谷。白云缭绕的山坡上，可见座座黑色的茅屋和一块块挂在坡上的玉米地。江上偶有钢丝绳连接两岸，司机说那是溜索，人可以挂在上边溜来溜去，过去是怒江人过江的主要交通工具，现在有时还在使用，还有将猪羊、桌椅等挂在上边溜的。由于山坡很陡，每年都有人和牲畜掉到江里。怒江发源于喜马拉雅山，水温很低，加之水深流急，落江者很少有生还的。

我曾从保山出发去过腾冲，看过旱季下游的怒江，江到这里河谷开阔，水流平稳。从怒江大桥上远眺，一江碧水如带，两岸青山凝翠，路边绿树荫荫，芭蕉叶大，完全是另外一种风格。想不到这怒江也如人一样，随时空环境的变化脾气迥然。

从地图上看，在云南贡山、德钦和香格里拉三县之间，并排流着三条世界级的大河：怒江、澜沧江和金沙江。其中只有金沙江流入中国的东海，怒江和澜沧江则流入东南亚，是萨尔温江和湄公河的上游。三江沿着横断山深深的峡谷奔腾而下，并驾齐驱，枉距很近，最窄的地方直线距离仅60多公里，人称三江并流。如果细看，在怒江的左侧，还有一条独龙江，它从中国境内流入缅甸，成为另一条大河伊洛瓦底江的源头之一。这里比三江地区还要闭塞，很少有人问津，成了人类仅有的处女地之一。三江并流和独龙江地区近滇藏交界，又处边陲，山多四五千米高，高山大峡，数江并流，形成世间绝无仅有的奇特地貌和壮美景色。由于横断山大峡谷形成了层层天然屏障，在交通未发达之前，这里几乎与世隔绝，因而造就了独特而多样的民族风情。

我们计划从怒江进入，先到贡山，然后穿越高黎贡山到独龙江，返回贡山后再穿越碧罗雪山到澜沧江，再从澜沧江过云岭到金沙江。此行是枫叶我俩和老邹陈英夫妇结伴，他们已有十几年的旅游史，而我们则有数年的户外运动经历。老邹说我们两家结合可以互补，横穿四江应该没有问题。

二、贡山

贡山是个很小的县城，坐落在怒江峡谷左侧的山坡上。由于坡很陡，建筑只能依山而筑，空间显得非常窄狭。镇子其实就是两条街，两条街都与怒江的走向平行，一上一下，水平距离有百米左右，高差差不多几十米，房子就在两条街侧依山梯次而建，下边的那条街紧挨着滔滔的怒江。

我们住的旅馆是座四层楼，楼门临街，进门是一楼，后面却是三楼。从窗口可以望见怒江上游的拐弯，下游有一座跨江而过的拱桥。江对岸陡坡上房子不多，有几幢蓝黄相间，掩映在绿树丛中，细看房顶上竖着十字架，是天主教堂。这里有不少老乡信奉天主教，据说上个世纪初叶，欧洲的几个传教士历尽千辛万苦来到贡山，将天主教传到这里。

在街上转了转，镇北边有家藏族老乡开的馆子，于是用午餐，要了酥油茶和糌粑。这里已紧邻西藏南部的察隅，可以感受到藏族的风情。贡山境内居住着傈僳、藏、怒、独龙等民族，以傈僳族人为多。

今天必须落实向导和马匹，摸清路况，备好给养，明天才能开始穿越高黎贡山之旅，据说这段路程需要五天。在酥油馆对面的杂货店，遇到一位了解情况的傈僳族老乡，他说，走古道去独龙江，要翻越高黎贡山近四千米高的垭口，只能在七八九三个月，其他时间大雪封山，不能通行。现在新修了一条独龙江

公路，隔日有车来回，不过路况很差，一些路段比较危险，只能走吉普车。我们计划走古道去，然后从公路返回。老乡说，山路太险，马匹不能走，前段还发生了摔伤马匹的事，只能请背夫，同时当向导。他的儿子可以找几个人同我们一起去。老乡将他儿子领到旅馆，小伙子叫李飞强，敦实的个子，黝黑的面庞，黑白分明的眼睛，朴实憨厚中透着能干。说好要四位背夫，每人每天七十元，另管伙食和回来的路费。李飞强父亲说，明天还须到自然保护区管理局办进山的手续，要准备五天的给养。

正值"八一"，县里在组织军民联欢晚会，晚会在一个小小的广场上，三面围墙，一面靠山，有不少人来看节目，人头攒动，熙熙攘攘。部队上和地方上的领导坐在前边一排折叠椅上，众人围在后面，另一侧放几个音箱。男女主持人宣布节目开始，于是笙簧皆奏，鼓乐齐鸣。看场子里人很多，我们来到院子上方的公园，这公园依坡就势，小巧玲珑，却也有庙有亭，有碑有铭，有花坛，有竹木，带几分古意，只是仅数丈之地，几分钟就转完了。

第二天，李飞强陪我们到管理局开介绍信。开信的小伙子说，穿越高黎贡山的人不多，但近年每年都有人来。山里林密谷深，多是原始森林，有虎豹熊猿野牛诸兽，还有毒蛇，要注意安全。因为有珍稀动植物，外国人一般不允许进山。

李飞强陪老邹去采买给养，买了二十多斤大米，还有鲜肉、腊肉和压缩饼干，两位女士要求再带些菜，又买了几个茄子和一堆豆角。李飞强说山上有旱蚂蟥，让我们走时穿上长筒袜子，将裤脚掖在里边。为了防止蚂蟥往身上爬，他还买了一瓶"灭害灵"喷雾剂。

三、普拉河

普拉河是怒江的一条支流，从左面的高黎贡山流入怒江，河水很大，但比怒江清得多。李飞强说，沿着普拉河谷走到头，才能翻越高黎贡山。共雇了四位背夫，除李飞强外，还有和他一个村的李树华和李学为，他们三个是长爬拉底村的，另一个是打拉底村的王福明。他们每人背着一个竹篓，将我们的背包装在篓里，我们则只背小包，带着照相机等随身物品。有趣的是他们背篓不用肩膀，而是用一根带子勒在额头上，重量都负在颈椎和后背上。我想，常年如此用力，他们的颈椎一定非常强壮，肯定不会得颈椎病。

山路在普拉河左侧的山坡上，居高下视，普拉河蜿蜒奔腾而下，落差很大。向上仰望，高峻的大山绵延重叠，几缕白云在山腰间缭绕。未来几天，我们将翻越这些大山，穿越原始森林，到达独龙江。

河口的村子叫彻拉底，几十户人家的样子，楼屋多是用木头搭建。村里静静的，见不到什么人，也许都出去劳作了，只有几个孩子站在阳台上好奇地张望着外来人。在怒江，我有个发现，就是孩子的眼睛极其清纯而明亮，不仅孩子，像李飞强这样二十几岁的年轻人，眼睛也很亮。我深深思索其中的原因，是这里纯净的空气和水，还是近于原生态的自然环境，抑或比较简单的社会生活和人际关系，还是这些综合因素的作用？我似乎找到了答案。

在一座吊桥上，遇到几位年轻女子，其中有穿着民族服装的，于是枫叶和陈英忙同她们合影，那几个则笑个不停。

四个背夫都二十几岁，朴实而单纯。交谈中，得知他们都信教，但对教义的理解却很简单，即不杀生、不酗酒、不偷盗、不乱搞女人、讲卫生等等。

我们已经进入高黎贡山原始森林，这里谷深林茂，植物种类繁多，一路巨树秀木，奇花异卉，是植物的领地和天堂。峡谷两侧飞瀑流泉比比皆是，注入浪花如雪的普拉河，给这幽静的峡谷带来喧闹和活力。河边横栽着一些木桩，用来拦截上游冲下来的木头，偶见一些木头垛在岸边，是自然倒卧然后被水流冲下来的。

中午时分，到达嘎足巡护站，需要出示进山的证明。检查证明的小伙子很认真地看了介绍信，并让我们在本子上登记。从登记簿上看，几年来穿越高黎贡山的大概有一百多人，多来自广州、昆明、深圳等城市，北京来的人不多。

道路比想象的要好走，虽然是一条山路，但好像有人维护，傍晚到达其期实验站，山坡上辟出平台，建一个三合院，房屋是泥木混合的，差不多有十几间，看守的是一位二十多岁的小伙子。他说，这里只有他和站长两个人，站长有事出去了。这些空房里有床板，如果客人睡屋里，每人交10元钱，如果睡外边，则免费。在这高山大峡原始森林中，实验站同时还兼接待往来过客住宿的功能。

院里养着一只狗、一只猪和几只鸡。猪和鸡和谐相处，友善非常，只见那猪安适地躺在地上，一只鸡跳在它身上啄来啄去，似乎是在给它解痒。那狗则溜边儿窥测，既不温顺也不嚣张，心事重重的样子。晚饭由李飞强在厨房里做，借用保护站的炊具。

忽然，厨房里喧声大作，李飞强大喊大叫着追了出来，原来狗叼走了带来的那块鲜肉。小伙子也跟着追，追了半天也没追上，晚饭只得吃素。晚饭后，站长回来了，很瘦，诚恳而寡言。让他吃饭，他说胃疼不想吃，枫叶给了他一

些药。

屋里有霉味儿，我们带着帐篷，于是在走廊上搭起帐篷。四个小伙子住一间屋，他们不用交房钱。

贡山人唱歌很有特色，许多没有经过专业训练的人居然会四声部合唱，真是件奇事。有人说这与教会的唱诗有关，有人说与山谷的回声有关，于是他们很小时就学会了用不同音阶相互配合歌唱，究竟渊源于何，有待于音乐家来考察。

枫叶和陈英极力请几个小伙子唱歌，最后达成协议，他们唱一个，我们唱一个，于是拉歌大赛开始。"贡山的山青青，贡山的水绿绿，贡山小伙儿美罗，贡山姑娘美罗……"朴质本真的原生态多声部合唱在高黎贡大山中久久回荡。

四、从其期到东哨房

从其期到东哨房需要走一天，这里已进入高黎贡山腹地。峡谷两侧是茂密的森林，多是参天巨树，以杉树为多，红豆杉等稀有树种在这里比比皆是。由于湿度大，树干上生满了苔藓。树在这里是自然生死的，到了寿终正寝的时候，一棵大树就会枯朽，有时会在不知不觉中轰然倒下。特别是在下雨的时候，走在森林中，你的耳朵一定要注意附近发出的声响，有时这可能就是一棵大树要倒下的信号。前边一块空地上，刚刚倒下一棵大树，树干被摔得酥裂。森林里可见到一些巨树，有五六十米高，挺拔伟岸。一根巨木横在山径上，直径比人还高，上面裹着青苔，人只能从它下边的缝隙钻过去。

山径多在陡峭的山坡上顺峡谷上升，下边是白浪翻卷的普拉河。从峡谷一侧换到另一侧，就要通过吊桥，吊桥是钢丝绳上绑木板的那种，虽然晃悠的让你心颤，却很结实。通过小山峡或溪流时，要走独木或双木桥，这对有点儿恐高的枫叶是个考验。

山径有时也通过小块湿地，绿草茵茵，野花芬芳，块石铺就的路面从草丛中通过，石与石之间的缝隙生着绿苔，后边有高大的杉树为背景，成为一幅绝美的图画，犹如世外仙境。不过这时要格外小心，石径两旁的草塘可能是沼泽，不小心会陷在里边。

一路上，我最担心天气，时值八月，正是雨季，如果这几天不下大雨，穿越高黎贡山的计划就能顺利实现；如果下大雨，洪水冲断路或者塌方，就很难说了。半路上，遇到昆明大学一位研究环境的老师带着几位学生考察，他们刚从独龙江回来，也雇了背夫。老先生说，每年8月初，这里有一个小旱季，下雨不多，但就是几天时间，他希望我们运气好。

午后忽然下起了雨，而且越下越大。前面的桥是十二号桥，这是座木桥，被水冲毁了桥面，上面搭着一根独木，旁边用铁丝系着根木棍做扶手。桥很高，湍急的河水在下面发出喧声。每个人都小心翼翼地过桥，枫叶过桥时我给她拍了照。

对岸有一片空地，空地上用大块的白塑料布搭了个帐篷，这是养路工的住所。这一彪队伍有六七人，多是小伙子，他们的任务是维护这条通往独龙江的孔道。他们的工具除锹镐外还有油锯，用来锯断倒卧在山径上的树木。帐篷里放着被褥，透过塑料布可以看见上面兜着的雨水。赶紧钻进帐篷避雨，小伙子们将身下的地铺让与我们坐，大家聊起家常。在熙熙攘攘的大城市，每天见到无数的人，人与人之间有时变得麻木和冷漠；在这人迹罕至的大山中，见到人则格外兴奋和亲切，相互之间的话也多起来。快到午餐的时候，养路工们架起木柴用大铝锅做饭，我们还要赶路，用野营炉煮了一锅方便面算是打尖。

在一些支汊山谷与普拉河交汇的地方，有时可看到泥石流的遗迹，这里的泥石流，石头很少，主要是泥和木头的堆积物。大量连根拔起的树木、折断的树干枝杈等与灰黑色的泥浆搅在一起，形成扇面状的大滩，犹如劫后的战场。堵在河里的部分，河水将泥浆淘涮掉，横七竖八的树木架在河道上，形成奇特的景观。

山路开始上升，树木逐渐稀疏，蒙蒙雨雾笼罩着翠绿的大山，雨没有一点儿停下来的迹象，看来今夜要在雨中宿营了。此地叫东哨房，路边有几处石头砌的房基。李飞强说，过去部队在这里设过哨卡，所以叫哨房，房基上曾有板房。现在房基里积满了水，板房已了无踪迹，地上有几根锈蚀了的角铁，到处都是积水，没有一块儿能够宿营的平地。天黑前终于在一处废墟旁找到了一块略平整些的地面，顶着雨迅速搭起帐篷。我们的帐篷虽然防雨，但经雨淋水浸，里边已湿了两三成。好在底布防水功能还好，地面虽有积水，却没透过来。小伙子们的帐篷是块大塑料布，用绳子拴住，依墙而张，其防雨功能不亚于我们的帐篷。李飞强带了一把大砍刀，割了几抱灌木枝条垫在地上，算是地铺。路边木头多，捡来几根砍劈一阵，迅速架起木柴，经过一阵烟熏，终于点起了篝火。李飞强将背来的铝锅吊在火上，水一会儿就沸腾了。晚饭是焖米饭和煮腊肉，小伙子们还从林子里采来一些鲜蘑，洗洗和肉放在一起煮，汤味鲜美异常。

山坡上散放着成群的黑牛，叫独龙牛，由于天然放养，水草丰茂，又自由自在，无拘无束，牛们长得膘肥体壮，皮毛黑亮。我们的到来引来牛的围观，

这些家伙们围着帐篷打转儿，驱之不散，似乎想索取什么东西。我去小溪洗漱回来，进帐篷整理一下睡袋的工夫，洗漱袋竟被一个黑肥的家伙叼走了，我马上去追。这杀才甩来甩去撕开袋子，吃掉了肥皂，袋子里的其他东西给甩了满山坡。更可气的是，你去解手，也有五六头牛围着你，它们要喝尿、舔尿。原来这些牛常年在山里，缺乏盐等矿物质，于是就做出如此不堪的举动来。晚上最大的麻烦就是牛，你刚钻进帐篷它就来撕扯，赶走又来，没皮没脸，如是多次，让人没脾气。气得我挥舞起登山杖，大喊大叫，穷追猛打，将这些可恶的家伙驱赶出数里之外，这才睡了个安生觉。

五、分水岭和三队

从东哨房往前行，峡谷两侧的山沟中有一片片白，那是冰川或积冰，现在正值雨季，消融了很多。李飞强他们说，过去这里的冰比现在多，不知为什么现在少了。也许是地球变暖的缘故吧。这里的海拔已经3000多米，森林稀疏，植被主要是灌木和草甸。

在一条山谷的出口，通过了一段冰木混合的开阔地。大量树木尸骸堆积在谷口，有数百米宽，似是洪水和泥石流的冲积物，下面压着数米厚的冰层，不少木头冻在冰里。冰上时有黑洞洞的裂缝，裂缝下还能见流水声。人在乱木上行走攀爬，有时脚下是软的枯枝，要小心翼翼地落脚，防止踩空漏下去。

山路开始仰陡，脚下是裸露的岩石，下了一夜雨，哗哗的水顺着石缝往下流。前面是分水岭，高度已有3600米，气温骤然降下来，大家纷纷加上衣服。垭口上冷风吹得人打趔趄，雨云像飞马般奔跑，寒雨打在身上哗哗作响。李飞强说，按照风俗，过垭口时不能大声说话，怕惊动神灵。此地不可久留，匆匆拍照几下，赶紧下山。

临行前李飞强的父亲说，下山时有段难行的路，让大家小心，眼前就到了这段路。山径上全是圆光光的大石头，上面生着青苔，石头间哗哗地流着水，踩到哪里都打出溜，不小心就摔个跟头，不少地方要斜着或蹲下身扶着石头小心翼翼地迈步。登山鞋完全湿透了，里面盛了半罐儿水，沉甸甸的，硬硬的底子直打滑。这时候小伙子们的高腰军鞋最好用，底子软踩得稳，打湿了也不沉。每个人都摔了几跤，好在都有思想准备，没有受伤的。

前面是蚂蟥区，这些蚂蟥叫旱蚂蟥，长的不到两寸，短的半寸左右，身上有吸盘，叮在人身上任被揪断也不松嘴。这些家伙是个吸血鬼，只有喝饱了，才肯松嘴掉下来。没有雨的时候，蚂蟥多是从草地或灌木丛上往人腿部以下粘。

老邹穿着厚袜子，居然被叮得血顺着踝骨向下流。蚂蟥叮人有毒招，它似乎能分泌一种融血麻醉剂，能让人在不知不觉中被叮得血流不止或青紫一片。有雨的时候，这些家伙更活跃，可以像尺蠖那样将身子弓起来，然后从草丛、灌木或树上弹起来蹦到人身上，使你防不胜防。女士对这东西最感恐怖，反应敏感而强烈，有时禁不住尖叫起来。麻烦的是，这些东西硬揪揪不下来，只有猛地一掸或者用盐蜇、用火烤才能让它们松嘴。我们都穿上了雨衣，戴上了帽子，领口系得严严的，然而无济于事，这些家伙可以通过衣服下摆、领口等防范薄弱点钻进衣服里，粘到人身上。有时，你会忽然感到后背、前胸或者腰部有东西在蠕动，那肯定是蚂蟥在作祟。于是只好脱下衣服，互相检查将其除掉。我的头部、后背被叮了若干个紫斑，有几处还血流不止。被蚂蟥叮得多了，熟悉了它们的习性，也就见怪不怪了。看它叮在手背上，可以仔细观察它吸血的贪婪状。有趣的是，它只叮手背，不叮手心，也许是手心没有毛孔的缘故。这些家伙还有缩身术，可以变成小球，拉成长线，体态随物就形，变幻多端，任你捏搓揪踩也搓不烂弄不死它，像块可以变形的臭胶皮。只有在火和盐面前，它才显出无奈。用"灭害灵"喷几下，也能避免蚂蟥上身或使其掉下来，可是，由于雨水太大，药力很快就被稀释掉，一瓶没用多久就光了。

  一对青年男女从对面方向爬上来，谈话中，知道他们是独龙族人，去贡山办事，但同他们语言交流很困难。虽然修了独龙江公路，当地老乡却还是走这条山路去贡山，大概是更经济的缘故。傍晚时分，又遇到四男二女，说是广西人，几天前从公路乘车到独龙江，想从这条路走回贡山。他们的装备很简陋，雨大路滑，林密谷深，真不知他们如何度过未来的几天。

  老邹掉队了，一会才赶了上来，他说："饿坏了，身上没劲儿，跟刚才过去的那个独龙族小伙子要了一包压缩饼干，吃下去才缓过劲儿来。给他钱他不要，我硬塞给了他。"

  向分水岭这边流的河叫迷尼娃河，山谷陡峭，两侧山沟沟中淌着条条湍急的溪流，许多处就是瀑布，水侧有块块积冰，积冰旁边却是绿色。小溪流到低处，有时壅成一个个小湖，湖水平静明亮，宛若颗颗眸子，绿草和野花围绕着这些小湖，犹如美丽的睫毛。

  今晚又要在雨中宿营，这地方叫三队，似是人民公社时期一个自然村（生产队）的称呼，可方圆数里之内却没有人烟。在坡上一条狭窄的台阶上支起帐篷，钻进去后，竟发现有蚂蟥来光顾，不过不多，帐篷的纱窗足以将其挡住。躺在帐篷里欣赏蚂蟥在头顶徜徉，也是一种乐趣。

六、巴坡

前一天走乏了，夜间睡得很香。早起雨稍止，晨晖从一条云缝中露出来，照在对面的山坡上，明亮而柔和。山坡上森林和草地各占一半领地，林子色深，草坡色嫩，分割线齐整清晰，泾渭分明。李飞强早起来点火做饭，炊烟袅袅。迷泥娃河的喧声从下面的河谷传上来，时大时小。

三队往下，高度逐渐降低，山径边一派亚热带风景，藤萝绕树，芭蕉叶大，异卉撩人，奇花争艳，路况也好多了。这时老邹来了劲儿，一会儿就跑得没影儿了。过了一个山坳，我和枫叶脱下衣服互相寻找身上的蚂蟥，枫叶突然说："快听，前面好像有人喊！"我侧耳细听，似乎在喊救人，赶紧穿上衣服往前跑。喊声已在跟前，可是路上不见人，原来声音是从脚下传上来的，一看，陈英正吊在山径下边，双手拽着树枝，一只脚悬空，另一只正试图往上登。身下是陡峭的悬崖，透过崖上的灌木下瞰，就是几十米深的迷泥娃河河谷。我赶紧跑过去拽住陈英的一只胳膊，枫叶也拉住她另一只胳膊，然而，小径边的一块大石头似乎松动了，为防止坍塌，又往后撤了一点，才使劲往上拉。枫叶大声提示我："小心点儿，不要将胳膊拉断！"拉上来的陈英，吓得浑身颤抖，脸都灰了，瘫软在地上。原来雨水掏空了山径下的土，她走得又太靠外，一脚踩空漏了下去，来了个大劈叉。开始还一只腿在下，一只腿在上，后来实在坚持不住了，另一只腿也滑了下去。她说："前边的人走远了，左喊不来人，右喊不来人，我真是绝望了"。稍息片刻，定定神，继续赶路。老邹他们也在等我们。说起失足坠崖历险的事，几人连呼万幸，并互相告诫要小心谨慎行进。

在一个悬崖根，五六位小伙子正在生火做饭，听不懂他们话。李飞强说他们是缅甸人，要到贡山去采购东西，他们认为贡山的货比较好，买了东西背回来，来回需要几天。

山径上有木栅栏遮道，好像是拦牲口的，这里已离村庄不远。下午到迷泥娃村，三五户人家的样子，民居就筑在山坡上，以木为柱，中架木板，人就起居生活在这层平台上。墙壁和房顶也是木头，为防雨，顶上还铺着石棉瓦。一家正在盖房，几个人在忙活，白茬儿木头横七竖八放了一地，散发着木材特有的味儿。到一位老婆婆家做客，厅内地板正中放着个火盆，盆内炭火正旺，这火既用来烧水做饭，也用来取暖。老婆婆年事已高，耳朵聋，答非所问。女儿招呼我们围着火盆坐下，说他们家是独龙族。母女都带着有檐的那种蓝色工装帽，只有孩子戴着一顶花绒线帽。前面有一处顶着十字架的简陋木板房，那是天主教堂。这里的狗挺多，最多的一家养了四只，排齐了站在屋檐下对着我大声叫，很不友好。

转过一个山弯，一条碧绿的江呈现在眼前，两岸坡度很陡的山紧夹着江水，水的落差很大，碧水中翻滚着白浪。这就是独龙江。我们到独龙江了！几个人顿时欢呼起来。独龙江发源于中国西藏，流经云南贡山县境内，然后入缅甸，下游叫恩梅开江，然后流入伊洛瓦底江，亦是大河之源。独龙江对岸是担当力卡山，山那边就是缅甸了。迷泥娃河在这里进入独龙江，至此，我们沿普拉河到分水岭，然后沿迷泥娃河到独龙江，完成了徒步穿越高黎贡山的计划。

山下的镇子叫巴坡，过去是独龙江乡政府所在地，现在乡政府已迁到上游的孔当，但这里仍是河谷里人口聚居之处。碧绿的江水之畔，难得一小块窄窄的开阔地，于是辟为居所，其实就是个规模不大的村子。

下山的路很陡，也许太疲劳了，陈英又一次失足翻到坎下，好在有树遮挡，人没有滚下去。只见老邹一个箭步蹿下去，上演了一出英雄救美的壮举，还差点儿把自己摔着，引得我们直喊他小心。他说，拼死也要去救，假若陈英出了事，我如何向岳母大人交待？

巴坡村头有一处坟茔，坟茔边有座牌坊，上书"独龙江烈士陵园"，是武警怒江州边防支队独龙江边防工作站建的，内立石碑座座。给我印象最深的，是一位叫于建辉的战士，他是北京市顺义区人，1981年生，1999年入伍，2001年在抢修独龙江公路时牺牲。为戍边，他将年轻的生命永远留在这大山之腹。在近乎闭塞的边陲遇到长眠于地下的小老乡，竟生出他乡遇旧之感。

我们住的旅店是座两层木楼，只管住宿，吃饭仍是自己负责。李飞强在这里有个亲戚，好像是表姐，借人家的厨房和火塘做饭。这里土地少，几乎没什么菜，只搞来点儿土豆，洗了切成块儿再加点腊肉煮汤。枫叶要到江边去，我叮嘱她不要走得太远，怕她掉到江里去。

也许是乡政府迁走了的缘故，村里人不多，静静的。一些房屋很旧，很像20世纪六七十年代的北方农村。私人的小卖部可以买到香皂，也可以买到压缩饼干。我买了一瓶橘汁，很便宜，但却不好喝。

我的手机湿了，与外界已不能联系。人家给我发了不少短信，只能回去再一一回复了。豪雨下了一整夜，心想，江要涨水，路要塌方，前途未卜，不知要在这荒蛮之地滞留多少时日。

七、孔当

一夜暴雨，使独龙江变了模样，昨日还碧水如带，波清浪白，今日则浊浪滔滔，水势汹涌，水中时有木头树枝等漂下。从巴坡到孔当的土路可以行车，不到20公里，但没有车，依旧得步行。

所有的山沟都在向独龙江里倾注湍急的水流，有多处绝佳的瀑布奇景。路一侧是滚滚下泻的江水，另一侧则众溪汇川，满眼满耳都是水的形态和声音，这里是东南亚的水塔。

路旁见到一条刚被打死的蛇，黑白相间的花纹，是银环蛇，这是一种剧毒的蛇。高黎贡山的生物多样性保持得很好，在原始森林里走了几天，还没见到蛇，居然在这儿见到了。雨又下了起来，路上老乡不多，寥寥几个，背着满满的竹篓，披着塑料布。人背篓，还是这里的主要运输方式。同怒江一样，独龙江上也有钢丝绳吊桥，据说过去曾有藤笼桥，以藤为索编笼，人凭其过江，如今已见不到。午后过本卡瓦河桥，这是座钢拉索吊桥，河两岸各筑两座钢筋混凝土高塔，上缳钢丝绳，然后用钢丝绳将下面的桥面悬吊起来，桥面是钢板的，可以走吉普车。走吊桥过江，桥面离水很近，下视浊浪滔天、迅疾而下的江水，头晕目眩，惊心动魄，非常刺激。两点半左右到尼切娃河河口，这河是独龙江的一条支流，水很大，与主流差不多相当，但水是清的，看来它的上游未下大雨。河口亦有一座钢拉索吊桥，桥侧主支合流，水分泾渭，形成一景。桥头停着两辆小型卡车，其中一辆是流动电影放映车。一辆吉普车刚从贡山到达，司机正要返回。据说，平常每日只有两辆吉普车往返贡山与孔当，是这里的"公交"。吉普车是2020型军用车，长于爬山，载人又多。谈好500元包车，八个人和辎重都上了车。过了桥就是孔当，两排石棉瓦顶的木屋，另有一座砖石结构的新房子。木屋檐下挂着欢迎州县领导莅临指导的标语。这是我见过的最简陋的乡行政中心所在地。

木屋里传来乐器声，走进去一看，一群小伙子打地铺在里面休息。他们是"三江明珠"文工团，到这里来演出。今天是传统的剽牛节，是个喜庆的日子，下午下边的村子里有剽牛表演。如何剽牛，我也说不清楚，听老邹说，要表演一种仪式，最后将牛宰杀，类似西班牙斗牛。在枫叶和陈英的要求下，小伙子们弹起琴，演唱了一曲，在欢笑中与他们告别。

回贡山的独龙江公路有90多公里，这是我走过的最险峻的公路。车离开孔当，就开始爬升，要从海拔几百米爬到海拔4000多米，道路狭窄而颠簸，下临数百米深的山涧，行车如飞机在半空盘旋，下面时有云雾缭绕。旁贴陡峻的高山，许多地方劈山开路的石茬很高，石质也不很好，雨大就可能塌方。低处的一些桥涵和护坡被水冲毁，只好用块石临时填上，有的路基就地取材用圆木垛起来。飞瀑流泉从路面上哗哗流过，车只能从水面上冲过去。开车的师傅姓杨，沉着而果断。他说，这路一年中只能走几个月，遇到大雪封山或大雨塌方，就不能走了。超过去两辆越野吉普，杨师傅说是州里面的，有他们在前，看来前边路况问题不大。

黑普隧道是独龙江公路的最高点——海拔4300米，当下正值盛夏，这里却积着不少冰雪。隧道口两侧是冰，坡下也是冰，坡下的冰是未融尽的冰川，也是下边河流的源头。出了石头隧洞，前面还要进个冰洞，这冰洞是在冰川上凿进去的，里面玲珑剔透，如水晶宫般。大家虽都穿上了厚衣服，可高处不胜寒，稍息片刻，赶紧起身驱车下山。

前几日走古道，路在河谷的下部，置身在原始森林中，多近观和仰视，对四围环境只能看眼前，有时并不知自身的相对位置在哪里。而这公路多在山腰的上半部，居高临下，视野就开阔多了，可谓高瞻远瞩。对面群峰高耸，如一面巨大的屏风，其上挂着条条白练，是急泻的飞瀑。李白诗曰：飞流直下三千尺，那是夸张，说这里的瀑布高三千尺则是写实，而且高悬的不是一瀑，而是群瀑。隔峡远望，峰巅上笼罩着雨云，那山插入云里，数十条瀑布一字排开，从云峰之际飞泻而下，如自天而垂，素练飞舞，其景奇异壮观。

暮色初降，微雨转霁，缭绕着高黎贡山的白云，似船如帆，飘摇变幻。晴空时开时闭，斜晖时隐时现，路旁参天的杉树在逆光下成为剪影，其景似非人间。从高处往河谷里看，有块块不规则形的小湖连缀在谷底，像块块水田。是沼泽？是钙化形成的堰塞湖？还是其他什么，由于离得太高太远，看不清也说不清。杨师傅说那是神田。在这远离世外，人迹罕至的山谷，只有神可以耕种那田，人们真是富有想象力。

夜行独龙江公路，紧张而兴奋，每个人都睁大眼睛盯着前面。苍莽神秘的高黎贡大山中，一辆吉普车在缓慢行驶，如沧海孤舟，如流萤盘旋，渺小而无助。晚上九点多，终于看到了贡山的灯火，结束了惊险的旅程。90公里的路，行了六个半小时，每小时不足15公里，是骑自行车的速度，行路之险难尽在其中。晚餐比较丰盛，还喝了酒，与李飞强等告别。

八、丙中洛

贡山县的中心镇又叫茨开，茨开镇往北 40 多公里，有个地方叫丙中洛，丙中洛近年名声大噪，是背包族向往的地方。怒江在这里绕了一个马蹄形的大拐弯，这个马蹄，就在丙中洛下游不远。在介绍怒江或丙中洛的图片中，有时可以看到大拐弯的一些标准照，那照片是从马蹄对岸的高处向下拍的，怒江绕山画了多半个圆，江水是绿的，沉稳而宁静。过了大拐弯，就是丙中洛，狭窄的怒江峡谷，在这里忽然变宽了，左侧出现了一片坡地，依山一侧高，沿江一侧低，山溪又在坡地上切割出垂直于大江的小河谷，小河谷一侧，是镇子的中心所在，站所商铺，旅店饭馆，形成一条小街；小河谷另一侧，散布着几个村落。我们住在邮局开的小旅店，虽简陋却还干净。丙中洛离西藏的察隅很近，一些货车在此歇脚。可能由于路窄难行，这里没有大型卡车，多是那种解放牌小型卡车。从丙中洛往西藏方向上行，是简易的土公路，路只有一车多宽，由于塌方和水冲，不少地方仅容一车通过，车轮旁就是惊涛滚滚的怒江。在这条路上行车，司机不仅要有熟练的技术，还要有良好的心理素质。

小河谷两侧台地上渠网纵横，水稻田像一幅绿毯，梯次在坡地上展开。一些田边稀疏地夹着竹篱笆，这篱笆夹得无章法，或搭几个方孔，或弯两个圆弧，无秧蔓可爬，也挡不住牲畜，似乎仅为了点缀。稻田远处有几处青石板覆顶的房屋，那是农居，屋侧多有一两树盛开的红花，不知是何花木。阡陌上偶有人通过，或背篓，或扛锨。雨后的阳光照在稻田上，光线柔和，色彩悦目，特别适合摄影。远处是白云缭绕的贡当神山，山下有古老的喇嘛寺，江边矗立着白色的天主教堂。据说附近还有几座神山、寺庙和教堂，诸神共居，人神共居，这里真是个奇妙的地方。

下午，老邹夫妇去看大拐弯，我和枫叶去访小河谷那边的村落。小河从高黎贡山流下来，跌宕而喧闹。河上架着木桥，桥头立两棵老树。翻上河谷，就是稻田，灌溉的渠水是自流的，静静地流入田畦，滋润着正在孕穗的禾苗。路旁立一座凉亭，亭内一位女子带着孩子玩耍，她说她是前边东风村的，嫁到察隅几年了，来回家看看，已经住了半个月。旁边的小伙子是他弟弟，小伙子说他高中毕业，正读着昆明电大。他家是藏族，欢迎我们到家里去。他家是个三合院，北房是座二层楼，房顶覆着青石板，楼梯、地板都是木头的。从二楼窗户，可望见那锦缎般的稻田。他们的父母朴实和善，还有个小妹妹，一家人和和睦睦，其乐融融。在另一家，一位男子正在修理弓弩，说是打猎用，我们感到新奇，问了一些山里的事情。这里的生产力水平很低，人们的生活简单朴素，但心态平和，人际关系也很融洽。东风村旁边有座寺院，很古老，一位老喇嘛站在门口，说自己七十多岁了。经过允许，我们进入寺院。一个很空阔的大院子，院内矗立着经幡，主殿内有几幅壁画，老人说这壁画已有几百年的历史。三个六七岁的男孩儿在寺院门口玩儿，其中一个还挂着鼻涕，见到外人羞怯而腼腆。

从丙中洛上行数里，在差不多接近滇藏边界的地方，山沟里隐着个村子叫秋那桶，这是个怒族村寨，有几十户人家。房子多是用原木搭建，自然朴拙的房屋与青山绿水化为一体，竟像是自然生成，毫无雕琢的痕迹。村头一座教堂，厅堂是木石结构，青石板覆顶，白粉壁为墙，墙侧红花几树，阶旁素卉芬芳。教堂门边贴一张捐款的公示，竟有洋人不远万里来此布施。房屋顺小溪由上而下分布，中间成一条巷子，巷子又分出枝杈，通往各家各户。一些人家架在一二楼之间的木梯挺别致，一根原木，横向砍出节节棱坎，成为阶梯，人侧着身子登上去，敏捷而随意。用竹筒引来山泉，成为长流的自来水，水溜前放着一只高高细细原木挖成的桶，是用来打酥油茶的。挂在原木墙上的大小筛、箩与横垛的原木方圆相配，组成天然的几何美。一个女孩靠在门框边梳头，长发在阳光下发亮。离开秋那桶，路边有座水磨坊，用石渠和木槽引来溪水，冲动下边的木涡轮，带动上边的石磨旋转，隆隆作响。有母女二人正在加工玉米，母亲黧黑友善，女孩温顺可爱，母女的头发和睫毛上落了不少白粉，忙碌而辛劳。怒族村寨多称某某"桶"，从秋那桶回来的路上有个四季桶，在怒江边，村子更小，路边人家一位女子正在织布，一个小男孩偎在她身边。织的是彩色土布，竖条花纹，一些老乡的花坎肩就是用这种布缝制的，很有民族特色。耳闻机杼唧唧，眼观彩线飞舞，久违了的民间手工织艺令人兴趣盎然。沿着怒江一侧峭壁上窄窄的石径走进去几里，有个村子叫五里，是处世外桃源。湍流直下的怒江，在这里忽然变缓，成一道弯弯的圆弧，弧线弓背上方的坡地上，呈阶梯状散布着座座木房，溪水从房侧淌过，喧声悦耳，水磨坊、水闸、田畴、绿树，合成一幅优美的田园画卷。村里少闻人语，只闻得几声犬吠，人们都出去劳作了。登高远望，大江之水急趋之处，是壁立千仞的石门险关。优美和壮美，田园美和山川美和谐交融，大自然和人类在这里共同创造了美的杰作。

九、白汉洛

按原计划，游完丙中洛，要翻越碧罗雪山到澜沧江边的茨中，近年一些

背包客也有这么走的，网上可以看到有关记述。可是天又下起了雨，雨中翻越海拔三四千米地形复杂的高山，还是有一定危险性的。前天独龙江发了洪水，今天怒江的水也涨了不少，如再下雨，山中的河很难说不发水，且路况不明，不知道会遇到什么情况。早晨遇到一位刚从碧罗雪山下来的小伙子，他请了一位向导，几天前从澜沧江边的中排进山，中途走失了路，下山时许多处都是从陡坡上坐着滑下来的，弄得满身狼藉，他极力劝阻我们不要穿越。天雨和好心的劝阻动摇了我们实行原计划的决心，于是商定，向怒江下游走，改游腾冲。

捧当是进入碧罗雪山的路口，车到这里的时候，雨忽然停了，云也开始散开，我提议依然实行原计划，大家也觉着失之交臂太遗憾。既然都想穿越，于是让司机停车，卸下行囊。穿越碧罗雪山先要到迪马洛村，迪马洛离捧当8公里，需要找车。这里有座跨越怒江的悬索桥，桥头一位骑摩托的年轻人热情地给我们指路，并乐意帮助找车和找向导。交谈中得知他是缅甸人，叫角姆独，常驻贡山帮别人做木材生意，娶了个中国媳妇是公务员。因为是外国人，角姆独每年都要到昆明办一次居住手续。我仔细看了看，角姆独穿的迷彩服是外军的，皮肤黝黑，眼窝略深，嘴唇稍厚，是典型的东南亚人。他的汉语普通话说得不错，水平甚至高于李飞强。

角姆独骑着摩托去找车，一会儿就带着一辆蹦蹦车回来了，说司机是他弟弟，我想可能是他的什么小舅子。转过几座山，到了迪马洛，一个不大的村子，牛马在河谷里悠闲地吃草。我们在河谷里等，角姆独去找背夫，一顿饭工夫，带来一位黑瘦的年轻人，叫若瑟，藏族，还起了个汉族名字叫陈志刚，愿意带我们去茨中。角姆独说我们是北京来的，是他的朋友，要求优惠些，于是以双方满意的价格谈妥。四位背夫都是藏族，除若瑟外，嘎增高大英俊；若旺活泼天真，穿一件花坎肩，是若瑟的小舅子；若洛则稳重沉静。有意思的是，他们每个人都有个汉族名字。若瑟居长，角色是领队。他是个能人，会开汽车，村头停着的那辆破旧农用车就是他的，不过活计不多，只在修桥补路时用得着。他说每年都要送几拨游客过山，一般情况下，单程需要走四天，在山中住三宿。看看天色还早，若瑟说可以赶到白汉洛去住，于是与角姆独合影告别。

从迪马洛到白汉洛的路陡而长，需要付出些体力，加之刚刚下过雨，不少地方泥泞打滑，需要登着草棵和灌木根向上攀。白汉洛村子比迪马洛小，多数房子坐落在很陡的斜坡上。村里有一处平台，平台上有座教堂，教堂的建筑可称中西合璧，其顶部飞檐斗拱，典型的中国风格；下部则拱形门窗，西洋教堂的样子，可窗棂却是中国风格的。据说清代这里曾发生过一起教案，一些人把洋教堂烧毁了，这事惊动了清廷，在政府的干预下又重建了教堂，如今教堂完好无损。教堂边辟一处篮球场，几个孩子在场上打球。

晚上在若瑟舅舅家屋侧的平地上扎营。若瑟的舅舅出去了，只有两个表妹在家，姐姐叫玛达莎，在昆明上艺术学校，暑假回家小住；妹妹叫露西娅，今年十八岁，承担着全部家务。露西娅正在做酿酒的活计，她将发酵的玉米从缸里捞出，摊在筛子里，那玉米冒着热气，散发出浓烈的酒香。门前的大木桶是加工谷物用的，木桶是个大臼，直径二尺余，齐腰高，比石臼深；桶中有根中间细两头粗的木头为杵，以杵捣臼，即可将谷物粉碎。屋子正中有个火塘，火塘边安个小鼓风机，大大提高了燃烧的效率。火塘边的两个矮凳挺别致，1米多长一根带枝杈的松树干，将一面刨平做凳面，另一面预留几个枝杈做凳腿，就地取材，随意为之，创意巧妙，造型天然，完全可以放到艺术品博览会上去。露西娅洗土豆、刮土豆皮、炒土豆丝、蒸米饭，而姐姐则陪我们聊天，她说她父亲是藏族，母亲是怒族，她在学校学音乐，能出去读书很不容易。晚饭大家一起吃，饭后玛达莎给大家唱了几首歌，都是滇藏地区民歌风，高远而嘹亮。接着我们去教堂，每晚村里都有人到那里去诵经，我们可以站在后边看。前边供着圣母塑像，下边的十数排板凳坐满了人，女的在左，男的在右，还有几个孩子。奇怪的是，他们诵经不是齐诵，而是男的几句，女的几句，有时还分成三四个声部，配合得很和谐，好似一个合唱团。我忽然想起去独龙江的路上几个背夫的多声部合唱，那种唱法似乎与诵经有关。门口的敲钟人用一根绳子控制铁钟，钟声一响，诵经结束，人们陆续散去。回来的路上，听到路边人家院子里传出欢乐的笑声，间杂着有节奏的步伐声，若瑟告诉我，那是在跳舞，是一种许多人围在一起的集体舞。我忽然生出感慨，在这近乎与世隔绝的大山中，人们平静地生活，自得其乐，幸福感未必低；而在繁华阜盛的都市里，人们激烈地竞争，紧张疲乏，幸福感未必高，甚至还生出一些现代病。其原因何在，值得深深思考。

十、巴拉贡和色哇腊卡

从白汉洛向前，是不断向上的斜坡，风景如画，用仙境来形容最合适不过。斜坡上绿草如茵，各色野花漫撒其上，如夏夜天幕上繁密的星星。侧面的山坡上，覆满深绿色的杉树林，白云缭绕其间，山和林若隐若现。坐在鲜花绿草中遥望对面，绵延不断的高黎贡山烟云半掩，几天前我们还跋涉其间，如今已杳

远缥缈，看不清何峰何岭。附近有一些砍伐余下的树墩，苔痕斑驳，是很久前留下的。树墩间生着几棵奇形怪状、枝杈横生的老树，可能是不成材，伐木时被放过了。草地上垛着或横着一些被加工成材的大根方木和圆木，若瑟说，这里曾伐过不少树，近年封山育林，才保住了剩下的森林。森林的边缘，巨杉粗壮而高大，树形如塔，人站在下面显得很渺小。一些树上挂着许多丝状的寄生植物，类兔丝，若瑟说叫松萝。森林里多是巨杉，一些树自然倒卧，树木稀疏的地方洼几个池塘，水明如镜。过了森林，就是巴拉贡山口，这里的高度已有三千七八百米。下起了小雨，两个十五六岁的孩子赶着几头骡马从山那边行来，马铃叮当，孩子走得轻松随意。下山的时候，迎面走来父女俩，父亲穿件旧军服，憨厚朴实，说是从下边的牧场来，已在山里住了几天。女儿背个竹篓，装多半篓大蘑菇，将一件红色毛线衣盘成头饰，观其貌，面如满月，螓首蛾眉，巧笑倩兮露瓠犀，美目盼兮动秋水，心中暗叹深山出俊鸟。女孩儿说她在贡山读高中，暑假进山帮父亲干些活儿。

翻过山口，下面是觉哇牧场。这是一条峡谷的上端，可望见峡谷尽头的冰川，溪水从那里发源。溪两岸开阔的草地一直延及到山坡上，草很矮，稀稀拉拉的牛群在啃食。矮小而稀疏的柳树生在河湾之侧，岸边白色的冰雪与乱木冻结在一起，听凭溪水侵蚀。溪水清澈而冰冷，上卧一根粗大的枯树，作为独木桥。过桥须掌握住平衡，也须有胆量。若瑟和嘎增先到对岸接应，枫叶和陈英作为重点保护对象，顺利过了桥。

牧场有三两座圆木房，房的周围被牛踩得一片泥泞，若洛的舅舅是这里的主人，同意我们在此借宿。主人养着十几头奶牛，个头都不大，牛犊要吃奶，主人要挤奶，大牛吼，小牛叫，他忙活了好一阵来维持秩序。主人用鲜奶打酥油茶招待我们，味道香醇，回味无穷。夜幕降临，寒雨淅沥，冷风萧瑟，大家围坐在火塘边聊天，夜深乃止。仰卧在窄窄的圆木钉成的床上，侧面是圆木墙，上面是木板顶，墙缝虽稀透风不大，顶能见天偏不漏雨，简陋却觉安适，幸福感油然而生。

晨起继续上行，又遇蚂蟥区，但山坡上少树，蚂蟥只能往腿上粘，麻烦不大。高度已超过4000米，人行走的速度慢下来，我和枫叶的耐力不错，顺利登上了色哇腊卡垭口。垭口海拔4200多米，微雨中云雾弥漫，周围的山坡裸露着湿漉漉的岩石，没什么植被，拍照了几下，匆匆下山。下边峡谷上部是个冰川的起点，人需从冰川上走过去，冰川是个大斜坡，很滑，下边是深渊，我和枫叶的鞋底硬，担心顺冰滑下去，只好从冰川上部的陡坡绕过去。越过冰川，下到安全地带，才仔细环顾雪山。山上已没有多少雪，山沟下部的冰雪也所剩不多，由于正值雨季，大一些的石缝都在往下流水，山沟上部的冰川和一些凹地的积雪还没有完全融化。我们站在冰雪上，后面是苍翠的杉树林和巍巍的山峰，景色似一张油画，忙把这高原奇景拍照下来。

茨中河从这里发源，往下行走的同时，也目睹了一条河的成长过程。冰川和积雪融化为涓涓细流，细流汇成潺潺溪水，数条小溪又汇成跌宕的河流，这河奔腾几十里，纳众川之水，最后汇入下游的澜沧江。翻过色哇腊卡，就从怒江流域进入到澜沧江流域。河谷越走越宽，两岸牧草丰美，时见三三两两牛马徜徉其间。这里的地势依然很高，要下到海拔1800米左右的澜沧江边，还需要走很多路。由于一路泥泞潮湿，给养也不多了，大家商定不再宿营，将两天的路一天走完，于是开始暴走。傍晚时分，翻上一处陡峭的山梁，若瑟说，前面就是澜沧江了。从山顶俯瞰澜沧江，若一条黄红色的飘带，在高深的峡谷中蜿蜒。远眺对岸高大的山体，如同一张画板，上涂一块块不同的颜色，深绿的是树林，浅绿的是庄稼，红色是裸露的坡地，一片片白色则是村寨的房屋。可能由于山坡上的土是红色的，所以江水也泛红。澜沧江下游叫湄公河，贯穿东南亚数国，是世界级的大河。李白诗曰"黄河之水天上来"，都以为是夸张，翻过色瓦拉卡沿茨中河一路走来，直到见到脚下的澜沧江，我多少改变了看法，其实说水从天上来也并没夸张多少，黄河、长江、怒江、澜沧江，哪条大河的水不是来自数千米高的高原，这高山之巅不就是天吗？

从山梁往河谷下降，多是陡于四十五度的坡，一直是下、下、下，好像没有穷尽。直到天快黑的时候，才下到江边的平路上，老邹说他已经不会在平地上走路了，这一天共暴走了十二个小时。

十一、茨中

晚宿茨中村吴大爹家，这是一所两进的宅院，前后各一座藏式的二层楼，主人居前院，客人居后院。楼下拴着一只黑色的藏獒，这狗见到生人异常凶猛，吼叫不停，似乎要将锁链挣脱。天色已经不早，主人忙吩咐做饭，并陪我们吃饭喝酒。主人家的葡萄酒很好喝，其汁浓挂杯，醇香令人回味，是自家酿制的。吴大爹说，他的娘娘（姑姑）曾是教堂的修女，从法国人那里学得了酿制葡萄酒的技术，这技术后来又传给了他，他每年要酿制几十大缸红葡萄酒。他的酒味美，名传遐迩，县里的领导来，也要品尝它的酒。他说，现在这一带澜沧江边的农户，好多都在种植葡萄和酿葡萄酒。吴大爹是县政协委员，是地方的知

名人士。他给我们放了一段视频，是介绍茨中地理民情的，片子里介绍的茨中教堂，就离他家不远，已有上百年的历史。

我的假期已快用完，而老邹夫妇却还要向澜沧江下游行进，只好同他们作别。翌日一早，我和枫叶乘上了去德钦的中巴车，由于走得急，没来得及去看一下茨中教堂，留下个遗憾。车沿着江边行驶，江水和怒江一样汹涌，只是水比怒江的红。峡谷两侧的山坡植被不多，是干热河谷地貌，房屋多是藏式碉房，白墙红檐，一些房上还支着锅状电视天线。行过一座悬索吊桥，来到澜沧江对岸，这边的路是沥青路面，往下可沿江到维西县，往上的路到德钦。前面的镇子叫燕门镇，窄而小，其实就是在江边公路旁建了两排房，商铺店肆虽不多，人车却也熙熙攘攘。汽车沿着云岭上盘，若飞机在云中飞翔，居高下望，澜沧江河谷伟岸而苍凉，山入云，江如带，溪似线，除少数绿洲外，巨大的山岭几乎没多少植被覆盖。路边时见白塔和玛尼堆，有处山坡的平台上，经幡猎猎，挂满了玛尼贝贝，那是寺庙。

到德钦换车，走滇藏公路到中甸，中甸已被命名为香格里拉县，是比较成熟的旅游区。说起香格里拉，20 世纪 30 年代英国小说家詹姆斯·希尔顿写了部小说《消失的地平线》，书里描写了个世外桃源般的去处，据说这地方在青藏高原东南的大山中，疑为滇西北。香格里拉究竟在哪里？有人认为在中甸，有人认为在丽江，而贡山人则认为丙中洛一带才是。小说家语虽不足信，然而香格里拉却和桃花源一样，成为人们心中美好的净土。依我看，哪儿都像，只是我更喜欢原生态，不喜欢过度商业性的开发，弄得到处人海如潮，再好的地方也没劲了。横断山的高山大河造成了闭塞和隔绝，却保留和保护了一些处女地和原生态的文化。可是这些净土却正在被觊觎和受到威胁，并日益被蚕食和吞噬。我看到，三江的上游，正在大兴水电工程，一些地方的青山绿水已百孔千疮。我以为，对这些人类的宝贵遗产，应该精心呵护，而不应去毁坏和攫取，在眼前的经济利益与生态文化的保护之间，何取何舍，孰得孰失，必有能辨之者。

金沙江发大水，淹没了公路，在香格里拉延宕了两天，为赶时间，我和枫叶背大包爬山绕过水淹路段，乘上了去昆明的车，结束了这次神秘而艰险的旅程。

（2008 年 10 月 12 日写毕）

川西北掠影

2007年8月，与妻子及朋友共六人，赴四川省北部自助游。我们的自助游，除不依赖旅行社外，还自有其特点：一是尽量走野路，躲游人，兼顾知名景点；二是食宿从简，集体拼车，尽量省钱；三是昼行夜宿，一日一地，近乎拉练。屈指计程，来回十五天，行程万余里，涉足甘孜阿坝二州，饱览高原藏区胜景。以往旅行，游时兴趣盎然，然因脑惰手懒，疏于笔记，游后渐渐淡忘，只留个大概印象，久之如同未游。此次旅行，行程紧，游速快，每日景物风俗目不暇给，浮光掠影一般，虽狂摄照片数百张，然如流于时日，仍不免淡忘。好记性不如烂笔头，为避免淡忘，以免日后游之如同未游之憾，趁兴趣未衰，印象未浅，热情未减，急记几篇豆腐账备忘，也给感兴趣的朋友解闷。

8月11日

T7次列车晚八点多才到成都，晚点两个多小时，听说是绵阳附近发大水的缘故。枫叶在成都的朋友开车到火车站来接，先送我们到锦里看夜景。古色古香的一条古典风格的街市，菜馆、小吃、首饰铺、字画摊、皮影、杂耍，琳琳琅琅，应有尽有。街内牌楼风格独特，店铺牌匾韵味不俗。游人熙来攘往，华灯五彩缤纷，一派阜盛繁华景象。晚上九、十点钟人们还在喝小酒、打小牌、尝小吃、品香茗，显出锦官城百姓生活之悠闲。晚宿新南门附近一家旅馆，是一个县的办事处开的，二十五元，有空调，没纱窗，点蚊香还须关窗子，半夜熏得难受起来掐灭蚊香，导致蚊子肆虐，皮肉受苦。

8月12日

从成都经雅安、天全至二郎山，公路沿青衣江盘旋上行，越盘越高，开始体验川藏路之险峻。公路盘到一定高度即至二郎山隧道，路边有标志："老川藏路"，老路还要继续上盘，想距垭口还要有相当高度，不禁感叹前人筑路行车之勇气。穿过二郎山隧道，景象迥异于山的另一面。俯视大渡河峡谷，高山大川，江水奔腾，气象雄浑，令人胸襟开阔。盘下二郎山，沿大渡河向上游行十几公里，就是泸定。到了县城，我们就打听那座举世闻名的铁索桥，急

急地赶到桥边。泸定桥建于清康熙四十四年，曾为川藏交通要道和军事要津，桥身用十三根铁索连结两岸而成。为保证安全，现已用钢丝绳平行加固铁索，上铺木板。时值八月，江水滔滔，桥身晃动，下视令人目眩。遥想1935年5月29日红军飞夺此桥的战斗，令人感叹勇哉壮哉。如今桥上及两岸桥头亭游客如云，穿红军装者、打红旗过桥者、照相留念者摩肩接踵，不少尼姑也来此观览。桥上十分拥堵，过桥须十分小心。桥西岸山崖上嵌筑着一座寺庙，登上庙宇，整个泸定县城及山势地貌尽收眼底。从这里俯视泸定桥，另是一番壮观景象。泸定桥下游沿河西侧土路，应是当年红军行军必经之路。路窄坡陡，日夜急行军120公里，其艰苦程度可想而知。泸定桥下游另有一座斜拉吊桥，桥西岸立有红军飞夺泸定桥纪念碑，雕塑写实而有张力。如欲近观，需掏钱买票，只好隔门瞻仰，拉近焦距照了两张相片作罢。

从泸定到磨西镇55公里，我们当天就赶到了那里，住在冰峰宾馆，挺干净，可以洗澡，每人才20元钱。磨西天主教堂就在旅馆附近，一座正面看三间上下两层中西合璧的房子，青砖筑墙，青瓦覆顶，毛泽东长征途中曾住在这里，现已辟为纪念馆。由于海螺沟冰川风景区就在磨西镇上游，镇里有一些卖旅游纪念品的摊点，我看到有几张类似虎、豹的皮挂在那里出售，便近前摸了摸，老板告诉我那是雪虎和草豹的皮，说现在山里还有这些动物。

8月13日

六点半起床，街上还没有几个人。敲开黄老太的包子铺，老人家已蒸熟了热气腾腾的两屉馒头包子。这铺里就她一个人忙，干净整洁，人也慈善和气。我们落座，看主人忙，就自拿包子自盛稀饭，稀里呼噜吃将起来，那泡菜还挺好吃。这铺虽简陋，但感觉很亲切，好像到了自家一样。店铺的前脸是老式的门板，这时来了一个小伙子帮助卸下，我们以为他是主人的帮工或亲戚，黄老太说他也是个背包客。吃过饭来到街上，一抬头蓦然看到了雪山，那是贡嘎山主峰，海拔7500多米，为蜀山之王。朝阳照射在山峰上，使雪山变成金黄色，呈现出日照金山的瑰丽奇观。选位置拍照使大家忙了半个多小时，可是雪山露脸的时间很短，一会儿便被云遮住了，等了半天还是半遮半掩，再也不肯露出全貌。

进海螺沟看冰川要乘公园的车，路虽险，但司机路况熟，操作起来很熟练，心里还算比较踏实。乘车从海拔1000多米上升到3000多米，再往前有两种选择：一是乘缆车上行，可以看到冰瀑布；二是步行上山，可以进入冰塔林。我等自然选择步行上山。上行一小时左右，就看到了冰川。从高向下俯视，一条宽阔的山谷里，几公里长的冰川从上游一泻而下，呈扇形铺开，如大河浩荡，只不过这河是固体的冰。冰川陡坡处顺流形成一道道V形的融沟，呈横向排列，即是所谓的冰塔林。远观冰塔林中的游人，若蚂蚁般渺小，更衬出冰川的壮观。进入冰塔林，冰的断面洁白晶莹，见之令人忘俗。置身冰的世界，气温低了下来，于是穿上了外套。向上游望去，冰体如岩石般林立，透过冰塔林，山上的青松和绿草又成一个层次，但只露一段，像少女绿色的围腰，上边则白云缭绕，雾气朦胧，使人窥不到容颜。砾石被冰体裹挟而下，小者为沙、为砾，大者为石、为磐，这恐怕就是地质学上所说的冰川漂砾。冰川上还有冰裂缝，有的深不见底，从裂缝边通过时要格外小心。零距离接触冰川，大家都是第一次，新鲜劲儿就别提了。开始摆着各种姿势照相，与冰川拥抱和亲吻。贾大侠则赤膊上阵，做健美运动状、和尚打坐状、雄鹰展翅状，极尽表现之能事，引得众人哈哈大笑。海螺沟是低纬度高海拔冰川，据说因为气候变暖，冰舌已在不断退缩。如果有朝一日没有了冰川和雪山，气候失调，江河失源，人类不知要处于多么尴尬无奈的境地！

　　游完冰川，打了一辆出租车离开磨西镇。几个人结伴出行有诸多好处：一是经济，六个人拼车降低了个人支出，找旅馆砍价也更有资本；二是安全，人多势众，大家还能互相照顾；三是热闹，一路上有说有笑，多了不少快乐。从摩西去泸定的路沿着大渡河右侧上行，河水滔滔，势如奔马，路况很好，车速极快。司机感冒了，鼻涕眼泪一把抓，更严重的是他不时打盹，显得很疲乏。我不时提醒他车速要慢，累了可以停下来休息，他坚持说没问题。50多公里的路好不容易在惴惴不安中走完了，到了泸定，他另找来一辆车，让一位年轻的司机送我们去康定。从泸定去康定要翻出大渡河峡谷，车在大渡河左侧支流的河谷盘旋上行，路边有几个老乡在卖水果，那果叫仙米，是仙人掌的果。因海洋的暖湿气流很少顶到这里，大渡河峡谷为干热河谷，由于雨水稀少，河两岸山坡上植被稀疏。仙人掌是热带植物，在这里见到也属自然。仙果微酸而多子，剥皮时毛刺易扎手，扎后毛刺不掉，蛰痒异常。买果时不谙此性，弄得毛刺散落在座椅上，一路如坐针毡。

　　康定是甘孜州的首府，狭长的一道山谷中夹着狭长的一座城，折多河穿城而过，水流丰沛。与泸定不同，这里的建筑具有鲜明的藏区风格，街上的行人，多着藏装。城市很繁荣，人流车水，熙熙攘攘。现代的风也吹到了这里，专卖店、银行、网吧……，应有尽有。城边的山崖上，几个硕大的菩萨彩色浮

雕悬刻在那里，俯视着众生多彩而忙碌的生活。城边那座陡峭的山就是跑马山，"跑马溜溜的山上，一朵溜溜的云呦"唱的就是这座山。我们没有去山顶跑马，只是坐着汽车在山脚跑了一会儿，因此歌中那景象未能经过实地印证，仍保持在想象状态。同全国其他城市一样，康定城也在扩张，在向另一条山谷扩张，越建越高，据说高原上还要修飞机场。

过了康定，汽车开始翻越折多山。折多山口海拔4298米，称康巴第一关。在接近海拔4000米的地方，由于前边的两辆汽车顶牛，致使318国道大堵车。车队越堵越长，有些往前钻的车竟堵住了对面的行车道。无奈的人们都聚在公路边等待，事故何时处理完毕，没有一点指望。一位挎照相机的大胡子老外跑前跑后张罗，显得孤掌难鸣；众多国人心里着急，却表面沉着颇有耐心。路边溪水清清，我们下车洗仙果吃，我顺便洗去了可恶的毛刺。我庆幸带了羽绒服，心里也作了打持久战的准备，在海拔这么高的地方，太阳落山气温一降，可就不好玩了。对面一辆着急的小面包车开下路基想绕过来，却不幸陷在那里，好在车小身轻，众多的好心人把它抬了过来。一个多小时后，众人翘首的警车来了，很快处理了事故，令那些往前钻的占道车横在路边，凝固的车队才逐渐动了起来。夏天的折多群山，山顶无雪，亦无植被，势高坡缓，云低如帆，寥廓苍凉，一派高原景象。山口白塔矗立，经幡猎猎，别有一番风格。由于害怕再堵车，大家匆匆照了相准备离开。贾大侠对照相的事特别看重，照了一遍还不放心，要求我下车再给他照，直到心满意足才罢。车过折多山口，路况开始差了，沥青路面多被大车压烂，凹凸不平，尘土飞扬，只好关紧车窗遮蔽。下午的阳光斜射在盘旋无尽的川藏路上，一辆辆卷起烟尘的汽车鱼贯而行，构成了一幅壮美的图画。晚宿新都桥一家旅馆，店主称由于全镇的自来水系统坏了，只有他这里有自备井可以供水洗澡，于是勉强住下。

8月14日

热情的店主告诉我们，新都桥值得看的主要是乡村风光和居里寺，他还画了一张草图，让我们去按图索骥。租了一辆车，司机叫洛桑，一位典型的康巴汉子，高鼻梁，大眼睛，红脸膛，一笑露出一嘴雪白的牙，卷檐的皮帽使他像一个美国西部牛仔，其实它是一个名副其实的中国西部牛仔。他说他为卖虫草的事开车去过北京，两人倒班开，走了五天五夜。虫草现在很火，一斤可以卖到两三万元，这里的山上就有。洛桑的家在离新都桥不远的瓦泽乡，正好顺路。车沿着狭窄的乡间土路前行，慢慢驶过圆木搭的桥，河水湍急，河流的曲线很优美。路边是树枝插的篱笆，篱笆后是青稞地和豌豆地，青稞即将成熟，豌豆长势正盛，黄绿交错，层次分明。庄稼地后面，座座藏式碉房掩映在绿树中，这些碉房多是两层三层，也有更高一些的，青灰色的石墙，显得坚固和棱角分明。红白相间的梯形窗户，显出独有的风格。洛桑家的碉房有三层，每一层有百十平方米大小，一层圈养牲畜，二层住人，三层半是库房半是晾台。一上二楼，洛桑就给我们献上哈达。女主人朴实、能干和腼腆。小女儿上学去了，大女儿叫仁增拉姆，初中毕业就开始帮助父母维持生计。仁增拉姆很聪明，普通话说得很好，"欢迎你们再来""拜拜"等话说得清脆悦耳。从瓦泽出发，中经白塔、甲根坝和篷布西，全程40公里，一路青山凝翠，小桥流水，田畴织锦，农舍俨然，牛马悠闲，白塔映辉，令人赏心悦目。在甲根坝附近，贡嘎雪山忽然现出了它圣洁的身影，如画龙点睛，使这幅风光画顿增了几分仙气，恍若画中佳境，犹如世外桃源，怪不得人称这里为"光与影的世界"和"摄影家的天堂"。篷布西的古碉楼，楼体横剖面是个八角的多边形，楼体用石头砌筑，由底向上越收越窄，高度有十几米，顶上砌四个棱锥体的三角，好像动物的耳朵。碉楼顶部和距地面五六米的地方各留一个洞口，看来是人的出入口。类似的古碉楼，后来在康巴藏区我们看过多处，有高有矮，形状各异，我看最具观赏价值的当属篷布西的碉楼，它粗实敦厚，古朴凝重，矗立于村寨之中，与民居交相杂错，相融一体，而不离群索居，孤高独处。村民也与它和谐相处，像对自家老屋一样对它，千百年来，它几乎毫发未损。关于碉楼的用途，说法不一，我认为是一种军事设施，其主要功能是预警和防御，类似于长城上的烽火台。至于它的具体历史，只有由专家来解读了。在篷布西村口，有一座类似水磨坊的建筑，从山上引来水流使中间的机关旋转。走进观察，原来是一个以水为动力的转经筒，底部与水磨一样，也是一个木制涡轮，在水流的冲刷下不停地转动。居里寺在瓦泽的另一个方向，全称为"朵麦热岗木雅居里寺显密宗讲修禅院"，寺院不小，据说有几百个出家人。寺院的厨房正在做斋饭，大锅大盆烟气蒸腾。到这里参观需买票，买票后一位年轻喇嘛带我们去参观，看了殿堂后又带我们上山去看天葬台，天葬台在海拔三千八九百米的山坡上，旁边立着数座白塔，山坡上插满了各色幡旗，白色的蘑菇云在高而平缓的山坡后泛起，显得寂静而寥廓。

　　日落前我们赶到了塔公。雅拉山是这里最高的神山，金字塔形，山体峻峭，棱角分明，像个典型的山字。山顶有雪，使神山增添了几分神秘。金塔寺是这里最辉煌的建筑之一，据说塔尖和顶部的镏金，用去了八十多公斤金子。残阳

照在金塔顶上，熠熠生辉，雍容肃穆。晚宿在镇上的藏民家，与几个老外同住在一所碉房里。

8月15日

塔公最有名的就是塔公寺。塔公寺是康区最早的寺庙，公元600年左右修建，与松赞干布和文成公主有关。据说这里的释迦牟尼像"一见获益"，闻名藏区。寺庙周围有五座圣山，山上玛尼经幡星罗棋布，宗教氛围非常浓郁。一大早我们就进入寺院参观，早晨的仪式正在楼上进行，二三十位喇嘛分两排对面而坐，口中念念有词，室内香烟缭绕。法号号管很长，号声沉闷而悠远。这可能是早餐的序幕，也可能是法事之后开始早餐，念过一通经文，一位提壶的喇嘛开始给众喇嘛的碗里倒上酥油茶。在佛像前，一早就有几位老年妇女在那里匍匐磕头，默默地叩念。我想，这些信徒的精神生活既丰富又简单，他们祈求来世的幸福，憧憬彼岸的美好，不断地磕头念经，通过简单的重复，来表达虔诚寄托希望。寺院后边是一个塔林，规模宏大，有108座白色的灵塔。塔林用长墙与外部隔开，墙的外侧是一条长廊，长廊内装着一溜转经筒，廊子很长，转经筒的样式也段段不同，形状有大有小，装饰有金有彩。我们又雇了一辆车，司机扎西告诉我们，摸转经筒时要顺时针旋转，每摸一下要念一句"唵嘛呢叭咪吽"。许多人在这里转经。

下一站到丹巴，中间要翻过象皮山和嘎达梁，这里的高山草原非常美丽，草不高，像绿色的毯子一样在平缓的山坡上起伏展开，草毯上织满了各色的野花。俯瞰山脚下细细的溪流，曲曲弯弯，在阳光下闪烁。白色的栏杆把牧场分成一块一块的，使绿色中装点着一些几何图形。黑色的牦牛毛毡篷上冒着炊烟，扎西说住毡篷的牧民是游牧的，天气一冷，他们就要离开这里。八美是个岔路口，这里有处奇特的地貌叫变色土石林。山坡上露出大片的青色，像是青灰，青色的山体纵向形成道道沟，似雨水冲刷而成，河水也变成了青色。可能是阴天的缘故，没看见土石林变色，可青色的土石林和金黄色的青稞，却给我留下了很深的印象。八美到丹巴的路程83公里，大半在亚拉河谷中行驶。这是一条绝美的河谷，高原草场、原始森林、危崖幽谷、激流飞瀑、石拱渡溪、藏寨石碉，像一条景观长廊，美不胜收。丹巴是亚拉河的终点，到此汇入大渡河。两河交汇处，亚拉河水清，大渡河水浊，泾渭分明，自成一景。丹巴县城就夹在狭窄的大渡河峡谷一侧，街边凭栏，俯视湍流奔涌，仰观高崖危耸，使人惊叹此天险绝境竟然坐落着一座城！断崖之上，嘛呢高挂，彩绸飘飘，让人感到宗教氛围无所不在。沿大渡河下行，隔岸就是有名的丹巴古石碉。与新都桥的碉楼不同，这碉楼是四角的，下宽上窄，高达二三十米，有十几座，林立于陡坡和山顶，它最大的特点是高耸，成为丹巴的标志性建筑。丹巴海拔1000多米，气温比高原高了不少。为避暑，看天色还早，我们决定重返亚拉河谷，回高原，奔道孚。重走亚拉河谷，又是一种感受，细雨淅沥，黄叶飘零，飞流溅雪，松杉挺立，白雾缭绕，青峰半掩。扎西忽然将车停在公路边，路边的崖缝中一股温泉外溢，热气蒸腾，水热烫手，大家纷纷下车撩水洗脸，连连称奇。车到嘎达梁，云消雨霁，八美一带旺畴村落尽收眼底，麦菽黄绿相间，地块纵横交错，白碉错落，绿树成行，观如锦绣，视若云霞，好一派田园风光，惹得众人端起照相机，又一通狂轰滥炸。八美有一个寺庙，称惠远寺，由于行程紧，没能进去看，但远观寺墙齐整，庙宇巍峨，规模宏大，气象不凡。进入道孚县境，植被越来越好，高处是满山的松杉，低处是起伏的草原，曲水明湖，草花摇曳，景若油画，这里称龙灯格萨尔草原，遗憾的是途中下雨，未能照下几张照片。晚八点多才到道孚县城，宿吉祥旅店。此前一日游一个地方，行程太紧，建议大家休整一天。

8月16日

早起大家的精神头又来了，遂相商不再休整，继续走。

道孚的藏民居很有特色，我让扎西领我们去一家看看。在马孜乡八角村边，麦子已经成熟，村民正在收割，两个男子在鼓捣收割机，几个妇女用镰刀割地头，地上倒着一排排割倒的麦子。麦捆戳在田里，一辆拖拉机后斗上的麦捆码得高高的，一上一下配合装车的像是父子。车下四十多岁的汉子说，地边的房子是他家的，他父亲在家，我们可以去看。老人正在房前唠嗑，听说我们要看他家的房子，很高兴。院子左侧的柴房一溜四间，粗粗的松木柱特别显眼，里面宽敞、豁亮，垛着一大堆干草。在农村，少见有如此气派的柴房。正房是一幢两层的藏式碉楼，底层的墙是石墙和干打垒的土墙结合而成。一层以上基本是木结构，类似于东北的木刻楞，但建筑工艺比较讲究，装潢也较富丽。檐子和窗户的颜色红白相间，那红类似于北京故宫红墙的红，那白则在高原阳光的照射下格外耀眼。进入碉楼，以硕大粗实的原木、半原木和木板做成的楼梯、柱、梁、檩、椽、顶板、地板和墙壁，使人置身于松木的空间中，自然而本色，有返璞归真之感。客厅正中悬挂着一个由牦牛头角制成的工艺品，做工考究，装饰华丽；卧室比较简单，唯床和铺盖而已；厨房很大，炊具古朴而繁多。厨

房中间有一个两孔铁炉，烟囱管子上悬挂着四个铁皮小圆筒溜溜打转，引人注目。主人告诉我们，那是转经筒，靠炉子蒸腾上来的热气作动力旋转。我想起了新都桥的水车转经筒，那个用水作动力，这个用气作动力，真是异曲同工。储物室有两个：一间墙壁上挂着衣服，角落码着木箱和带条纹的土布；一间墙壁上挂满皮具，像是驭具，显示着这家主人是驭使牛马的行家里手。二楼有一个晾台，通过竖在那里梯子可以爬到房顶。老两口很慈祥，哄着一个四五岁的孩子和一个婴儿，是重孙辈的，这是一个四世同堂的家庭。老汉希望我能把照片寄给他。

途经炉霍，一座小巧玲珑的县城，城北的山坡上满是金碧辉煌的庙宇和色彩鲜艳的藏房。与道孚略有区别的是，这里的碉房有红色的坡顶。午餐毕，在一家馆子喝酸奶，那酸奶极黏稠，风味独特。卖酸奶的姑娘个头高挑，皮肤细腻，言语得体，温柔娇羞，康巴女子的美丽从她可见一斑。她巧妙地婉拒了贾大侠要与其合影的要求，使大家又有了打趣的话题儿。

去色达的路，沿着色曲上行。色曲是大渡河的上游河段，河床在海拔3500米以上，真可谓天来之水，其跌宕曲折千姿百态。公路旁有座山，山上插满赤橙黄绿青蓝紫各色玛尼贝贝，分颜色呈梯次排列，远观灿若虹霓，是此处一景。喇荣五明佛学院也是一景，海拔近4000米高的山上，禅房星罗，僧舍棋布，僧侣云集，僧袍袈裟满目，据称此处的出家人有数千之众。山顶有一座圆形建筑，底色青绿，顶檐镏金，内厅供佛，外围环路，称为坛城，僧尼信众围坛城顺时针转经，摩肩接踵，川流不息。同行的几人认真地随众人转起来，我似乎有点高山反应，但在扎西的动员下，也转了三圈。一些出家人很年轻，有的还是十几岁的孩子。一位盛装女子带着孩子立在坛城边，我们与她搭话，她说来看她的小姑。她小姑今年二十七岁，出家已十年，因婚姻不如意才出家的。那尼姑高高的身材，身着红袍，脸晒得黑黑的，寡言而腼腆，与她衣着华丽，谈笑风生的嫂子形成鲜明对照。

夜幕将垂，到色达县城，中心广场上立着一座奔马的雕塑，灯火齐明，男女老幼正围着奔马准备跳锅庄。乐声起，众人足之蹈之，手之舞之，节奏鲜明，舞姿古朴。一位小女孩主动上前教与我们同行的刘老师，刘老师似有舞蹈天赋，很快就合拍中节，蹴踏起舞，令人羡慕。晚宿广场边一家旅馆。

8月17日

上午又到佛学院，活佛正在大厅里讲经说法，大厅门口的架子上摆满了听讲人的鞋子，从窗子望进去，近千僧侣席地而坐，活佛在讲台上对着话筒讲经，也许讲到了妙处，台下有时发出阵阵笑声。大厅外边也有数百听众，他们通过喇叭听讲，听得全神贯注。讲经结束，喇嘛们涌出大厅，狭窄的甬道上充满了身着红黄袈裟的人群。他们的午餐类似八宝饭，每人一碗，佐以一杯酸奶。

在色达我们见到了天葬，死去的人先送到佛学院，一群喇嘛为亡灵念经超度，然后送到天葬台，那里也有一群尼姑念经。天葬师到来之前，大群兀鹫或蹲在山坡上或盘旋飞翔，天葬师工作完毕，它们飞到天葬台，协助天葬师完成天葬的仪式。天葬最大的特点是天人合一，回归自然。

从色达去马尔康走314国道，道路紧傍着水流湍急的绰斯甲河下行，绰斯甲河上接色曲，下接大金川。这儿的峡谷窄而陡，多有塌方路段，很险要。我们的运气不错，晴空丽日，如果下大雨，走这种路就很难说了。夜幕降临，离马尔康还有几十公里，开了一天车，扎西已经累了，我不时提醒他慢些开，他哼起了小曲，我知道他是在强打精神。到马尔康已近晚上九点，宿武装部宾馆。

8月18日

马尔康是阿坝州首府，一条河穿城而过，清流激荡，水光潋滟，给高原小城带来几分灵气。这河叫梭磨河，河边矗立着巨大的手机广告牌，显示着现代化的风已吹到这里。菜市场里果菜琳琅，价格和大城市差不多。在街头又谈妥了一辆车，司机叫石胆彭，藏族，他还有个汉族名字叫韩幸福。幸福带我们去松岗看碉楼，这碉楼与新都桥和丹巴的碉楼都不同，多角、高大而完整。到碉楼的底部仰望，棱角笔直，砌石犹新。贾大侠我俩从下边的门洞进入碉楼内部，内腔是空的，一人多高处稀稀拉拉篷着木板，上望黑洞洞的，估计能够到顶。地下有一条地道，据说可以通到河边。

卓克基土司官寨是马尔康一处有名的建筑，红军长征曾路过此地，毛泽东在这里住过一个星期，召开了有名的卓克基会议，据说他称官寨为长征途中见到的最有特色的建筑。官寨是一个城堡式的石楼，总体呈口字形布局，中间是个方形的大天井，天井四面是四层楼房，内面层间互通，各层有廊相连，外墙则只开窗洞，高不可攀。闭门防御，易守难攻。红军初攻此寨，久攻不下，夜间施放信号弹，土兵以为要放神火烧寨，才弃寨而逃。官寨内布置的嘉绒藏区文化风俗展览，特色鲜明，文化气息浓郁，堪为上乘。官寨附近的民居，称西索民居，为文物保护单位，其形式与附近村落的藏房相似。

在刷经寺用午餐，路边的山民在卖各种山货，最贵的是松茸。松茸是青

冈树下生出的一种菌类,味道鲜美。最漂亮的是鹅蛋蘑,大而鲜艳,状若小瓜,还是第一次见到这么大的蘑菇。下午过查针梁子,海拔4125米,为长江黄河流域的分水岭,岭脊平缓。两侧草甸茵茵,沼泽星罗,涓涓细流从草泽中渗出,渐成小溪,往南汇成梭磨河,流入长江上游的大渡河;往北汇成白河,在大草地上曲折迂回,最终在川甘两省交界处的唐克乡汇入黄河。岭脊上立着一块巨石,上刻"黄河长江分水岭"草书红字,风格不凡。两脚横跨两大流域,一时能饮两条河水,此生难逢,大家非常高兴。爬上查针梁子,汽车开了锅,只好用矿泉水降温。往北进入红原,一望无际的高原草甸,绿野茫茫,可能是草结籽的缘故,一些地段的草绿里泛红,红原的得名,可能缘于此。河水在草原上蜿蜒曲折,缓缓流淌,淌出优美的曲线。高原的云很低,团团朵朵,像是从远处的山后边浮起来的。阳光时隐时现,被云彩遮住时,在草原上现出大片阴影。草原上盛开着黄蓝等各色野花,路边偶见养蜂人的帐篷和蜂箱。这草原蜜是纯天然的野花蜜,我们停车购蜜,留着晚上品尝。唐克乡称九曲黄河第一湾所在地,也是白河汇入黄河的地方。这地方已辟成一个旅游景点,看黄河要收门票。到唐克已接近日落时分,在马尔康与司机谈只送我们到唐克,以为到唐克就见到了黄河,谁知道这里距黄河边还有6公里,再往前走还需继续讲价钱。况且这里上不着天下不着地,距若尔盖还有80公里,要找其他车也不方便,只好继续与幸福谈。贾大侠与幸福对路程的理解差距较大,幸福又是唯一的卖方,谈得很费劲。看着渐渐西沉的太阳,我很着急,夕阳西下,黄河落日,正是摄影的大好时机,机会不能错过,我草草说了个价钱,催幸福赶紧驱车赶往河边。到河边时,太阳已经有半个落进河里去了,剩下的半个像腌得流油的鸭蛋黄,泛着高炉铁水似的光芒。红霞映衬着西天,云彩镶着金边。黄河被沙洲隔成三四层,平静的水面在余晖的照射下白亮亮的,逆光下远山、渔船和草棚形成黑色的剪影,给人以诗一样的感觉。第二天早起又去看黄河,可大雾弥漫,数米之内不见人,只好爬到河谷边的山顶等待云开雾散,从六点等到九点,也不见大雾有散去的迹象。好在阳光出来了,顺光在云雾中看到了"佛光"——圆形的彩虹,人影在霓虹中间,每个人都成了幻境中的"佛"。

8月19日

从唐克到若尔盖是一望无际的草地,是当年红军长征走过的地方。草地里一群群牦牛在悠然自得地游荡,牧人的黑色毡篷扎在离路边不远的地方,炊烟袅袅。我们走进草地,想亲身体会一下红军过草地的感觉。一对牧牛的年轻姑娘走过来与我们搭话，其中一个用头巾把脸裹得严严的，只露出两只黑色的眼睛。小一点的妹妹很活泼，手里甩着一根中间带皮条的长绳，这绳是用来甩石子轰牛的。说话间，她把石子夹在皮条中，一转身抡圆了绳子，石子嗖哨而响，飞到几十米外。公路边的丘陵上正在建一座纪念碑，上书"九大元帅走过的草原"几个大字，几个骑马的少年勒马在碑边观看，都在十三四岁左右，我忽然想起"马背民族的摇篮"这句话，这茫茫草原，就是草原健儿的摇篮。过了草原，是起伏的山地，国道正在改线，土路烟尘滚滚。午后时分，到达川主寺，这里建有红军长征纪念塔和纪念馆，远远就可以看见山顶上的纪念塔，臂擎长枪的红军战士雕塑巍然耸立在那里，蓝天上的白云在他身后游走。松潘古称松州，是古要塞，也是民族交融之处，这里杂居着汉、藏、羌、回等民族。古城修复得很好，城墙、城楼、街道、牌楼、店铺、民居以至政府机关、公司单位，全都建装得古色古香，城里几乎见不到现代化的广告，基本上不允许汽车通行，所有店铺甚至机关的牌匾，都是老式的，置身松潘城中，仿佛回到了清末民初。

  以后几天，又去了黄龙和九寨沟，接着取道甘肃文县到剑阁，从广元乘大巴到郑州然后返京。这一路都是成熟的旅游景点，给人的印象是风景不错，人满为患，过度的商业开发消减了自然和人文景观的可观赏性，况且不少地方早在照片上看过了，缺少新鲜感，所以不再详记。值得一提的是广元附近的昭化古城正在修复，相信几年后会有松潘的风貌。还有广元西北的大水库，纵贯几十公里，非常壮观。

（2007年11月8日草）

青海农区一瞥

（2004年4月8日—23日）

4月8日

中午乘9132号航班从北京飞西宁，两小时后抵达。临近西宁时，从飞机上下观，高山上积满了雪，然下飞机后却暖日融融，机场外边的麦苗已返青，杨树透出了绿色，湟水谷地已露出春意。机场距西宁市区30公里，路修得很好，路边低矮的土坯房与现代化公路形成强烈反差。

住一家假日酒店，晚饭去另一家饭店。这里的饭店有个特点，餐桌旁放一张牌桌，候餐时几个人打上几圈扑克，打的人感到刺激，看的人也觉得兴奋，烟云缭绕，兴趣盎然，几乎忘了吃饭。这里敬酒也有点儿意思，敬酒的人端着个瓷盘，盘子里放着六盅酒，绕着桌子转过来，要求被敬的人全喝掉，至少要饮一杯。不过还是照顾客人的量，不那么死劝活劝。

西宁市海拔2275米，初到有一点高原反应，感到像喝醉酒一样轻飘飘的，眼睛发涩发胀，上楼梯也觉得喘。打火机有时打不着，点烟也有点费劲儿。当地人说，这里海拔虽不太高，但冬春季节，没有绿色植物，氧气要比夏天少。据说初到西宁，有的人夜里会睡不好觉。晚上头很痛，躺在床上不想再动一动，一觉睡到天亮。

4月9日

上午到省农牧厅座谈。青海是长江、黄河和澜沧江的发源地，所谓"三江源"。全省人口530万，少数民族占45.5%，主要有藏、回、土、撒拉、蒙古和哈萨克等。农区主要分布在黄河及湟水河谷，共和盆地及柴达木盆地也有一些，农业人口占了总人口的一半多，气候干旱冷凉，农村粮食仅能维持自给，城镇粮食靠市场。农业管理部门的同志对农业生产资料涨价叫苦连天，说国家虽减征农业税一个百分点，但农民的这点实惠全给农资涨价抵消了。

下午到省农业科学院，参观脱毒马铃薯实验室。马铃薯适宜在青海栽种，产量可观，很受农民欢迎。这里的科学研究已经初步与生产结合起来。农科院和青海大学所在的二十里铺村，属西宁市郊区，与西宁城内对照，城乡差别迥然，似乎没有一点儿过渡。

今天高原反应有所缓解。晚去董董烤肉店用餐，西北风味。

4月10日

上午去西宁市农牧局座谈，接着看了一个花卉培植基地。花卉基地由青海大学的一位教授作技术指导，在大棚里繁育了非洲菊、郁金香、百合、菊花等品种，大棚的保暖抗冻要求比平原地区要高得多，能养的花也只有适应高原气候的几种。一位做技术员的小伙子给我们做了详细的介绍，据说这花卉基地是当地规模最大的，产品也打开了市场。午饭的时间可真长，吃了三个小时。

下午去湟中县，因塔尔寺四点就要关门，先去参观。塔尔寺是藏传佛教的大寺院，很有名气，始建于13世纪。宗喀巴在这里受着供奉，他是藏教格鲁派的开创者，这里是他的诞生地。山门、白塔、金顶殿宇、藏经楼、达赖行宫等建筑有着浓郁的藏式建筑特色。藏区来的信徒们并排趴在庙前磕长头，据说要磕十万个才算圆满。有的人围绕着塔尔寺转圈磕，用自己的身体丈量大地，虔诚至极，跟着长拜磕头的还有几个小孩儿，让人看后生出感叹和悲悯。

晚九点方返回西宁。

4月11日

湟中县丹麻乡在西宁南30公里，一路上坡，吉普车的海拔表指示在2600米左右。路边的农民正在整地春播，地种得很仔细，浇了水，耙得很平。在平台村地头与一位何姓农民聊了聊天，他种了十三亩地，有春小麦、油菜、蚕豆和马铃薯，麦子和马铃薯用来解决口粮，油菜籽和蚕豆用来卖几个钱花，农闲时还要出去打几个月工。他只希望让他好好把地种下去，没什么抱怨和更高的要求。

阴坡村一位年轻的杨姓农妇，住在村子的最高处，在差不多海拔2900米的地方。新打的土坯房，院墙、房子和村里其他人家的一样，是春天山坡地的土黄色。院子里养着几只小鸡，屋里的电器是一台旧电视和一台白色的洗衣机。她的丈夫是个很小很小的包工头，在西宁揽活儿干，一年出去半年，可以挣一万多块钱。她是从几十公里外的邻县嫁过来的，有两个孩子，女孩上小学，还有一个她称作尕娃的两三岁男孩儿，尕娃扎在她的怀里一会儿就睡着了。家里十几亩地的收拾，平时全靠她。她说，这里出去打工的都是男人，女孩一般不出去，家里不放心。

阴坡村的土地，叫做浅脑山地，由于海拔高，无霜期短，只能种油菜一类的作物。陪同的县农业局长说，六七八月是这里最好的季节，特别是油菜花开的时候，满山岗像绿色和黄色交织的锦缎，美极了。阴坡村附近的高山，山势高耸积雪，据说有4000米高。

4月12日至15日

12日，雨夹雪，气温降到零下，去大通回族土族自治县，在县政府座谈。县长姓洪，回族人，也是东北人，普通话说得很好。下午返回西宁。

13日，上午去大通县景阳镇土关村，在支部书记家请来几个老乡开座谈会。盘腿坐在热炕头上，已经多年没有这种体验了，坐热炕头，睡热炕，还是小时的记忆。书记家的房子盖得不错，一面坡的房顶，柁檩椽簇新，屋里放着一个大铁炉子，炉盘擦得锃亮。小饭桌放上炕，书记的女人马上端上来一盘热气腾腾的馍馍，我们忙说不在这里吃饭，随行的干部说，不用管，客人来了上馍馍是这里的风俗。老乡们议论最多的是化肥等农资涨价。

14日，去海东地区行署，行署所在地在平安县城，离西宁30公里。海东地区处于湟水流域和黄河谷地，为青海的东大门。张专员告诉我们，去年在乐都县发生了龙卷风，1999年在黄河谷地的化隆县也发生过一次，新中国成立以来就发生过两次。下午去平安县政府座谈，平安县很小，700多平方公里，11万多人，相当于内地的一个大镇，属贫困县。海东地区的六个县都是贫困县，其中有五个国家级贫困县。

15日，去平安县寺台乡寺台村，在村委会院子里与农户座谈。老乡们反映最多的，是农资涨价、缺乏技术、贷款困难等等。寺台村离西宁50公里，经济发展水平与北京市20世纪80年代的农村相仿，农民仍在几亩地上刨食吃，也有出去打工的，但多在本省，收入不高。土豆和油菜是老乡们最爱种的作物，能形成商品，来点钱，春小麦主要用来自食。县里乡里在推广大棚，无偿给些塑料膜、骨架等材料，但马上见效益困难，主要是缺乏技术指导。第一年一个大棚（二三分地）仅能出产几百元，形不成规模，蔬菜只能在村镇自销，据说形成规模后可引来经纪人收购。改变贫困命运的根本，在于提高人的素质。西部此等贫困落后地区的农民，脱贫致富的路途漫漫其修远兮。

4月16日至23日

16日，去互助县，互助县是全国唯一的土族自治县。在县界，县农业局长带着两位着土族红衣的姑娘给我们献哈达、敬酒。省里的李处长是土族人，他介绍说土族的风俗与汉族差不多，尊贵的客人来了要献哈达与藏族相近，服装袖子等处以七彩为饰，称为彩虹的民族。

在大庄村元山根农家开了个农民调查会，这户房屋古朴，檐下的木雕最有特色，虽已古旧，但遗韵犹存。家中几代男子都当过兵，屋内墙上挂着不少老照片，多是昔日军人形象。来参加会的村民面孔黧黑，一些人岁数不大却显苍老。交谈中，知此处所谓浅山地带干旱少雨，水利设施年久失修，农民靠种地维持生计很艰难。因缺少技术，进城打工只能做小工，一天挣十几元，去掉往返路费和饭钱，所余不多。海东地区许多农民因此地生存艰难，已迁往海西州谋生。海西州处柴达木盆地，多为戈壁荒漠，少数有水的地方有小块绿洲，过去一些劳改农场在那里，现劳改农场搬走了，一些农民承包了那里的土地。

在土族民俗度假村用午餐，观看了民俗村员工表演的文艺节目，其中"轮子秋"———一种转轮秋千表演得不错，一个小伙子唱的青海"花儿"也比较地道。最后被拉穿上民族服装参加了婚俗礼仪表演。

17日，去乐都县。青海省的土地分为川水、浅山和脑山三个部分，川水地为海拔2200米以下的河滩地带，多是水浇地；浅山为2200米以上的山地，脑山则为海拔3000米以上的高寒山地，浅山和脑山基本为旱地。乐都县川水地区多菜农，此处为西宁市的主要蔬菜供应基地，菜农的生活还过得去。浅山和脑山地区则干旱少雨，是青海最干旱的地方，农民人均年收入只有800元，生活很艰难。令人意想不到的是，这个贫困县教育却比较发达，每年能考出去大中专学生3000多人。穷，也是一种动力，它让人下决心改变自己或孩子的命运。最苦的是学生家长，他们在艰窘的生活条件下，为孩子，同时也为国家的教育事业做出了奉献。

18日，赴海西蒙古族藏族自治州州府所在地德令哈市，走109国道，途经日月山、倒淌河，沿青海湖南岸向西行，翻橡皮山，从茶卡盐湖北侧的茶卡镇离开109国道向西北入315国道经乌兰县，晚宿德令哈市。此处海拔2900米，因在西宁已适应了十天，在这里高原反应不大。

（2004年4月）

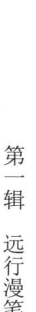

南太行山纪行

一、郭亮村

听说南太行山景色好，七月北京又热，利用休年假，约几个朋友去看看。郭亮村近年很火，网上有许多介绍，"驴友"们有去穿越的，有去休闲的，都说不错。

我们一行六人，先到河南新乡，然后取道辉县，再打个面的奔郭亮。据说东汉农民起义领袖郭亮曾作战于此，因冠了个类似于人名的村名。郭亮村闻名于世，是因村子独特的地势，在太行山高得令人眼晕的崖壁之巅，竟挂着一个村落，令世人叹为观止。

到郭亮崖下的西梯坡村，已近晚上七点。从这里去郭亮，需登几百磴"天梯"。这天梯是在崖上凿出来的小径，未通公路前，村里人世世代代都靠上下这天梯与外域联系，偶有不慎失足者命丧黄泉的。公路边跑过来两位老乡要给我们带路，其实是想挣点小钱。老乡说，这里已被一家公司开发旅游，走大路进大门就错过了天梯，要想爬天梯，就得走小路。于是走小路。西梯坡村坐落在崖下的坡地上，坡很陡，小路曲折而上，我们四位常爬山的山友感觉还可以，另两位女士就显得上气不接下气了。歇了两个歇儿，暮色初降时来到崖根儿下，与向导作别。往崖上望望，到顶还有百多米高，忙催促大家起身，争取赶在天黑前到顶。天梯有一米左右宽，个别处窄一些，石板作阶，比想象的好走。然登高下望，则如悬在半空。身上背着包，转身拍照等要格外小心。贾大侠将祝女士的包搭在自己背包上，奋力攀登，骁勇非常；枫叶和小郑都是爬山的老手，这点儿高度对他们来说不在话下；王女士则格外努力，尽力跟上，唯恐拖大家的后腿。祝女士开始有点儿跟不上，经过两个回合的攀登，吃了点儿东西，竟很快适应了节奏，随队上来了。半个小时到崖顶，崖顶往上是个陡坡，再往上则是如屏的山峰。没想到斜坡上竟横切出一条小公路，一辆面包车停在路边。一位五十多岁的老乡招呼我们上车，让我们住到他家去。原来刚才山下的向导给他打了电话，将我们介绍给他，他就找车到天梯尽头来等我们。老乡姓侯，说住到他家保我们满意，如果不行还可以换地方。看他人还朴实，我们就上了车。这路是沿着悬崖边平行修的，车顺着路曲折前行。老侯说，郭亮有四个自然村：郭亮、另山、会逃寨和不叠凹。四个小村都临崖居住，郭亮和另山居中，另外两个村在两头，隔着几里的路程，大致都平行住在在悬崖边。刚才上来天梯的东边，就是会逃寨。传说东汉郭亮曾据守于此，后来从会逃寨撤入山西境内。他说这会逃寨的寨字多数人都写得不对，应该是山字加个走之，是山上悬着条小路的意思，郭亮就是从那条小路逃走的。

老侯的家是座三层石楼，紫红石为墙，青瓦覆顶。这紫红石是当地山上的丹崖石英石，平平的石板，上面还有波状纹，贴在外墙上一勾缝，质朴无雕，美自天然。我们住在二楼，陈设虽简陋，但还干净，洗漱也比较方便。老侯说，他家的自来水是引来的山泉，可以直接喝。吃的是大锅饭，与他家人的饭一样，棒子楂粥、大馒头、拌野菜、炒土豆丝，连吃带住一人一天25元，如果不吃鸡蛋，还要更便宜。对面的山至少四五百米高，像数面屏风，名字挺好听，叫莲花托。白天赶了一天路，又爬天梯，山里挺凉快，睡得很香。

第二天一早就去看崖，站在另山村的崖头上环顾，见丹崖罗列，壁立千仞。这里的崖气势雄浑，颜色是暗红的，横向的纹理密而整齐，层层到顶，显出石英岩崖体的结实和稳定；竖条的纹理则不太规则，由崖顶交错到涧底，尽显嵯峨和峻拔。其崖不仅高峻，而且横向极宽，绵延数十里，如一幅展开的巨幅卷轴，尽显太行山的伟岸。对面崖壁上凹进一线公路，就是有名的郭亮洞。这洞贴崖壁而凿，间隔开数个天窗，下临深涧，上接危崖，其险令人咋舌。为改变世代上下天梯的不便，打通与外部世界的联系，20世纪70年代，村人申明信率十二名壮士用钢钎铁锤，苦干六年，硬是在坚硬的石英丹崖上，凿出了一条长1.5公里的绝壁长廊，创造了令世人惊叹的奇迹。这郭亮洞，展示了当代郭亮人的气魄和意志，在郭亮传说的基础上，又平添了一层传奇性。聊天中，老侯的老伴笑着说，她还在工地上干过活儿，扶过钢钎打过锤。看来，除了十二名壮士外，村里的其他人，也多少参与了修路的工作。

毗邻侯家新楼，有几幢老宅子，多为两层石楼，是明清旧居，现在还住着人。走进院内，主人说，客人都爱住新楼，其实这旧屋也能住。出院门数步，即临千尺绝壁，因称"崖上人家"。这里已开发为旅游区，村内多数人家都可以接待客人，店名几乎都与崖字有关。

村成长条形，在崖上一字排开，一条峡谷从上而下，与村垂直而过，其水落于崖下。村人于溪水落崖之前砌坝壅水为湖，形成崖上之湖。溪水过坝复

落崖下，垂千尺瀑布，状若白练。溪水之上，石岸之间，跨一座石拱桥，给这山村别添了一番情趣。桥边刻石记事，其桥为当年八路军帮村人所筑，使用至今。溪畔立着一座龙王庙，泥塑前供着香火。庙外树一碑，碑文是篇记，是位文人撰的，有些文采。沿山谷上行，有好几个景点，值得一看的有两处：一个是喊泉，危崖壁立倾侧间，石面凸出个绿色青苔坨子，二尺左右直径，状若龙头，倒垂在崖壁上，其中喷出丝丝细水，似喷壶在洒，水量似乎可随人的喊声强弱消长，很奇特；一个是珍珠泉，一人多高的石洞，涌出湍急的水流，应是个地下河的出口，成为溪流的源头之一。

下午去会逃寨，这里离郭亮三里许，老屋石径，古木荫翳，静静的村落，还没有被游客所侵扰，另是一番风格。一条黑狗随着我们，在身前身后撒欢，很友好。走进柴门，主人正在晾晒山桃核，这东西可入药，也可用来串手链，作为纪念品卖给游客。木头垛上酣睡着几只小猫，母鸡带着鸡雏慌乱地避到柴门后，这些，给枫叶和小郑带来欣喜。另一家将玉米和杏核晾晒在悬崖边的晾台上，这引起大家的兴趣，于是纷纷拍照。可惜无法站到崖下去，不好照出这崖巅晒场的险要。路边一家簇新的石楼，精致而朴素。从门走进去是二楼，原来这楼建在坎上，院子低下去一层。红石墙，白粉壁，古典的窗格，明亮的玻璃。院子是紫石板墁的地面，干净而整洁，中放一张矮桌，数把矮凳。院南边一溜篱笆草花，院子下坎是鸡窝猪圈，再靠外就是悬崖峭壁了。主人是位老者，忙招呼我们坐下，并让家人上水。老人说，在这里看日出最好，如果是晴天，从这院子一眼望出去，几百里内没任何遮拦。秋天来吧，那个季节好，树叶红了，庄稼熟了，天也蓝，太阳也好，那才好看哩！贾大侠看中了二楼东头的那间房，嚷嚷着下次来就住那里，说要躺在被窝里看日出，引起大家一阵笑语。新楼旁边是老房，老房有间卧室兼过道，过道那边又是个小院，植着各类花卉。过道的白墙上，竟爬了满墙的瓜蒌秧，绿茵茵的，满室生凉，甚是喜人。老者摇着芭蕉扇，坐在床上，得意地介绍这瓜蒌入室的创意。

二、王莽岭和锡崖沟

第二天计划穿越王莽岭，晚宿锡崖沟。头天向老侯打听路线。老侯一边说，一边详细地划了一张草图，将处处关节点标志得清清楚楚。翌日很早就吃了饭，老侯的老伴还烙了葱油饼，作为给我们带的干粮。昨天在对面崖上远望了郭亮洞，今天要沿路走下去。透过洞侧巨大的石窗仰望，晨晖中的村庄在崖巅上耸立，宁静中听到几声鸡啼和牛叫。真是不可思议，人怎么想起将家建在这个上不着天，下不着地的地方？细观那丹崖石英岩，非常坚硬，据说凿路时用了十二吨钢钎。十二名壮士，十二吨钢钎，人均消耗一吨，需要付出多大的力量？三轮农用车载着几位老乡爬上来了，巨大的响声在崖洞中回荡，尾管冒出浓浓的黑烟，洞中弥漫着柴油味儿。洞里坡度很大，不能停车，停车就会把路卡住。

原想所有的路程都需要徒步，下山发现有公路，为了节省体力，过了南坪岔口就打车，一直到南马鞍。南马鞍是王莽岭北边的一个村子，到这里，再也无车可坐了。先要登两千多级台阶，接着再上爬一段，才能到达海拔1650米高的主峰。大家都很努力，王、祝两位女士尤其努力，中午时分，终于到达山门。这里已是晋豫两省交界，过此，就进入山西了，也是王莽岭景区的北门。像是在鼓励登山者，这北门的门票价格比正门低一半儿，还可以再讲价。女士们与看门的小伙儿对付了一阵儿，终于谈成了满意的价格。

分水岭的南侧立着一根根石柱似的山峰，形态各异，地貌有点像张家界。这里是气流的交汇处，云雾像奔马一样从下面升上来，大家刚刚拍照完，那些山峰就被云雾掩没了。沿着山径向西南方向盘升，逐步接近峰顶。这里植物多而疏朗，介于高山草甸和阔叶林之间。地表湿润，各种野花竞相开放，草和灌木嫩绿，峰崖掩在云雾中，若隐若现，宛若仙境。崖畔有座石屋，不知何年所建。有一峰称琴台，传俞伯牙曾于此鼓琴。到了王莽岭，我忽然改变了对太行山的印象，这南太行，不仅有阳刚，而且具阴柔，可以说兼南北之美，并峻秀之韵。

在峰顶盘桓有时，歇下来吃了葱油饼，接着乘景区的车去锡崖沟。下山要走15里"挂壁路"，规模超过郭亮洞。这路是锡崖沟人修的，也是贴崖壁打的洞，破开洞壁的地方形成个个石窗，随着坡降，路在崖壁上的往复盘折，排列成数层孔洞，似层层石窟。我数了数，这石窟大致有四五层，形成崖上奇观。与郭亮的地质情况不同，这里的岩石不全是石英砂岩，有些开方地段石质较差，比较危险。汽车在"挂壁路"上曲折盘下，人在车中左右倾侧，如在空中飞翔。时不时来一下刹车，使本来揪着的心收得更紧。枫叶问师傅能否停下来照照相，师傅说，一些地段有落石，按规定不能停车。直到到了一处观景台，才停下来照相，这时已经接近底部。车外，几位背包客在步行下山，他们无拘无束，可以饱览"挂壁路"，恣意地拍照。我真后悔上了这汽车，思量明天再来一趟。

锡崖沟是四面环山的一个村，村中有一个小广场，广场上有个舞台，舞台对面的农家院比较集中，都可以接待游客。我嫌广场太热闹，建议到村东头去住。

路边有一条狭窄的湖，宽数丈，像是一个水库的尾水。路边挡着铁栅栏，水边立着牌子，上书水深42米！原来这是个峡谷，是在村中裂开的一道地缝！第二天我到下游才发现，地下有座窄而高的石坝，把这地缝截成了一个狭长的人工湖。那座坝高五六十米，而下游的峡谷则有百多米深。在峡谷最窄的地方，用石拱桥连接两岸，工程惊险而巧妙。

我们住在东崖村王家。锡崖沟有七个自然村，八百多口人，东崖村处最东，在水库的上游，挂壁路的下边。王家的两层楼刚刚建成，也是就地取材，用紫红石板砌的墙，非常漂亮。阳台的栏杆是不锈钢的，门窗简洁而美观。老王说，这楼是他们夫妇亲手建起来的，兄弟姐妹们也帮了不少忙，用了不到半年时间，花了不到十万元。他黑黑瘦瘦，很操劳的样子。他的夫人也很能干，家里住着十来位城里来的老人，这些人的饭都由她操持。老人们已经是第二年来了，到这里避暑，说秋天才走，并夸他们夫妇待人好，说明年还要来。小楼南面的山叫刘秀寨，峻而秀，与王莽岭相望。传说刘秀与王莽对阵，在此山将羊吊在树上，使后蹄击鼓，演了一出空城计，使王莽上当，山由此得名。院门外是两条山溪汇合的地方，溪水流入湖的上端，溪上砌一座石桥，为村人的必经之路。水边有两台石碾，已经弃置不用。几只鸭子在湖水里觅食，荡起圈圈涟漪。屋后百步有座古庙，说是奶奶庙，楼上楼下却供奉着数十位神仙，可谓是神仙聚会的地方。一位郑州来的客人已在此住了一个月，他感觉很惬意，也很便宜。他说，一个月花五六百元，比在郑州消费还低。环境好，空气好，人也好，明年还来。客人觉着合适，老乡也增加了收入，形成了互相依存的关系，既扶了贫，还部分承担了养老的社会职能，可谓双赢。

晚上，去村里人家串门。老人姓林，当了多年村干部，现在景区做保洁员，家里只有老两口。楼屋很老旧，从一层看顶子，粗粗的原木间隔1米左右，上面棚着那种红石板，成为一、二楼之间的间隔层。这石板是这里的主要建筑材料，既砌墙，又做顶，还铺地。老林对修"挂壁路"的事很了解，大致讲了个梗概。看看天色已晚，约好明日再聊。

翌日一早，在下游的峡谷景区见到老林，又继续与他聊天。这锡崖沟是个大村，四围环山，交通极为不便。当初只有三条山径与外相通，一条叫椿树爽，是去乡里的，乡政府在古郊；另两条叫蚂蚁梯和老爷梯，是下河南辉县的。这三条小径都艰险难行，村人出去一次，当天不得往返。由于交通闭塞，生产生活受到极大限制。村里的姑娘多数都外嫁了，媳妇也难娶进来。老林说，这村多年都是计划生育先进村。20世纪60年代初，村党支部首倡修路，商议了七天七夜，辩论得非常激烈。当时有人根本不信这里能修成路，说如能修成"天塌窟窿龙叫唤"。于是学习《愚公移山》，这才统一了思想。开始提出几个方案：驴驮道、狼道、打隧洞、挂壁路。打隧洞失败了，最后改修挂壁路。线路是自己勘察设计的，县交通局也帮了忙；资金和物资全靠自己筹备。那时，老林是村里唯一的文化人，负责外联，跑了无数次县乡，请求支援和采办物资。他记得，当时每个支委都分配了借债的指标，向公家借，向私人借，年终再还。为了凑钱，村里卖掉了集体的房子和羊。修路是家家必尽的义务，每到农闲，家家都有人上山修路。春秋更迭，世事变化，可修路的事一直不辍，坚持了三十多年。锡崖沟人的精神终于感动了世人，有关方面伸出援手，帮助其工程告竣。首倡修路的老书记竟牺牲在工地上，将生命献给"挂壁路"，村里为他树了碑。

如今一家公司在这里开发旅游，村子被辟为景区。开发者另修了一条公路，凿了十里长的隧道，这路比"挂壁路"更顺畅。"挂壁路"成了景点，辟为旅游单行线。盛夏季节，许多城里人到这里来，村里许多人家都操起了旅游接待的营生。

下午，王、祝两位女士乏了，在家休息，贾大侠、枫叶和小郑我们四人从门前的峡谷溯溪行，从巨大的石头坡攀上崖下的"挂壁路"，仰观壁上奇观，感叹其险要的地势和浩大的工程。在那个仅靠双手和炸药钢钎的时代，锡崖沟人真是创造了人间奇迹。我想，这路应该列为人类文化遗产。

三、阳城三城、蟒河和壶关峡谷

游完锡崖沟，取道陵川、晋城，去看阳城的皇城相府。路上运煤车很多，都是大型卡车。路边矗立着几座巨大的圆形水泥建筑，是火力发电厂，据说是亚洲最大的。这里是能源基地。

皇城相府是很气派的一个建筑群，其规模稍逊于平遥古城，但建筑却更考究和经典。毕竟主人陈廷敬是康熙皇帝的老师和重臣，相府的气派与皇家园林差不多。因主人是读书人出身的官吏，建筑中蕴含着文化气息，封建色彩很浓。石牌坊上昭示的显赫官职、公事厅堂的教化氛围、书房存的各类康熙字典、小姐院的竹木亭台、府中高大的楼阁和藏兵洞，都给人留下了清晰的印象。

离皇城相府不远，是郭峪古城。这里还没有被开发，城里还住着人家。古城比相府规模差不多，似乎还要大些。城墙不太完整，但角楼却还耸立。出租车石师傅家就在郭峪，很热情，带着我们在城里转。城内街巷纵横，狭窄曲折的胡同、古旧的影壁和门楼、街边的小卖部和刮痧店、四合院中跑出的孩童，

一派旧时风貌，似乎把人带到了另一个时代。陈廷敬家的老宅子也在这里，高大的门楼，古老的房屋，院里的青砖地生着青苔。一位老太太从屋里走出来，说这房是土改时分的。城里最高的建筑称豫楼，一座方形的楼宇，高二三十米，比相府的楼还要高大，保护得非常完好。豫者，安乐也。在这城池的鼎盛时期，这楼应该是宴饮休闲的场所，同时也兼御敌瞭望的功能。城中有一座汤帝庙，供奉着成汤，好像是元代所建。庙里的建筑完好，还有人负责守护。墙上镶的几块石刻都是清顺治以前的，有些是古代的村规民约。给成汤这位远古的君主建庙，我是第一次见到。

阳城这个地方，到处可见到古建筑。路边不远，矗立着两座佛塔，石师傅说是唐代的。走出去几十里，来到一座残破的古城，称砥洎城。这城规模比郭峪略小，三面环水，其名字应该与水有关。城中的古建筑与民居相互交错，有的已毁圮。城墙很有特点，外墙是砖，墙芯和内墙则是用一种类似陶的材料砌筑的，这材料圆形中空，比酒瓶子略粗，层层粘结起来，在墙面形成排排空洞。据说砥洎城建于明代，如今已作为文物。

以上三城，连走带看不到半天，看得粗，走得快，真真是走马观花，然对阳城已有了个粗略的印象。这里的历史和文化积淀很深，应该有说不尽的故事。

阳城还有个蟒河，是个自然保护区，需要翻山才得进去。车绕了半天山路，到蟒河已经傍晚，找了个农家住下。这里也在开发旅游，沿河沟修了路，盖了房，据说"十一"开始售票。由于比锡崖沟的高度降下来几百米，虽说在山里，气温也比昨天高几度，闷热，蚊子挺多，赶紧找主人要蚊香。夜里下起了雷阵雨，想想进山的路况，竟担心断路憋在山里。

晨起雨止，天也凉快了，云雾缭绕着山峰，似一幅水墨画。这里离济源不远，从地图上看，这山应该连着王屋山。蟒河的精彩处是一条狭窄的峡谷，曲曲折折，多喀斯特地貌，溪、瀑、潭、洞，皆小巧玲珑如盆景。这里植被茂盛，葱茏翠碧，到处湿湿漉漉，峡谷深处还生着红豆杉等珍稀植物，似南方的山峡。也许是大山阻隔的缘故吧，蟒河不同于晋地干旱地区，环境比较独特。河的源头有两个出水口，从石洞涌出水流。最有趣的是山里栖息的猕猴，据说有一二百只，这精灵每到上午十点左右，就下山与人索要食物，农家也准备了玉米粒卖给游人。为争抢食物，猴子们有时竟打起架来。

看天气预报，北京这几天的气温一直在三十四五摄氏度上下，热得够呛。这段时间躲在南太行山，天天夜里睡觉盖被子，真是幸运。昨天蟒河热了些，于是赶紧走，找高处去住。

　　山西的交通真方便，从蟒河打车出来，乘长途车下午就到了长治，接着到壶关，然后打车去太行山大峡谷。山西有名的太行山大峡谷有两条：一条是壶关的，一条是林州的。壶关的这条峡谷长70公里，北起山西壶关，南至河南合涧。峡谷的宽度和高度比例悬殊，窄而深，如一条狭长深邃的裂缝，横穿太行山腹地。置身峡谷中，两侧高崖壁立千仞，压得人窒息。好多地段，公路占去了河谷的一半宽度。司机说，过去没通公路的时候，人走在峡谷中最怕遇到两件事，一件是饿狼截道，一件是山洪暴发，两侧崖壁无处藏身，只有自认倒霉。傍晚时分，公路上拉煤的卡车开始多起来，司机说，煤车白天不能走这通道，夜里才可以走，现在开始放行了。他加大油门，开始一辆辆超车，争取赶到煤车前面去。前面有路卡，几位警察在那里值勤，奥运会快到了，这里也在加强安保。警察问了问司机，很快放行。

　　晚宿红豆峡，这是大峡谷的一个支叉，是个旅游点，峡谷中这样的景点有好几个。第二天冒雨游红豆峡，然后又坐那辆车一直走完大峡谷，到合涧。接着乘车去林州，去看红旗渠。

（2008年8月16日写毕）

行走高原

从西藏归来已经半个月了,心中还时时泛起那一幕幕别具特色的景观和风情,久久不能忘怀。听的歌也是西藏的了,从书店买回藏歌光盘,一曲《卓玛》学了好几天。整理照片是最累的事,几百张照片,在电脑上浏览、删除、归类,花去不少功夫。为了让朋友在短时间内能看个大概,搞了个精选照片文件夹,其中有的还真可以参加展览。旅行的路上,用手机给朋友发了不少短信,多是即兴的诗,其中还有唱和,都录入了电脑。开篇诌了篇赋,似乎可以概括此次入藏的行程和感受,兹录如下:"观布达拉,宫巍巍;临纳木错,水渺渺;访日喀则,寺煌煌;瞻珠峰巅,云缭缭。雅鲁藏布深难测,通麦天险震魂惊。波密林海匿神,八宿冰川隐仙。尼羊谷若桃源,亚丁峰匹天界。然乌湖如镜,雪山叠影;羊雍错似玉,蓝天倒映。高垭接天,车盘盘类蝼;危谷入地,人惕惕若蚁。处世界屋脊,气薄而动缓;居地球之巅,势高则心宽。虔敬有加,见长跪而生叹;笃信达极,思至诚则有感。壮游两旬,藏地气象遍观;车行万里,高原奇景饱览。嗟吾远道之人,何不早来哉!"

一、列车上

列车过日月山时正值傍晚,夕阳下一片混沌。打开地图,才知铁路走的是青海湖北侧,虽贴海而过——这里人称青海湖为海,可铁路离海还很远,看不到海。夜幕降临,远处有闪闪的灯光,似稀疏的星星,那是海边的村镇。我睁大眼睛,试图望见青海湖,然而铁路旁的土坎子总是挡住视线。邻座一位西宁的工程师说,白天可以看见海。想起那年去格尔木,我们走的公路,从海北去,从海南回,那次见到了青海湖,碧蓝浩渺的海水让人心灵净化,平缓起伏的草原令人胸怀豁然。海边的鸟岛是野生禽类的天堂,各种鸟儿在岛上栖息、繁衍,水天一色,鸥雁翻飞,鸣声嘈杂,一派生机,真乃原生画卷,自然奇观。过了日月山,就是青藏高原了,从此向西,山重水复,长路漫漫。传说当年文成公主到此,回望长安而不见,一声叹息,毅然断了回乡的念头。列车在夜幕中有节奏地前进,我们聊起了青藏铁路,工程师告诉我,列车正在行进的青藏铁路西格段（西宁至格尔木）的最高点是天骏县境内的关角隧道，海拔已接近3700米，大约快到了。关角隧道从1958年起就开始修建，涌水和塌方严重，加之海拔高，空气稀薄，施工难度很大，据说有几十人献身于此。

平明，列车已过昆仑山，行驶在高原草甸上。草甸多是斜坡，草矮而稀疏，生长得很艰难。草甸上留着雨水冲刷过的弯弯曲曲的痕迹，有的还渗着明亮的细细的水。我想，除了远处的雪山外，这里就是最高的地方了，这些水流到哪里去了呢，无疑注入了江河，是江河之源。在地势平缓，草长得较好的地方，有星罗棋布的海子。列车在经过沱沱河，沱沱河河床较浅、淤积着很宽的沙滩，滩上水汊纵横，水似乎从四面八方流来。它的景象证实了我的判断，那草甸上的水就是流入了像沱沱河这样的河，成了大江大河的源头之一。"藏羚羊！"不知谁喊了一声，车厢里的人顿时纷纷向外张望。只见三三两两的藏羚羊在离铁路较远处徜徉，它们对通过的列车似乎已经习惯，并不惊慌逃离，却也不接近，保持着几分警惕。最多时，能见到十几只在一起。人们纷纷拿起相机拍照，但距离还是太远，列车速度又快，不容易照好。列车已上升到海拔4000米以上，由于气压降低，所有密封的方便食品袋都涨得圆鼓鼓的。贾大侠拿着个果子面包让我给他拍照，这也是高原奇观。车过唐古拉山口，就进入西藏了，这里已达5000多米，是世界上最高的铁路。我多少感觉有些气短，看他人的嘴唇也是紫的。车厢里早已开始供氧，每个卧铺的床头有个插孔，谁需要吸氧就与列车员要根塑料管儿，一头接入插孔，一头放在鼻孔里。我和枫叶也要了一根儿吸着，但感觉不出能管多大事儿。

青藏铁路与青藏公路几乎平行，坐在火车上，可以看到公路上的汽车。青藏公路虽高，但比较平缓，行车难度不大，除了载重大卡和结队的军车外，偶尔也有"夏利"和"面的"在高原上跑。列车行进中，很少见到村镇，只有寥若晨星的帐篷和一群群牦牛。我想，如果汽车抛了锚，再遇到夜晚，上不着村，下不着店，只好守株待兔，求助于过往车辆。

下午，列车经过一个大湖，有几十里之阔，波光潋滟，白云倒映。我以为是纳木错，昨晚上车的一位铁路员工告诉我，这不是纳木错，是错那湖，纳木错比它大多了。他说，他家在西宁，在青藏铁路上工作，经常往返于拉萨西宁之间，在这里生活最大的问题就是高原反应，有时睡不着觉，不过他已经习惯了。他告诫我们活动时动作不要太快，要慢半拍，这样可以好些。远处的雪山是念青唐古拉山，山不显高，然所在的地势高，白雪皑皑，连绵不断。列车沿着一条河谷不断下坡，坡降较大，河水奔腾跌宕，这是拉萨河的一条支流。

这段铁路，为防泥石流冲击，几乎全是沿河贴山的桥梁，从这一斑即可见青藏铁路工程之艰巨浩大。

二、拉萨

下午六点左右，车到拉萨。拉萨火车站是一座藏族风格的建筑，宽敞气派而有特色。车站上人不多，只有刚到的这列车上的人熙熙攘攘出站。到车上揽客的旅行社的小丁替老李背着行囊，热情地帮我们在列车前照相合影。旅客从广场的侧面出站，广场的正面没人，有武警站岗。由于地处祖国的西南边陲，这里六点多钟还艳阳高照。在车站广场前，贾大侠突发奇想，要同站岗的战士合影，被人家拒绝，这个照相迷，遭到了我们的讪笑。车站广场的背景蓝天白云，我们四个人背着大包，带着太阳镜合影，贾大侠的笑容依旧幸福灿烂。

拉萨城建设得很好，建筑有特色，不像内地的一些城市，建筑风格千篇一律，看哪儿都一样。布达拉宫耸立在市中央的小山上，阶梯式的格局，底宽上窄，稳定而巍峨；红白相间的色彩，对比度很大。雪顿节快到了，布达拉宫前广场一侧摆满鲜花，广场上正在进行节日装点。马路上车如流水，一派现代都市景象。小丁带我们到顶峰宾馆，这宾馆在拉萨城北侧，离布达拉宫不远。上楼梯时小丁嘱咐我们动作要轻，防止高原反应。

不知是高原反应还是旅途劳顿，我感觉浑身关节痛的厉害，一进房间就躺下了。枫叶怕我得感冒，赶紧让我服了几粒清开灵，又给我捏头捏脚，忙得不亦乐乎。晚饭是服务员给送来的，勉强囫囵吃下肚，一觉昏昏睡去。第二天早起，身上感觉好受了些。似是旅途中偶染了一股邪气，经休息消解了。

游览布达拉宫的门票需要预定，贾大侠在北京就托拉萨的一位朋友代劳，订的是下午的票。先去哲蚌寺，为了争取时间，说好只在寺外看看。从外边观这寺，座座藏式石楼，阶梯式地建在山上，古老而朴素，与心中的金碧辉煌相差甚远，也许精华都在里边吧。门外的商摊已开始营业，广场上有几个警察，一些地方不让拍照。接着去罗布林卡，罗布林卡藏语意为"宝贝园林"，是历代达赖喇嘛的夏宫。门外十数棵古老的柳树矮而粗，有的及两围，树冠不大，然枝叶肥绿，生机勃勃。拉萨海拔3600米，含氧量比平原已经低了不少，可这里的杨树柳树却长得茂盛，同藏胞一样，植物也适应了这一方水土。罗布林卡里的宫殿叫颇章，有五六座，平面分布在园林内的不同位置，屋顶的喇嘛教鎏金图腾，在阳光下熠熠生辉，高贵而神圣。园内除宫殿外，还有亭台水榭，一处池塘中间的石台上，栖息着鸭鹅和几只不知名的水鸟。颇章姜黄色的围墙，黄得抢眼，以墙为背景，我给枫叶照了几张肖像，只是上午的光线太强了。

大昭寺是拍照的好地方，寺院二层有个环形的平台，在这里可以平视鎏金的寺顶、二羊瞻轮的图腾、巨型的钟还有深红色的墙壁、湛蓝的天幕、雪白的云、金碧辉煌的古寺，置身其中，神秘而圣洁，好像在哪里见过。啊，想起来了，在西游记里，天宫不就是这个样子么？大昭寺外，有不少前来朝拜的虔诚者，匍匐跪拜，磕等身长头，久拜不辍，令人感叹。这里有专供烧香和燃酥油灯的处所，终日香烟缭绕，油灯长明。

布达拉宫的建筑修建于不同时代，古老的佛殿、灵塔和价值连城的文物，展示着喇嘛教的悠久历史，整体风格古朴、雍容和繁复。居于山之巅，使它显得高不可及；无数形态各异的塑像，构成一个庄严神秘的世界；加上众多典籍和文物，又像喇嘛教的博物馆。引起我注意的，是室内的地面，一种灰白色类似石灰的材料，铺在木结构的楼层上，像水泥般有一定强度，虽不很平，却光滑温润。上来时阶梯甬道外侧护墙正在整修，十几名男女工人用木拍拍打着墙头上类似砂浆的材料，拍打密实，直至泛出浆来，用的材料就与做地面的相似。修旧如旧，科学地保护这人类文化遗产，这种做法令人欣慰。

我心中总想着一座虹桥，就是电视片中最抢眼的那座铁路桥，我以为那桥在拉萨火车站附近，于是打了个车到拉萨河边。河上是有座虹桥，可是座公路桥而非铁路桥。此虹桥非彼虹桥，我若有所失，照了几张相无功而返。开车的师傅说，那座桥在当雄，离这里还很远。

三、纳木错

就像巴山夜雨，拉萨这个季节也下夜雨。早起雨住，我们赶到布达拉宫西侧白塔附近，等车去纳木错，随旅行社拼团前往。拉萨的旅游业比较发达，也许是地域特殊，到拉萨的散客，几乎都被旅行社给"收编"了。我们是在火车上被小丁"收编"的，但我们是有选择地随团活动，比如今天去纳木错，就随团，这样比较经济；昨天游拉萨，就自由行，那样比较自由。

纳木错在拉萨以北 250 公里，海拔 4700 多米，是世界上最高的湖。小时候看地图，纳木错给我的印象很深，挺大的一块儿蓝，周围没有城市和道路，仅有一些似星星的小湖，让人产生浩渺神秘的联想。导游是个女的，声音却像个男的，她告诉我们，纳木错面积仅次于青海湖，是中国第二大咸水湖。她还说，昨夜下了雨，前面的高山上可能都是雪，如果大雪封了路，过不了山，就去不成纳木错了，成与不成，全凭运气。那根拉山口高 5200 多米，到纳木错

要经过这里，过了它，就离湖边不远了。沿着盘山路上升，雪山出现在眼前，银装素裹，漫山洁白，昨夜的雪把山装点得像披了婚纱的丽人，炫人眼目，引得游客们赞叹不已。公路上三三两两的人在步行，导游说，这里准备举行国际行走大会，这些人在进行训练。由于游客纷纷在那根拉山口下车拍照，加之下雪路滑，山口车辆拥堵，车行缓慢，有警察在疏导。回望来路，路虽不险，但坡度很大，想起去年农科院组织活动，来此游览，就是在回去的路上翻了车，伤亡了十几个人。站在那根拉山口举目望去，雪山连绵，眼前五颜六色的经幡随风飘舞。山下，一辆红色的吉普车离开公路，试图顺山坡冲上来，车轮在雪上打着空转，左拐右拧，终于成功了，让旁观者们松了一口气。

阴天下的纳木错，湖水不蓝，浩渺空灵，远处是连亘的雪山，山不显高，却很白。雪山大湖，恍若仙境，疑非人间。湖边矮山的崖头，拉满红红绿绿的经幡，添了几分神秘的气氛。从停车场到湖边，需要走二十分钟，而导游限定游客在这里的活动时间不能超过一个小时，4700多米的高度，走快了会喘，所以在湖边只能待二十分钟左右，很紧张。我们很守时，匆匆拍照了几下，就赶紧返回了。返回拉萨的路上，导游带我们去了一个鱼油加工厂，游客们被引导到一间类似教室的房子里接受推销员的"培训"，一个汉族女子口若悬河，向游客兜售鱼油等产品，我禁不住诱惑，终于解囊采购。从鱼油厂出来，又进了一个食品超市，从牛肉干到尼泊尔糖，琳琅满目，还可以品尝，可是一进入口，就不好再返回，只好随着人流向前，曲线行进半小时之久，才迂回到出口，弄出一身汗来。总结一天的活动，得出一个结论，省了钱，却失去了不少自由和乐趣。

晚上，小丁带来位司机。司机叫达瓦，藏族汉子，五十多岁，黑黑的脸膛，深深的皱纹，满面沧桑，说话爽快，爱哈哈大笑。达瓦开一辆丰田吉普，明天他将陪同我们开始自由行。谈话中了解到，达瓦是汽车兵出身，在西藏开了三十多年车，路熟人熟技术熟，刚刚从珠峰大本营回来，除了岁数大了点，其他问题不大。

四、日喀则

去日喀则的公路分南北两线，北线是318国道，南线走江孜。我们选择北线去，南线回。公路旁边的大河水流丰沛，路基高出江面不多，如果涨水，恐怕会受到威胁。达瓦说这河叫日喀则河，可察地图，却是雅鲁藏布江上游，也许当地人另有叫法吧。前边的路塌方了，堵了一溜车，挖掘机展开摇臂，转来转去地疏通，达瓦说塌方是常事。很快处理完了，顺利通过。两山夹江处，危崖壁立，形势险要，一辆桑塔纳冲下路基，差点儿栽进湍急的江流里，挖掘机正拽着钢丝绳向上拖，汽车车轮已经变形，让人想起后怕。一处村庄，穿迷彩服的战士们在忙碌，村头搭了十几顶蓝色的帐篷，原来昨夜泥石流吞没了几处民居，战士们正在救援。在这似乎静谧的高山大峡间，每日每时都在发生着动人心魄的事情。

越往上游行，河谷越开阔，地势渐趋平坦。青稞和麦子正值收获季节，放眼望去，遍地金黄，年景不错，有些地方已开始收割，秸捆整齐地戳在地里。最惹人的是油菜花，金灿灿连成片，炫人眼目；还有紫色的荞麦花，朦朦胧胧，像片片云霞。油菜花、荞麦花、青稞麦田、江水、远山、蓝天和白云，构成一幅明澈清新的画卷。让我没想到的是，在海拔如此高的地方，竟是田畴纵横的粮仓。一路都是限速的卡子，签发路条，按里程计时间，搞得司机想快也快不了。有时提前到了，只好先找个拐弯处隐蔽起来等待一会儿。这样挺好，一是增加了安全性，二是多了拍照的时间。见到景色可人处，随时停下来尽情拍，直到心满意足才罢。

日喀则海拔3900米，比拉萨还高，人到了这里，有点儿晕乎乎的。街道挺宽，下午的阳光明亮耀眼，车辆和行人不多，一些楼房上写着某某地方援建，显示着这里与内地的联系。体育场正在进行藏族舞蹈排练，几百人在教练的指挥下蹴踏腾挪，前进后退，在为庆祝雪顿节做准备。高原的气候就像小孩儿的脸，刚才还晴空丽日，转瞬间下起了雨，操场上的人还在练，没有止息的意思。先去办明天要用的边防证。在边境地区，去一些地方要办边防证，来之前虽在北京办了，把该去的地方全写上了，但没有用，比如去珠峰，原以为写上定日县就可以了，谁知道必须写上珠峰，否则不予放行。排队办完证，才去看扎什伦布寺。扎什伦布寺的规模不亚于布达拉宫，只是没有建在山顶上。印象中，比起高山仰止的布达拉宫，扎什伦布寺似乎更接近世俗。这里的建筑也更加古朴和原汁原味，其华贵繁复的装潢，自有其特点。

老李非常热情，提出晚餐喝点儿酒，让师傅解解乏。我不喝酒，他们三人对饮，近乎忘形。谁知达瓦贪杯，竟喝高了，脚下无根，说话舌头也短了，被人扶着回去睡觉。行车安全是我最担心的，为防止喝酒误事，我要求老李路上不要再提喝酒的事。

五、大本营

天还没亮，我们就出发了。达瓦这家伙挺有本事，昨晚还近酩酊，今晨却转警醒，车在318国道上飞驰向西。

上午，过拉孜县强公村，车停在路边一处大理石山形雕塑前，雕塑勒石刻字：318国道，上海人民广场——西藏拉孜5000公里。屈指行程，到此也有几千公里了。现代交通技术，极大地延展了人类的活动半径，使大荒之地变得旬月可及。据说当年十世班禅从西宁返回日喀则，走了半年时间，几十年后的今天，一个普通的旅游者，只用十天半月，即可深入到藏区腹地。

从日喀则向西，越走地势越高，公路翻越的山口高度也在刷新着记录。嘉错拉山口5248米，公路上横跨着一座挂满经幡的大门，山风猎猎，彩幡飞扬。路旁有出售经幡的人，达瓦花了三十元请了几条经幡，挂在大门边。他说，把家人的姓名写在上面，可以保佑他们平安。过了嘉错拉山，珠峰遥遥在望。

定日县像内地的一个镇子，人不多，一些过往车辆给这里带来生气。车刚停稳，几个衣衫破旧、小脸儿黢黑的孩子就围过来要钱，这里还没有摆脱贫困。

车过定日，离开318国道向南走土路，奔珠峰方向。国道从这里到与尼泊尔接壤的樟木终结，还有200多公里。只差3个小时左右车程，我们没有走完318国道西段全程，是个遗憾。

过了边防检查站，就是久拉山，这里已经没什么植被，汽车顺着公路不断向上爬升，似乎没有穷尽。灰褐色的山体，让人感觉似乎到了外星。回望来路，公路在山体上画出的曲线极有韵律，美妙异常。下山的时候，达瓦突然离开公路，让车径直顺着山坡下山，原来他嫌道路弯道太多，转方向盘转烦了，想来个痛快的。这一下顿时让大家紧张起来，个个都攥紧把手，捏着一把汗。经过若干次剧烈的颠簸摇晃和两次近乎九十度倾斜濒临翻车的体验后，吉普车终于又回到了公路上。达瓦露了一手，得意地哈哈大笑；而枫叶则心有余悸，直说"吓死了，吓死了"。

在扎西宗乡用午餐，这里离珠峰已不远，虽地处边鄙，却是国际化地区，不少老外也来餐馆吃饭，有的还带着孩子。主人忙里忙外，生意红火，他们与老外交流起来似乎也困难不大。

通往珠峰的路在宽阔的大河滩上，过往的车不多，主要是来去珠峰的吉普车。飞车经过，烟尘翻卷，给寂寥的河谷带来一点生气和动感。那条水叫扎嘎曲，是从珠峰流下来的，水流不大，却很急。过河的桥修得很好，写着扎嘎曲某某号桥。达瓦说，这条路是奥运会前重修的，以前没这么好走。走到河谷变窄的时候，路顺着山谷左侧贴山上升，虽说处于世界最高峰脚下，山势却并不陡峻。忽然，一群似鹿如羊、黄毛白腹的动物挡住车道，汽车鸣笛后那些生灵才慌慌奔去。过了一会儿，我问达瓦，那是什么动物？达瓦答说是野羊。我抱怨他为什么不早告诉我，让我失去了一次照相机会。达瓦说他常来这里，经常见到野羊，觉得没有什么。他还说，野羊是保护动物，没有人伤害它们。

我们的运气很好，到绒布寺就清楚地看见珠峰了。那峰很神奇，峰顶总是遮着一块云，就是不肯露出真容，好像羞于见人。见到了世界最高峰，大伙儿特别兴奋，没完没了地拍照。贾大侠发了飙，脱下上衣，赤膊上阵拍写真。

大本营海拔5200米，大堆的冰川漂砾堆在河谷里，给人一种到了工地石料厂的错觉。珠峰已近在咫尺，高大的金字塔型身躯，披满皑皑白雪，显得肃穆圣洁；棱角处露出的青灰色岩体，像它强健的筋骨；山前飞动的云雾，使它忽隐忽现，更显神秘莫测。

为了明早再观赏一次珠峰，我们决定住下来。河滩上一溜牦牛毡帐篷，是藏族老乡在这里开设的家庭旅馆。我们住"香巴拉旅馆"，旅馆的招牌是藏汉英三种文字。主人是个小姑娘，18岁，叫阿旺玉珠。玉珠很腼腆，普通话说得不太好，很热情。达瓦说，玉珠很好，他每次带人来都住在这里。"香巴拉旅馆"有十五平米左右的空间，牦牛毡的上盖用花格子布衬顶，那布竟和我家的床单一样的花色。室内四围是床一样的座位，床箱侧面用油漆彩绘，靠帐篷墙布一侧，围一圈毛毡以挡风寒，毛毡上的花饰类似唐卡。帐篷正中放个大炉子，烟囱从帐篷顶穿出去。从下午三点多到大本营，大家一直处于兴奋状态，在石碑处留影时，慌张中我还将脚脖子崴了一下，所幸不影响活动。下晚，气温骤降，玉珠用干羊粪将炉子点着，帐篷里顿时暖意融融。干羊粪的火很硬，大壶的水一会儿就开了，玉珠沏好热腾腾的奶茶递上来，马上有了到家的感觉。对用干羊粪点火，枫叶很感兴趣，用铁盆舀起粪蛋儿往炉子里填，让我给她照相。老李见了，也赶紧舀粪摆姿势；贾大侠更是不失时机，还要求多照两张。于是每个人都有了往炉子里填羊粪的"雅照"。5200米的高度，感到有些晕乎乎，晚饭是面条，我没有吃，怕吃多了消化耗氧。玉珠的哥哥来了，叫扎西洛普，穿着奥索卡羽绒服，他常为登山队服务。玉珠叫来一位大眼睛小伙子，他抱一只长长的弹拨琴，木制，是手工制作。玉珠的嫂子也来了，于是转轴拨弦，弹琴奏乐，随乐起舞，且舞且歌。

起风了，帐篷被吹得古达古达响。我们和衣而卧，玉珠给每个人抱来两

床厚厚的棉被盖上，听着珠穆朗玛的山风呼啸，我们像巢中的雏鸟，感到温暖和有所庇依。后半夜，风住了，我走出帐篷，仰望天幕，澄澈深邃，繁星灿烂，宇宙似乎离人很近，一些星星在游走。珠峰的黑影矗立在那里，寂静而神秘。

清晨，珠峰前遮着几朵浮云，人们都早早起来，等待它露出真容。一会儿，浮云慢慢移开，顶峰露了出来，此时朝晖映照，给雪峰抹上一层金色，大家不约而同欢呼起来，日照金山！我们的运气真好。这种景象只持续了几分钟，山谷里云雾多起来，顶峰又渐渐隐去。七点多，我们准备下山。朝晖下合影留念，阿旺玉珠露出灿烂的笑容。

六、江孜

下山心情愉快而轻松。见到了珠峰，如愿以偿，心满意足；经受了高海拔考验，突破了此行的难点，往下的高度都不在话下了，来时恐高的心理负担也去了大半。

在久拉山回望珠峰和它的姊妹峰，长长的一条云带横遮住群峰的头部，只露出白色的山体和下延的冰川，像美女的身姿和展开的裙摆。不用赶路，可以停车肆意拍照。荒凉的第三极地貌，高远的蓝天白云，笔直起伏通向天边的路，彩幡飘荡的山口，黄中带绿的青稞地，红白相间的藏民居，高耸的输电铁塔，到处都是风景，哪儿都挺新奇。

晚宿日喀则，睡得很香。

返程取道白朗，走204线。公路两旁大片的青稞和小麦丰收在望，这里是农业区，是日喀则的粮仓。

江孜的白居寺很有名，建于15世纪初，寺中的措钦大殿已有五百多年的历史，殿中的菩萨和十八罗汉塑像高大精美，殿里香火很盛，来祈祷和观览的人熙熙攘攘，不少人来给佛前的灯添酥油，空气里飘溢着浓浓的酥油味儿。大殿上下三层，中间用木楼梯连接，楼梯扶手油光锃亮。一些老外也来此游览，一个年轻喇嘛用英语与老外交流。白居塔有九层，高近十丈，据说周围上下一百多个门洞中有十余万佛像，又称十万佛塔。我们绕着佛塔，一层层观赏门洞里的塑像，真是仪态万千，洋洋大观，琳琅满目，目不暇给，可称是佛像的博物馆。在措钦大殿上层观白居塔，圆形的饰金塔顶似华贵的王冠，王冠下的白色塔身画着一双眉眼，眼睛下的门是口，建筑者将塔人格化了。在这里，神山、圣湖、灵塔……人格化的景物无所不在。

老李对寺庙兴趣很浓，不满足于走走看看，还希望把来由弄个究竟，一进寺，就跟在一个旅行团的后边去听导游解说。贾大侠也是见什么都好奇,想带一肚子故事回去,见了导游就追,有时还假模假式地拜一拜。我喜欢建筑,想多照几张照片,又天生喜静,就烦人多,乐意去人少的地方。枫叶自然是多跟着我走,有时二者兼顾。大家各取所需,一会儿就走散了。

天下起了雨,达瓦不知去哪里了。我和枫叶步行去看宗山古堡。古堡建在孤零零一座山上,建筑由低到高呈阶梯状,白墙红边,高耸陡峻。1904年,英国一支近万人的武装从亚东侵入西藏,攻打江孜,十三世达赖下令抵抗,宗山古堡成为战场。藏军寡不敌众,坚守数天后全部跳崖。山下的广场上矗立着一座高大的纪念碑,与古堡相映成辉,成为江孜的标志性建筑。

前边是卡若拉冰川,往来游人都要在此下车。达瓦说,冰川的冰舌已经后退了不少,他还说,从珠峰走过来,路边的一些山过去都是雪山,近年来雪都融化了,成了石山,有的冬天才有雪。体验地球变暖,只有在极地,才能感受得更真切。哥本哈根在开会,人们还在争,但愿能有个好结果,使地球的命运别更糟。

七、羊卓雍错

过了卡若拉山口,进入浪卡子县境内,在路边一家四川人开的饭馆用餐。在西藏,川菜馆很多,内地人吃起来也还习惯,只是太辣,每次都要强调少放辣子。老板极力向我们推荐羊湖鱼和雅江鱼,因为要赶路,加之贾大侠"银根"发紧,一路都要求实行"节约政策",我们笑笑推辞了。

公路沿着羊卓雍错左岸曲折向前伸展,右侧是狭长的湖,像一条宽阔的河。羊湖是个堰塞湖,湖面海拔4000多米,从地图上看,水面很大,港汊纵横,据说总面积有600多平方公里,我们见到的只是它的一部分,仅这一部分,就够令人兴奋和惊叹的了。湖水浩且淼兮,可以摄我魂;湖水澄且清兮,可以净我心。羊湖的水,清澈见底,看见它,可以让人抛却一切俗念,与天地自然融为一体。移步换景,成片的油菜花像金色的海,从眼前展开去,接下来是碧蓝的湖水,下一个层次是湖对岸的荞麦花,紫巍巍,雾蒙蒙的;接下来又是油菜花,花后面是草原和雪山。再换一景,几十只大鸟在岸边觅食,见有人来,轻扇翅膀,纵队在水面上低空飞起,成一幅群鸥飞翔图。羊湖是西藏三大圣湖之一,其境其景,令人神往。岗巴拉山口高4700米,从此处远眺羊湖,湖水碧蓝,群山遮护,霞光为其添色,日影为其增辉,山顶彩幡为饰,更多了几分神圣的气氛。岗巴拉山势陡峻,从山顶到河谷,公路曲折盘桓,一泻而下,如飞机降

落，一下子降了千米高度。江边石崖头有处水葬台，下临湍急的江流，路边的石壁上画着白格子，达瓦说，那是天梯，人死后要升天的。是啊，在这离天最近的地方，借助一架梯子，就可以一步登天。我发现，在这里，在人们的想象中，天地之间似乎并不遥远，此岸与彼岸，现世与来世，能够很自然地实现无缝对接。

我们与达瓦合影留念，背景是奔腾的雅鲁藏布江和江面上空流走的白云。时间过得真快，就像这江水和流云，倏忽而逝。从此，达瓦要继续开着他的吉普车，往来于世界屋脊上下，而我们则要远走天涯，到另一个空间里去生活。在地球之巅，面对着汤汤流水，你能更深刻地领悟"逝者如斯"这句话。在这里思考人生，思考时间和空间、有限和无限、浩瀚和渺小、短暂和永远这些概念，思维会变得更加清晰，对人生会悟得更加透彻，用句俗话讲，此时人才能"找到北"。

晚上到拉萨，今天是雪顿节，电视里正在播放节日的热闹场面。贾大侠对哲蚌寺晒佛很感兴趣，磨叨了好几遍。我满脑子都是订车的事，来前已在车上商量好，返程取道川藏线。由拉萨到成都，途中还要深入几个地方，路途遥远，路况难测，车和司机非常关键。晚上十点多，小丁带来一位师傅，说是常跑川藏线的，姓徐，精明的成都人。看了看他的吉普车，还可以；聊了几句话，人也不错，于是谈具体路线和价格，诸事谈罢，已至午夜。

八、米拉山

天刚亮就出发了，徐师傅说，国道上车多，带我们走一条僻静的路。翻过一座山，就见到拉萨河了，河面开阔，水流平缓。太阳刚要出山，朝晖、云朵和山的剪影倒映在河面上。路边的小麦已经成熟，收获的麦捆在地里成行成列，在晨曦下显得温暖而柔和。村子炊烟袅袅，金黄色的麦田围绕着村庄，拖拉机停在地边，起早的人们在地头做收割的准备。村头的牛粪堆得很别致，牛粪饼码放成圆锥体，有雕塑的感觉。这里属墨竹工卡县，路口有岗哨检查，过了卡子，接着走国道。车在曲折盘旋的山路上往来穿梭，翻越米拉山，路两边是茂密的原始森林，巨杉挺立，有的或经雷击，只剩半截。白色的云霭缭绕在林海茫茫的山岭上，似柔曼的轻纱。沿318国道一路走来，真是一路风景，目不暇给，美不胜收，不虚国人景观大道之名。

米拉山口四面，是起伏的高山草甸，由于海拔已达5000米，车的速度慢了下来。我忽然感觉有一股汽油味儿，忙提示师傅是不是漏油了。师傅说，早起刚加满油，担心海拔高气压低油箱爆坏，所以油箱盖没拧十分紧。在山下时气压高，油箱里的油气没有外逸，到山上气压低了，油气开始向外逸，这样可以降低油箱里的压力。他说，一会儿下山就好了。他说的好像有道理，可浓重的汽油味实在叫人难以忍受，我还是要求他下山时将盖子拧紧。在高原，有一些在平原难以想到的事情，如在高海拔下，水七八十摄氏度就沸腾；做饭必须用高压锅，不然做不熟；轮胎气不能打太足，否则会爆胎；还有高山病的预防；等等。这些生活常识，是对自然规律的适应，必须知晓和遵守，否则就会出问题。在拉萨挂职的一位同事告诉我，单位的一位年轻人到林芝第一天就洗澡，感冒了，没有在意，在过米拉山口时得了急性肺水肿，情况很严重，多亏及时"下转"，才得以脱险，他告诫我们到达的第一天最好别洗澡。

米拉山是拉萨河与尼羊河的分水岭，是拉萨与林芝两地的界山。过往的人都在这里留影，贾大侠更是争着抢着照相，要在不同的照相机前摆出不同的姿势照好几张，以便保险。他说，到前边的若干个山口他都要照，然后搞一个影集，专门展示他在318国道过山口的英姿。贾大侠说，他把金钱和地位看得很淡，对吃住的要求也不高，但很看重玩儿的质量和友情。壮年将逝，童心不泯，这就是贾大侠。最近，他将多年旅游存的门票编成集子，还玩儿起了旅游文化。

过了米拉山口，进入工布江达县境，公路沿尼洋河一泻而下。与山西边不同的是，山东边的藏民居都换成了铁皮顶子，红蓝绿，色彩鲜艳，格外显眼。但我还是喜欢那原生态的屋顶，如果照传统的样子改善，与这里的青山绿水可能会更加协调。尼洋河如一条碧带，清澈而湍急。在一处称作"中流砥柱"的地方，一座小山一样的石柱，矗立在河谷中央，河水冲撞石柱后又从两侧合拢来，真乃"乱石崩云，惊涛裂岸，卷起千堆雪"，吸引路人驻足观看和拍照。

九、八一镇和直白村

八一镇是林芝地区的行政中心，在尼羊河下游开阔的河谷里，海拔不足3000米，北纬30度以南，市区滨河，一派亚热带风光。远望水光潋滟，长桥卧波，楼堂馆舍掩映在青翠欲滴的树木中间，好一座优美的小城。

沿左岸窄小的公路去两江汇合处，尼羊河由此下行20公里并入雅鲁藏布江，一路江清水阔，滩平草美，村居恬静，牛羊塞途；滨江鱼池罗列，沿路秀木成林，真乃高原江南，藏地桃源。

与内地的河流相比，这里的任何一条江河都称得上水流丰沛。从米拉山

一路行来，我目睹了尼羊河从涓涓细流到汤汤之水的全过程。在两江汇合处，河谷开阔，雅鲁藏布江的气势更加浩荡阔大，水天相接，真如天来之水，美哉壮哉！天下起了雨，江上橙色的快艇劈波斩浪，很快隐入尼洋河口葱茏的港湾。

徐师傅带我们去一处家庭旅馆，在闹市区，干净而实惠，还能洗澡，只是房间小了点儿。可平时挺能将就的贾大侠却要求再看几家，说要在这里好好休整一下，要搞"腐败"。最后，我们住在"金拇指"酒店，宽大的房间，可以用来跳舞。晚上，贾大侠向我们宣布，晚饭不和我们一起吃了，林芝有个网友请他吃饭。

翌日去直白村，经过林芝机场，机场建在雅鲁藏布江河谷里，两侧是海拔五六千米的高峰，形势险要。据说，青藏高原有四处机场最为艰险：拉萨远、邦达高、九寨险、林芝难。据说林芝机场受地形影响，气候多变，气流复杂，一年中适合起降的日子只有一百多天，对飞行技术的要求很高。地处边疆，通机场的雅鲁藏布江大桥有全副武装的士兵守卫。

公路沿雅鲁藏布江右侧的山体曲折向前，这是一条新开辟的旅游公路，时而陡坡，时而危崖，左侧下临汹涌的雅鲁藏布江，急转弯时身倾侧，须紧抓把手；会车当口常急刹，常厌车崖壁。一路惊险刺激，坐车的人和司机一起使劲，瞪大眼睛看着前方。过派镇，进入大峡谷景区，换乘景区的专车，往前崖更高，路更险。途径一个叫作大渡卡的地方，高高的崖头有残碉古堡，不知何代何年所建，古堡下临汹涌的雅鲁藏布江，崖高数十丈，似曾是一处要塞。要攻破此天险，非有非凡的勇气和战斗能力不能为。直白村是此行的终点，如果天气晴好，在此可以看到南迦巴瓦峰全景。然而，在厚厚云层的遮挡下，这久仰大名的雪峰就是不肯露出真容。雅鲁藏布江流到这里，江流落差很大，水势汹涌澎湃，怒涛翻卷，似万马奔腾，如群龙搅水，发出轰轰的响声，江底似有无数石头跟着向下翻滚。直白村的房屋是原木搭建的，类似滇西北的藏民居。在村头可以望见南迦巴瓦峰脚下的冰川，冰川融化的溪水流过村庄，村人在溪流上建起水磨坊，还有用水作动力的转经筒。皑皑雪山，莹莹冰川，滔滔大江，郁郁森林，还有老树、清溪、草甸、村居、炊烟、古寺、残碉、水磨坊、转经筒，此景让人感觉来到一个脱俗的童话世界，心灵也变得纯净和安恬。

云层部分散开，南迦巴瓦掀开了一角面纱，人们欢呼、企盼，可是一会儿那倩影又隐去了。据说，8月份来这里，能看到南迦巴瓦全貌的概率不高，此次只好留下遗憾。留下遗憾的不仅是南迦巴瓦，还有墨脱，如果不考虑租车的连续性问题，我们可以翻越雄多拉山口，徒步墨脱，到这个中国唯一未通公路的县看一看。

十、鲁朗

　　晨起先去看古柏林，八一镇的这片古柏，据说多有千年的树龄，称得上是世界上最古老的树。小时候听太姥姥讲，"千年松，万年柏"，柏树是最长寿的树。今天有幸近距离瞻仰了这些树祖宗，最粗的竟有十数抱，参天挺立，蓊蓊郁郁，不禁联想起杜甫"锦官城外柏森森"的诗句。十天后到了成都武侯祠，看了那因诸葛亮和杜诗而名闻天下的柏树，那柏比起林芝的柏来，说实话，只能算是重孙子辈儿。也许是树大成仙，林芝古柏林好像有一股仙气儿，人到了树跟前，自然而然肃然。当地人将这古柏当做神树来供奉，在树干上缠上各色经幡。这保存完好的古柏，是人与自然和谐相处的范例。

　　从林芝出发沿国道向东，要翻色季拉山，过了山口，就可以看到鲁朗林海。从这里望开去，千山皆林，莽莽苍苍，气象万千。没想到在祖国的西南边陲，还有如此大面积的森林。我想，除了保护做得好之外，山高地远，运输不便可能是这森林得以保存下来的重要原因之一。森林是地球之肺，当人们在哥本哈根为减排而博弈百般，争论得不亦乐乎时，也应考虑如何将地球仅剩的森林——氧气之源保护好。万顷林海尽处，云雾缭绕中南迦巴瓦峰若隐若现，徐师傅说，如果是晴天，那些雪峰会看得很清楚。

　　国道边上的小郑鲁朗，有两条溪流在这里交汇，一条从西边的山上来，一条从北边的山上来，溪水跌宕欢唱，给镇子带来灵气。房子白墙木顶，藏式的窗户很别致，搭建在山谷间的平坝上。溪边是即将成熟的青稞地，一条印着清晰车辙的道路从山边逶迤而来，连缀起几处房屋，然后在青稞地上压出一道直线。矮山青翠，白云悬浮在山腰。几位朝圣者在公路上磕着等身长头前行，他们的手上套着木板，腰上系着围裙，以身躯丈量大地，虔诚而坚韧。朝圣者的生活用品放在一辆双轮车上，车上还插着红蓝彩旗。他们的目的地是拉萨，据说要几十天才能到达。在色季拉山口，汽车轮胎撒了气，换了备胎，好在鲁朗有修车的地方，可以将破胎补好。石锅鸡是鲁朗的特色风味，用原石打磨的锅文火炖鸡，据说这石锅有对人体有益的微量元素，用几味野生滋补药材相佐，其肉鲜美，其汤香浓，醇厚之味令人数月不忘。

　　鲁朗前面是有名的通麦天险，这是川藏线上最险的一段路。这段路全部建在陡坡或悬崖上，下临怒涛汹涌，奔腾咆哮的帕隆藏布江。由于塌方和泥石流频发，这段路几乎处处在清理和施工，一路都有筑路工人在干活儿，像是个

在建的工地。路面很窄，一些水毁路段外侧用圆木搭起，边缘毫无遮拦，垂直下去几十米就是浊浪滔天的江水，错车时车轮离路外沿只有二三十厘米，要十分小心。一些上坡段特别泥泞，路面凹凸不平，再加上时有死脖子弯，既要加大油门往上冲，又要把稳和及时果断掉转方向盘，还要时时注意对面来车，加之高崖和江水给人以极大的心理震撼，非有较强的车技和心理素质是不敢在这里开车的。只见徐师傅二目圆睁，一阵急忙，额头冒汗，我们则如入了搅拌机的滚筒，在车里颠来倒去。如是数次，终于顺利通过了14公里虎口恶路。通麦大桥有武警守备，对过桥的车辆有控制，需要耐心等待。过了通麦吊桥，徐师傅长吁了一口气，大家的心也轻松下来。

　　前边的路是砂石路，说是国道，由于水毁和塌方，也就是乡村道路水平。路侧上方的削坡岩石松散，时见有飞石砸在路面上，必须迅速通过。忽见一只类似猩猩的猿类动物直立行走，耷拉着两只长臂，晃晃悠悠，不慌不忙地通过公路，隐入灌木丛中。

　　江上有座吊桥，桥头的指示牌告知，过吊桥走小路可以到达雅鲁藏布江大拐弯。从地图上看，大拐弯半径很大，在陆地上不可能目测。这里的拐弯应是大拐弯的顶点，是可以目测的一个典型拐弯。不过去那里往返需要两三天时间，我们又留下了一个遗憾。

　　不知走了多少路程，一抬眼，桀骜不驯的帕隆藏布江忽然变成千顷平湖，娴静温柔。湖边岸柳依依，绿草茵茵，木屋参差，溪水潺潺，几幢藏式木楼刚刚竣工，空气中还闻得到松木的清香。这地方叫古乡，一个小伙子热情地接待了我们，他说他在这里看摊儿，他的表哥———一位广东人要在这里建个民俗度假村，是县里的招商引资项目。这真是个绝佳的地方，登上木楼，透过新松木的窗口向南望，平湖对岸是青山，青山背后是冰川，冰川上面是雪山，天上白云悠悠，湖畔牛儿数头。伸入湖中的木板小码头，岸边的秋千，水中的枯木，时而掠过的水鸟，成了画中的点缀。小伙子说，春天这里到处都是桃花。你可以想象，这绝妙的去处，再加上灿若云霞的桃花，岂能不羁住游子的心？这里暂时没有一个游客，小伙子很寂寞，想留我们住下来，由于要赶路，只好做别。

十一、波密

　　过了古乡，进入波密县境，这也是个高山连绵，森林茂密，河谷纵横，水流丰沛的地方。县城海拔2700米，空气清新湿润，街上一些人在摆地摊卖山货，其中有不少新鲜的野生药材。徐师傅说，这里的天麻确实是野生的，又鲜又好，保证没有假货。他花 150 块钱买了一兜。我也想买，可又担心到家时间太长会烂掉，只好作罢。

住在一家私人办的旅社，两排平房，是原来供销社的旧址。老板是藏族人，浓眉大眼，一条壮健高大的汉子，豪爽而健谈，在北京的学校干过多年后勤工作，对北京的地理掌故略有知晓，提起农贸市场更是侃侃而谈，不过说得多是十年前的事情。他的女儿在南京上大学，暑假回家，帮助父亲打理旅社的事情。

县城中心有个广场，广场一侧的电子显示屏上不断地播放着庆祝雪顿节的画面。早上，贾大侠告诉我，他昨晚去广场看了集体舞，几百人和乐蹴踏起舞，场面热烈壮观。广场离旅社很近，不到 200 米距离，可能是由于此地海拔低，氧气多了，我夜里睡得很香甜，对外面的热闹竟毫无知觉。

从波密向东 90 多公里，离开国道向南，是著名的米堆冰川。峡谷中两个小村庄，木制的藏民居沿河谷散布在金黄色的青稞地边，溪水从村子中流过。一棵棵老杨树最为显眼，那些树至少有百年以上树龄，老根暴凸，巨杈横生，像古榕一样向四下里展开肢体，使人顿生沧桑之感。刻着经文的石板围着古树堆成堆，崇拜和祈祷在这里似乎已转向自然。一只小牛犊卧在地边，温顺而稚拙，引得枫叶爱怜地抚摸它的头。

翻过小山一样高的冰川漂砾堆，是一片冰湖。湖水上的浮冰，洁白晶莹。冰湖对岸又是一座三四十米高的漂砾堆，砂石和冰混杂在一起，随着融化，这些混合物不时塌落在湖水里，发出哗哗的响声。塌落的断面有十来米高，一些地方成反坡，像悬崖，细细观察，断面上有水不断渗出，汇成涓涓细流。漂砾堆的底部是冰洞。冰水从这洞中涌出，成了这湖和溪流的源头。见到冰湖，贾大侠兴奋起来，脱衣服赤膊捞冰摆姿势，做出各种动作要求拍照；六十岁的老李经不住冰湖和贾大侠的诱惑，也脱下衣服露出臂膀举起冰块表现出英雄状；我被他俩的行为带动了，也"同流合污"脱下了上衣。暖暖的阳光下，冰水流在胳膊上，凉而爽。

大堆砾石间还有两个小冰湖，湖水湛蓝清澈。登上凹凸不平、山一样的漂砾堆往前望，是米堆冰川的主体。宽阔而巨大的冰瀑充塞了整个山谷，凝固的冰涛滚滚而下，气势磅礴。令人称奇的是，冰川的下部竟然与针叶林衔接交汇在一起，玉洁的冰体与翠绿的杉树交相辉映，形成一道奇丽的风景。据说，米堆冰川是世界上海拔最低的冰川，类似的冰川在附近还有几个，为了赶路，我们只好割爱。

十二、怒江

到然乌湖的时候已是下午,天下起了雨,灰蒙蒙的,气温骤然降下来,很冷,似秋末冬初的感觉。然乌湖的湖面不大,阴天下湖水是暗黄色的,其景色与杂志上的介绍相去甚远,也许这里的美与我们无缘吧。湖边的旅店比较贵,在水边感觉冷飕飕,我们在镇子里找了一家旅店住下。需要赶紧吃饭增加热量,加了两个菜,吃饱后身上才感觉暖和些。我把所有的衣服都穿上了,上床拥被斜靠。旅店考虑得很周到,床上铺着电褥子,打开开关,一会儿就有了睡热炕头的感觉。我哪儿都不想去,只想在被窝里享受温暖,一觉睡去,不知东方之既白。

早晨乌云渐渐退去,一缕阳光透过云层,射在远处的一座山顶上,像舞台上的追光,在黯然失色的众山中,唯独使那雪岭现出金色,显得出众、温暖而神奇。金顶的白塔前,一垛跺麦秸也堆成塔形,顶在木杆上离开地面,大概是为了防潮,那是备下的饲草。

在雨中上路。

安久拉山是怒江与帕隆藏布江的分水岭,垭口高 4475 米,路边立的牌子上大书的"不怕艰难险阻,不怕流血牺牲,保通川藏天堑,锻造交通铁军",让人不禁想起"风萧萧兮易水寒,壮士一去兮不复还"的慷慨悲歌,对筑路护路者肃然起敬。

刚过山口,汽车的后轮胎就瘪了,赶紧换轮胎。我搬石头"打眼",倚住几个车轮,防止下滑;萧虹是老司机,用套管扳子卸固定轮子的螺母,娴熟利落;徐师傅侧卧在车下,用千斤顶将车身顶起来;枫叶也递东递西,忙这忙那。大家配合得非常默契,一会儿就把备用胎换上了,枫叶还用相机将修车的情景记录下来。这已经是第二次换轮胎了,徐师傅有点儿不好意思,他说,这车的几个轮胎都旧了,回去后都要换掉。其实我们心里都明白,搞运营要考虑成本,不用到一定程度他是不愿意将旧轮胎淘汰掉的,车上的轮胎似乎都到了新旧交替的临界点。两次换轮胎,引起了我对车况的疑问,对安全又多了几分警觉。

安久拉山草甸中渗出的水汇成清清的溪流,顺着山谷蜿蜒而下,几头牦牛在溪流旁安闲地舔着矮矮的草。这里已经进入怒江流域,另一条大河在向我们召唤。从峡谷中看对面的山,山顶是红色的,山腰是灰色的,山脚和河谷又是红色的,白云罩住山腰,山体若隐若现,像《西游记》中的奇境幻景。往前的干热河谷,山上几乎没什么植被,一派灰黄景色。蓦然,在峡谷的底部,一个隧道口挡住去路，在狭如天井的地方，有部队把守着怒江大桥。在绵延不断，干涸枯燥的群山之间，怒江在地缝一般的深峡大壑中急速而悄然通过，像衔枚疾走的浩浩铁流，毫不张扬却又令人一惊，让人始料不及。

过了怒江就翻业拉山，这似乎是川藏公路上弯道最多的一座山，坡陡弯急，从山脚盘到山顶，据说有108道拐。汽车像只甲虫，艰难而缓慢地在巨大的山体上盘旋，弯道似乎没有穷尽。由于大洋的暖湿气流很少光顾这里，河谷地区非常荒凉，只有溪水流过的一些小沟谷，生出片片绿洲，住着三五人家。经过这些小村落，会见到村人将落差很大、流量很少的山溪按梯级截流，将水引入开垦出来的小块儿田地，于是就生出绿色和生命，生出黄中带绿、秸密穗大、正待收获的青稞，陇边生意盎然的青菜和村头枝叶繁茂的树木，有了牛声哞哞和犬吠声声，于是就有了忙碌的农人以及他们对生活的追求和渴望。在这里，你会感到人对大自然极强的适应能力。

在高处回望业拉山上的川藏公路，盘旋的曲线如一条飘逸的丝带，以雄浑的业拉山为背景，扶摇直上，乃名副其实登天之路，成为一道壮美的风景。在这里，随便拍的照片，都能上摄影展览。

翻过海拔4658米的业拉山口，又是高原草甸，满目绿色，溪水逶迤，牦牛徜徉其间，这是邦达草原。走川藏线就是这样，一忽儿谷底，一忽儿山巅，随着高度、地形和气温的变化，地貌和植被也不断变化，雪山、冰川、草甸湿地、淡咸水湖泊、不同类型的森林、干热河谷、江河、溪流和温泉，千变万化，看多了，竟生出审美疲劳。行进中，偶尔可看到三三两两骑自行车的人，车的后架上驮着行李，脸晒得黢黑，风尘仆仆，靠两只轮子滚动在漫漫修远的天路上。为了寻找和发现美，他们表现出非凡的勇气和执着。

邦达是交通要道，由此可北上昌都，抵青海境内。小镇是过往车辆和行人的补给站，在寂寥的高原上，这里多少有些人气儿。距此不远，有邦达机场，海拔4330米，据说是世界上最高的机场。餐馆的粉墙是开放的，过往食客可以在上边留言，"走在天路上""广东阳江好汉"等比比皆是，还有几首诗，多是表现游川藏线的感受的，这满墙的涂鸦，形成饭馆的特色。在老板娘的鼓励下，我们几个人也留下"墨宝"，不过墙正面实在没有空间了，我只好登着凳子将留言写在离天花板很近的角落里。

雨中到达左贡，宿武装部招待所，一排平房，可以随便挑房间，我和枫叶的房间似是给军人家属探亲预备的"鸳鸯房"，虽没有自来水，但情调温馨浪漫，还有电暖器。

十三、澜沧江和金沙江

走川藏线，要翻越许多垭口，写游记，不能不提这些垭口。《中国国家地理》曾以很大的篇幅介绍过这些垭口，编者按说，这些垭口既是行路的天险，也是景色绝美的天堂。一路行来，感觉所言非虚。拉萨以西，我们已翻越过加错拉山、久拉山、优弄拉山、甘巴拉山等垭口；拉萨以东已翻越过米拉山、色季拉山、安久拉山、业拉山垭口。这些垭口的海拔大多超过 4500 米，有近乎一半超过 5000 米，垭口以上的空气含氧量不足海平面的一半。往前我们还要翻越若干座垭口，直到二郎山止，才能走出川藏线上的高山大壑。这些垭口，有的是大江大河的分水岭，有的是两个流域之间的地标。在这离天很近的地方，几乎无一例外飘扬着各色经幡，成了人与神约会之处。站在这些世界最高公路的顶点，你会感到自豪、兴奋和些许敬畏，兴奋过后，会很快理智地匆匆离去。

翻越海拔 5008 米的东达山口，并没觉得十分险，但翻比它矮 1000 多米的觉巴山时，却如坐飞机一样，盘旋上升，狭窄的路侧绝壁千尺却毫无遮拦，令人眼晕。枫叶的手紧紧抓住我，沁出了汗。翻过觉巴山垭口，就望见澜沧江峡谷了，褐红色的高大山体上，覆盖着不多的绿色，公路如线，曲折盘旋，在山岭间若隐若现。由垭口降到谷底，似遥不可及，反观自身所处位置，不禁生出"危乎高哉"的叹息。下山的时候，担心的事情终于发生了，汽车右后胎撒气，车抛锚在险路上。换轮胎已是熟练工作，几个人各就各位，开始干活儿。由于车停在坡道上，路面不平，在顶起车的时候，千斤顶突然倒落，车子咣当落地，将师傅砸了一下，吓得大家一惊，好在有惊无险。

我已经是第二次见到澜沧江，第一次是在从怒江翻越碧罗雪山到达茨中的时候，滔滔的红色江水，让人联想到关云长的脸，豪壮而凛然。现在这个地方叫竹卡，在茨中的上游，离那儿大概有几百公里。江两岸红崖壁立，红色的江涛在崖壁间左冲右突，像赤龙搅水，发出轰轰的响声。两岸间飞跨一座拱桥，崖头矗座藏式碉楼，俯视着日夜奔腾不息的江水。澜沧江同它的兄弟怒江和金沙江一样，系出名门，发源于世界屋脊，在历经艰难险阻，百千磨难之后，成为鼎鼎有名的世界级大河，在此间已可看出它的风范不同凡响。

芒康是藏东南的交通要冲，南可下云南德钦，东北可至四川巴塘，往来人车较多。因前边修路交通管制，只好在镇西头苦等。所有东去的车都堵在这里，不知何时才能放行。时不时传来一点儿不确定的消息，引起人们的猜测，司机们围着交警渴望而焦急地打探着。没有耐心的，都南下去德钦绕行了，那样要多走几百公里。我们坚定地要去巴塘，经过贾大侠与交警努力争取，我们的车排在靠前的位置。徐师傅说，走川藏线，碰上运气不好，有时要堵几天，行车旅行事先要考虑到这点。我们还好，带着压缩饼干和羽绒服，就是过夜，也能抵挡一阵儿。晚上七点，开始分批放行，我们抢在第一批，十几辆汽车如离弦之箭，争先恐后，尾后腾起阵阵烟尘。我们的车凭优良的性能和师傅高超的车技，终于力冠群雄，抢在第一，将所有的车远远甩在后边。从芒康到竹巴龙，夜行70公里施工中的路，其坎坷、颠簸、狭窄、泥泞难以尽述。路上尽是爆破和开挖后带尖儿的石碴，所幸轮胎没有发生故障，否则会尴尬透顶。晚上九点，到达竹巴龙，灯光下，看得见急速奔流的金沙江，我又想起孔夫子的话："逝者如斯，不舍昼夜。"大自然是最具生命力的，它以无与伦比的力量，时刻不停，永无止息地进行着沧海桑田运动，进行着毁灭、改造与创造，在这个星球上，它才是真正的主宰。这一点，在这大地断面最高的地方看得最为清晰。

过了竹巴龙，就进了四川界，大家不约而同欢呼起来，我们终于走出了西藏。十点，宿巴塘。回顾两天行程，我赋诗一首："百盘业拉别怒江，觉岭惊魂过澜沧。车堵芒康急无奈，夜渡金沙宿巴塘。"

十四、巴塘、理塘和稻城

小城巴塘很漂亮，最具代表性的就是那条步行街。街正中辟一条水渠，以卵石砌护，宽不足丈，引溪水入渠，间以块石壅水，水深而碧，流缓而平。两岸以汉白玉为栏，中筑数座拱桥相接。栏外为街，彩石铺地，两侧置商铺店肆，鳞次栉比，红白色调为主，民族风格浓郁。街口立一座牌楼，仿古式样，琉璃彩绘，名之曰"央柯路"。

海子山垭口海拔4600多米，从垭口俯视山谷，一串圆如明镜的湖，静静地映在雪山脚下，湖水碧蓝。

理塘草原最动人之处，是锦缎一般的花。8月下旬，正是花开的季节，只见红、黄、蓝、紫、白各色花儿竞相开放，有的成串，有的为簇，缤纷绚丽，尽展风情。那紫色和黄色的花最为显眼，它们在与百花共舞的同时，还辟出自己的片片领地，在草原的绿色背景上，聚成黄的、紫的条带，若云如虹似雾。据说草原花开的佳期最多不过七八天，时过则花神迅速遁匿。我们是幸运者。八月的理塘草原，很能撩起人的诗兴，"草原若锦缀牛羊，花海羁客久徜徉。一水透迤似飘带，轻车笑语过理塘。"我用短信发出自己的感受，与朋友共享。

理塘海拔4014米，进入县城之前先要穿过一座高高的牌楼，匾额上大书：

"世界高城理塘"，骄傲地向人昭示此地的最大特点。由于海拔高，据说旅人一般不在此住宿。一队军车在穿过牌楼，部伍严整，浩浩荡荡，引得路人瞩目。川藏线上，军车是一道风景线，给这迢迢之路，寂寞之旅带来人气与阳刚。

从理塘到稻城，还要经过海子山，山上大大小小的海子星罗棋布，其间巨石嶙嶙，形态各异，有的如犀象奔跑，有的如军卒列阵。此景连绵几十公里，一望无际，原始洪荒，犹如到了外星。此地质奇观称"古冰帽"，是喜马拉雅古冰原经亿万年演化而成。如果没有公路，徒步走进这巨石和海子的迷宫，肯定会迷路。

下山的路边，山溪跌宕，圆石光洁，青杉挺拔，绿草茵茵，巨石上镌刻着藏文六字真言，人如入画中，大家流连久之。

下午经桑堆到稻城，一路溪长水碧，树绿草青，稞麦待获，油菜花黄，村居恬静，庙宇俨然。

稻城是个旅游小城，来此的多是"驴友"。我们宿"拼英藏庄"，这虽是个家庭旅社，却窗明几净，设施齐全，住起来挺舒适。徐师傅带我们去3公里外泡温泉，天然温泉加雪山融水，洗得畅快，泡得舒服，洗去了一路的征尘和疲乏，每个人才10元！

早就想来亚丁，此次终于遂了心愿。刚一进山就见到了那三座有名的神山：仙乃日、央迈勇和夏诺多吉。这里是大香格里拉核心景区之一，美景不再细述，有诗为证：

> 雪峰莹洁疑隐仙，林海蓊郁多古杉。
> 白墙金顶独一寺，壮僧早诵悟机禅。
> 冰川融水成飞瀑，明湖映画重峰峦。
> 野羊为群攀岩去，急呼伙伴定睛观。

在去五色海返回的途中遇到了一群神秘的野生动物。到亚丁的第一天天气还好，但天气预报翌日有雨。为了抓住机会，下午到达洛绒牛场后，我们一鼓作气，急行军去了五色海。山路陡峭而泥泞，时遇瀑布山溪，加之海拔高于4600米，对每个人都是个考验。枫叶可真棒，紧跟我们三个大老爷们儿，一气未歇攀到圣湖之畔，还撩水洗脸。那会儿，每个人的嘴唇都是紫的。返回途中，在瀑布之侧，陡坡之下，倏忽奔出一群精灵，似鹿如羚，往山上奔跑，一会儿竟来到我跟前。我猝不及防，还没弄清是什么东西，就赶紧端起相机拍照。

那是一个家族，成年的有十来只，未成年的有四五只，似乎是野羊，但到底是什么，我不是动物学家，说不清楚。回来浏览照片，大家展开了激烈的争论，有的指鹿为羊，有的指羊为鹿，有的坚称是羚，有的辩说是羊，没有争论，众口一词的是，这是野生动物，难得一见。

一夜骤雨，次日到卓玛拉错看了看，下午离开亚丁。行进途中，前方左侧的山体突然坍塌下来，石头裹着沙子乱滚，堵塞了多半个路面。这段路边坡的地质情况很差，大卵石夹着沙子，很松散，似乎经常塌方。刚刚塌过的地方，几块大石头龇牙咧嘴，面目狰狞地悬在空中，随时可能掉下来。不能等着它继续塌落，否则我们不知要等到何时。大家迅速下车，枫叶负责放哨观察，几个人七手八脚将大石头一块块挪开，徐师傅轰动油门，加足马力，将车从乱石堆上冲过去，"过来啦"！大家兴奋地欢呼起来。而对面的两辆载货卡车，就没有我们的勇气了，只好耐心地等待疏通救援。历险是一种难能可贵的经验，可以增添人生阅历，使之再遇到类似情况时，心中有底，能够从容应对，处置有方。比如在稻城，汽车轮胎又出了两次故障，由于有了此前的经验，我们轻松自如地就解决了。

晚又宿稻城。第二天经理塘、雅江、康定到新都桥，遇修路堵车，夕阳西下时分才到折多山。借着夕阳的余晖，在山口的白塔下给贾大侠留影。去年贾大侠在折多山的留影不知怎么丢失了，使他遗憾不已，这次总算弥补了一下。折多山的路在大修，堵在山上的车排成长龙。晚上十点多到达泸定。夜幕中，我们又一次登临了那座举世闻名的铁索桥。与白天游人如织不同，此时桥上只有我们几个人，茫茫夜空，汹涌的大渡河水，泸定城灿烂的灯火和楼舍中传出的音乐声，将历史与现实交织在一起，勾起人复杂的心绪。

午夜过二郎山，凌晨一点到雅安，次日到成都，结束川藏线行程。

（2010年3月3日写毕）

最后的秘境

青藏高原的边缘，那些由高到低过渡的地带，其垂直变化陡然，地貌多样，生态原生，人文多彩，无论其自然景观和人文形态都世所罕见，其魅力吸引着我，使我魂牵梦绕。

一、黄河边

8月出行最难的事是买火车票，去黄河源应该先到西宁，可由于票难买，只好"递进"，先到银川，到了那儿再说。

银川的西夏王陵是个发思古幽情的地方，那山一样高的王陵遗土，像一座座巨大的蚁坟，不知怎么使我联想起黄梁梦中的槐安国。元昊创立的王朝其兴也勃焉，其亡也忽焉，其兴其亡已成一段化石凝固在那里，在历史的长河中犹如一梦，供人凭吊，令人嗟叹。站在陵前，不禁生出时空变换，物是人非之感。沙湖是处奇特的景观，浩渺的湖水偎依着连亘的沙漠，两种似乎截然相反的东西唇齿相依，相得益彰。沙山高耸，驼队铃语，芦苇丛丛，轻舟数点，北国的粗犷中渗透进南国的柔曼，别具一番风情。

翌日一早，我们乘大巴经兰州赶往西宁，途中遇大队军车赶路，还带着冲锋舟。我以为是在训练，晚上看电视才知，甘肃舟曲县发生了特大泥石流灾害，部队是赶去救援的。

西宁海拔2000米左右，玛多4000多米，一下子升那么高，恐怕不适应。为了逐步适应高海拔，第二天一早，我们先去贵德。先翻拉鸡山，这山海拔3800多米，天下着小雨，云雾笼罩着山，坐在汽车里，曲曲折折地向上盘，感觉像是坐直升机，盘旋中一下子上了高原。记得那年去龙羊峡水库，翻的也是类似的一座山，也是同样的感觉。其实，这里是黄土高原向青藏高原的过渡地带，我们正处在第一和第二台阶之间的陡坎上。拉鸡山的另一侧正在修公路隧道，估计过两年再来这里，就不用翻这么高的山了。

"天下黄河贵德清""天下黄河甲贵德"，贵德以黄河之清和黄河之美闻名于天下。眼下正值汛期，洪水频发，心想黄河的水不会太清。但当站在贵德城外那座大铁桥上俯瞰黄河时，出乎意料，碧蓝的河水像一匹巨大的锦缎舒展开去，浩浩汤汤，与群山契合，犹如一幅以蓝色为基调的油画，令人精神一振。我不由想起了那首《蓝色的多瑙河》，没想到，桀骜不驯的黄河竟还有如此雍容妩媚之态。下游的黄河边上还有架三层楼高的大水车，依着蓝色的河水，缓缓地转，让人感觉似乎到了江南。贵德古城的城墙虽已圮坏，但还保留着轮廓。城内的文庙、玉皇阁等修葺一新，古色古香，使古城更添历史和文化的韵味儿。城内的老梨树，干粗枝虬，有的树身上还挂牌标示着树龄。梨是贵德的特产，形状和味道有点儿近于山东的莱阳梨，据说梨树开花的时节，处处粉妆玉琢，乃此地一景。奇特的地貌，也是贵德一景。下拉鸡山，距贵德二十几公里，公路两侧皆为红黄色的土崖，一些处杂以青、黛各色，经流水侵蚀，其崖如刀劈斧削，或状如人兽，或纹理诡异，景象奇幻，一些土山的谷中还居有农家，让人感觉如入另一个世界。有人称此为丹霞地貌，但我观乃水流侵蚀切割黄土而成，到底如何定义，地质学家或有说法。司机告诉我，贵德的人口比例是汉回藏各占三分之一，大家和睦相处，他是藏族。他说，由于近年来不少人来此看黄河，还有梨花节，贵德的名气渐渐远扬。其实，油菜花开的时候，风景也蛮好看的。早起，在汽车站前的小摊吃回族老乡做的羊杂碎和炸油条，味道蛮好还干净卫生。要不是行程紧，我真想在这里多住几天。

从贵德去贵南，从黄河河谷向高原上升，地貌不断变化。几乎没什么植被的巨大沟壑和土塬只有单一的、泛着白的土黄色，让人感到生命在这里存在的艰难；然而汽车里悠扬的"花儿"，又将人带进本色的生活和富有人情味儿的境界。事物就是这么矛盾，似乎不可能的竟然是现实的。高大的沙山和连绵的沙漠，显示着地貌的丰富性，我完全没想到，在这儿竟能领略到沙漠景观。贵南的草原也别具风情，8月是草原的花季，黄的、蓝的、紫的、粉的各色小花绚烂多彩，烂漫若锦，颠覆了我心中绿色草原的概念。这一带牛羊不多，草原保护得不错。漫漫草原上，公路笔直向前，只有高度的起伏，直达天际。我们已进入藏区。

贵南县城充溢着浓郁的藏族风情，天刚下晚，整洁宽阔的广场上就放起音乐，陆续来人围成圈子，开始了藏舞热身，我想晚上应该有一场舞蹈的狂欢。

对去玛多的路线我一度有点迷糊，一位大巴司机非常热情和不厌其烦地给我指点，他再三坚持让我们去三塔拉的国道岔口，不要去兴海，说在那里等车方便，道路又近；坚持让我们坐大巴不要打车，说这样省钱。他有点过度的热情几乎让我怀疑其诚意，然而照他说的做，果真合理和顺畅。这件事让我感

受了此地的人情淳朴。

车行在贵南以北的高山上，下望尕马羊曲黄河河谷，雄浑而苍凉。与前日看到的黄河比，这里的河水夹在狭窄如槽的河床中，急骤而浑浊。从地图上看，黄河在这里由南向北转了一个大回环。这段黄河，在地图上有点乱，你须仔细寻找。它游走在高山大壑中，去向有点儿飘忽不定，有些地段方向几乎相反，可谓神龙见首不见尾。尕马羊曲黄河大桥栏杆上飘扬着各色经幡，表示着人们对大河的敬畏和祈祷。这条不凡的河，刚离开它的诞生地，就受到了极高的礼遇。据说，这里过去是个渡口，人们用牛羊皮筏子或木槽渡河，后来扯船摆渡。瞻望险峻的地势和汹涌的河水，可以想见先民们渡河的艰难和惊险。黄河在这里落差很大，山上摆放着一些大管子，像是要修水电站。

二、河源大湖

玛多在214国道边上，又叫玛查理，是县政府所在地。镇上就那么一横一竖两条街。路边的粮油旅店招牌醒目，粮油两个字使人想象是国企，实力雄厚，心里踏实，于是进去看看。枫叶同前台的小伙子讲价，小伙子一口一个"这里是玛多"，最后一个字还拉着长声，好像玛多就不可以议价。经过讨价还价，最后减了10块钱，小伙子热情地让我们住进来。在高原上食宿，条件与平原不可同日而语，能解决基本需求就可以了。对我们这些经常户外露营扎帐篷的"老驴"来说，有床、有热水、能吃饱、不风吹雨打就能将就。小伙子在外地上大学，暑假回家帮助父亲打理旅店生意。他们是西宁人，到海拔如此高的地方来谋生，真是不容易！旅店后面是个二层的木楼，登楼把酒，举目远眺，只见云低得压住了群山，雨淅淅沥沥下起来，雨点打在铁皮棚子上，声音挺大。明天要去河源大湖，这雨让人担心天气和路况。我看那雨云没根，预测一个小时内雨住，同伴中有人不信。餐毕雨点渐稀，随后雨止，我心中颇为得意。少年时在村中劳作，生产队长周大爷善观云测雨，受其影响，我也略知一二，后来搞水利多年，看天的能力又有长进。这些年热衷户外运动，这方面的知识派上了用场。

暮色中，到街头去找车。与藏族青年者才谈妥，明天他开吉普车送我们去大湖和牛头碑，回来后再开面包车去称多，约定早晨五点出发。心中想着五点出发的事，加之多少有点高原反应，夜里睡得不太踏实，数次起来上厕所。在高原，不仅缺氧，还有减压的问题。由于大气压力减小，水六七十摄氏度就沸腾，饭也不容易做熟，必须用高压锅才成。一些密封的方便食品袋，海拔高了会胀起，有的还会撒气。我有一个垫脖子的小充气枕，车升到4000米以上它就胀得鼓鼓的，显得劲头十足；降到3500米以下它就软塌塌，蔫头耷脑要罢工。有经验的司机，轮胎的气不打太足，油箱也不灌过满，防止因内外压差过大出现问题。我想，人体频繁地向外排水，可能也是内外压差变化使然，需要一个适应过程。

　　早晨五点，天还漆黑，门外听不见车响，估计者才睡过了，我赶紧给他打电话。二十分钟后，车来了，吉普车很破旧，虽然昨晚验过车，可不知怎么车灯又憋了。者才捣鼓了一阵儿，没有弄亮，只好摸黑启程。开出镇子，四下一片漆黑，车行得很慢，大家都睁大眼睛向前看，心里惴惴，恐怕掉进沟里。好在过一会儿天就会亮，心中有希望，大家不约而同想起了一句话：前途是光明的。

　　天渐渐亮起来，可路却越来越难走，路上都是大坑，坑中还有积水，不管怎么绕也躲不过去，颠簸得不是蹾了屁股就是顶了头。这里正在修一条通往大湖的路，为避让施工，车只能走便道，所谓便道就是在草原上压出来的两条车辙，者才把着方向盘的胳膊大幅度地左右用力，车外的水从后窗破玻璃缝溅进来，打湿了带的干粮。

　　鄂陵湖终于出现了，湖面越来越大，湖水碧蓝澄澈。湖边的沙洲上，一群群的大鸟在觅食栖息，我叫不出这些鸟儿的名称，但我知道多数是候鸟，这里是它们的天堂。我的家乡在京郊潮白河边，小时候，每到秋高气爽之时，就有一群群大雁往南飞。昂首蓝天，瞻望雁行，孩子们向天上喊："大雁大雁摆人字！大雁大雁摆一字！"雁行有时变换队形，大家就欢呼雀跃。至今那一字和人字的雁行，还引起我无边的想象。在秋后的河滩地，有时可看到成群的大鸟，多时或有近百只。匍匐着偷偷接近鸟群，可见那硕大的鸟，站立着似羊，展开翅比鹰还大。后来我才知，这鸟有些是雁，有些是天鹅，也就是古书中所说的鸿鹄。鸡粪是有机肥里最好的，收购价四分钱一斤，那时贫困，一些人到河滩地捡鸟粪，与鸡粪掺在一起卖钱。以后多年，我没有看见过这些大鸟，秋天的天空也很少看到迁徙的雁行。在高原大湖邂逅这么多大鸟，感到格外兴奋，我将长镜头换好，下车向水边跑去，顾不得脚下的水坑和泥沼。那些鸟既沉着又警觉，总是和人保持着一定距离，既不飞走远去，也不与你接近。我知道，它们是天湖圣境的精灵，清高而脱俗，我这俗人，对其只能远观。

　　鄂陵湖水面有600多平方公里，扎陵湖略小，也有500多平方公里，加起来1000多平方公里，可谓浩浩汤汤，横无际涯。两湖相邻，蓄水量共150多

亿立方米，据说近年由于生态环境改善，蓄水量有所增加。在湖边，还可以看到三五成群的野羊。

牛头碑在扎陵湖边的一座山上，是河源的标志性建筑。山不高，可山上在修路，汽车有时只能绕开路爬山坡。吉普车的性能此时得到出色表现，原来这车看着破旧，却有着强劲的动力系统。牛头碑是个以牛角造型的铜铸雕塑，简洁朴实，粗犷雄浑，碑座上有国家领导人胡耀邦和十世班禅分别用汉藏文字题写的"黄河源头"手书。此处海拔4600多米，居高临下，可望扎陵、鄂陵两湖。此时天空阴云密布，山顶冷风嗖嗖，仙湖尽处，云水苍茫；神山顶上，经幡猎猎。由于衣衫单薄，轮番照相后，身上已被冷风吹得热气全无，众人赶紧下撤。为躲避修路，最后一段我们步行下山，者才驾车顺着山坡冲将下去。

其实真正的河源还不在这里，大湖的上游还有遍布沼泽湖泊的星宿海，星宿海上边还有约古宗列曲等三条小河，这几条小河的尽处，才是河源的端头。大湖之河源，只是广义的河源。214国道边有个星星海，有人误认为星宿海，一字之差谬之数百里。

不能不提的是，湖畔草原鼠害比较严重，地上到处是鼠洞，时见老鼠招摇过路。鼠害导致草原退化，影响河源生态，偌大草原，不知如何防治？我想生物防治或可有效，投放和培养天敌，恢复野生动物生态链似是治本之策。

三、称多和玉树

从玛多沿214国道南下要翻越巴颜喀拉山口，山口海拔接近5000米，上山的路坡度和缓。时值8月，地上的草矮而稀，可绿色却一直跟着路。旁边巨大而平滑的山体上，色彩出现变化，下绿上褐，区别明显。有人说，5000米以上，氧气稀薄，是生命禁区，连草都不长。有感于此，在手机上写了一段信息发给朋友，断开句，竟有点儿散文诗的意思，兹抄录如下：

生命的界限

八月盛夏\在巴颜喀拉山口\海拔五千米的地方\平滑的山体\像画板\色调简洁\下面淡绿\上面灰褐\泾渭分明\几乎没有过渡\这\就是生命的界限

平常谈生命\多关注时间界限\瞻望肃穆的山体\大自然冷峻的笔\画出生命的空间界限\我忽然想到\在这个星球上\人不过生活在一层\薄薄的气体间\宽阔却窄狭\无垠却有限

车过山口\人们向天上大把抛洒龙单\一种印有经文的纸片\口中念念有

词\他们在祈祷\心中有敬畏\我想\在大自然面前\敬畏应是一种态度

考虑到玉树地震不久，住宿困难，我们先到称多。称多距国道不到30公里，车过毛哇山口，高度骤降，岜道盘陀，青山叠翠，一路好景色。地震对称多也有影响，一些房子墙上做着标记，表明损坏的等级。当地人多讲藏语，交流起来不太顺畅。我们住在交通旅社，条件虽然简陋，老板却以他的热情和到位的服务留住了我们。晚上忽然停电，老板打着手电为我们照明，说这里停电是常事。这时带的头灯也派上了用场。早起，如纱的云雾缭绕在山上，空气清新，一些人在寺院旁、白塔边转经。站在山腰俯瞰，小小的山城宁静祥和。称多给我留下了世外之域的印象，有诗为证：

一隅偏居深山中，世人从来未睹容。
曲道逶迤衬岭秀，老寺龙钟庇塔盈。
世外紧邻通天水，桃源远渡昆仑峰。
晚来无灯燃烛语，晨钟醒寺人转经。

如此佳处，可惜没有住下来深入探访，将来时间充裕，一定要改变现在这种走马观花的旅行方式。

司机仁青送我们去玉树，他的弟弟达青也一起去。达青刚刚考上西宁大学，学的是藏文化专业，9月就要去报到。在这偏僻之处，能考上大学是件不容易的事，大家都夸他，我笑着对他说，将来你就是藏文化专家！小伙子腼腆而自信地笑了。

去玉树路过通天河，多数人知晓通天河都是通过《西游记》，在我的心中，这是一条充满神秘和浪漫色彩的河流，是长江的上游。从过巴颜喀拉山口，我们就从黄河流域跨入了长江流域，在此又与另一条母亲河相遇。通天河是长江正源沱沱河的下游，到这里，它已经不再是那条在高原上散漫游荡的小河，在高山大峡夹束间，已具雄浑浩荡之势。青海被称为中华水塔，长江、黄河、澜沧江都从这里发源，这一带称"三江源"。在通天河大桥旁，筑有通天河自然保护区纪念碑。桥的南岸不远，有晒经台，亭子和老树上挂满经幡，石岸下水流急骤，漩涡翻卷，使人想起《西游记》中的那段公案，到西天佛祖处，那唐僧师徒只知办自家的事，忘了老龟的嘱托，受人之托却误人之事，有失诚信，才被翻下江流，差点失了真经，也是自取尴尬。

新寨玛尼堆离玉树不远，就在国道边上。玛尼堆有数百米长，近百米宽，两三米高，外围成不规则形状，堆砌的石块大小不一，上面多刻着藏文六字真言或经文、佛像，一些还染成彩色。据说这玛尼石已堆了几百年，有数亿块，是藏区最大的玛尼堆。玛尼堆旁的佛堂香火很盛，转经筒特大，玛尼堆侧白塔成行，几只藏獒在塔座下休憩。阵雨下得地上积了水，但这并不影响转经，上百人围着巨大的玛尼石堆不断地转，寺边的灶台烧着劈柴，大锅烟气蒸腾，像是在舍粥。

震后的玉树仍可见断壁残垣，广场上格萨尔王骑马的雕塑昂然耸立，周围搭满蓝色的帐篷，倒塌的房屋已基本清理，一些尚未倒塌的建筑多成危房，人去楼空，正在处理。大街上车水马龙，熙熙攘攘，交通警显得很忙。街旁多为帐篷商店，各类商品琳琅满目。政府机关设在帐篷里，外地援建的队伍也扎帐篷和搭板房，城里城外，山上山下，学校机关，店肆民居，到处是帐篷，蓝色的帐篷成了玉树的主色调。城边的一处宾馆已保护起来作为地震遗址，城外的混凝土搅拌站即将落成，城市的重建已经开始。路边"玉树不倒，青海长青"的标语牌格外醒目。这个高原小城已从噩梦中苏醒过来，开始她重创后的新生。

歇武是214国道上一个岔口，从此东去90多公里，是四川最西北角的石渠。歇武的车费比较贵，可选择的余地也不大，简单地吃过午餐，我们同另外几个人拼了一辆公务舱去石渠。

四、离太阳最近的地方

从歇武到石渠，汽车一路盘旋，高度骤升，从海拔3000多米一下子升到4000多米，但几天来对高原已经适应了，几乎没什么反应。石渠藏语称"扎溪卡"，即雅砻江边的意思。发源于巴颜喀拉山的扎曲，入川后称雅砻江，石渠是江的最上游。这里的草原，称"扎溪卡草原"，有两万多平方公里。据说，至今草原上仍有十八个游牧部落，他们还保留着原生态的生产生活方式和习俗，就连寺庙，也有流动性的，很是奇特。路边的山坡上，正在建牧民定居点，宣传牌上写着：我定居，我进步，我幸福。据说一些牧民自由惯了，也难定居下来。我以为，对这种原生态的人类文化遗存，不应人为加以干预，而应作为活化石，悉心呵护，将其原汁原味地保留下来。在经济发展与文化建设之间，如何取舍，需要站得更高，看得更远，经济至上是短视和狭隘的。

石渠的高度甚至超过了以高城著称的理塘，被称为"离太阳最近的地方"。8月的草原如缎似锦，鲜花盛开，赏心悦目。草原上的花不同于花圃中的花，花圃中的花丰腴、雍容、富态；草原上的花自然、本色、朴质，毫无雕饰却不失艳丽。高原上的花，受季节影响，花期很短，据说也就十几天，因而开得更加烂漫。特殊的环境，使它对恶劣气候的侵凌有较强的耐受力。草原有些地方是丘陵，地平线不是平的，而是曲线，于是草原就成了一块斜铺的画布，适合正面观赏。那花按种类分布，既各占领地，又互有交错，涂得画布绚烂多彩。

到石渠，最应该看的，就是巴格玛尼石经墙。从石渠西北的西区到巴格玛尼石经墙，差不多20几公里，多数路段是车在草原上压出来的土路。同新寨玛尼堆一样，那石经墙也是由一块块经石筑成的，不同的是砌成了一段两公里长的长城。长城的端头有启堂和成列的白塔，中部也间有白塔相佐。站在石经城前，你不能不惊叹信仰的力量。

石经城边，三三两两的朝拜者在磕长头，其中也有年轻人。一位穿着牛仔裤的小伙子，用身体在塔侧丈量着大地，他说来一次要磕一百个长头。在他前边，一位三十岁左右的女子，也虔诚地不断匍匐在地。有感于此，我又给朋友发了一条信息。

石渠巴格玛尼随想

每一块经石\都雕刻着虔诚\每一块经石\都凝结着向往\这无数的经石哟\不知累积了多少代\竟筑成了一座\信仰的石城

每一块经石\都记录着企盼\每一块经石\都诠释着心灵\这无数的经石哟\集合了万千灵魂\是生命乐章的音符

在空旷寂寥的高原\白云衬着白塔\经幡静静地飘舞\我站在石经城前\默默地思考\从古到今\虔诚者们\就是这样思想的\这石经城\就是见证

将要离开时，有两条狗来到汽车前乞食。枫叶特别喜欢狗，她马上进车翻包，将吃剩的饼掏出两块扔给狗。这一下可不得了，一下子窜过来十几只大狗，连在百米之外的也飞奔过来。我对狗的嗅觉、观察力和反映感到吃惊。这一带牧区，到处都可以见到狗。有跟随主人放牧的，有守家护院的，有在街上闲逛的，也有在草原上游荡的。有的狗，躺在路中央，对人车置若罔闻；有的狗，斜躺在沟埂上，像是死了，其实它很警觉；也有的狗，颓唐疲弱，夹着尾巴流浪。路边线杆挂着的宣传牌上，写着"不要用生的动物内脏喂狗"，以及注意给狗消毒、狗是某某病的宿主等提示语。狗是牧人的朋友，据说过去在藏区，狗是不兴买卖的，相互之间只是赠予或交换。

晚宿扎溪卡宾馆，两位四川口音的妇女在旅店忙里忙外。在高原藏区的集镇，在旅店、饭馆、商铺……，几乎在哪儿都可以见到四川东部人。他们远离家乡，辛勤地劳作和经营，吃苦耐劳的精神令人叹服和敬佩。宾馆没有自来水，据说镇上的旅店多没有，但地下水很浅，宾馆屋前有个唧筒式人工压水机，用手轻松压两下，刷牙漱口洗脸的水就够用了。记得小时候，潮白河边的家乡也是这样用水。后来修了水库，引渠水漫灌浇地；农业学大寨，打大口井，用井水浇地；再后来水库成为城市饮用水源，农村打深井浇地，地下水位急剧下降，需要打更深的井维持生产生活。用压水机压水已成儿时记忆。为此，我还写过一篇短文，感叹城市膨胀的压力与缺水的困窘。高原晚上很爽，白天又没出汗，洗澡也免了。宾馆的卧具很干净，一间房100多元还算实惠。同行的伙伴嚷嚷着要洗澡，住进了县里最高级的江德尼玛大酒店。扶着压水机，我想，比起这里的人，城里人对自然的索取太多了，在这里，人与自然，还在和谐相处。

奔波了几天，肚子挺苦，于是进了一家"正宗川菜馆"。经营小饭馆的是一对老夫妇，他们的老家是广安，来此三四年了。问那老汉是否适应这里的高海拔，说开始不适应，慢慢就好了。问起买卖，说还能凑合。玉树地震后，一部分救援的队伍和援建的物资从这里经过，小店一度还忙不过来。孩子过年时来这里看他们。言谈中，恬淡知足。在这高原小城，经营一爿小店肆，平静地过活，厮守终老，他们的生活引起我的羡慕。

明天的目的地是德格，路途遥远，车价较贵，天黑了，车还没有谈妥。一位特年轻的小伙儿追我到饭馆，说他父亲能去，价钱可以商量，执意要将这趟活儿定下来。交谈中，知道他刚考上大学，还没有去报到。看他年少早当家的认真样子，我心里直笑，与他讲好价，同意用他家的车，明早五点半出发，先去与巴格玛尼齐名的松格玛尼石经城。

五、美丽大道

夜雨淅沥，早起雨止，路上已汪水。我们摸黑出发。小伙子已有三四年驾龄，车开得很熟练，却没有驾照，他说他初中时就会开车，没本子在这里不算什么新鲜事。他父亲坐在副驾驶位置上，口中念念有词，他是在念经。前几天车上也有搭车的老乡一路念经的，真是随时用功，见缝插针。关键时刻，这老司机才会上场。

行至去松格玛尼的岔口，见路面泥泞，司机爷儿俩担心面包车性能有限，陷车弄出尴尬，劝我们不要去了。见司机没有把握，又考虑行车里程，决定放弃石经城，留下个遗憾。

路边有个温泉，泉下有个大池子，水冒着热气，一个小伙子和一个喇嘛在里边泡澡，我到出水口摸了摸，水温有五六十摄氏度。要不是行程紧，真想跳下去享受一番。

从石渠到玛尼干戈的路有几百公里，路上车辆很少，一辆车行驶在高原上，可以毫无干扰地尽情欣赏大自然的画卷，在此展开几幅：

一条河谷在眼前展开，河流随意弯曲，像一条飘带伸向远处的山边。对岸的山体坡度和缓，满是柔和的绿色。蓝天上的云像蘑菇，像帆船，像动物……，天显得很低，阳光透过云彩照在地上，映出云影，有的地方黑，有的地方亮。河滩上点点黑色是牦牛，山坡上片片白色是羊群，真像那歌里唱的，"牛羊好似珍珠撒"。

连亘的山岭，远处云雾笼罩若隐若现的是雪山。眼前是座白塔，上面饰以各色图案，成了花塔。塔下一顺三座玛尼石堆，两座圆锥形，一座长梯形，石块较大，砌筑规整，石上的藏文六字真言字体硕大，饰以赤橙黄绿青蓝各色，在蓝天白云下非常醒目，后面是一座很长的玛尼石经墙，经幡飘舞。在我们观赏的空当，司机父子绕着塔和经墙虔诚地行走。

海拔4000多米的大山垭口，平缓的草原从此下向下延展开去，视野极为开阔，至少可望出去几十里。对面的远山有若干层，最后一层是一溜数十座突兀的角峰，似剑如戟，欲刺天穹。垭口旁的经幡拉成锥状，像座五彩的帐篷。几头黑牦牛慢悠悠地晃到山顶，不慌不忙地舔草，牛角长弯而尖。人和它们搭讪，它们却瞪着眼睛，犟着劲，扭着身子惶惶躲开。

开阔的山谷，平缓的草甸，白色的公路逶迤而下。草甸上两座白色的帐篷格外显眼，与路的曲线交相呼应，形成一幅奇妙的几何图案。路中间转弯处一块天然大石，斜面上刻着大字经文。大石后面，远处笔峰林立，冰川顺山谷直泻而下；近处坡上生一溜奇石，如人状兽，姿态各异，殊可观者。远处平缓的山坡上，几头牦牛闲逛，逆光成一剪影，如诗如画。

到玛尼干戈，我们就走上了317国道。从四川进藏，有两条公路主干线，南线是318，北线是317。318线被称为"中国人的景观大道"，其精彩部分在川藏段。其实，317线两边的景观比318线毫不逊色，从四川段的马尔康草原，炉霍的寺庙，道孚的民居，色达的风情等即可见一斑，我们将要去的德格、白玉、甘孜、新龙等地也在317线附近。玛尼干戈小郑，镇上就一条街，最抢眼的建筑是座藏式风格的饭店。由于地处交通要道，往来车辆在此补给，街旁列

几爿商铺店肆，很多老乡骑着摩托到镇上买卖，一些着紫红色袈裟的喇嘛和尼姑也来逛街。

过了玛尼干戈就是新路海，藏语叫玉龙拉错，这是个绝佳的去处。角峰林立，冰川浩浩的雀儿山下，雪山和冰川融水汇成碧湖千顷，如一面明镜，山川倒映湖中，圣洁而脱俗。绕湖的森林多是粗壮挺拔的高原云杉和古松柏，蓊郁森森，它们守在这里至少已有百千年。湖畔绿草茵茵，野花铺地，更有奇者，间或有突兀的巨石，石上多刻大字玛尼经文，有的经石半浸在湖水中，给山光水色添了不少仙气。这是仙境，它已经超过了我梦中的仙境。我全神贯注于拍照，然而，无论怎么下功夫，都不能满意地得其本真之韵。我知道，其原因在于，我跟它刚有一面之交，还很不了解它。只瞥其翩若惊鸿之表象，而不知其天生丽质的由来和不凡气质的底蕴。

车过雀儿山垭口，瞻望雀儿山，众多的青灰色角峰成排，如列十八般兵器。冰川不白，灰黄色，像凝固的湍流；融水则汇成溪，顺落差很大的山谷流下，其冲积物愈往下愈散漫，成扇形。巨大陡峭的山体没一点儿植被，风化的岩石皲裂和脱落，滚成石海。站在垭口，回望来路，如一条曲折的白线，汽车如甲虫，蠕蠕上行。此时你才能更真切地体会"路漫漫其修远兮"这句诗的意境。下山的路修在凸出的陡坡上，是条盘陀路，其落差之大，盘曲之多，侧崖之险，令人心发紧。更有甚者，下面上来了矿车队，车身鲜红，车体宽高，满载矿石，其声隆隆，络绎不绝，挤得我们的车只能在路外侧缓慢谨慎通过，时时要停在路边等待。我真佩服那些大车司机，将如此庞然大物驶过这高山大岭。我想起刚才垭口上矗着的那堵墙，墙上赫然大书：川藏第一关。那些司机，是经常闯关的人。

下了雀儿山，草甸渐绿，溪流渐湍，树木渐密，真个是山清水秀，林茂木修，比岭上又是另一番景象。再往下，森林间渐次现出村落，这里的藏民居多为原木搭建，涂成暗红色。山边的青稞田即将成熟，已经收获的地块上戳着整齐的麦捆。往下行，峡谷渐深，两侧壁立千仞，越夹越窄，竟如一线天。路侧湍溪疾奔，轰然作响。再往下，峡谷开朗，路面坦荡，柳暗花明，屋舍俨然，已近德格县城。

六、德格

德格小城建在较开阔的峡谷中，镇子中间夹着一条喧腾的河，就是从雀儿山上流下来的那条河，317国道也追着河从镇子通过。小城给我的印象是玲珑剔透，像一件精心打造的工艺品。镇子的主街与国道平行，两条道中间是河，以桥相连，两座桥上下相距咫尺，两岸相通很方便。国道那一侧空间窄，一些楼房甚至贴崖而建。主街那一侧地势较宽，楼宇房屋在山坡上梯次排开，街外侧有一排房子临水。店肆装饰多为藏式风格，与广告牌交相辉映，繁华而有特色。街道和铺面整洁，很小的饭馆，也窗明几净。出租车绕着街转，想去哪儿很方便。虽地处僻壤，却不失时尚。

德格是座文化古城，最有名的就是印经院。印经院建于18世纪，是藏区最大的，也是更庆寺的一部分。由于来早了，印经院还没开门，我们先到坡上的寺院去。寺院正在维修，一座殿宇的木结构骨架已换成新的，脚手架和木板等还没拆除。正殿大厅内有两位师傅正在彩绘墙壁饰板，认真地绘花描金。最悦人眼目的是殿内若干根新油的大红柱子，红彤彤发亮，这柱子和殿顶吊下来的彩色幢幡交相辉映，加之左右墙上新绘的彩色壁画，营造出庄严神秘的气氛。这大概就是更庆寺的汤甲经堂了。

经堂侧面的山上，鳞次栉比一片紫红色圆木结构的僧房，僧房的紫红色与经堂和印经院的外墙差不多是一个颜色，一起构成这片建筑的基本色调。

忽然，经堂二楼的阳台上传来咚咚鼓声，一位喇嘛穿着袈裟挥臂击鼓，这是在报点。九点整，喇嘛们要各就各位，开始做佛事了。

蒙蒙细雨中，围着印经院转经的人络绎不绝，有普通人，也有喇嘛。有的人手里摇着转经筒，有的人步伐很快，年龄大的人居多，也有年轻人。同寺庙和玛尼墙一样，印经院在人们心目中也是神圣的。

经文纸是用木版印制的，木版有五六十厘米长，十二三厘米宽，两厘米左右厚，两面刻字，以朱砂为墨，完全用手工印制。在印经作坊里，数十位师傅在操作，两个人一组，对面坐着，一位管往木版上刷色，一位管往上贴纸，纸贴好后，用滚筒一压，然后揭下来，一面就印成了。待正面晾干后，再印背面。大门内的天井里，几位师傅在刷洗用过的木版，槽子里的朱砂水鲜红，他们系着大围裙，刷洗后将木版晾干。楼上库房里，一排排木架整齐地摆放，里边立码着经版，如同档案馆里的藏书。印好的经文纸不装订，成叠摆放，上面压着木条，有的则吊起来晾着。

站在印经院楼顶上，庙宇的金顶图腾近在眼前，镀金的卧鹿、吉祥鸟及飞檐等在蓝天丽日下熠熠生辉，加之多彩的簇新幢幡，神秘、庄严而奇幻。印经院对面街边，有个刻经版的作坊，几位师傅在操刀刻制木版。一位师傅告诉我，刻完正反两面一块版需用两天。在另一个作坊里，几位妇女将印制中的产生的废纸拣择加工，做成纸浆，重新晾晒成纸。其中一位漂亮女子的头饰很别

致，几个人高兴地与她合影，她腼腆笑着友好地配合。雕刻木版印刷比活字印刷更古老，用雕版印经，在藏区的一些寺院有着悠久的历史，据说除了德格印经院外，在藏区，还有一些寺院沿用这种印刷方法。雕版印刷术起着传播佛教文化的作用，反之，佛教文化的传播也为雕版印刷术的存在提供了前提。这是一种宝贵的非物质文化遗产，是人类文化发展史的见证和活化石，应精心加以保护。德格寺庙众多，许多有名的寺庙和佛学院都在德格，德格方言也是康区的标准语言，从这一点看，德格是个文化中心。在德格，通过建筑、街市、印经院以及人们的服饰和谈吐，你可以感觉到，这里有着深厚的文化底蕴。在街头，我观察一位师傅用手工刻经石，速度极快，文字刻得流畅规整，比观看写书法还舒服。师傅告诉我，一块六七十厘米长，四五十厘米宽的经石，可以卖到150元，这是一种职业。

从德格顺河而下，就到了金沙江边，江对面是西藏江达县的岗托镇。站在岸边望过去，是个景色绝佳的地方。大江南下，如天来之水，在此处骤然转了个弯，划出一道优美的曲线。江对面大山下山坡平缓，江边兀然一座锥形矮山，巍然独立，俯视江流。山石上大书"西藏"二字，字体苍劲雄浑，山上挂了不少经幡。坡上田畴参差，即将成熟的青稞地黄中泛青。田畴间，村居错落，炊烟袅袅。此景将大江的壮美与田园的优美框在一个画面中，令人流连。

司机是岗托镇昂巴村人，叫玉西多杰，过江到德格来拉活儿。他带我们去看岗托大桥。这里有两座金沙江大桥，一座双曲拱桥，一座普通墩梁桥。那拱桥仅两跨，中踩一座桥墩，如双虹越江；那梁桥是新修的。据说此处原有座吊桥，20世纪50年代由苏联专家设计，因废旧已拆除，但守卫桥头的旧碉堡仍在。山峻谷深，崖危势险，大江浩浩，人心竦惕，越此天险，317国道就进入西藏了。

赴白玉要从四川这边沿江而下。路况很差，左手的边坡一些地方岩石松动，偶见有飞石砸在路上。个别处悬崖是半石半土的古海洋沉积物，探出在路上方，让人担心会随时塌下来。路面很窄，坑洼泥泞，右手下方是滔滔江水，为绕开连续不断的水坑，汽车左冲右突。我心里揪揪着，担心一不留神冲到江里去。更有甚者，多杰开始不断打手机，用一只手扶着方向盘，让人心里不安。为了安全，我终于让他停下来打电话。原来他见我带着大相机，想让我给他住在江下游村里的姐姐照相。又走了二十九公里，在江上一座吊桥边，多杰的姐姐穿着崭新的衣裳从吊桥那头走过来，她是从西藏越江走到四川来，我们赶紧过去迎接她。大家站在晃晃悠悠的吊桥上，下临令人目眩的激流，小心地踩着桥板，笑着聊着。多杰的两个老乡也来凑热闹，那个身着藏袍的小伙子个子超过一米九，憨笑着举起一只手臂，伸出两个粗大的手指作胜利状。相机快门咔嚓嚓响个不停，记录下这时空的瞬间。

七、最后的秘境

未到白玉时，杂志上说白玉在金沙江边，让人以为其面临金沙。其实，白玉在金沙江支流偶曲的河谷里，离金沙江不远，但望不到金沙江，是一个隐秘的所在。

宾馆前台的姑娘长得很漂亮，服装也漂亮，别致的藏式坎肩和筒裙，使女孩的身材更显高挑婀娜。在康巴藏区，多见标致俊俏的女子；其实，这里的男子也多英俊伟岸，以"康巴汉子"闻名。可能是环境使然，圣洁的雪山、广袤的草原、浩荡的江河、葱郁的森林，纯净的水源和空气，造就了这方水土，孕育了人的生命体态和性格风度。

西部的太阳落得晚，五六点钟太阳还高高的。将行囊放在旅店，我们去看白玉寺。大寺建在半山的平台上，真乃殿宇轩伟，楼台巍峨。寺院上下，山坡上满布紫红色的僧房，比德格的还壮观。大殿前烟雾蒸腾，一尊鼎炉内烈火熊熊，两位喇嘛在烧燃松枝，噼啪作响。大殿内正在做法事，殿前廊下地上堆满信众的鞋子，一些人挤在门口向里望。大殿内地面上一二百喇嘛左右成行席地而坐，齐声诵经。大殿中央有人给诵经的喇嘛献哈达。据说这是一种祈福的仪式，由祈福的人家出资举办这场法事，那献哈达的人就是那家的主人。

法事已毕，一些喇嘛返回住所。每个人手里拎着一个装着糖果的塑料袋，那是祈福的人家对喇嘛们表示的心意。一位小喇嘛掏出苹果让我们吃，实在而热情。在一处类似集体宿舍的屋门前，我们试探着问能否进去看一看，几位年轻的喇嘛热情地将我们让了进去。这间房里住着五位喇嘛，他们都从外地出家到白玉。喇嘛们说，外地来的住集体宿舍，本地出家的，有的家里给建僧房。桌子上的书籍有藏文的，也有汉文和英文的。年轻的喇嘛们长得都很英俊，其中一位像电视剧《闯关东》中的演员。

金顶的庙宇建在山上，一层一层的，最高处似乎遥不可及，有点《滕王阁序》中"层台耸翠，上出重霄"的意境。我们决意登上去探访。负责守护金顶庙宇的老师傅友善和气，开门锁，指路径，还认真地为我们讲解。想起当下一些旅游景点门票价格奇高，时有宰客欺客的情况，此处分文不取还热情地接待，我们受宠若惊。登到最高层的平台，金顶的镀金装饰已在身边。从此处下望，县城及周边环境尽收眼底。两山之间，偶曲从城中流过，在夕阳下如一条闪着银

光的飘带。坡上寺院经堂，谷中市井街衢，炊烟袅袅，经幡飘飘。在我的印象中，白玉既脱俗又世俗，既超凡又现实，具有双重性格。

下山有处平台，是个汲水的处所。一群喇嘛围在那儿闲聊，中间一个边唱边舞，引得众人欢快地笑起来。旁边一位师傅正在往经石上刻字，他仿照字模，用电钻刻字，速度比用凿子快了很多。我们到一位浓眉重目的小喇嘛的僧房里去。这是座二层木楼，一层用来储物，放着辆摩托，二楼为起居室兼厨房。房间挺大，还有电饭锅、电饼铛等电器，桌子上一个小小的电动转经筒在不停地转。小喇嘛的普通话很蹩脚，听他的意思是说，房子是家里给建的，父亲也来和他一起住，他在寺里做乐师的工作。已到了晚饭的时间，殿前广场上有七八位年轻的喇嘛端着饭盒用餐，边吃边谈笑，显得轻松快乐。侧面楼上两个十三四岁的小喇嘛，将身子探出窗口，见我用镜头对着他们，还举起手臂做出姿势，稚气而天真。

我的假期已过了大半，必须按时赶回去，行程很紧。一早我们去甘孜县，同两个女子一起拼车。两个女子，一个叫毛毛，四川人，在上海工作；一个叫木子，家在银川。毛毛说，她俩几次搭帮出游，主要到藏区，俩人都有了五次进入藏区的经历。看她们年纪不大，却是经验丰富的老"驴友"。车过山口的时候，毛毛从包里掏出几叠"龙单"，还递给我两叠，然后从车窗扬撒出去，口中"索索索索"大声呼喊。她告诉我，"索索"是一句经文的缩略语。她对藏区的一些风俗习惯了解很多。

途中去看亚青寺。亚青寺在一个宽阔的河谷里，建寺时间不长，据说始于20世纪80年代。然而真正令人叹为观止的，不是塔寺建筑，而是众多在此修行的僧尼和他们居住的大片房屋。在高处远眺，一条河的弧线将山坡谷地中的居住地划为两部分，据说一边僧住，一边尼居，两岸由一座水泥桥连接。那个半圆形的半岛上，密密麻麻盖满了板房，俨然一座集镇。近观那些房屋，以原木或木板为材料，低矮简陋，一些房顶上覆盖沙砾，可能是为了保温。此地海拔4000多米，冬季温度很低。房顶之上，搭建了很多一立方米左右的小木棚，外面蒙着紫红布，前面装着塑钢玻璃窗，有的还安着太阳能电池板。据说此处没有电，这电池板应是照明用的。半岛对岸的山上也星罗棋布着类似的小棚，小棚应是用来修行的。木屋和小棚大致有数千幢，从建筑规模来估算，在此修行的僧尼至少有六七千众。修行的条件极为艰苦。据说，来此修行的，也有不少汉族人。

甘孜县城正在修路，交通管制要到晚上七点，看看还不到四点钟，我们跟司机结了账，向毛毛她们告别，背着包迈开大步进入市区。甘孜是个繁华的集镇，虽然修路弄得街上乱糟糟，可贸易游览照常，车多人多，市井喧阗。甘孜大寺将要粉饰完毕，焕然一新，金碧辉煌。那座巨型白塔是我所见到过的最大的白塔。那小些的数座白塔成行，与一溜红墙和金色的转经筒平行排列，在雪山背景下极富美感，使你不能不去拍照。雅砻江河谷在甘孜一段比较开阔，两岸的青稞多已收获，一些麦捆还戳在田里。与甘孜的邂逅，仅一个多小时，给我的印象，犹如一本杂志的美丽插图。

八、从新龙到乡城

从甘孜到新龙的路在雅砻江左岸，司机开一辆新车，路况还好，车速很快。出甘孜县城不远，峡谷越收越窄，桀骜不驯的雅砻江被束在一个两侧高岭险崖接天的窄狭通道中。据说过去新龙的路极其艰险，有个笑话可以状之：两个人从不同方向各骑一匹马相遇，因路太窄，二马不能错过，于是二人给两匹马估价，将价高的马留下，把价低的马推下悬崖，由留马的人给失马的人以适当补偿，失马的人返回。

夕阳的余晖照在峡谷一侧的山上，翠绿中泛着金黄。后面的山是卡瓦洛日雪山，是这里的神山，在峡谷中只望得见山顶的一溜白边，像美女蒙着面纱却露出的一双眼睛，给人带来想象和诱惑。

到新龙天色已晚，直接到江右岸的县政府宾馆，可宾馆前台的姑娘却说因自来水故障没水，我们只好无奈地来到街上。街头坐着的一位喇嘛听说我们要找有水的旅店，说，江这边的可能都没水，不如到江那边看看。原来新龙县城建在雅砻江峡谷两侧，中间以一跨拱桥相连。于是我们随喇嘛过桥到江左，住进加措宾馆。加措宾馆建在江岸上，我们住的一层门外只有个几米宽的平台，下临滔滔江流。门侧石坎上搭个木棚，拴一条花狗。用餐盥洗完毕，已至夜深人静之时，行旅困乏，仰卧榻上，江涛阵阵入耳，犬吠声声安神，虽身在异乡，却不觉为客，沉沉入梦，不知所之。

翌日，从新龙赴理塘，峡谷更深，地势更险。前面路边弃着一具摔瘪的汽车遗骸，司机说，前几天一辆汽车摔下江去，车内人均未生还。几人顿时瞪大眼睛望着前方，并叮嘱司机慢些开，在惴惴不安中走了几十公里，好不容易离开了雅砻江峡谷。这里的公路走向一般是这样，有的顺着大河峡谷上行或下行；有的沿着支流峡谷上升，翻越高山垭口，再从垭口往下进入支流峡谷，行至主流走桥过江后再沿支流峡谷上升，如此循环往复。路随水行和翻越垭口是不断的主题，而人群一般近水靠山而居，山巅水侧多奇观美景，所以不论人文

的还是自然的景观，在途中即可饱览。

　　前面是从雅砻江峡谷上升到理塘高原的过渡地带，一路清溪跌宕、树木琳琅，偶见板桥朴拙、藏房齐整、炊烟暖暖、田畴参差，继而幽谷开阔、草甸平旷、野卉星布、杉木高耸、其间牛黄羊白，悠游自在。才出峻峡险谷，乍入恬村幽境，顿感柳暗花明。

　　去年8月从西藏归来时路过理塘，美丽的草原给我留下了深刻印象。而今故地重游，又值8月，草更肥美，花更灿烂，倍感亲切。在理塘镇上打个尖，又找了辆车赶赴乡城。司机是位复员军人，去过非洲维和。父亲是汉族，当年的南下干部；母亲是藏族，他是汉藏结合的后裔。他的妻子也是藏族，在县委工作。小伙子知书达理，见过世面，知识面较宽，服务得也很好。他告诉我，现在理塘最重要的是抓稳定，反对民族分裂。问起他的车，他说在高原上汽车易损耗，使用寿命短，他的车使用两三年后就要更新。他还说现在来此自驾游的车不少，但由于不熟悉路况，时有事故发生。前几天在前面的一处拐弯，就有辆车径直冲下了陡坎。

　　见一片草原花海若锦，赶紧停车拍照。这时远处几位女子和小孩也凑过来，穿着鲜艳的民族服装，很高兴地让我给拍照。拍照完毕，我让那姑娘写下地址，答应将照片寄给她。司机告诉我，这些女子和孩子一面在此游玩，一面与往来游客拍照赚些小费。我以为他们纯粹在玩，丝毫没想付费之事，但人家也并未提起。赶紧问枫叶，枫叶说给了孩子一点。半月之后，我精心将照片洗印好，加挂号寄给那女孩。

　　兔儿山是海子山上的一个奇景。海拔4000多米高的山原之上，凸起一溜石峰，岩石的纹理是垂直的，经风化后一些塌落，形成石海；一些则形成姿态各样的石柱和岩尖。有两根长长的石柱，近V型挺立，远观酷似兔子的双耳，下部则似兔头，因称兔儿山。我对一些像这像那的景观从来不以为然，以为那不过是人的主观想象而已。所以记下兔儿山，实在因其地貌苍凉奇特并酷肖神似。

　　去年我们去了稻城，看了亚丁那三座神山。今年不再去稻城，从桑堆右转去乡城。与新龙那边不同，乡城的藏式碉房多是白色的干打垒土碉，外墙呈梯形，上窄下宽，像一座大烽火台，很有特色。乡城的桑披寺值得一看，全称叫嘎丹桑披罗布岭，康熙年间创建，现址是重建的，在县城附近的山坡上，规模很大，庙宇富丽堂皇。左侧有一大殿内部正在施工，看守的喇嘛说里面有尊大佛，我们要求进去看看，听说是北京来的，喇嘛马上用手机与建筑队的管事人联系。一会儿，那人骑着摩托赶来，带我们攀梯到施工入口，开门进去。站在大殿中临时搭的施工平台上,透过密密的脚手架仰观,一尊巨大的铜佛已具雏形,佛身由若干块铜板焊接而成,还未进行彩绘。管事人介绍,这佛像有三十四米高,塑的是宗喀巴。殿中的梁柱正在进行雕刻,做工繁复而精美。据说,这建寺的钱大多是信众捐的。

乡城的中心镇叫香巴拉。这里距稻城、香格里拉、德钦和丽江等地都很近,是大香格里拉的核心地区,旅游资源丰富。可惜我们行程太紧,无暇一一游览。到乡城来旅游的还有一些外国人,他们多是从香格里拉过来的。值得一提的是,理塘和乡城都有出租汽车司机协会,由协会统筹价格和活计。听理塘的那位司机讲,为了讲诚信,协会内还进行盟誓。

硕曲从乡城流过,水流丰沛。河上正在修建梯级电站,水电公司驻在乡城,给这里带来建设的气息。

乡城已接近北纬28度,在青藏高原的边缘,大洋来的暖湿气流频频光顾这里,雨开始多起来。前边还有大、小雪山要过,行程必须抓紧,否则遇上塌方,堵在路上就麻烦了。

大、小雪山的地貌是另一番景象,阴沉的天空下,陡峭的青灰色山峰,山体纹理上覆着薄薄一层雪,肃穆而冷峻。几座高峰之外,几乎所有的山岭沟谷都覆满杉树林,一些杉树上挂满松萝。地势低一些的地方,植被呈现出亚热带的特征。由于沟谷的落差大,水流多半瀑半溪,在浓绿中透出道道白色。

垭口上下的道路坡大弯急,坎坷泥泞,对司机是艰巨的考验。对面几辆大型卡车开上来,满载重物,是修建水电站的物资。穿越在这些艰险道路上的大车司机,真是英雄好汉!

将青稞秸或草竖挂在木架子上晾晒,在田边村头竖起片片草墙,是这里的一道风景。在一个村口,草架子上栖息着几只鸡,那只大芦花公鸡格外显眼,我拍下的那张照片甚至可以和水墨画媲美。田园之美是人与自然和谐相处的表现,是农业文明的产物。工业文明能保持这种美,抑或创造出新的和谐之美吗?我闲不住的脑袋,经常思考这些没用的问题,我固执地认为,如果不能保持或创造出人与自然的和谐之美,这种文明就有缺陷。

下午到香格里拉,晚宿古城丽江,终于从青藏高原下到了云贵高原。听说泸沽湖那边塌方,同行的朋友改游他处。以后的几天,我们去了宁蒗、泸沽湖、盐源,到西昌参观了卫星发射中心,结束了这次高原之旅。

(2010年10月9日写毕)

独辟蹊径感受晋北风情

8月盛夏，京城暑气蒸腾，酷热难当，加之车流汹涌，人海如潮，使人希冀寻个清凉之处、僻静之地歇上几天。正好有几天年假，琢磨着去个近处避暑览胜，于是看上了晋北。

一、晋蒙交界多沧桑

登上火车，六个多小时就到了大同。下午的太阳，光线很强，可空气却爽，傍晚凉风习习，与北京的闷热形成很大反差。其实这里距北京才300多公里，从地理上看，这里已处于黄土高原的东北边缘，从华北平原经内蒙古高原的过渡带再到黄土高原，已上来两个台阶。大同是仅次于省会的城市，火车站是人多的地方，可下车的人散去后，广场上的人并不太多，比北京清静多了。

车站外有快捷酒店，实惠而干净，服务得也不错，180多元一间房，还带早餐。一位出租车司机追着我们揽活儿，交谈中，知道他姓陈。他说他看出我们是"驴子"，说他最了解"驴子"的口味，跟着他走，肯定能让我们满意。于是设计好路线，讲好价，第二天乘他的车。

按照"一日游"的路线，一般要去云冈石窟、华严寺、九龙壁、悬空寺等，除华严寺和九龙壁在市内外，其他处差不多都南辕北辙，不在一个方向。我们没有那样走，看过市内的景点，就向北去寻访边城古堡。

边城就是长城，多是明代修的；古堡就是长城连接着或在长城附近的古城堡，是屯兵的城池或驻守的工事。

从地图上看，长城从东而来进入山西北部后，一直向西和西南延伸到黄河边上的偏关。现在晋蒙两省这段交界就是沿长城走向画的，这就是所谓的外长城。大同北部的城堡很多，有内五堡、外五堡、塞外五堡等。我们先去得胜堡，陈师傅说，得胜堡不属于内五堡，属于"塞外五堡"，保留得比较完整，值得一看。到了城堡前，见城墙的砖多被拆去，黄色墙芯赤裸着。只有南门还有城砖，但已整修过。门楣上砖刻"保障"二字，还是原来的。门洞中一边一块字石镶在墙内，表面用红漆涂着"毛主席语录"，是"文革"时的遗迹。透过斑驳的油漆，可以看到石头上原来的刻字，那字记载着筑城的事迹。城内靠南是民居，房屋多已破落，但还住着人，这里现在是个村子。城内北面的土地用来耕种，种着高粱、土豆等作物。城中有座楼台，砖石砌筑，四面券门，敦实完整，墩台上部的建筑已荡然无存，据说上面曾建有玉皇阁。楼台近处荒草萋萋，四围地里的高粱已抽穗，土豆秧正在开花。环望四围的黄色城墙，让人联想起昔日城池雄伟，部武严整，金戈铁马，旌旗猎猎的景象，顿生时空变换，世事沧桑之感。从得胜堡城内破败的房屋、一点也不整洁的街道、街边或蹲或站或靠或坐的男女老少，我感受到这里仍未摆脱贫穷。

得胜堡北二三里，土坡上连亘排列着墩墩土台，那是昔日的敌楼。敌楼旁边，是营城遗址，土墙经风雨剥蚀犹若土林，有的墙上挖出了洞，有的墙上塌出了豁，但方形的格局还在，城里地上的土豆长得挺茂盛。陈师傅说，他带过一些老外驴友到这儿来看，他们很喜欢，说这是中国冷兵器时代的堡垒。

登上敌楼向东南眺望，是座较大的城堡，里边也是个村子，城外建个蔬菜大棚。路边的站牌上写着镇羌堡几个字，据记载，镇羌堡的修筑，比得胜堡更早一些。镇羌堡属于"外五堡"。

去云冈石窟的的路上，经过镇河堡。镇河堡的规模与得胜堡差不多，但城楼保留得比较完整，也没有人工修复的痕迹，还是"原生态"的。古城、老宅、城墙脚下的青草和老树，不禁使我想起白居易的诗："远芳侵古道，晴翠接荒城。又送王孙去，萋萋满别情。"镇河堡属"内五堡"。

至此，内五堡、外五堡和塞外五堡我们都蜻蜓点水看到了，不过，要想了解这里长城的全貌，则要住下来徒步踏勘，还需要深入了解一些历史和有关长城的知识。上半年，有驴友约我徒步阳高段的长城，由于有事，没能成行。如果将来能徒步个三五天，住在村子里，肯定会有更多收获和更深刻的感受。

云冈石窟是石雕艺术的宝库，是大同的名片，蜚声中外，这里不再多说。想要说的是，一千多年前的北魏皇帝，对其信仰是那么执着，倾注了那么大的财力人力，延续了那么长的时间，去修建那么辉煌的一座宗教艺术殿堂，令今人惊叹。边城古堡和石窟佛像，展现了不同时代的文化和不同领域的沧桑，看过后，会对大同的历史有个更完整的印象。

从云冈石窟向西，经过左云，就到了右玉。右玉给人印象最深的，就是绿化搞得好。公路两侧，那些沙化的荒滩上，绿树成林，已成规模，使人感觉有点儿到了大兴安岭的意思。这里生长的最多的一种杨树，叫"老孩儿杨"。由于水土的关系，"老孩儿杨"长得不高，却显得劲道茂盛。陈师傅说，这树

生命力很强，繁殖也容易，适合在旱地里生长。

右玉西北，晋蒙交界的地方，有个杀虎口，近年由于电视剧《走西口》的热播，其声名远扬。杀虎口多溪流湿地，为"数水复合之处"，植被茂盛，据说大雁、苍鹭常在此起落，古称苍鹭陉、参合口。明代民族关系紧张，在此修边筑堡，称杀胡口。清代康熙西征，此地为后勤基地，晋商鼎力相助。西征大捷，乃改杀胡口为杀虎口。从杀虎口的易名，可看出中华民族融合的演进史，亦可看出康熙的宽阔胸怀与政治策略，非明朝的统治者所能相比。

杀虎口现筑有一座雄伟的城楼，通往内蒙古的公路从城楼下的大门通过，左右山坡上矗立着座座烽火台，登高远望，烽火台连绵不断，消失在天边的云雾中。

这里还有西口古道的遗迹，青石铺路，起拱筑桥，青石间荒草萋萋，桥涵侧榛莽翳翳。西口古道遗迹边有座博物馆，里边对走西口的历史有详尽的表述。据说，西口不止杀虎口一个，有四十多个，只要走出口外，均称走西口。走西口的主体，有商人，也有各色劳苦百姓。走西口的目的大致有三个：一是移民垦荒；二是出塞经商；三是出口打工。走西口，意味着艰辛闯荡和艰苦历练，曾产生无数充满传奇、荡气回肠的故事，成了晋北文化有特色的一部分。

从杀虎口回右玉的路旁，有座城堡叫右卫。陈师傅说，过去右玉县城就在右卫，后来迁走了。右卫以明代嘉靖年间一场保卫战和这场保卫战的军事统帅麻贵为骄傲，其实它的历史更古老，据说秦汉时的善无县，就压在其城下。右卫城内，街巷里坊犹存古风，街头几位老者正用胡琴、笛子等演奏，乐声悠扬，自得其乐，引来众人欣赏。

二、绝胜风景在偏关

几年前我就想去偏关，由于拉煤的车堵路，没有去成。如今这个问题仍没有解决，提起从井坪到偏关的煤车堵路，几乎所有人都摇头叹息，表示无可奈何。

拉我们的司机是个小伙子，他说他想试试，看看道路通不通。没想到一出城就差点被堵在长长的车队里，凭着车小好调头，赶紧逃了出来。小伙子给别的司机打电话询问，决定从另一条路绕过去。这路地图上没有，是新修的。没想到这一绕，还绕出了好风景。

这路在井坪去偏关那条路的北侧，从地图上看，大致在双碾之南，引黄干渠之北，不过这路只修了半截，进了偏关县境后就是乡间土路了。8月的晋北高原，正是荞麦、胡麻和油菜开花的季节，车行在宽阔的沟谷中，两侧是白、蓝、黄各色交织的花海。尤其是荞麦花，是这里花的主宰，花团锦簇，烂漫惹人。我从没见过胡麻，它的花是蓝色的，大片的蓝花构成一种童话般的氛围，使人心灵纯净，引人无限遐想。沟谷中有冲刷过的痕迹，像是几天前下过大雨，不过河床里没水，这沙丘的沟谷，不容易存住水。在贾堡，车又上了主路，司机说，我们绕过了有隧道最容易堵车的那段路，前边堵不堵，全凭运气。他说，在这路上堵几个小时是常事，有时甚至能堵两三天。车时走时停，时快时慢，在距偏关30公里时终于堵死了，车队多是巨型的煤车，前不见头，后不见尾，有几十公里长，也是一道壮观的风景。我问一位司机，一般多长时间堵一次，他说，几乎天天堵，一般走四五天只能拉两三趟，有一半时间要堵在路上。我原来设想，如果堵车，就住到村子里去，没想到这路上少见村落。不过堵在这里的人也不愁吃喝，几位老乡骑着摩托，吆喝着"焖豆角米饭"在车队中穿梭。为堵车人供应伙食，已成了他们的职业。正午的烈日下，有的司机躺在车下睡觉，有的围在一起打牌，似乎没几个着急的。公路旁边，正在修建的铁路已经筑好高大的桥墩，铁路建成后，将成为运煤的通道，公路的拥堵有望得到缓解。

我们运气好，堵了一个小时，终于到达偏关。偏关是个古风犹存、朴质本色的老城。县城的南门门楼巍峨严整，城内的牌楼、戏台整饬一新，金碧辉煌，将人一下子带进了返古的氛围。街头店肆罗列，商贾云集，贩售塞途，熙熙攘攘，虽处偏隅，却不失繁华。

饭馆的老板娘非常热情，饭菜做得也好吃。她说她的女儿在北京中关村开店，听说我们是北京来的，更添了几分热情。这里的西瓜特别甜，买来一个让老板娘帮着切开，一囫囵全部吃净。

看看天色还早，打车去老牛湾。高原开始向黄河河谷下切，沙丘逐渐变成石山，山顶和山谷之间的高差变大，路也险峻起来。万家寨水利枢纽就建在黄河河谷上，两岸陡峭的崖壁之间，一座混凝土大坝将黄河拦腰截断，坝上游形成一个狭长的湖，这长湖上溯五六十公里，曲水明湖，碧波荡漾，景色壮丽。万家寨水利枢纽的主要功能是为晋蒙两省供水，同时发电和调蓄洪峰。大坝下游，发过电湍湍下泻的清流夹在高山峡谷间，现出黄河的另一种妖娆。去年去青海贵德，那里的黄河水是清的，曰"天下黄河贵德清"，如今这里的黄河水也是清的，应该是人工干预的结果吧。在坝下，我见到了引黄总干渠一级提水泵站，想起在路上堵车时见到的三级泵站，感叹取水工程之艰巨浩大，这水利工程为晋蒙干旱缺水地区解决了大问题。

大坝上游的两山间悬了座吊桥,桥面距水面有百多米高,走上吊桥可以俯瞰大坝和长湖。当我们快走到对岸时,忽见天上有块乌云作怪,霎时间风声骤起,我们赶紧往回返。说时迟,那时快,刚走到桥正中,忽然狂风大作,吹得桥晃晃荡荡,摇得人趔趔趄趄。我赶紧大呼枫叶抓紧缆绳,俯下身子,防止被风吹跑。此时天上有闷雷炸响,悬在百米高的钢缆上,最担心的就是雷击,赶紧于狂风中迅速撤到桥头,吃了一惊。

老牛湾在万家寨水利枢纽的上游,称黄河入晋第一湾。去老牛湾,先要翻一座山,这山叫明灯山。这里有个民谣,民谣中含个传说:"九曲黄河十八弯,神牛开河到偏关,明灯一亮受惊吓,转身犁出个老牛湾。"在明灯山上居高临下望黄河,正是万家寨水库的洄水区,宽阔的河面,静静的碧水,马蹄形的大拐弯,犹似怒江在丙中洛的那个拐弯。数点山雨,阵风稍骤,云缝中露出的阳光照在山脊残破的长城敌楼上,土墩显得更黄,还略可见下部的两个拱洞。

这里已被人开发为旅游区,离村十几里设了个门,进村要收门票。

老牛湾村子不大,几十户人家的样子。山坡地里的谷子穗头不小,晚玉米却旱得没长起来。黄河水就在山下,可高差大,提上来不容易,地又不平,农业基本靠天。

村子坡下有座古城堡,规模不大,建在黄河边的山头上,城侧就是河边的崖头,隔河而望,对岸齐刷刷断崖罗列,是内蒙古的地界。这城据险而守,右前方的崖头上矗座敌楼,称望河楼,望河楼视野开阔,可眺望黄河全景,是城堡的前哨。由于黄河和长城在这儿交汇,人们形象地称其为"长城与黄河握手的地方"。从摄影的角度看,断崖上的望河楼是画面的兴奋点,河湾则使画面显得立体和生动,二者缺一不可。黄河,中华民族的母亲河;长城,中华民族魂魄的象征。二者在同一幅画面中出现,凝聚了多么深刻的内涵。

本来想看过就走,回偏关去住,可同行的人多恋恋不舍,村里又能接待住宿,于是决定住下。农家院的主人姓吕,他家前后两排石头窑洞,前一排作厨房餐厅,后一排用来住宿。老吕告诉我筑石窑的方法:选址一般在土坡上,先将土挖修成窑洞的券拱形,将其作为底模,再用块石在上面按拱形砌筑,然后将下面的土掏挖掉,石窑洞就做成了。将挖出的土覆盖在窑顶上,用来作保温层,冬暖夏凉。老吕家种着十几亩地,他的妻子很能干,和他一起打理家里地里的事情。他们有两个儿子,大儿子结婚了,儿媳妇抱着的小孙子未满周岁,白白胖胖挺可爱。二儿子在景区收门票。老吕说,他花九万元买了艘汽艇,让大儿子在水库载客游览,他家还有辆小汽车。旅游开发让老吕一家人都有了事干，日子过得不错。

晚饭是小米粥，煮玉米棒子，菜是自家的菜园种的，本色的农家饭。老吕夫人说，她家喝的不是黄河水，是深井取上来的地下水，水质比矿泉水还好。晚饭后站在院外的土坎上，遥望深邃的夜空，星星格外明亮，窑洞中透出柔和的灯光，空气中弥漫着初秋的味道，几声秋虫唧唧，更显出山村的静谧。

一大早去河边拍照，见到几位带家伙的摄影者早先到了。清晨的阳光照在烽台、古堡、悬崖、河湾、古树、草地、窑洞、古庙之上，分外柔和，水中出现了清晰的倒影。每个人都忙得不亦乐乎，在用心地捕捉这瞬间和永恒的美。

古城堡在景区之内，城内外一些窑洞已弃置不用，这里像是旧村。塌落的城门洞里，一户人家还在这里坚守，女主人说她在这里义务看庙，那庙里用录音放着唱歌一般的念经声。她家用水要到崖下几百米远的黄河里去挑，很艰难。可石墙根下的小园子却收拾得花菜葱茏，生机盎然。

城堡里有块碑，正中一行大字：老牛湾城守加一级云中郑老爷讳国麟字圣瑞德政碑。左边一行小字：康熙五十六年岁次丁酉仲夏吉旦全立。碑上密密麻麻刻满了立碑人的姓名。从模糊的字迹上看，这碑为军民同立。可以想象，在292年前农历五月里的一天，一群人给城守郑国麟立了这块碑，原因是他在这里行了德政，做了大好事，人们要有所报答。老牛湾不仅环境和谐，连历史也是和谐的。我想，要是在这里多住一段时间，深入探究，还会发现许多美。

三、古韵悠然只待寻

下一个目的地是雁门关。为了躲开拥堵的运煤车路，我们绕道五寨，翻越管涔山到宁武，然后再经朔州方向到雁门关。不能不提的是，从五寨到东寨这一路的景色非常美丽。海拔3000多米的管涔山，林海蓊郁，植被葱茏，飞瀑流泉，气象万千。那年我到芦芽山——管涔山的主峰，就感此山不凡，如今走这段路，看植被、风景比那边还好，如果有时间，应在山里人家住上几天。东寨山口附近，还有万年冰洞、悬棺栈道、汾河源等景点。

雁门关是个古关，是历代兵家必争之地。春秋战国以降，许多历史人物和故事都与这个地方有关系。景区筑了一座巨型影壁，上面用浮雕塑出众多历史人物，了解了这些人物的故事，也就了解了半部中国古代战争史和民族融合史。这里的长城多半是修复的，修缮工程仍在进行中。在冷兵器时代远去之后，如今长城被赋予了新的功能，同时也延续了它的生命。

从山的北侧上雁门关，山势不高，地形也不算险，这里长城最好看的是

城楼。从地形的险峻和建筑的多样来说，我认为北京地区的长城要胜这里一筹。在山头上，我向一位摄影的哥们儿说，要拍长城，还是要到北京的八达岭和慕田峪，那哥们儿用浓重的山西腔回敬我："一处长城有一处特色。"是啊，要论历史的厚重，雁门关当推其首。我忽然想起唐人李贺的诗《雁门太守行》："黑云压城城欲摧，甲光向日金鳞开。角声满天秋色里，塞上燕脂凝夜紫。"千古名句，不就依托这古关的背景吗？

雁门关之北还有新旧广武城和汉墓，从旧广武城侧过，见城墙整齐，大部保存完好。有座新修的牌楼，好像就是通汉墓的。由于行程紧，无暇去看，只能留下遗憾。

从雁门关去代县，公路从山上一路下盘，才见岭高山大，气势雄浑，觉出古关的险要。

代县有座文庙，非常古老，规模很大，据说初建于唐代。庙宇虽经重修，但看起来很古朴，多数建筑还是"原装"的。居中的大成殿雄伟肃穆，蓝色的琉璃瓦殿顶很显眼。整个建筑布局成一体系，棂星门、星聚池、忠义祠、文昌阁、明伦堂、节孝祠等等一应俱全，从建筑上表现出中国古代儒学文化的完备。文庙之内，孔孟雕像之侧，张数张榜，上列本县近年考出去的大学生、硕士生和博士生名单，彰显地方重视教育的传统。

司机给我们念了一句当地的顺口溜"代州鼓楼应县塔，正定府的大菩萨"，代县的鼓楼位于县城中心，是这里的标志性建筑。高大的楼台之上，耸立着四层重檐楼阁，体量高大，气势雄伟。三层的檐下，挂着一块巨大的匾，上书"声闻四达"四个大字。这楼称"边靖楼"，建于明代初年，用于军事，登其楼可望雁门关，预警、指令等可互传信息。

1937年10月，八路军129师陈锡联部夜袭日军阳明堡机场，击毁飞机24架，机场遗址就在代县。有人说，那儿没什么可看的，只是一片玉米地。既然来了，我还是想去看。面包车循着一位老汉指的路走进无边无际的青纱帐，直走到荒草托住了底盘，找得人都没信心了，才在京原铁路旁边找到一大一小两座碑，大碑上题写着陈锡联的手迹，碑前边大片玉米地就是昔日的机场。读万卷书，行万里路，如果不去看那机场遗址，夜袭阳明堡对我来说永远是书本上的东西，是个故事。去过了，那碑、那无边无际的玉米地、那玉米地上曾经发生过的战事，就具体可感地印在心里，永远也不会忘记，这就是读书和行路质的差别。

从代县经繁峙到应县，还要翻越恒山。应县最有名的是那座木塔，木塔建于辽代,是建筑史上的典范,文化积淀也很深厚,来此游览的人络绎不绝。不过要是不研究历史和佛教,光看建筑,在公园门外也能看到塔的全貌。应县凉粉很有名,塔前十字街陈二妹的就挺好吃,还说不好吃不要钱。

应县向东是浑源,浑源是个小型的旅游城市,到恒山和悬空寺来的游客很多。悬空寺建于北魏,危崖上凌空悬出一寺,翘翘乎,岌岌乎,其奇、其悬、其巧,令人叹为观止。其设计构思独出心裁,发此奇想的人必是位浪漫之士。

平型关在浑源去灵丘的路上,要向西南叉出去十几公里,差不多在灵丘与繁峙的交界处。平型关是内长城上的一个关口,近代以平型关大捷闻名于世。1937年9月,八路军115师在林彪、聂荣臻率领下,在此歼灭日军精锐板垣师团1000余人,击毁和缴获大量武器辎重,是中国抗日战争的首捷,极大鼓舞了全国人民的抗战士气。日军栽了的那个地方叫乔沟,两侧夹山,中间地势狭窄,困在里边肯定挨死打,所以争夺高地的战斗特别激烈。现在沟的开阔处筑有纪念碑和汉白玉浮雕墙,浮雕形象地展示了战役的全过程。上游数里,有座纪念馆,广场上八路军将领的群雕引人注目。纪念馆前,有个碑林,战役指挥者聂荣臻的诗赫然在目:"集师上寨运良筹,敢举烽烟解国忧。潇潇夜雨洗兵马,殷殷热血固金瓯。东渡黄河第一战,威扫敌倭青史流。常抚皓首忆旧事,夜眺燕北几春秋。"斗转星移,深堑遗垒,战声已逝,后人唏嘘。由于走得太匆忙,没有去看平型关关城,非常遗憾。

中午到灵丘县城,饭馆前大门楼后边的那个大土丘就是赵武灵王墓。土丘有三丈多高,数十丈方圆,四围环墙。这是该县风水之地,灵丘之得名,就源于此。赵武灵王是历史上著名的改革家,力主"胡服骑射",移风易俗,倡导尚武,终使国家强盛。我去过邯郸——昔日赵国的都城,如今赵武灵王骑马持枪的雕像威风凛凛,"胡服骑射"成为那里的骄傲和美谈。在灵丘也矗着那样一座雕像,在雁门关、代县和其他一些地方,也载有赵武灵王的事迹。历经数千年,赵武灵王的魂魄仍游走在晋冀的许多地方,可见人们对其革新图强精神的肯定和景仰。

灵丘之南10公里,太行山的重峦叠嶂中,掩藏着一座千年古寺——觉山寺,据说是北魏孝文帝拓跋宏为报答母恩所建。庙宇青瓦磨砖,典雅古朴,最显眼的是那座白塔,还是辽代所修,塔身砖雕精美,塔顶圆锥形的铁饰中生着一丛开着黄花的灌木。古寺四面山如屏风,高崖之上隐有禅房,小山之巅矗着石塔,古松翳翳,流云依依,真是一个僻静清幽的所在。

古称太行有八陉,是穿越太行山的八条通道,极具军事价值。作为驴友,我久有亲临其境，穿越八陉的愿望。由于事前"功课"做得不好，事后才知道觉山寺所在的峡谷就是太行八陉之一蒲阴陉在灵丘境内的一段，现在人们称它为灵丘古道。

灵丘往北几十公里是广灵。广灵城南一里有个水神堂，是处明清风格的古建筑群。其祠、塔、亭、阁、楼等筑于一座矮山之上，其山称壶山。山下石中涌泉出水，其水与壶流河水合，环山为湖，水绕壶山，夕阳西下之时，水中倒影相映，微澜摇曳，亦真亦幻，如入仙境。住在水神堂附近的宾馆，可以享受湿地带来的湿润和清凉。晚上，芦苇滩边的广场是人们消夏纳凉的地方，摊贩们在这里加工小吃，价格很便宜。灵丘的特产是五香瓜子、小米和豆腐干，这里的剪纸也很有名。

游记写到此处，标题规定的内容已经写完了，可还有话要说。广灵与蔚县（属河北）交界处，有个暖泉镇，暖泉镇有个西古堡，是座明清时代的古城堡，堡中民居古色古香，原汁原味，很值得一看。有家"县令故居"老宅，古典的院落，传统的居所，淳朴的房东，怀旧的氛围，可以去住一住。蔚县往南，是飞狐峪，也就是太行八陉之一的飞狐陉，古道已开辟为旅游公路，驱车其间，奇峡曲折，窄谷逼仄，峡尽地高，开阔的高山草甸上野花竞放，美景连连，令人心旷神怡。

（2011 年 8 月 27 日）

第二辑

走山手记

"香巴拉"

香巴拉是世外桃源的意思，北京山友的"香巴拉"则是个缩略语，是条穿越路线或登山活动的代名词，即"香山至八大处拉练"，实际是"香八拉"。"香巴拉"有点儿幽默感，巧妙地借用藏地香巴拉的地名；也有点儿野性，一个拉字，将山友的毅力和韧性蕴涵在里边。其实，对于老山友来说，这是一条比较"休闲"的路线，对于新山友，其强度稍大了点儿，但也可以接受。

"香巴拉"的香山一般指的是广义的香山，除了"鬼见愁"之外还包括香山后山的新老望京楼一带；八大处一般泛指香山西南的陈家庄、八大处一带。

我走"香巴拉"，一般从温泉镇的太舟坞上山，登老望京楼，再登新望京楼，然后顺小道下到挂甲塔西，再上到"鬼见愁"后边，过陈家庄水库，再从八大处出山。这条路线，有起伏，不单调，既可走水泥路面的防火道，也可选野趣横生的野山径。春天，杏花桃花开满山坡，人行在花胡同里，淡淡的花香沁人心脾，每个人都在笑，浑身都是春天的感觉。如果下点雨，感觉会更好，春雨蒙蒙，花瓣点点，嫩芽从去秋的黄草中冒出来，空气中透着湿润和清爽，紧缩了一冬的神经，此时完全舒展开来。冬天，天寒日短，山友们一般不去远山，各路队伍多走"香巴拉"。一场大雪，防火道上的雪厚厚的，走在上面咯吱作响。接近山顶的风口处，风将雪吹成道道奇形怪状的墙，通过雪墙的曲线，你可以观赏到风运行的轨迹。山顶护林人的狗，总是以熟悉和例行公事的叫声迎接山友的到来。如果饿了，你还可以在护林人那里吃上一碗热气腾腾的面条。

"香巴拉"有几个优点：一是离城近，乘车时间短；二是坡度缓，路线比较安全；三是山上的道路四通八达，可以设计多种走法，方向灵活，长短可控。

走"香巴拉"，可以见到各种各样的登山者。有的成群结队，有的两三搭伴，也有独行者，还有带狗的。在新老望京楼之间的一片空地上，经常可以看到聚在那里歇息的山友，多是年轻人。他们身着冲锋衣，脚穿登山鞋，手持登山杖，健美而时尚。现在的年轻人，生活方式和生活理念与前辈人有了很大不同，他们中的许多人热爱自然，注重健身，倡导环保，在很年轻时就培养出健康的生活方式，比我们年轻时强多了。

在香山后山，除了登山的，还可以看到骑山地车的。上山时，他们在防火道上艰难地骑行，坡度再陡，也左拐右拐坚持不下车；下山时，打着口哨呼啸而过，速度极快，让人替他们担心。还有的骑行者，在人行都困难的山坡野径上，左冲右突着向下俯冲。当然，车的质量要相当好。一次，我们正在新望京楼下边的野径上下山，后边的人喊我赶紧靠边，原来，一位骑行者从山上冲下来了。这里地形陡峻，荆棘丛生，还有一两个小悬崖。只见那个骑行者在石头坎子上颠簸而下，还要不时躲避灌木枝条的剐蹭。在小径交叉处，小伙子停下来向我问路，才知他是位在京工作的德国人。老外玩得疯，国人也一样疯，今年初，在八大处后边山梁的防火道上，一位身形柔弱的女孩，十八九岁的样子，一身骑行的戎装，独自一人往山顶奋力骑行，引得我和妻子啧啧赞叹。

　　一些山友走山穿越，对正式的景点不感兴趣，认为强度小，不刺激。"香巴拉"的"拉"是拉练的意思，亦即有强度的训练，主要走公园之外的野路。可是，由于正式景点多占据了出山的要道，山友们有时要借公园的一条路出山。在有些地方，借路要留下"买路钱"，可山友们又觉得冤，因为他们对景区的风景并不感兴趣，只是借路一行。还有，在防火期，有的地方简单行事，干脆拦着人不让上山，这也是令山友们尴尬的事。走"香巴拉"路线，周边的公园比较宽容，给借路者网开一面。护林方也以人为本，理解山友们的健身活动，护林防火主要靠宣传提示，从不硬性阻拦，护林员跟山友们相处和谐，林木也得到了很好的维护。其实，大凡热爱自然的人，对自然的一草一木和美好环境都有着深深的感情，会倍加呵护。我看到，许多山友将塑料袋等废弃物带在身上，出山时带回来，不随意抛弃。我的山友老郑，专门在阳台山"凉水鬈"泉眼之侧，立了一块提示山友爱护环境的牌子。在"香巴拉"路线上，每年都有山友自发组织的捡拾垃圾活动。

　　城市化使一些城市越来越大，就北京来说，聚集着一千多万人口，是超大型城市。在环境状况还不很理想的情况下，人们暂时离开城市，到山野中透透气，洗洗肺，出出汗，是自然而合理的需求，应该得到理解和支持。随着生活水平和文明程度的提高，这方面的需求会不断增加。即使将来城市环境治理得很好了，人们向往大自然，希望融入大自然的愿望也依旧会存在。因为人类是自然之子，人类的基因与自然有着太多的默契。在加拿大，为了满足人们野营的需求，政府在郊野公园建立了很多宿营地，在水、电、炊、厕等方面提供方便，这种宿营地在全国有上万个，而且还在不断增加。在芬兰，据说有一条徒步穿越小道，几百公里长，为了方便野营者，沿途建有许多宿营地。我国正处在城市化进程中，人们亲近自然的需求会愈益增长，而我们对这方面的认识、准备和作为却远远不够。现代化是全方位的现代化，文明是全方位的文明，生活方式和生活理念的改变是一个重要方面，也是最终的结果和标志。有关方面实在应该往长远想一想，着手做一些实事。

"香巴拉"的确是挺好的一条走山路线，有时，我实在想不出去哪里，或者准备不足，或者即兴，就走"香巴拉"。它是许多新山友的起点，也是许多老山友的归宿。我喜欢"香巴拉"，希望许多山地都成为"香巴拉"。

（2010 年 3 月 17 日）

行走"三山"

我说的"三山",不是传说中的蓬莱、方丈和瀛洲,那是神山,是神仙的居所,虚无缥缈,遥不可及。我说的"三山",是京郊西山的妙峰山、阳台山和凤凰岭。这"三山"距城区20公里左右,驱车一两个小时可至,游可当天往返,是我等世俗山友的乐园。

从海淀方向去阳台山,有多个上山的起点,我走得最多的,是大觉寺和鹫峰。大觉寺在阳台山南,是座千年古刹,金代时为金章宗西山八大水院之一,寺内的玉兰花很有名。寺外甬道边古柏森森,摊贩在寺门外卖些拐杖、山核桃等小玩意儿及水果零食之类。大觉寺北去几里,是金山寺,那里的泉水清洌甘甜,经常有城里人带着大小塑料桶来此背水,络绎不绝。大觉寺之上,是寨儿峪,村落早已废弃,在断壁残垣、倒卧的碑石碾盘间生出许多山杏山桃,春天花盛时来此,粉白烂漫,悦人眼目,冰心的散文里就有对大觉寺杏花的描写。这里的山径是古香道,是旧时香客去金顶妙峰山的路径之一,沿途几处废墟,是供香客歇脚打尖的茶棚遗址。据说明清民国时的妙峰山,香火极盛,香客如云。上山进香的路有数条,此一条为中道,此外还有中北道、北道和南道。每一条香道,都有数处茶棚遗址、残碑断碣,都藏着许多旧事轶闻、掌故传说。北京的西山,不仅山势巍峨,风景秀丽,还有深厚的历史文化底蕴,有时在山间行路也能有所增益,如果同行的朋友中有位博闻强记的,你可以知许多闻所未闻之事,晓一些知其然不知其所以然之情,正可印证读万卷书行万里路的道理。

我走"三山",一般从海淀方向上山,走个大回环或小回环。大回环从中道过分水岭到萝卜地,然后下至涧沟村,登妙峰山,再沿山梁转到大风口,从凤凰岭方向下山。小回环则不去妙峰山,从分水岭向右登阳台山,然后取道凤凰岭下山。萝卜地是块平缓的山间洼地,依高度变化生有落叶松和杨、椴等杂树,平坦的地方,有山楂林,中有瓦房数间,为护林人所居。春天,古道边山桃花盛开,清风徐来,石径上落英缤纷。秋天,林子黄了红了,古道为落叶覆盖,风飘秋叶,也有一番诗情画意。秋深的时候,山楂树下红玉点点,掇拾几枚入口,令人酸颐倒齿。涧沟村是个古村,每年四月花开,游人如织,车如

流水，不过多数游客都是从门头沟方向驱车来的，爬山来的人还是少数。妙峰山还有一绝，就是千亩玫瑰园，六月玫瑰花盛时，其香艳令人绝倒。据说这里的玫瑰多用来制作高级香料，在山腰，可以买到用糖沤制的玫瑰酱。

走山一般结伴而行，这样同伴之间可以互相照应，既免除寂寞又交了朋友。但结伴有时要等，用时就会多一些。如果来不及结伴，或临时即兴，我有时也独行。独行的路上，注意力会更加集中，对景物的印象会更清晰；由于不用跟朋友攀谈，我会独自与山水自然对话，感知它们的灵性和气息；我讲求速度，追求运动效果，独行往往会创造走完全程的新纪录。我写过一首春天独登阳台山的诗："独行西山隅，岭上看杏花。深林踏雪泥，古道见新芽。面饼权当餐，山泉且做茶。捷步身轻健，长啸心境佳。"独行"三山"，会想象自己是一位游侠，有"天马行空，独往独来"的感觉。

萝卜地北尖海拔 1000 余米，阳台山、妙峰山均 1200 多米，从山脚 100 多米的高度起步，次第登上这几座山峰，有一定强度。因此，"三山"也是京城"驴友"们很好的训练地。你经常可以见到一些穿着冲锋衣的年轻人，结伴在山上登攀，有的还背着大包。初行者攀登峰顶，中间要歇若干次。一些登山的老手，练就了很强的体能和很好的意志品质，可以持续不断地一直登攀到顶，或者中间只喝几口水。经过近十年的训练，我也"跻身"于"中间只喝几口水"的行列。

在阳台山主峰，东望京城，楼宇丛生，笼罩在一片雾霭中，如果在不刮风的天，那雾灰蒙蒙的，此时你才能感到出来换气"洗肺"的好处。西望妙峰山，庙台高筑，铁架刺天。天气晴好，可以看到百公里外的东灵山，如果在冬天，那里雪峰连亘，如原驰蜡象，气象万千。阳台山北侧，有一片南北向的平台，纵深 1 公里左右，生有茂密的次生林，有落叶松、椴树、柞树等，荒草萋萋，野趣横生。你想象不到，离京城咫尺之遥，竟有这么原始蛮荒的地方。

这片平台的北侧，是个垭口，叫大风口，北香道由此经过，西上妙峰山，东下凤凰岭。这条道据说旧时由天津的香客捐钱所修，如今保留得还算完整。一片茶棚遗址，掩没在大风口的荒草中。我们有时在这里午餐。说起午餐，我的干粮值得一提。天寒季节，头天晚上将红豆泡上，早起用高压锅煮一锅八宝粥，装进保温壶，中午这粥还烫嘴。找个背风处，坐在柔软的黄草上，慢慢地啜那热粥，粥里有红豆、花生、红枣、莲子、百合、大米、小米……，别提有多惬意了。这经常让山友们羡慕，说我太"奢侈"，于是就要求大家品尝，我也因此得意。

阳台山山腰，有眼泉叫凉水鬏，那水经冬历夏往外涌，水质优良，味道甘甜，优于所有瓶装的矿泉水。据说乾隆皇帝曾夸这泉水好喝，还感叹凉水鬏太高了。山友们经过此处，都要喝几口山泉或灌几瓶水回家烹茶煮饭。我的一位深谙茶道的朋友，喝过用这水沏的龙井，赞不绝口。一年夏天，一位七十六岁的老者在凉水鬏用泉水冲凉，身上的肌肉健美发达，不亚于小伙子。旁边的人告诉我，老者可以连续做300多个仰卧起坐。老者说，还没到极限。我问他极限是多少？回答差不多四百个，让所有在场的人惊讶。由此我相信"练啥有啥"的说法，相信运动是活力的源泉。

　　凤凰岭山脚的车耳营，是个旅游村，果园、瓜棚、农家院，一个美丽的村子，村里卫生也不错，很受城里人喜欢。村头的杏园最抢眼，那些老杏树，干粗枝虬，树皮墨黑，阳春三月，粉白的杏花一开，与那黑干墨枝形成强烈反差，像水墨画。这里年年举办"杏花节"，给车耳营添了十二分人气。

　　行走"三山"，有说不完的见闻、感受和乐趣，于身心大有益，我乐此不疲。

（2010年3月13日）

站　梁

　　去年进山野营了几次，觉着挺好。蛰伏了一冬，又有点儿跃跃欲试。"五一"长假，与老迟约好走个长线。

　　认识老迟是去年八月在雾灵山，那天他们三男一女正在森林公园门口歇着，我主动上前搭话，他爱搭不理。买门票时他跟人家砍价儿，我跟着帮腔，结果一分钱也没砍下来。去主峰的路上，他们几个撒欢儿暴走，似乎想甩开枫叶我俩，我俩一路紧盯，到底和他们一起登上了主峰。夕阳的余晖挺好，我们一起合影，接着走了半夜山路，电池用尽的时候，老迟打绊摔了跤，脸上硌了个口子，枫叶拿"创可贴"给他粘上。从那回，知道老迟是个走山的老手，也是他们几个公认的领队。另外几位——白子、冯子和毛子，是老迟的山友。巧的是，白子和我竟是同年同月同日生，身份证上的年月日一点儿不差。

　　这次是老迟设计的路线，谁也没走过，有点儿悬念。老迟说，他就喜欢有悬念和有挑战性的路线。队伍中有四对夫妇，毛子和"庄主"单帮儿。事先在电话中商量好，别走太快，尽量照顾女士，中途如果有谁体力不支，就往回撤。老迟在火车上又重申了一遍。

　　从南口下火车，租两辆面的到大石坡，春雨淅沥，云幕低垂，只好在路边废弃的柴屋暂避。石坎子下旧屋中住着看山人，房后空地上摆着几十只蜂箱，蜜蜂嘤嘤嗡嗡，细雨中还忙个不停。雨稍住，继续上路。小峡中绿柳婆娑，土路边芳草萋萋，春山新雨，山气极佳，云烟迷蒙，峰峦如画，精神为之一爽。

　　行至严家窑，雨势渐大，我和枫叶披上雨披。见枫叶的雨披不好用，毛子用大塑料袋抠几个窟窿做了个防雨罩，帮枫叶套在背包上，还挺管用。到鹿角湾，大家又到路旁的弃宅里避雨，弃宅有三间正房，两间厢房，石板作瓦，块石为墙，从窗口可望见南面如屏的小山，不觉吟出"悠然见南山"的诗来。心想，如将此宅修葺一新，岂不是一处闲居静思养生的好去处？房檐开始滴水，"房檐流水二指雨"，今春已连续下了三场雨，虽没下透，但在久旱的北方，"春雨贵如油"，已属难得。

　　雨稍歇，盘小径上山，山上灌木丛生，藤蔓缠绕，众人拨枝曳蔓，俯身钻行，衣衫尽湿。翻过小隘口，钻出密灌，眼前豁然开朗，一小湾河滩，生一片洋槐，山桃夹杂其间，花开得正闹。大家就此小憩合影。

下行二三里，入白羊沟峡谷。中午天开始放晴，路过某单位绿化基地，这里正兴土木，建楼堂。白羊沟落差较大，溪水绕着石头跳荡撒欢儿，正午的日光下，水花亮亮，春草青青。撩水洗手，稍感滑腻，庄主说上游有矿泉，他还说，这白羊沟过去是晋冀进京的一条孔道。查地图，白羊沟是一条由南向北，转向东，再由北向南的大拐弯，我们是逆水反向而行。上游有处地方叫五彩水，溪水流过之处，河底的石头皆被染成乳黄色；再往上，被染成铁红色，矿化度非常高。有人说乳黄色是被硫黄所染，铁红色是被铁矿所染。山崖上有采矿的痕迹，乳黄色的石头粉末流进河床，致使河底的石头变色。

下午四点多，离开白羊沟，顺一条小山沟西行，遇到两位挖山修路的老汉，其中一位说，前面是站梁，翻到梁顶是他家。两位老汉年过古稀，一位姓沈，一位姓黄，在修自家出山的路。前后望望，工程量挺大，大家感叹不已，没想到在此遇见了活愚公。

盘上站梁，举目望去，梯田纵横，地垄规整，春耕已毕。高岗上辟一处打谷场，场上停一只碌碡，场边码几垛山柴。打谷场坎下，夹一道篱笆，栽几垄青葱，育两洼嫩苗，耙数畦空地，辟成小菜园。地头田边有几十棵海棠和梨树，枝头鲜花怒放，粉白烂漫。山坳里几间农舍，舍前一棵大栗子树，一棵大梨树，树冠如盖。春日暖暖，犬吠鸡鸣，好一处世外桃源。

去农舍取水，门口立着位四十多岁的女人，寒暄数声，未有回应，原来是聋哑人。山下有人背柴归来，向其打招呼，三声不应，到前，言语迟钝，吐字不清，才知是智障。老迟给他一把糖，让他带着去找水源。一会儿，那女人携一位老大娘归来，与其叙谈，才知是修路沈老汉的老伴，今年已八十岁，十五岁从南口嫁过来，在这里生活了六十多年。她说在这儿生活的好处就是"消停"，没人打扰。

晚餐围坐在打谷场上，白子将两位老汉邀过来喝酒，才知那位聋哑人是黄老汉的妻子。晚饭毕，我和枫叶搀扶着大娘到她家去串门儿，黑暗中，老人摸出火柴点着油灯。久居京都不夜城，偶到这远山农舍，在如豆的灯下叙说农桑之事，恍如隔世。

帐篷扎在海棠树下，钻进去舒展身躯，在春末山野温馨的空气中入睡，惬意至极。酒酣之后，沈老汉与白子叙谈，非要白子去他家住，说客人来了没有让"趴野"的规矩，絮叨良久，夜久语声乃绝。

（2002年5月2日）

长峪城

翌日早,向西翻过两座山,见小松林,林内地面平坦,松针遍地,踩上去像软毯。大家卸包休息,早餐,互相结了头天的车费,下山到长峪城。长峪城是座古城堡,是长城上的关卡,也是屯兵的处所。城堡坐落在峡谷西侧的山坡上,两头连接着长城,东侧长城纵卧在陡峭的山坡上,西侧从城堡向山上蜿蜒伸出城墙。城堡南面的墙已坍塌,但城门的拱券还保存完好。西侧城墙和城门洞基本完好,贴城墙盖着农舍,城头生着荆棘。城内住着一百多户人家,据说多是守关人的后代。城门口几位老妇带着小孩儿玩,她们说,这城墙还是老样子,"文革"时也没被破坏。

万里长城北京段有 600 多公里长,毫不夸张地说,这 600 多公里是长城的经典。就像一曲鸿篇巨制交响乐,这一段是其中最精彩华美的乐章。我于初春时节到过八达岭西边的残长城,那段长城直达石峡关,当年李闯王破关就在此处。据说,当时农民军久攻八达岭不下,有当地百姓告诉闯王,西边还有个石峡关,破此关也可进京。于是闯王命佯攻八达岭,实攻石峡关,声东击西,乘虚破阵,一举拿下要塞,长驱而入,直捣京城。在相对高度千米左右的崇山峻岭之上,望那长城,如苍龙凌云,气势雄浑,有诗为证:"关内泛春色,塞上竟朔风。雄哉八达岭,险乎军都陉。垣破生衰草,砖古记军情。敌楼断壁危,荆棘掩战声。巍峨山脊耸,蜿蜒卧苍龙。残城展沧桑,残雪映苍穹。岭高攀须功,坡陡降需警。热汗透胸背,过岭心犹惊。闯王破阵处,巨石勒碑铭。取径石峡关,铁骑破京城。览此生嗟叹,得失岂在城?成败在人心,千古盛衰情。"是啊,成败在人心而不在坚城,清人入关后不再修明代留下的长城,或许也有这些考虑吧?然万里长城已作为中华文明的象征永久矗立在千山之间。看过北京段长城,其峻,其险,其建筑法式之多样,可谓"观止"。长峪城是长城中的所谓营盘,这营盘在北京地区有数处,一些仍处在"原生态",如密云的白马关、小口、白道峪、遥桥峪等等。营盘中如今住有民居,古城农家、乡俗淳风,一幅别致的风景。

在城墙下休息,几位老乡过来攀谈,为我们指路。城外有座庙,庙旁生棵老榆树；庙内两进院落，前殿供奉着菩萨，后殿门窗紧闭，西侧有个戏台，整修完好，台柱上贴着红春联，元宵节曾演过戏，这里是村民聚会的场所。几位游客在庙里瞻仰，他们从北京开车来。老迟说，这里有公路，谁要是体力不支可以租车到下一个目的地，也可以撤出回家。走了两天，大家都累了，可谁也不愿意中途退出。患腰病的杜女士也表示要跟大家一起走下去。游客们对我们徒步背包出游很羡慕，走出去很远，还在向我们招手。

  近午，登上长峪城西边的山梁。这里海拔1100多米。回望来路，早餐时的小松林依稀可见。向西下山，是河北省怀来县的横岭。在一棵白花繁盛的老梨树下用过午餐，顶着午后的骄阳继续行进。偏过横岭镇，沿着公路向南奔镇边城，公路边老乡正在修整成行成片的杏树苗。镇边城也是座古城堡，规模比长峪城还大，势处要冲。城内多是青砖青瓦的老房子，酒肆商家，古街旧巷，街上有人闲聚聊天，怡然悠哉。在小卖部里，一位妇女热情地向我们描述前方路况。老迟租了一台三轮"蹦子"，人和背包塞满车厢，毛子执意要站立在车厢里，老迟跨在司机旁边，向西口子进发。车向南过省界，进入北京市门头沟区。省界两边明显的区别是路面，南边是沥青的，北边是山皮土的。右转弯进入一条大峡谷，两侧悬崖立陡，有些处呈反坡探着，形势险要。"蹦子"的发动机声响彻山谷，回声震耳欲聋。老迟是讲价的高手，讲好给二十五元钱，可司机上了路又嫌少，磨叨了一路，把老迟磨叨烦了，有人本想再给加点儿，可老迟不发话，只好随他。这峡谷叫南西洋沟，石灰岩地貌，河床干涸，两侧悬崖壁立，光线昏暗，显得死寂和神秘，让人发瘆。老迟说，听说过去这里经常有人失踪，最后只能找到一些白骨，后来发现是被一个老头子吃掉的。他的故事令女士们惊叫，杜女士高声制止老迟再讲。晚上只能在峡谷中宿营，抬着在镇边城灌满的野营水桶，扎营、做饭、晚餐，我带的军用铁锹终于派上了用场。夜里，峡谷中静寂沉闷，偶尔听到几声寒号鸟的悲鸣，孤独而冷清。由于两侧的崖壁很高，谷底没有一丝风，有点潮。

（2002年5月3日）

芦子水

　　早餐时，发现干粮不多了。把每个人带的食品集中起来，总共还剩十二袋方便面、十个糖火烧。开始实行军事共产主义，把方便面煮了吃掉，剩下的奶粉，也煮了喝了。老迟让大家喝足水，然后一人分一个火烧，是出山之前的全部干粮。预计还有一天的路程，可谁也没走过前边的路，老迟也没把握。崇山峻岭，树灌莽莽，野径迷离，山路迢迢，对每个人都是个考验。有人后悔头天晚上把干粮送给站梁那两家人吃，但后悔也没有用了。

　　上午九点，到梯子头。这是南西洋沟左手的一条岔沟，峡窄，崖陡，光暗。谷底基岩裸露，没有水，石底上形成一个个涡状石坑，沟的尽头，是个20多米高的崖，有水时应是个瀑布，只是现时干涸了。一层层石缝在垂直的崖上水平凹进去，形成几个很窄的平台，顺着一层层平台可以攀上崖头，梯子头可能因此得名。崖顶一节麻绳头在晃悠，好像有人刚登"梯子"上去，老迟说是采药人。退回主沟继续前行，灌木杂树越来越密，空气湿润起来。蓦地，眼前一亮，一片小杉树翠绿喜人，能在这里见到杉树，很难得，我赶紧掏出相机拍照。"庄主"在前边喊："这里也有！"只见满满一沟翠绿。一会儿，"庄主"又喊："又有了！"如是几次。这里接近峡谷的尽头，高大的崖壁屏蔽住寒冷的北风，地势高，又朝阳，湿度、温度适宜，加之封山育林，人迹罕至，才结出这善果。再往前，一座岩柱兀然矗在峡谷中间，有几十米高，地图上标为天花塔。近午，见到向左的岔口，老迟说此处叫"箩大天"，左侧的山上应该有个洞，像只筛面的箩，但没见到。老迟去探路，大家就地歇息。此处地势升高，正午的阳光晒进谷底。我和枫叶对头枕着背包，仰卧在草地上，暖阳照在身上，脸上遮着帽子，晒得发懒。热了，挪到杉树林里，把背包倚在树干上，身子靠在包上，箕踞而坐，清风徐来，感觉人与自然完全融为一体。

　　老迟探路归来，决定向右侧转弯上山。沿之字形路上升。高度上升不小，对体力是个考验。枫叶感觉饿得慌，让她吃烧饼，她舍不得，好歹劝她才吃下少半个，连掰烧饼掉在地上的渣儿都捡起来吃了。因为前途未卜，谁也说不准什么时候出山，干粮和水这时成了最宝贵的东西。我从包里翻出奶粉袋，把剩下的一点儿奶粉小心地倒进水瓶里，摇一摇给枫叶喝下去，过一会儿，她感觉有了劲儿。枫叶忽然想起，包里还有一小袋绿豆粉，赶紧找出来，自制了一瓶绿豆汤，甘甜爽口。枯树横七竖八躺在沟里，腐烂的枝叶化作黑泥，脚踩上去软绵绵的。遥遥地已经能够望到隘口，隘口下方的树林，从下到上分为三个层次：浅绿色的杂树林，翠绿色的落叶松林，赭黄色的杨树林。登上隘口向下望，是一条见不到底的深沟，老迟说，这沟叫阴死沟，前边是悬崖绝壁。几年前的一个元旦，有几个山友在这儿迷了路，在这隘口忍了一宿，差点冻死。从阴死沟左侧的山坡水平行进，进入山杨林，杨树生得挺拔、齐整，树干青白、光洁，刚刚展开的树叶，赭红着脸，像喝醉了酒。

　　午后一点半，到芦子水北面的山坡，极目远眺，重峦叠嶂，气象万千。悬崖陡壁间，点缀着一簇簇粉红色的杜鹃花。西南方向，蜿蜒着一条黑色的曲线，看不清是铁路还是公路。曲折下行，忽见大山之间耸起一座小孤山，山顶筑一处圆墩，墩上建一座六角亭，虽经流年，然亭体完好。下边有处毁圮的古庙，庙基南向，对着孤山上的亭子。前殿的西山墙还立在那里，墙外一株老树，下午天上有厚厚的云，柔和的阳光从云层中射出来，黄黄的，照在庙墙和老树上，成一幅沧桑的画面。拨开草莽，一片断瓦残垣。后殿的北墙还没塌，墙上的磨砖贴面完好如初，花纹清晰规整。后院有个地窖子，黑洞洞的，望不见底，不知何用。庙右，仰望一面绝壁，绝壁前两层梯田，已经荒芜。壁上有处石屋，凹进崖内，贴崖砌堵墙，墙上辟扇门，门上排着瓦檐，屋内是孔天然的石洞。石屋主人是一位七十岁左右的老人，戴着红袖章。老人说他给林场看山，每月给300元钱，平时住在这儿，隔三差五回家一趟。石洞内盘铺土炕，炕上叠着被褥，放着雨具，炕角垛着粮口袋，炕头砌个灶，灶上坐口锅，黑亮亮的。绝壁下有口泉，这泉水是从石缝里滴下的，存在石坑里，水里还生有蝌蚪，这是这里唯一的水源。用老人的搪瓷缸子舀水洗了洗脸，洗下的都是咸味儿；脱下袜子用水冲了冲脚，感到松快多了。老迟喊大家登上孤山的墩台，瞻仰亭子。亭子向北侧敞开，内设个佛龛，其他三面用砖石砌死。墩台四面围着墙，扶墙四望，高山大峡，奇峰秀石，险涧幽谷，茂林密灌，宛如一幅水墨长卷。我暗想，这僧人真有好眼力、好脚力，寻此无人搅扰的世外仙境；也有雅兴，庙前孤山建亭，读经之余暇，临亭四顾，好不心旷神怡，不成佛才怪哉！

　　老迟想住在这里，可大家看天色还早，都执意出山。老人带我们绕过一处断崖，指点路径后作别。四点左右，进入芦子水对面的次生林，落叶很厚，路径模糊。我在前边带路，有不少倒下的枯树，时不时要从树干上下钻或翻过

去。手背被划破，手指也扎了刺。"庄主"看天色已晚，建议加快速度带一带。不到半个小时就登上山梁，所有人都没掉队。老迟和白子各将夫人的包挂在脖子前，一前一后两个包，真是好汉！隘口上凉风飒飒，稍作休息，赶紧下山。"庄主"在前边带路。下山灌木更密，时有倒树遮挡，更兼陡崖惊人。为绕过悬崖，小径连续不断地向右偏过去，偏过去，好像没有穷尽。走了好长一段，高度却没怎么下降。为防止丢下人，"庄主"在前边高喊："跟上了没有"，我和枫叶在中间传，老迟和毛子在后边应。穿行在密灌中，不见人迹，但闻人语。悬崖处，有歧路，需经甄别判断后再决定前行。忽然看见路边有灌木茬子，"庄主"大喊："出山了！"大家急行一段，可前边又遇悬崖，还需再绕过去，如是多次。看看天快黑了，路才越来越清楚，整个队伍加快了脚步，"庄主"不再喊，大家也不再言语。八点钟，老迟认出这是去"盖不严"的路，"盖不严"就是"大悲岩观音寺"，此前去过两次，这离山口真是不远了。昏暗中攀上一座百米高的白崖，下面的村子是向阳口，火车从村旁呼啸着疾驶而过，节日住在这里的游客正在燃放爆竹烟花，山谷中回荡着炸响，闪光在湖面上辉映。大家摸黑下山，好在石头是白色的，黑暗中可以显出路的轮廓。大家倍加小心，互相叮嘱和提示，有人用上了灯。八点半，到达向阳口。租了辆三轮"蹦子"，过吊桥，顺永定河到沿河城城堡。是夜，住在北门内的李家，五位女士住在炕上，小杜挤在炕上挨着老婆睡，老迟和白子在地下凑合，我和"庄主"将帐篷支在院子里。闲聊中，才知道"庄主"随科考队去过南极，很有探险的资历。

（2002 年 5 月 4 日）

百花山

　　京西百花山，久闻其名，未睹其容。五月好时节，与老迟约好去访一趟。这次基本还是"五一"穿越芦子水的那拨人，少了三个，换了四个。老迟向我介绍新来的老崔："这是跟你提过的'大帅'，他带过一百多山友爬山。"大帅属虎，今年五十有二，十一个人中，他是老大。贾大侠两口子是同我相约而来，他是个独行侠，经常只身去"云游"，我还瞻仰过他在昆仑山口的光膀子小照。去年"十一"，我们一起去云蒙山，扎营在冷风甸，夜里雨雪交加，惊雷在山谷间炸响，晨起满山秋色被白雪掩映，气温降到零度，贾大侠因准备不足，四点钟就被冻出帐篷，满山乱跑，汪汪地学狗叫。新来的小张最年轻，不到四十岁，背一台单反相机。

　　乘公交到斋堂已十点半，老迟砍价，打了两辆面的。过黄塔，走盘山公路。南望，百花山主峰尽收眼底，蓝天透明，白云游走，显得高远明澈。从黄安坨起步上山，路边一根水管引来山泉，老迟让大家补足水，说前边说不准有没有水源。大家怕受渴，把水壶和塑料瓶都灌满，又使劲儿往肚子里灌。我和枫叶足足饮了一大瓶，喝得肚子直逛荡。山下植被少，正午的阳光烤得慌，外皮热，肚里凉，走起来沉甸甸，气发短。队伍一会儿就拉开了距离，我走在前边，见到了树荫，才坐下来等后边的人。上来的人说，两位女士今天状态不好。枫叶走得急了，还吐了几口。于是让贾大侠的夫人小刘走在最前边，使队伍速度放慢。汗透了衣衫，呼吸均匀起来，身体才开始适应。树越来越密，落在小径上的黄叶，齐整、干净，散发出一股特有的香味，脚踩在上面，感觉又松又酥。向东过了一个垭口，林木更密，树根下丛生着许多不知名的草本植物。遇到三位老乡，采了几大口袋野菜，说是山蔓菁，腌酸菜用的。细看像小萝卜缨，肥绿油嫩，叶边有小齿，枫叶说这才是真正的绿色食品。

　　从东坡转到南坡，林木更加蓊郁。高度上升，气温也低下来。爬到一个平台，看看离顶峰已不远，大家卸包喘息。这时头顶飘来乌云，几声炸雷惊响，远处悬挂着竖条状的云，像是雨脚。冷风袭来，带来几点冷雨，汗透的后背顿时冰凉。老迟说山顶有庙，催促起身。接近山顶，有片坡地，榆树蹲在地上，嫩叶新绽，像是盆景；桦树低矮，枝杈横生，一改挺拔的身材。细细的野牛草一尺

多高，鬃毛一样伏在地上。有种小花，挺着下粗上细葱竿一样暗红色的茎，顶着几片红红的花瓣，星星一样散布在绿草地上。顶峰下的是座新修的庙宇，匾额上题"护国显光禅寺"，有四进院落。大殿两旁几棵落叶松，挺拔青翠，其中两棵被雷劈死。房子前有走廊，最后一排是二层楼。守寺的老人姓任，黑胖高大，正在和煤，住在庙外的小房。雨云过去，阳光从西天斜射下来，红墙黄瓦绿树分外鲜明。主峰在平场的北侧突起十几丈，上面竖着铁塔架。登上主峰，见巨石上镌"锦簇攒天"四字，光绪年刻。极目四望，群山绵延，东西灵山遥遥可见。

经守寺人同意，晚上大家宿营在寺里，小杜夫妻独享二楼三大间连屋，小张将帐篷搭在二楼走廊上，当他们的"侍卫"，我和枫叶把帐篷搭在一楼走廊西侧，贾大侠夫妻在东侧，老迟、白子和"庄主"的帐篷搭在院子里，大帅在走廊中间。夕阳西下，气温骤降。我和枫叶穿上羽绒服；贾大侠没吸取去年在雾灵山挨冻的教训，只带了一件汗衫，天没黑就打得得，钻进被窝。小刘把带来的所有衣服都套在身上，套了几层，长长短短像披着蓑衣。白子将大裤衩套在运动裤外边，显得很滑稽。我带来的一瓶"小二"（二两装红星二锅头），都让贾大侠夫妻喝掉热身了。白子带来一瓶"东北小烧"，老迟他们几个转着圈喝，"吱匝"得有滋有味。酱猪蹄、五香牛肉、香肠、花生米，还有采来的野葱和苦麻菜，晚餐挺丰盛。白天出汗多，我和枫叶只想喝稀的，熬了两锅玉米面粥，喝得浑身冒汗。

圆月缓缓升起，在彩云间穿行，房脊上蹲着的几个兽头在月亮的逆光下形成剪影，像是在赏月，又像是剪纸的花边，衬托着彩云遮月的画面。夜间睡得很香，醒来感觉有点凉。猫叫声由远及近，接着绕着帐篷走，像是在找吃的，不知是野狸子还是家猫。

（2002 年 5 月 25 日）

白草畔

　　不到四点，"庄主"就起来了，这家伙真是精力旺盛。大家陆续起来收帐拔营，五点整向西出发。山路沿山脊平行或从一侧偏过去，所行之处多是次生林，绿树琳琅，灌木繁茂，各种不知名的野花点缀其中，空气中弥漫着香味儿。被惊起的野鸡拖着长长的尾巴飞起，嘎嘎的叫声打破了山间的寂静。晨露沾衣，山气馨香，令人神清气爽。灌木丛中忽见一片雪白，原来是只失群的羊羔，发着抖，露出恐惧的眼神，猜是昨日羊群失落的，独自在这里待了一宿。见地上有新鲜的羊粪蛋儿，众人说今天羊群还会来，让它留在原地，等待归队。走出很远，还听见"咩咩"的叫声，令人心颤。往前有眼山泉，石缝中插只胶管，将水引入一个原木凿成的木槽，是牧羊人用来饮羊的。泉边有座石屋，失过火，屋顶坍塌，房梁焦煳。在山泉灌满水，继续赶路。

　　山路下降，老迟怕牺牲"海拔"，喊带路的"庄主"注意找上山的岔路。领队在行走中要时时考虑应对各种情况，尤其要注意行进路线的正确和人员的安全。找到岔路，上到隘口。两侧是密密的落叶松。西侧是片开阔的草甸子。小张直喊："太美了！太美了！"掏出相机忙不迭拍照。路边山坡上，一墩墩像大萝卜缨的植物，玫瑰色花蕊圆圆的，将粟粒紧抱在一起，还未开放。下到大草甸，绿茵茵的草地在眼前展开，红、黄、蓝、白等各色野花间杂其间，像一匹绿地彩花锦缎。脚踩在草上，软软的，恋着不愿迈步。我甩掉背包，躺在草地上，直想打滚。草甸前边是白桦林，白桦林前边又是草甸。在过渡段，草甸上的桦树疏疏落落，像记忆中见过的油画。晨晖透过白桦的枝叶照到草地上，明亮而温暖。大自然的美好景色，使我想起儿时读过的童话，童话描写的环境美丽而富有诗意。儿童不能没有童话，人类不能失去自然。遇到两对露营的年轻人，他们将帐篷搭在白桦林里，给这野景另添了一种情趣。

　　山风骤起，大家下到背风向阳处早餐，然后向西沿着以桦木为蹬的台阶攀升。这是一段艰苦的行程，上来下去，又上来下去，如此四五次，人人喉咙如风箱，热汗浃背。九点半，登上海拔2046米的白草畔峰顶。峰顶是几块竖立着的巨石，从左至右分别刻着"极顶晨光""芬芳穹宇""五指峰秀""霞

云岭高""风雪千秋""昂头天外"六行大字。九点四十五分撤离主峰，向房山方向下山。

　　下山是盘山路，为加快进度，我们直切走小路。连续下降一千多米，对膝盖是个考验。十一点多，遇到一处陡崖，两层楼高，只能扒着石缝下，有松动的石块，比较危险。小张和同行的一位小伙子身手敏捷，率先而下；大帅只身背包扒缝而下。我登在崖中间，老迟在上，将众人的背包传给下去的人，然后轻身下去。几位女士手抓枝条，身贴危崖，被人托扶着度过险关。

　　下山的路边有几处小煤窑，用骡子和马拉矿车出煤，一匹骡子拉五节，一匹马拉六节，由矿工控制车辆和翻斗，运出的煤矸石倒在山沟里。洞口用桦木支撑，生产条件简陋。几位妇女在给汽车装煤，说煤百十来块一吨，问我买不买。下午两点，到堂上村，村口有山泉流淌，泉水甘甜。堂上村是老区，《没有共产党就没有新中国》这支歌是在这里创作的，村里还有纪念馆。没想到这山沟里竟出了雅颂之作。

（2002年5月26日）

灵 山

老迟说，为了策划好此次出行，他反复考虑了三天。他说，走山有个规矩，谁是领队，谁就要把行程策划好，要把每个队员都安全地带回来。策划出行方案，一要有新意，让人感兴趣，不乏味；二要周密，要考虑一些关键细节；三要预料到一些可能发生的情况。他向我讲过一些由于计划不周而发生的尴尬事，有挨冻的、受饿的、迷路的，也有不欢而散的。要尽量避免这些情况发生，就要事先了解一些有用的情况，进行精心策划。

此次的行程是先走灵山，然后到韭山，再走黄草梁，从柏峪返回。同行者除了老迟、我和枫叶外，还有"庄主"、小杜和去年在雾灵山认识的冯子。

公交车到西郊，上来一位头戴竹批帽的精壮汉子，五十多岁，背囊用空调罩包着。老迟同他寒暄，谈话中得知，这位姓刘，今天带人去爬黄草梁。在三家店火车站，又见到另一队人，三支队伍会在一起，男女老少有二十多人，都是奔灵山方向去的，只是路线不同。这几队人，四五十岁的居多，也有六十岁左右的。老迟指着一位身材瘦高，背着迷彩包的人给我介绍，"这位也姓刘，七十六岁了，哪次都是第一个登顶。"看着老刘精干的身材和自信的神情，我和枫叶赞叹不已。他哪儿像七十多岁，往大说也就五十多岁。看来，日历年龄和生理年龄的差值很大，关键要靠个人把握。调整好生活方式，才能活得长寿健康，其中，运动健身和亲近自然是重要因素。"女流"们的肤色较黑，装备挺专业，多是走山的老手。

从官厅下车，又"拣"了一位姓梁的女子。冯子说，在半路上加入新人，叫"拣"，这是"行话"。七个人打一辆"面的"，加上大包，挤得满满当当。这里是怀来和涿鹿两县交界处，植被很少，到处露着黄土。6月的几场雨，多下在山南边的北京市，这里旱情很重，地里的玉米苗旱得打绺。

苇子村在灵山脚下，过了村南的卡子，顺盘山路上山。灵山主峰海拔2300多米。北坡同南坡一样，比较平缓。行到山上部，气温下降，暑气顿消，植被也有了变化，阔叶林之上是落叶松和白桦，再往上，是大片高山草甸。

3月初我和枫叶来过一次灵山，那次随"三夫"俱乐部来。刚从龙门涧进

山，天就飘起大雪，越往高处走雪越大，加上积雪，有半尺多厚，踩下去嘎吱嘎吱响，很有意思。遇到冰瀑，小伙子们借助冰镐爬上去，大家互相协作，用绳子把人一个个拽上去。晚上宿营在海拔1500米的山坳里，帐篷扎在雪地上，夜间刮起白毛风，气温降到零下十几度，人穿着羽绒服钻在睡袋里，帽子捂得严严的，在"朔风吹，林涛吼，峡谷震荡"中辗转不已，久久才得入睡。早晨水瓶里的水结成冰，被雪打湿的靴子冻得硬邦邦，伸不进去脚，靠使劲儿掰和用手焐才勉强穿上。被雪洗过的天空纯净湛蓝，空气凉得发甜，日出时金色的阳光照在雪上，明亮而柔和。我们的帐篷扎在一棵孤树下，墨绿和浅黄色交加的帐篷周围映衬着白雪，构成一幅奇妙而浪漫的图画。雪大路滑，加之头天体力消耗大，登主峰时多数人已如强弩之末。由于水带少了，枫叶渴得抓雪吃。上到平台，有人渴得不行，用气炉熬雪化水喝。我独自登上东峰，见皑皑白雪，莽莽群山，主峰在诸峰中傲然耸起，沉稳而不凡。由于雪封山，行路难，加之准备不足，时间又紧，那天只得放弃登顶。

这次天晴如洗，大家把背包寄存在山腰的小旅馆，立刻轻装向主峰进发。从主峰下面的山凹向西南望，大草甸的斜坡从眼前向上展开，在尽头呈一条逐渐向西抬升的斜线，斜线上奔跑着几匹马，人在马后边跟着，午后的逆光将斜线上的马和人映成剪影。金莲花和一些不知名的小白花洒在草地上，山坳处生着一墩墩野玫瑰。主峰南侧立块碑，上面标着海拔高度。北侧垒起一个大石堆，类似嘛呢堆。卖鞭炮的小伙子指着山下的村庄告诉我，那是孔涧，孔涧村西边的大山是西灵山，比这里还高。远处云彩罩着的山，是小五台山。

山沟里有眼泉，泉水极凉，喝了凉透脑门。回到小店，老板把桌子摆在阴凉处，众人晚餐。大家把自带的食品放在一起，最有味道的是"庄主"的虾酱摊鸡蛋和老迟的排骨酱。"庄主"是黄骅人，说他老家的虾酱最地道。大家记下老迟那排骨酱的牌子，都说回去要买。

小店的水是用车和驮子从远处运来的，我想起那眼泉，说要是在泉附近钻口井，可能会出好水，老板竟以为我会看水脉。晚饭后去东边的山坡探路。几匹马嘚嘚驰来，是山下村里拉马揽客的青年，他们的骑术挺好。见到我们，缓辔而行，为我们指点路径。太阳将落，光线柔和，草色在夕照下绿得动人，白桦树干白得清纯。与落日相映，东面天穹上弯月如钩，淡淡的白。主峰此时被云雾遮住，若隐若现，好像要下雨。高山上的气候变化多端，一片云彩就可能带来一场雨。

冯子出其不意地告诉我，去年在雾灵山，他们几个怀疑我和枫叶不是夫妻，是情人相携出游，在背后颇有微词。经几次同行和多番"考察"，才证明我们确是夫妻，现在公开他们的疑心，为我们洗清"不白之冤"。大家哈哈大笑，惊得野鸡扑棱棱飞起。

（2002年7月6日）

韭山和黄草梁

夜宿山坳里农家小旅馆，时至午夜，客人放的鞭炮声还噼啪不止，在山野中声音显得特别大。天蒙蒙亮，我们整装出发，向韭山行进。韭山海拔1922米，在涿鹿、怀来和门头沟三县交界处，还未被开发为旅游区。大山里空廓寂静，只有我们七个人。钻过灌木林，又是大草甸子，草比灵山更绿，花比灵山更盛，遍地是金莲花、黄花和野百合。这可忙坏了爱采花的小梁，一个人总是落在队伍后边。再往前，是满坡的山韭菜，韭苔刚抽出来，顶着紫色的花苞。大家趁着晨露，兴致勃勃地采韭菜。"庄主"说，下次要在韭菜地上扎帐篷。早餐掐几根韭菜苔蘸酱吃，浓香满口，大家说，用这韭菜做饺子馅味道绝对好。分水岭以南，韭菜比北坡更盛更嫩，可能是雨水较多的缘故。

下山草盛林密，须仔细寻路，不小心会走瞎。分水岭右侧是悬崖，左侧是缓坡，我们在顶端行走。九点左右，到山东南小隘口，隘口卧块碑，上书"宣化府怀来县交界"。正在谈碑，忽见山下上来一队人，原来是昨天在火车站遇到的山友，他们从黄草梁上来，夜里宿营在七座楼。七十六岁的老刘走在前边，步履矫健，大声向我们打招呼。女士们笑语喧喧，其中一位花白头发兴奋地说他们从哪儿来，到哪儿去，言语中透着自信和骄傲。山友深山相遇，格外热情，迥异于城市路人间的淡漠。

七座楼在韭山和黄草梁之间的山梁上，是沿河城长城的一部分，有七座敌楼和两段旧城墙。其中一座敌楼是"实心楼"，用块石筑起高台，内部未留空间。另几座敌楼为砖石结构，保留得比较完整。在北京地区的深山，在那些险要偏僻、人迹罕至的地方，至今保留着一些别具一格、难得一见的长城。敌楼有方有圆、有大有小；有的矗于峰之巅，有的据于谷之底。墙体有厚有薄，墙顶有宽有窄；有的可并几匹马，有的不容一人足；有的设计精细，砌筑坚固，有的就地取材，简易实用。先人筑城，充分考虑了守备、地形、交通、材料等各种因素，可见这一伟大军事工程中蕴藏的智慧。四月到此处时，地高春晚，草黄林疏，萧条苍凉。时过两个多月，敌楼下绿茵铺地，残城边密灌掩石，峭壁峻拔，敌台高矗，青山凝翠，苍龙透迤。古道盘盘，青石累累，苔痕上阶，远芳侵道。这古道比山径大约宽两倍，绝壁上也凿石成路，可能是当年筑城所辟，也做守军的通道。过绝壁，路旁一处崖上密密麻麻写满笔名网名，皆"驴友"们的涂鸦。走过两片裸露的赤铁石，到黄草梁。春天时登过主峰，是个东西走向的山脊，山脊两侧大片随风倒伏的黄草。峰南是片开阔地，称十里坪，十里坪边缘是断崖，崖下是龙门涧。这片山属太行山余脉，下部是深涧高峡悬崖陡壁，上部则是平缓的高山草甸。下山过天津关，山形陡峭，地势险要，山径旁残留着一些古代工事。关口下。两位晒得黢黑的山友，正呼嘘向上登攀，连帽子也不戴，热汗顺着下颌往下滴，他们的目的地是黄草梁。天津关下，有处长城砖窑遗址，此处距七座楼，有十几里，山高路险，修筑长城之艰辛由此可见一斑。

高度下降，气温升高，大家走得汗流浃背。下午三点到柏峪，赶紧补充水。从柏峪到爨底下十里，土路平坦。为赶路，众人"暴走"。七月午后的骄阳将脖颈晒得生疼。胳膊全晒红了。老迟竟脱掉上衣，光着膀子走。劝他穿上衣服，他嫌焐，就是不肯穿，也真纳闷，他就是晒不红。

过了崖壁倒立的一线天，到爨底下村。这是个古村落，有几十户，民居多为明清时代风格，建筑群坐落在山谷两侧的山坡上，依山就势，高低错落，布局和谐，很有想法。有的房屋竟建在高耸的巨石上，如金鸡独立。房屋比例小于城里的四合院房。在大英博物馆曾见过一组出土的中国民居砖制模型，这些房屋与那模型相近。爨底下的爨字，是个古老的会意字，有烧火做饭和灶两个意思。为什么叫爨底下？是地形像灶还是其他的什么缘故？有待考证。冯子念了几句口诀，分解了爨字的结构又将其联系起来，有点意思，可惜我没记住。高山大峡加上这些青砖青瓦白墙的古民居，远观近看，都是绝佳的水墨画。几个美院的学生正在树下写生。

枫叶买了二斤山杏，尝了两个，酸甜，满口生津。

（2002年7月7日）

金河寺和寺沟窑

　　小五台山在河北省蔚县和涿鹿县交界处，有东西南北中五座高峰，都在海拔 2600 米以上，主峰东台海拔 2882 米，是河北省最高峰。

　　老迟我们六人计划在天气允许的情况下，实现五台连穿。中午到达小五台山北的西金河口村。老迟进村找来老杨，采药人老杨，经常当向导，属马，61 岁。天下起雨，小五台山云遮雾罩，若隐若现。讲好报酬，老杨回家去准备行装。一会儿，老杨的老伴来了，操着挺重的当地口音，要求再给加点钱。这村瓦房不多，破旧的土坯房显示着贫穷。看看雨还在下，老杨对能不能顺利登顶也没把握。商量来商量去，决定我们几人先从金河沟进山，宿营在沟内，约好翌日一早，老杨去找我们，看天气情况再定下一步。

　　从河口左侧上山走崖壁上的路，下临深涧，流水潺潺。下到山谷，跳石涉溪，两座黄灿灿的古塔跃然在目，路边石头上书"金河寺塔群"。金河寺寺庙荡然，只遗三层平场，一层比一层高。从遗存的石块瓦砾看，第一层平场是山门，后两层是大殿。废墟中背部凿有方孔的石鼋，是殿宇的柱脚石。从其建筑规模的宏大和构件装饰的讲究，可见金河寺曾经的辉煌。古塔的华美造型，也证明着长老身份的非同一般。

　　山溪的搭石上跳过来两个人，其中一个肩上用棍子挑着一只猪獾，猪獾嘴角淌着血。猎獾人是个牛倌，獾是上午在山里打的。牛倌将獾挂在溪边的木棚子上，大家好奇地围拢来看。据说，小五台山里有许多动物，豹子、貉、麝、响尾蛇、褐马鸡等都有发现。金河沟里散放着牛羊，牛倌羊倌们用木栅挡住通道，峡谷内就成了牛羊们的领地。由于水草丰美，又自由自在，这里的牛羊油光肥壮。一位姓赵的羊倌说，他放的四百多只羊，是四户人家的，每年一户可以卖出三四十只羊，一只羊可卖一百多元钱。帮他放羊的少年也姓赵，少言寡语，一说话脸就红。说今年十六了，念到小学就不念了，不喜欢上学，就愿意放羊。小伙子用斧子帮我削了一只手杖，我要给他照张相，他窘得绷着脸，逗他半天，才张开嘴，露出一口好看的白牙。

　　密林里各种阔叶树把阳光遮得严严实实，光线昏暗，树干上青苔斑驳，灌木和一些草本植物葱茏茂密。几根倒卧的树木斜压在山溪上，溪水从树干和石块间挤过去，发出哗哗的声响。看看天色已经不早，透过树缝见乌云翻卷，山雨欲来，赶紧在溪边寻处高敞的平地宿营。帐篷还没支好，大雨点就噼里啪啦砸下来。大家手忙脚乱安顿好，赶紧钻进帐篷避雨，有的人被打湿了衣裳。宿营地很潮，待雨住，大家捡来枯枝点起篝火，将衣服烤干。晚上气温骤降，大家围着篝火晚餐，话题挺多，谈野营的路线，谈装备的改善，谈健身的好处，谈健康文明的生活方式，一直谈到乌云敞开一角，渐渐散去，月上东山。半夜又下起雨，只好钻进睡袋睡觉，睡梦中感觉脚下湿凉，原来帐篷底部渗水，浸湿了睡袋。把脚向上缩了缩，继续酣睡，直到天亮。

　　早餐时，老杨赶来，他起了个大早，走了三个小时才赶上我们。他说，这个地方叫寺沟窑，崖壁上有个悬空寺，外人一般不知道，建议我们去看一看。看看山沟里的雨云忽高忽低，转来转去，天没有一点儿放晴的意思，决定先去悬空寺。老杨带路，找处反坡崖，将背包存好。路越走越陡，后来成了立陡的绝壁。只见老杨手脚麻利，猿猱一般，攀危崖如履平地。想起昨天请他做向导时，我还担心他年岁大，腿脚不利索，有点担心，眼前这景象真是出乎意料。在一处又滑又陡的坎子下，我和另外两个人担心上去后下不来，放弃了，只有三个人随老杨拽着枝条攀了上去。我们在底下仰望着，不知悬空寺是个啥模样。二十分钟后，上去的几个人在台阶处逡巡良久，方才小心翼翼地下来。小杜告诉我，上边是个山洞，有四合院大小，洞内有三间房，已经坍塌。碑上写着兴泰寺，还写着嘉庆十八年和道光四年等等。顺着他手指的方向，可见山洞的轮廓和白色的山墙。在附近又发现块碑，碑文上有乾隆年间重修观音寺的记述。小杜说："上了悬空寺，我才明白三个和尚为什么没水吃，路这么难走，下山取水不搞好分工怎么成？"

　　回到崖下，又下起了雨。瞻望南山，雨云笼罩，不见峰峦。老杨说，山上山下，温差大着哩，就在二十多天前，一位羊倌被雨淋湿了衣服，加上有病，冻死在山上。他的话令众人惊骇，对大山更生敬畏之感。只穿一身运动衣来的"庄主"，更显紧张。崖前有种带刺的灌木，圆圆的果实若樱桃，粉红色，球体遍生小刺，活像只小水雷。老杨说，这叫刺栗，可以吃，随手摘下一颗放到嘴里。大家也纷纷摘吃，只是摘时怕扎手，吃时怕扎嘴，不像老杨那么从容利索。刺栗果肉酸甜，沙沙的，味道似猕猴桃。小杜摘了十几颗泡在白酒里，命名为"水雷酒"。老杨说，他十六岁就上山采药，在这大山里转了四十多年，走遍了小五台山的沟沟岔岔。山里的药材有一百多种，从春到夏，靠刨串地龙和采金莲花，能收

入七八百元；秋天主要采根茎类的药材，也能收入七八百元。他家有六亩地，主要种谷子和黍子，一儿一女，加上老伴，四口人刚好够吃。老杨蹲在石板上，给我递烟，说："我的烟不好。"他很瘦，长脸，皱纹很深，眼窝凹陷，双眼皮很宽，眼珠很活跃，爱笑，一笑就露出掉了两只门牙的豁口，让我想起老山魈。我问老杨："这山里有豹子？""有！我见到过，一次在下边的沙川，碰上一只土豹子，它看了看我，摇着脑袋走了。"老杨穿一身黑色旧制服，裤腿上打着补丁；黄胶鞋的底子已经磨薄，鞋面的几个破洞用粗针大线缝着。他的全部行装是一块大塑料布和一个被子卷，装在"鱼皮"袋里，绺上口，用绿色的背包带竖着绕出两个背襻。以如此简陋的装备，常年奔走于这大山的峰岭沟壑之间，实在令人叹服。下午我跟着老杨走在前边，问他："这山里有蛇吗？""有，看！那儿就有一条。"顺老杨所指，见一条深褐色的家伙正曲身急急地往石缝里钻。"这是条毒蛇，不要理它！"多年山间采药的生涯，练就了他犀利的目光。

中午，西天才开始透出一线蓝天，"庄主"却说是乌云，是蓝天还是乌云，几个人争来争去。有人说，即使雨住了，草和灌木也会打湿衣服，加上路滑，登顶困难。犹豫中，开始往回返。走出不到半小时，西南绽开大块蓝天，阳光透出云层。老迟停下脚步，招呼大家商量一下，是返回去登顶，还是下撤休闲。几个人争论不休，各执己见。老迟和我主张登顶，枫叶自然随我；其他三人力主下撤。会不会继续下雨，是争执的焦点。老迟主张举手表决，结果是三比三。考虑到"庄主"行装简陋，最后决定下撤。"庄主"已提前退休，收入不多，没有帐篷和睡袋，带一套自家缝制的碎花面料薄被褥。一直背个旧包，刚刚换了个军包，水具是"农夫山泉"塑料桶，从来都提在手上。穿双黄胶鞋，下山时小步蹿，走得飞快，很难撵得上。他的干粮多是自制，却很有风味儿。"庄主"知识面宽，什么都能插上几句，印象最深的，是他纠正了我颠倒两代清帝的错误。他体重，上山时常喊前边"喘喘儿，压压速度！"好像在照顾全队；下山时却喊"跟上没有，注意跟上"！后边的人即使快步紧追也难见他的踪影。他年过五十，身材敦实，目光炯炯，是个没完没了的话匣子，一口地道的京腔。

在路边遇到两名本地的高中生，小哥俩暑假到山里来休闲。一根绳子拴在树上，拉紧后另一头用石头压住，将块塑料布搭在绳子上，往两边一抻，边脚用石头压住，就成了一个简易帐篷。铺盖是家做的被褥，下边铺着塑料布。用石头搭个灶，灶边放口铝锅，几个塑料袋装着全部给养：小米、面粉和几袋方便面。两人已在山里住了两天，准备再住两天，他们也准备登台。走出二里许，只见林边平台上搭起了十来顶各色的帐篷，是北京一家俱乐部组织会员来旅游，导游的女孩热情地招呼我们同他们一起宿营。回到金河寺遗址，大家把行囊甩在"山门"外的平场上，随老杨去看金河寺塔林。共有五座塔，其中一座已毁，其他几座塔基也被掏挖过。由于基础被破坏，有的塔身已经严重倾斜。最低处和最高处的两座塔，塔身较高，造型古朴，类似"银山塔林"的古塔，另两座塔身较小，结构也简单些。从"山门"到塔林，要走几步险路，特别是到最高处的那座塔，需手脚并用，小心谨慎。暗想那位高僧，故去了还要居高独处，活着时想必已修到了超凡脱俗的境界。夜宿"山门"外，气温比头天还低，钻在羽绒睡袋里一点不觉得热。大约四点钟，就听见了"庄主"的咳嗽声，他已经起来了。心想幸亏没登台，不然他会冻得一宿不得安宁。一大早就出了山，昨晚已回家的老杨远远地在村头等着送我们。告别了老杨，走东金河口，东金河口南面是安庄，这个村子挺大，远远望见大片土坯房中露出尖顶的教堂。这是个天主教堂，规模不大，土洋结合的建筑风格，旁边还有一排平房。教堂前边是个院子，院子中间有个小花坛。一位在这里修身的青年说，教堂建成十多年了，是教友捐的资，不少人到这里做弥撒。他领着我们参观了教堂内部，大厅里排满了上课的桌椅，桌子上整齐地摆放着通俗的经书。教堂的前边，是一个新建的菩萨庙，也是土洋结合的风格，侧面红砖做墙，正面还贴着瓷砖壁画。菩萨庙的前边，有一个建了一半儿的台子，老迟说那是戏台。蔚县多戏台，是个地方特色。

（2002 年 7 月 19 日至 20 日）

穿越云蒙山

（2002年10月3日—6日）

10月3日

在我看来，北京周边的大山，云蒙山是个好去处。好处有三：一是群峰巍峨险峻，雄奇秀丽，动植物种类较多，观赏价值较高；二是峡谷纵横，山深崖险，林茂灌密，路径曲折，可以探险；三是有水，有了水，山就有了灵性，野营也多了方便和情趣。

"十一"长假，本来约好去芦芽山或小五台山，可由于火车票和装备问题，未能成行，于是决定去穿越云蒙山。穿越云蒙山，东西穿，西东穿，北西穿，沿云蒙峡峡谷穿，有多条路线，可很少有人南北向穿越。这条路线大部为云蒙山腹地，地形复杂，路途遥远，有一定难度。我久有此愿，一直没机会实现，长假盈暇，正好在大山里转个够。

兵来两路，贾大侠、利明、小刘、枫叶我们五人在密云县城（今密云区，后文出现不再说明）集合，打的去云蒙山南麓的白道峪；老迟带的一彪人马从西直门乘火车到青龙峡，然后步行到白道峪。白道峪是个长城下屯兵的古堡，老乡叫做堡子。堡子的城墙虽已残缺破落，可下部大块的砌石还完好如初，经年不垮。从城墙豁口看进去，堡内住着农家，房前屋后的柿子树上挂满黄澄澄的果实。村内的空场上，几个抬电线杆的老乡见我们背着大包，感到好奇。村北路边长满柿子树，果实还涩，可"树熟"却橙黄得近乎透明，令人垂涎。白道峪邻村小水峪是我姑姑家，本乡本土，不管三七二十一，先摘几个嗑了再说，甜如蜜饯。待看青人老徐到来，两个柿子已经下肚了。老徐五十四岁，黑瘦而精明，对本地的历史掌故颇为清楚，他详尽地向我们描述进山的路线：从白道峪进沟到谷石岔口左行不许右行一直到头是宽儿堂，向上翻山是一翻，再翻是二翻，再翻是三翻，三翻左行是臭水坑，臭水坑是当年丰滦密三县抗日联合县政府的隐蔽地，1942年由于汉奸告密，1000多日本鬼子军袭击了臭水坑，近200抗日英雄阵亡了100多，抗日联合县县长沈爽的头颅被挂在大水峪村——

如今青龙峡城堡的大门上。当年有三个人夜里翻山越岭从白道峪沟逃出，其中一个挂了花，在白道峪村住了一宿。后来八路军给了那户老乡送了几担小米，一头毛驴。老徐认为地形太复杂，多年封山草木长得太严，很难找到臭水坑。想请他跟我们走一趟，他看看天色，说还有事，没有应允。天已晌午，秋日杲杲，晒得人想睡觉，躺在地上眯了一会儿，又起身去摘枣吃。老迟他们太慢，走了两个小时了，还没到。我怀疑他们走错了路，打了两次手机，一次说刚到牛盆峪，一次说已过牛盆峪，到白道峪村里去迎，也没见到人影，只好耐心再等。

过晌，老迟从树丛中钻了出来，后边的人还拉得老远。他们是偏着山边子摸过来的，中间还翻了一道梁。这一行共七人：老迟、白子、白子的小舅子小杜，加上各自的夫人，一共三对夫妇。只有毛子一个是单帮儿，她在家走路不小心伤了腿，已经有半年多没出来了，这是伤好之后第一次出行。待他们喘息片刻，全队出发。

进沟是个小水库，水明如镜。路从左边的山坡升上去，又降下来，十二个人中，有五位女士，两位新手，一升一降，速度一下子就慢了下来，队伍拉开老长。我想，今天是肯定到不了臭水坑了，照这个速度，往北走出云蒙山，在不迷路的情况下，至少也得四五天。两点左右，有人嚷饿，于是停下来吃饭。毛子的炸茄合味道很好，她还带了一大可乐罐子啤酒，每次她带的食品都超重，共餐时也数她最慷慨。

见岔路，一左一右两条山谷，正前方的山崖突出来，很显眼，这大概就是谷石了。右边的路是去对家河的，可通云蒙峡。按老徐的指点，我们进了左边的山谷。看山势不太高，可沟底的坡度却很大。荆棵有一人高，封住了路，还有些带刺的草木，连扎带划，一会儿手上就伤了几处。贾大侠在前边，用风衣帽子蒙住头往前拱，还用小斧子劈劈砍砍，真可谓披荆斩棘。沟越来越窄，两边的山越来越高，崖越来越陡，才下午四点多，沟里就暗下来，像黄昏的样子。依稀的路径被水冲没，只能顺着山沟间的大石头跳跃行进。沟两侧的坡崖上，密生着野猕猴桃和山葡萄的藤蔓，一些藤蔓横在沟中间，只好钻或迈过去，再不行就砍断开路，行进的速度越来越慢。当下最要紧的是要找到一处宿营地，前后左右都是乱石巉岩，连一小块委身之地都没有，总不能坐在石头上过夜吧。大约六点左右，天黑下来，藤蔓更密，沟底越来越陡，这时左侧出现了一个斜坡，上望像个隘口或山脊。小刘在前，顺斜坡爬了上去。此时大家已在这荆棘丛生的深沟里走腻烦了，于是都跟着小刘离开了主沟。开始是一个山脊背，像是有路，后来路的痕迹消失了，枝条横生，坡也仰起来。往上望有块亮天，那

里是顶，到顶就有希望，于是接着爬。汗透胸背，包越来越重，劲越来越小，坡陡得脚登上去又一次次滑下来。我暗想：到顶就能有平地吗？可脚下的陡坡无法立足，与老迟相商，决定拼力爬上去。这时上面已是陡崖，几块突出的石头下有几小块平台可以栖身，白子夫妇、小舅子夫妇和毛子就窝在那里不肯走了。其余人继续攀登，绕过这几块石头，上面是顶点，贾大侠和小刘先攀了上去，原来是一个岩石构成的山脊，另一侧是悬崖峭壁。山脊上有几条石缝可以容身，只是不能扎帐篷。深秋的晚上，山风抖抖地刮，刮得山谷发出回响。好在石缝内可以避风，上来的人忙折枝、拔根、薅草，安置过夜之处，利明还笑说这是小别墅。我打着手电筒在悬崖边迎风处找到一小块平地，刚好够支一个帐篷。要将新买的帐篷支上，枫叶却嫌费事，非要和大家一起趴石缝，同甘共苦。我不干，认为有块宝地不利用是浪费，有帐篷不用是傻瓜，于是发生口角。利明闻声赶来，为我们圆场，帮我们打着手电筒支好帐篷。地面虽然不平，可帐篷却很挡风，而且是唯一的一家帐篷户，在这野山的悬崖顶上，很是奢侈。

躺在帐篷里，最担心的是不小心翻身滚下崖。关键时刻才显出是铁夫妻，两个人都坚持自己睡外边，争来争去，发现我的体重大，如果我滚下去，也会把帐篷带下去，帐篷一下去，两个人就一起下去了，于是枫叶在外边。可里边的地面不平，两头低中间高，我身子长，头冲哪边都沁得慌，后半夜我又换到了外边。为防止翻身坠崖，我把水袋和衣服都倚在腰间，身躯向里斜躺着，昏昏沉沉，朦朦胧胧，不知东方之既白。

10月4日

翌日晨，是个响晴的天。站在崖顶上四下一看，南面危崖陡立，是一座山峰；北面是一溜裸露着花岗岩的窄山脊，岩石展着宽窄不等的裂隙；东西两面皆是陡崖，东面十余米高的崖下是立陡的坡，密生着柞树和灌木，西面则是望不到底的深渊，秋草在崖边摇曳。昨晚如果不是天黑看不出险峻，相信大家绝对不会爬到这上面来的。看来人如果去除了心理障碍，还能发挥出很大的潜力。老迟告诉我，白子从下边传上信儿来，下边的五个人不再往前走了，准备下撤返回。前途艰险，路况不明，不可勉强，所以上面的人谁也没说挽留的话，就此分手，十二个人还剩七个人。

站在崖顶看地图，对指南针，观地势，大方向没错。贾大侠和我向北去探路，攀石下崖，斫荆拽枝，荆棘之中开出一条路。其他人依次排好顺序，两名女士在中间，几人互相帮扶，老迟断后。险要处卸下背包，互相传递。艰难之中，七个人已自觉组成一个坚强的集体。用了大约一个小时，才安全顺利地渡过几百米长的崖脊，来到一个马鞍形的隘口。这里地面较平，是主沟的顶部，应该是看青人老徐所说"宽儿堂"的上边。宽儿堂、宽儿堂，下边应该有个较宽敞的所在。据老徐讲，宽儿堂有房岔子，有水源，可以宿营。无奈我们昨晚心太急，忘记了老徐的话，没有坚持顺沟走到头，提前上了坡，住在了崖头上，只好下次再去住宽儿堂。

　　隘口北面依稀有条小径，草灌遮掩，明灭可见。这条小径，贾大侠在山脊上就发现了。在山上找路，最好上制高点观察，一般有小径的地方，草木较稀，路延伸出去，即使局部被草木遮严，在高处也能看出大致走向。拨草前行，偏上一个山梁。梁脊背不显眼的地方有个洞口，一米见方，块石砌就，里面黑洞洞的，像是避人的地堡。臭水坑是抗日联合县县政府的隐蔽地，这是去那里的必经之路，在这里放个哨，是可能和必要的。根据地势，对照地图，这里很可能是老徐所说的一翻。过梁进沟，顺沟向东北方向下行，越走越深，草木阴翳，藤蔓纵横，树干上生着青苔，小径上铺满秋叶，秋叶下面软绵绵的，是多年蓄积的腐叶。此刻太阳应该升起老高了，可这里却透不进一点阳光，空气中弥漫着潮乎乎腐叶的味道。虽已是深秋，一种蓝色的小花却一串串开得正盛。崇山峻岭把一切声音都挡住了，山谷中沉寂得令人发毛。这里已是云蒙山腹地。

　　老迟认为，下坡不可走得太多，以免损失高度，消耗体力，要尽快找到左行的路。搜寻了几次，好不容易找到一条小径，曲折上山，越走路越清楚，一直到顶，是个小隘口。看地势，这里应该是二翻。利明见右侧有路，径直走下去不见了踪影。根据山谷的走向，应该向左从山谷上游绕过去，于是大喊利明返回。左行绕过山谷，又开始上梁，梁上有块几间房大的方石，刀劈剑削般规整，大自然的鬼斧神工令人惊叹。老迟、贾大侠和我攀上方石，举目北望，几条峡谷尽奔云蒙峡方向而去。云蒙诸峰，似莲花分瓣，风情万种，气象不凡。这里似像三翻。左行跨谷，过一个小梁，山路忽然变宽，快行几十步，豁然见一个开阔的小山谷，谷中石坝层叠，坝上遍生山楂树，红色的果实缀满枝头。山谷低处，有山泉从石缝中汩汩涌出。平坝处有十几间石屋的废墟，还有碾盘和碾轱辘，废墟内外遍生蒿草。沿小路四下查看，草丛中还掩盖着两个洞口，像是地窖。这里上下左右都有小路，可谓四通八达。从地形上看，这里疑似臭水坑。看山谷中坝阶地的面积，足以驻扎200多人的队伍。听说当年多数人住的是窝棚。由于昨晚都没睡好，大家相商在此宿营。首先挖泉取水。泉口处的水很浅，外边被泥土挡住，只有窄窄的一条小水流出。心想所以叫臭水坑，可

能是水被壅塞住，形成水塘，枯枝落叶腐烂在里边，故成臭水。用木棍疏通水沟，挖深泉口，待混水流走，泉口澄清，舀水饮之，清冽甘甜。

午餐毕，安营扎寨。据说臭水坑有一块石碑，四处寻找，没有找到。利明爬到大山楂树上，折了几枝红彤彤的山楂，让我给拍照。小刘也爬上树抱着山楂枝摆起了姿势。两位女士又是采摘，又是照相，忙得不亦乐乎。下午三四点钟，阳光照在帐篷上，帐内暖融融的，入帐小睡一会儿，又起来聊天。想当年在此坚持抗日斗争的先人，风餐露宿，弹雨枪林，多么不易。

日落西山，气温骤降，忙钻进睡袋，享受灰鹅绒带来的温暖，贾大侠穿着羽绒服与我隔帐闲谈。入夜，秋风瑟瑟，林涛阵起，枫叶小鼾阵阵，不觉中我也进入梦乡。

10月5日

野鸡的咯咯声将我唤醒，黄色的帐篷透出明黄的亮色，光线柔和，气氛温馨，呼吸清爽。接着睡去。一会儿，附近传来公鸡的叫声，高亢而悠扬，是贾大侠在叫。贾大侠善拟鸡犬之声，酷似，每到一村，都要引得鸡鸣犬吠，令众人大笑不已。"汪汪！汪汪汪！"这家伙已经爬起来了，大家也陆续起来。

收帐，早餐，拔营。心里还想着石碑的事，据说是晋察冀步兵第十团为纪念臭水坑阵亡的烈士所立。众人将包卸在北小梁豁口，去寻访纪念碑，绕驻地一圈，未能发现。

下北小梁，见个岔道，一条向左上坡，一条向右下坡。老迟怕牺牲高度，坚持顺左向上。走了一个小时，失了路。于是分兵寻路。藤条葛蔓，陡坡石崖，不见有路，只能绕过荆棘密处迂回前行。贾大侠和利明在山谷对面喊，我们在这一面应。心中琢磨着路径不对，仰头上望，有隘口在前，想上去看个究竟。费老劲爬上隘口，左右都是悬崖，前方是个陡坡，下了陡坡是一条深沟，草深林密，像是奔牛盆峪峡谷的岔沟，这沟的走向与我们的目标相反。如果判断正确的话，这条沟应该是当年日伪军袭击臭水坑的进军路线之一。登崖观望，踌躇良久，决定顺原路返回。回到岔路口，天已过午，虽多走了半天时间，可探清了此地与牛盆峪的联系，也算是收获。

从岔道右行，山路清晰，但多被雨水冲成沟，沟中填满树叶，走起来扑扑腾腾。到梁顶，可望见昨晚营地的地势：在一条大山谷长长的斜坡上，凹进去一条小山谷，小山谷的左上方，是一段高出坡面的灰白色石崖，石崖和高树基本将山谷凹地遮蔽住了，从高处望基本看不出斜坡上有个小山谷。这地方是个绝妙的隐蔽地。

又过了一条山谷,梁头白石裸露,草木稀疏,冷风飕飕。忽然背后扑腾一声,利明栽了个马趴,原来小路上拴着一个捉兔子的铁丝套,套住了利明的脚,好在不是下坡,不然就摔得重了。石梁下面,是个不见底的深渊,峡谷对面高耸着几座奇峰,白石光光,崖缝处多年水浸形成的苔痕变成黑色,从石峰之巅向下溅出,如宣纸泼墨,景象奇特。利明捡起一个酒瓶子,用力向崖下甩去,好一阵儿才听到微弱的声响。崖高风大,下望晕眩,众人迅速撤离崖头,进入密林。林内的柞树很粗,树干黢黑,树间遍布一块块大黑石头,树冠遮天蔽日,不由让人想起水浒传中的野猪林。山风骤起,林涛呼啸,落叶翻卷,荒莽肃杀,此地不宜久留,忙寻路下山。

从地图上看,这里叫龙潭沟。下山的路盘旋曲折,灌草密掩,贾大侠在前开路,众人随后紧跟,不时前呼后应,恐怕迷失一个在草丛中。直走到下午三点,感觉下降了好多,可这峡谷好像没有底。这时山路渐渐明晰,路面上见到几堆驴粪蛋。大家纷纷对驴粪蛋的新鲜度发表意见,最后得出几天前曾来过老乡,走此路可以出山的结论。回首走过来的山梁,遥遥在望,似高不可攀。

下午四时,路旁一块巨石边,地面平平,芳草萋萋,老迟建议宿营。我又往前探了一段,路面块石齐整,路旁石坝参差,小块的阶地上山楂树、花椒树果实累累。透过树丛看,前面是个山村遗址,七八处房的顶盖已无,只剩破墙,墙顶犬牙差互。有正房五间未拆,青瓦覆顶,窗牖破败,人去房空,堂屋内放一架木制扇车。扇车是一种农具,轮式风扇装在木箱之内,靠手摇产生的风力将谷物的糠秕和粮食分开。在没有电力工具的年代,扇车的效率相对较高。能有扇车的人家,不会很穷,也可能这扇车是几家合伙购置,或是传世之物。房前有个大碾盘,再往前是一片空场,光洁干净,没有杂草,似用来打过场。空场上植数棵山楂树,红色的山楂生得密密匝匝,果实已熟透,不时扑扑地掉到地上。空场的坝阶之下,山溪潺潺,水潭清清。小溪对岸,立秀峰数座,峰上秋色成画,五彩斑斓。这是个绝佳的宿营地,是今晚的乐园。

到溪边洗头、擦澡、洗脚,一天的疲劳减去了一半。将所有的容器都灌满水。在无水的地方宿营,即使背的水再多,也惜水如油,这里可是太奢侈了。太阳落山,山气逼得人打噤,赶紧穿上羽绒服。热汤面的香味儿溢出来了,芝麻糊的香味儿飘出来了,二锅头的香味儿钻出来了,大家热热闹闹围坐在一起。一杯小酒半碗汤面下肚,别提有多舒坦了。

天黑下来,篝火燃起,枝条噼啪作响,火光将人脸照红,热浪烤得身上

暖烘烘的。火苗把每个人的故事、笑话和心里话都引出来了。此刻大家都非常放松，有点陶醉，甚至有点儿放浪形骸，人们又回到了童年。

广袤深邃纯净的夜空，星星格外明亮，大家开始找星星：北斗星、北极星、三星、牛郎和织女……，在这静谧无扰的山野，人们又找回了诗意。

10月6日

七点半出发，二十分钟后出龙潭沟，一条大峡谷在前，沟内巨石嶙峋，多为白色花岗岩，且均无棱角，是被洪水卷动后石头泥沙互动创磨的结果，所有的石头都极光洁。今年8月2日夜，云蒙山爆发山洪，报载为特大洪水，现在洪水已了无踪影，溪水在巨石间静静流淌。河谷边缘，还保留着一段原河床的平面，而现在的河床，已低于原河床十来米，纵向高高的断面，记载着山洪摧枯拉朽的威力。两峡谷交汇处下游的拐弯，右侧的基岩已被水流全部淘出，干干地晾在那里。大峡谷内，所有的小路均被冲毁。

地图上标示，出龙潭沟是牛心垛，牛心垛是云蒙峡的中心地带，上游还有一处叫牛心后。老迟发现沟口右侧山顶上有块巨石酷似牛心，这里是牛心垛应该没错。经判断，这条峡谷是云蒙峡，上游应该有一个叫莲花潭的瀑布。

在巨大的砾石间跳跃行进，技巧非常重要，善于借助前进的惯性和掌握平衡是关键，需要一定的速度和灵活的步伐。速度越慢反而越累，速度快一些，轻松灵活，富有韵律，还有一种征服的享受。老迟大声地向夫人讲解借劲儿的要领，边说边做出示范。

在峡谷中穿行，清澈见底的水潭一个连着一个。蓦地，发现一个肥肥圆圆的灰色家伙在潭边饮水，"獾！"我大喊一声。听到人声，那家伙赶忙凫到水里，摇摇摆摆游到水潭对面，钻进崖边的灌木丛。云蒙山有獾、狍子、野猪，还有豹子，近年来生态保护好，动物又多了起来。迎面遇到四个北航的大学生，这是几天来第一次遇到人，他们是昨天从云蒙峡进来的，想穿越峡谷，在前边迷了路，正往回返。听说我们要穿越峡谷，要求与我们同行。利明的儿子今年刚上大学，在湖南长沙，他想儿子想得厉害，情不自禁，还摸了摸那小伙儿的脸蛋儿。十点，遇岔口，大学生们就是在此失路的。迎面像主沟，白花花一片大石头；右面的山沟较窄，石头有棱有角，多是暗色的，不像是主沟。正在犹疑，忽然一个学生喊："这儿画着箭头！"顺着他指的方向，只见右边山沟崖壁上有个油漆画的黄色箭头，指向右边，虽不很清楚，但像路标。从右侧山谷进去拐个弯，一个五六十米高的石壁挡在面前，石壁又陡又光，一股细流涓涓而下，底部是一汪碧潭，上部三分之一处，斜面上凹进去一个小潭，酷似人工凿的，这无疑是莲花潭！大家顿时欢呼起来。去年8月，我和枫叶从上游往下穿越云蒙峡，到了这潭的顶部，因草深寻不到下潭的路，穿越未果。向右搜寻，原来草丛中掩藏着一条路！沿路绕到瀑布顶部，就到了峡谷上游，来到去年断路的地方。那一次，我们还没有野营的经验，装备也简陋。一顶简易帐篷，两个塑料泡沫防潮垫，一个被罩，一个大提包。我将大提包立起来背，两个背带（提手）中间系一条毛巾，勒得双肩红肿。晚上，在一个瀑布下的沙滩上宿营。8月雨季，一场大雨刚过，山里的每个石头缝都向外冒水，溪水丰沛，瀑声轰然。夜间，我们两人数星星，听山鸟孤鸣，听溪瀑合奏，夜航的飞机从天上隆隆飞过，夜灯一闪一闪。大自然的造化只让我俩独享。

莲花潭上游仍是大石头沟，已进入森林公园界内，比下游稍微好走一些。贾大侠向夫人请的假只有四天，期限已到，听说已到森林公园，立马来了精神，步伐也快了起来。小刘第一次野营就拉练了四天，第二天就嚷腿疼，靠"芬必得"缓解，能跟下来，已实属不易，这会儿也已归心似箭。老迟宣布，要和我一起实现南北穿越，家里的事让夫人先回去照应。午后，到"万岁杨"，一棵又粗又高的杨树很显眼，这里是个村子的遗址，一些学生正在破房前野炊。北航的学生同他们打招呼，兴高采烈地述说穿越的经历。一点半，与三名离队者告别，他们的食品全部留了下来。老迟、利明、枫叶和我取道东北方向上山，攀冷风甸梁。几位游客见我们背着大包，窃窃私语和啧啧赞叹，我们自豪的心情也溢于言表。从冷风甸梁过分水岭下行，是一大片次生林，遍生着落叶松和桦树，一些落叶松好像患了病，又好像在争夺空间的生存竞争中失势，已委顿干枯，与翠绿喜人的树形成强烈反差。过了密林，稀疏的阔叶林中是大片高过人头的蒿草，蒿草下边是乱石头。去年8月，我们带儿子经过此地，乱石下到处是涓涓溪流，为防止迷路，每走一段，都要在草木上结绳标记，走迷了再返回原处重新开始探路。那次一家人野营，几乎处处有悬念，首次实现了从西往北穿越云蒙山，玩得特刺激。如今蒿草丛中已被踏出了一条比较清晰的路，看来由此穿越的人多了。树丛中露出青色的房脊和瓦垄，有崭新的瓦房排在那儿，三个三间，一溜儿九间。石墙围院，墙不太高，从墙头看进去，高门楼里立着雪白的影壁。院墙西边十几步远有口水井，木井架上搁着一个没绳的辘轳。院门虚掩，吱呀推门进去，绕过影壁，东墙内是个碾子，西墙内是个葫芦架，院子已经荒芜。房内地上铺着粗糙的暗红色地板，堂屋有灶台，东西屋各盘一铺

土炕，宽宽的炕沿木，炕帮用胶合板贴着。蜡花纸的顶棚簇新，四角贴着红红的剪纸花，墙壁也糊着蜡花纸，方格的窗户上安着玻璃。据说这房子是一家公司所建，本想租给游客住，无奈游客很难走到这里，只得空置。去年来时有位汉子在此看守，说荒山野岭孤身一人有点儿瘆得慌，如今已人去房空。这房已成了往来"驴友"的宿营地。灶台上盖着一块石板，石板上余温尚存，炕头还是热的，屋里有股炊烟味儿，有人烧过炕。老迟在屋里转了几个圈，卸下背包，想住在这里。看看时间还早，明天的路还多，我们劝他下次再来享受，继续赶路。

冷风甸下游是天仙瀑，天仙瀑由接仙瀑、惊仙瀑和望仙瀑三级瀑布组成，总落差310米。天仙瀑的右边是四十八盘，顺着曲折的山路盘下去，就是瀑布的底部。今秋天旱，瀑水很小，淅淅沥沥。去年夏天雨后我们一家来此时，天仙瀑溪白水轰然，遥望三叠仙瀑，如素练垂壁，缥缥缈缈于绿树青崖间，真可谓"疑是银河落九天"，使人恍入仙境。称天仙瀑，名副其实。

太阳的余晖闪了几闪就下去了，山气顿时凉下来。采药的山民一个个背着口袋匆匆走过，有十几个人，满身满脸透出艰辛。他们是从河北滦平县来的，在几十里外的村里租房住，搭帮乘拖拉机到山下，傍晚把采来的药材运回去。一背药材五六十斤，一天能挣三四十元，采的药材主要是廉价的串地龙，一年只有春秋两季可以采。为避山风，我们把帐篷支在崖下弃置的旧房里。到溪边的青石板上，掬山泉洗脸，撩溪水濯足，灌满水具，回屋支锅煮面，就酒恳谈。风冷，急急钻入睡袋。忽闻有人捉住一只獾，忙又起身穿衣，趿着鞋去看獾。这獾有三四十斤，极肥，是人用烟熏它出洞，然后由狗将其捕获。那捕獾的山民一男一女，女的说獾肉可治妇女不育，一只獾连肉带杂碎吃下去，立马能见效。是夜，利明鼾声如雷，震得我好久不能入睡。

山间早行是极惬意的事。刮了一夜的风，草上没有露水，路越走越好走。这大山沟还没有降到底，弯弯曲曲，不见尽头，山重水复，一重一景，层层山崖如水墨画卷轴中的主体，尽染的秋林似画的背景，山路和间或的石阶似画中的细节，我们则是画中人。天高云淡，空气中弥漫着秋天山间特有的味儿。路边的山楂树上果实累累，我们都笑利明前天摘了山楂背到这里是失算，利明却坚持他摘的山楂比这里的好吃。半山腰上有两处农家，墨色的瓦房顶，炊烟袅袅。院子里圆底锥形的粮囤，金黄的玉米堆，院墙内传出狗吠，公鸡在门外啄食，一条石阶路从山腰拐个弯绕到山下路边，路边停着台小型拖拉机，这里已可以通车。一个十五六岁的女孩子从农家的台阶走下来，衣着朴素而整洁，生得清纯而腼腆，她要去县城上学，念的是职高，在学校住宿，需从这里走出十里到公路边乘车。女孩子说，这村叫黄土梁，还以她家为背景帮我们照了合影。

黄土梁是个行政村，由几个自然村组成。这沟里有玻璃梁、东石片和二潭底下几个小村，大的十来户，小的两三户。山溪流到这里，冲刷出几个深潭，依次排列，潭水清澈见底。农家的房舍，就建在潭上面几丈高的坝阶上，院子的水泥地上晾晒着收获的粮食，黄黄的倭瓜装在篓子里，红红的柿子缀在房前树上，骡子在棚子的柱上拴着，闲得用前蹄在地上刨坑，母鸡咯咯咯地叫，几只羊在院外的阳坡面上卧着倒嚼。这寒山秋色图令人陶醉和流连。

（2002年10月6日）

从小张家口到八达岭

晨起，到德胜门箭楼西北角乘公交车。天刚蒙蒙亮，箭楼两侧的马路上已车如流水，车灯白得耀眼。一辆大通套（绞接式公共汽车）轰轰响着要发车，老迟穿着红色的冲锋衣站在车门边，见到我们，忙招呼快上车。原来我们晚到一分钟，为等我们，他们一群人上车后又下来了，要等下一趟。枫叶说，从这坐车等人，就可看出义气。

车到八达岭才八点。老迟指着一个黑瘦的高个子介绍给我："这是老李，今天的领队。"老李说今天先到八达岭北边的小张家口，那里有更古的长城，然后再向西兜个马蹄弯，当日打个来回。

这帮人有一半儿不熟，一个个轻装简行，健步如飞。我的新鞋卡得踝骨生疼，拽袜子系鞋带的工夫，就不见了前边人的踪影。过关门，匾额上大书"京北锁钥"。匆匆穿过门洞，急下坡顺铁路向北追。一会儿，到青龙桥火车站，隔着车站的墙，见一座铜像立在里边，旁边一块碑，上书"詹公天佑之像"。詹天佑十二岁留学美国，就读于耶鲁大学土木工程系，主持了中国第一条铁路的修建。在居庸关、八达岭的高山大壑之间，采用千分之三十三的坡道和之字形线路，开凿了几座隧道，在中国铁路建设史上，写下了浓重的一笔。在风雨飘摇的清末，仅用四年时间就建成京张铁路，无论从当时的生产力、工程技术水平还是社会条件来看，都是非常不简单的一件事。八达岭自古以来就是展示建筑才能的大舞台，巍峨的山岭，险峻的峡谷，给了大手笔尽情挥洒的空间。古代的长城，近代的铁路，而今的公路，无一不是建筑杰作，谱写了不朽的凝固乐章。

青龙桥车站往北，是黄土梁村，山沟走向朝北。天旱，小水库里没一点水。过黄土梁，是小张家口村。河沟里的蓄水池修得挺好，可里面是干的。这是个古村，有不少老房子，瓦垄里生着松塔，墙头上长着白草，房脊两头朴拙的泥塑，散发着乡土气息。一些房屋的瓦檐下，发黑的秫秸把露出整齐、瓷实的茬口。影壁的青色磨砖，虽缺角断棱，仍透出精巧；墙面的麻刀石灰，已浸染斑驳，可更显沧桑。台阶、门楼、门道、山墙，展示着旧时乡间的建筑工艺。从大门门框上的对联，可嗅出民俗史的信息。街巷就地取材，用青灰色的山石铺就，踩踏年久，石头表面被磨得光润亮泽。大捆玉米秸靠在农家院石墙边，秋风一刮，瑟瑟作响。晌午的阳光下，老少爷们儿站在南墙根闲聊。村北小学校边的大柳树旁，年轻的女教师正给几个孩子拍照。孩子们用双手在胸前举着白纸，白纸上是彩笔写的号码，他们刚开过运动会，在拍纪念照。一位老太太与孙女在合影，祖孙的表情严肃而庄重。村东北角有个十丈高的黄土台，是座土城堡，四围的土墙经风雨剥蚀，已残破萎颓，可轮廓还在。城内种着庄稼，玉米秸秆已经砍倒，根茬在地垄上排列整齐。收庄稼的老乡说，这里叫营城，是古代屯兵的地方，不知什么年代修的，前些日子还来过记者。营城东北，绵长的土长城依稀可辨，迤逦翻山越岭而去。居高临下西望，一些土墩上窄下宽，应是烽火台。土长城似一条黄龙，卧在坡度平缓的山岭上，蜿蜒曲折，盘盘旋旋，隐没在延庆、怀来境内的云雾中。这段长城，比八达岭明长城地势低，未踞高山之巅，而是建在八达岭外侧较矮的山岭上，其走向与八达岭长城平行，在明长城的前沿。老李说，这土长城不是明代建的，可能更古老。战国时有燕长城，秦汉时置上谷郡，亦有长城。《史记》载，"汉之飞将军"李广在上谷任太守，"才气天下无双，自负其能，数与虏敌战"。此长城或与其史有关。

临近立冬，路旁树上还零星挂着小苹果，大家如获至宝，忙拽枝摘果，大嚼起来，汁液甜酸，冰凉爽口，都说好吃。山脊上的小路越走越窄，越走越险。最前边的老李健步如飞，老迟紧跟，把后边的人拉得老远。绕过一座崖，穿过一条沟，拨开荆棘，大口喘息着登上两座山峰之间的凹兜，举目下视，八达岭长城尽收眼底，其最高点"好汉楼"比此处还低几百米。从这个角度俯视长城，雄关巍巍，龙盘虎踞，云雾中，居庸关遥遥在望。令人遗憾的是，山下修上来的缆车索道，与长城极不协调，长长的钢丝绳和大铁柱子，还有"好汉楼"下开挖的隧道，破坏了长城的整体美，在这个角度很难拍下一张理想的长城照片。

山风抖抖地刮，大家赶紧把衣帽穿戴上，找个避风处午餐。老迟很有经验，用保温瓶带着热饮。一位眼镜老哥，有糖尿病，也跟着爬上来了，他也带着热水瓶。给他吃的他不要，说自己吃东西有数，不能多。老迟说，这老哥对大山极有感情，如果在大山和姑娘之间进行选择，他肯定选择大山，他的最大心愿，就是登一次雪山。眼镜老哥说，爬山对控制病情很有帮助。

地图上标示，东西两座山峰都有1000多米高，东边的那个高些，峰顶平缓，山脊上的石长城与"好汉楼"相接；西边的那个低些，峰如立锥，似遗世独立。

沿着山脊向西边的山峰挺进，山风刮得人打趔趄。到了峰前，仰视危崖，无法登攀。峰的北侧虽陡，却覆着一层土，有人在土层上挖出一些台阶。强烈的北风打到崖壁上，马上卷回来，形成猛烈的气旋，搅得大家伏在坡上。我怕枫叶被刮下去，大声喊她弯下腰。在狂风中爬上山顶，赶紧坐下，以减少对风的阻力。下山的坡很陡，由于旱，脚下的土踩上去冒烟儿，大风一刮，前边飘起的尘土都落到了后边人身上，弄得一个个灰头土脸。这会儿高腰登山鞋发挥了优势，踢哩吐噜，连登带滑往下跑，一个多小时就到了山脚。

三点多在八达岭车站乘火车，至青龙桥，在这里列车头尾调换，向反方向行了一段，然后调过来下大坡到居庸关。对詹天佑所修"剪子股"铁道，亲身体验了一把。

（2002年11月2日）

黍谷山

黍谷山，俗称黍山，在密云县城南十里，山形敦实，坡度舒缓。它的东边，是雾灵山余脉绵亘的山岭，到了这儿，忽地高了起来，继而又戛然而止，在其西侧展开了一望无际的京东平原。黍谷山像群山队伍中一个魁梧的排头兵，又像是一篇文章的一个完美的句号。小时候，远望黍山，浑圆的山顶上，隐约有树，有人说上边还有庙，于是生出很多想象。大半辈子了，这近在咫尺的山，却没上去过，脑子里存留的仅是想象。

周六办毕诸事，本想周日一早返城，忽又想，回去也没事，何必赶回城呼吸那被污染的空气。说来也怪，城里汽车蝗虫般多，可尾气味儿却不明显，可能是闻惯了。在郊野空气新鲜的地方，一辆汽车驶过，汽油味儿倒显得挺重，可能是反差太大的缘故。走山走多了，对空气质量就比较挑剔，鼻子也敏感，被宠得只乐意呼吸新鲜空气。于是与利明约好，一起去黍谷山。

县里这几年变化挺大，开了几路公交车，将县城与乡村连接起来，交通很方便。从县城一直往南，半小时到荆园村下车，走几步就到了山脚下。从这里看，黍谷山不太高，坡度却比远望陡了不少。迎面一条山沟两侧用白色的铁栏杆隔离开来，里边正在兴土木，建庙宇。入口处，一位戴红袖章的老汉拦住我们，问干什么的，说防火期游人身上不能带火，又说可以到庙里去烧香。竖立的木牌上图示，这里正在修复两座建筑，一座叫一善祠，一座叫西岩寺。西岩寺很古老，毁于1948年；一善祠也有些说法。大垛的松木堆在施工场地中央，四围码放着柁檩柱椽和一些小型木制构件，一群木工正在干活儿，电锯不时滋啦啦响几声。好久没见到做传统木工活儿的场面了，三十几年前在村里给木匠当小工，拉墨线、扫刨花、拉大锯、凿榫眼，好多活儿都干过，如今看到这崭新洁净的木构件，闻着空气中的松香味儿，感到挺舒服。

沿着新铺的白色石阶来到西岩寺，新修的大殿已落成，油漆彩绘还没做，柱子门窗还是白茬木。大殿里供着一尊新铸的释迦铜像，殿内的和尚说，佛像已经开光，劝我们进几炷香。和尚是旅游公司从福建请来的，有五位，其中两位胖胖的，穿着袈裟。殿西侧有棵两搂粗的银杏树，植于辽代，根部的一半已

朽。去银杏树两丈远，有块桌面大的黑石头，石头中间有个圆坑，是块舂米石。舂米石旁边是一条干涸的山溪，木牌上写着虎跳溪，还记着一个挺有意思的故事：溪上原有座桥，昔时林木茂密，溪水潺潺，夜间老虎常来饮水，虎跳山溪，因称虎跳溪。僧人将山溪靠寺一侧，称做佛界，桥外一侧，称做俗界，故而僧人送客，一般到溪桥为止。一次住持送二客出，边走边谈，谈兴甚浓，不觉中走过溪桥，经客人提醒，方知忘情中已至俗界。三人不禁抚掌大笑，于是共吟出一联："虎跳溪桥三教三源流三人三笑语，莲花僧舍一花一世界一叶一如来。"分析这对联，那两个客人一个是儒生，一个是道士，那道士或许就是林子那边一善祠中的，那儒生说不定是隐居山下村中的高士，儒释道三位不同信仰的人共聚一堂，坐而论道，品茗观花，啸傲林泉，说话无拘无束，活得多么洒脱自在。

从庙后爬坡上山，一条小径通往左边山梁，利明说走山梁风太冷，建议爬背风的陡坡。于是爬陡坡。好久没爬山了，走起来腿脚发笨，还有点恐高。枫叶是即兴来的，临时穿了一双塑料底棉鞋，没把这黍山放在眼里。这会儿登在陡坡上，时不时出溜向下滑一脚，吓人一跳。山顶是个平台，四面围着铁丝网，里面杂七杂八竖着各类天线，竿子间夹杂着灌木和蒿草。平台是处庙基，从高到低有三层。传战国时齐人邹衍居此山中，山上曾有邹公庙，这庙岂非就是？周边不见碑刻，只有苔痕斑驳的石阶和散落的石块。邹衍是阴阳家之祖，善言天，称"谈天衍"，为稷下著名的谈说之士。战国之世，百家纵横，言论自由，邹衍自成一家之言，影响很大。传说邹子在此地，常帮百姓办好事，裁决公私纠纷，甚公平。他善吹律，吹得玉帝高兴，赏下一眼甘泉，泉水自山石间汩汩冒出，邹子掬而饮之，甘甜爽口。于是引远近百姓来饮，饮之去病解愁，这泉因称邹公泉。适才上山路过邹公泉，已被人用水泥封住。向南望，山坡平缓，远处山岭绵延，一览无余。

从西侧下山，又见两处寺庙遗址。据说这山径曾是香道，黍山鼎盛时，香客往来不绝。直到20世纪40年代，这些庙观才被毁坏殆尽。如今，修复的庙观已初具规模，看来，此山真是块风水宝地。

（2002年11月17日）

"盖不严"

  天气预报，双休日天气晴好，适合户外活动，于是与山友约好去"盖不严"。"盖不严"又叫大悲岩观音寺，在门头沟区向阳口村西北。八点半到三家店乘去沙城方向的火车，一个半小时到"55公里"下车。丰沙线的一些小站以铁路的里程命名，有"55公里""34公里"等。"55公里"没站台，只是个临时停车点。下车向北进山。同行的有冯子、"庄主"和毛子。毛子脚伤才愈，"十一"穿越云蒙山，她崴伤了脚。翻过梁下坡，坡很陡，不少搓脚石，迈步落足，须格外小心，毛子显得很吃力。下坡后顺沟向西南折，到向阳口村东，可以见到珠窝水库的洄水。这水库又叫珍珠湖，大坝在向阳口村南，截住了永定河。到村北的白石崖，故地重游，大家不约而同想起5月从这里打着电筒出山的事。那次野营，最后一天断粮，到这里已是晚上九点。那次毛子背着高过头顶的大包，拔陡坡，下危崖，步步紧跟，比起男队友，一点不示弱。伤脚后，她歇了半年多，身子虚了，上坡大口喘气，呼哧呼哧风箱一般，很是艰难。让她歇会儿，她不作声，继续举步拔高，汗流满面。站在白崖头举目南望，珍珠湖一览无余，高峡平湖，几公里长的一道绿水，在峭壁高崖间拐几道弯。湖水刚要结冰，绿色的湖面上泛着一块块白。铁路桥跨湖而过，拱形钢梁如长虹跃波，拱脚扎入两岸崖壁。拱梁将铁路凌空平吊，气势恢弘，灰色的桥身在暗黄色山体衬托下格外鲜明。汽笛长鸣，空谷回声，震耳欲聋，红色的列车从桥上疾驶而过，倏然钻入隧道，给这野山带来工业文明之美。

  两位牧羊人也去"盖不严"，他们去找羊群，说至少还有两小时路，要快点走，不然天黑前下不了山，说完，急急走了。路陡，风硬，连续爬高使汗水洇湿了内衣。冬季上山调节衣服很关键，穿多了活动量一大就热，穿少了休息一会儿就凉。听说有一种用coolmax或pp材料制成的内衣，具有排汗功能，出汗时贴皮肤一面较干爽，能缓解出汗冰凉的问题。一年的走山史，使我对户外运动装备有了初步了解。经过更新换代，置备了较好的帐篷和睡袋，但要使野外生活更方便和舒适，还需继续投入。

  "庄主"今天非常高兴，说些荤话取乐，不时招来毛子臭骂。冯子比庄

主更过,嘴俏话荤,歇后语和荤段子顺嘴流,只是今天没有合适的对象,只能海说几句。老迟说,有时一队十几个人,冯子一说话,女同胞没一个敢言声儿的,不知是好话坏话,恐怕中了他的埋伏。毛子已经热汗蒸腾了,"庄主"也要求喘会儿,队伍开始放慢速度。"庄主"说,他是得了一场病后才开始走山的,五年前体重二百斤,走山后减了四十斤。老迟指着远处的隘口说:"看见了吧,口子边有棵树,到了那棵树下,就快了。"隘口那棵树是柏树,生在干巴巴的石崖上,有大碗口粗,大概有几百年的树龄。在如此瘠薄干旱石崖上,夏受烈日炙烤,冬遭寒风侵凌,这树顽强地存活和生长,傲然挺立,展示着生命的巨大能量和潜力。我想,这树也是在这里苦修,几百年的历练,造就了它深厚的道行,风刀霜剑于它已如无物。山风太大,众人急急向左转过隘口。隘口北面,平地上黄草丛丛,几只山羊吃得肚子溜圆。转过一座锥形石山,即见大悲岩观音寺遗址,庙的顶盖多被扒光,围墙还没坍塌,红墙透出古寺昔日的光彩。山门立在石台上,拱门一正一侧。壁上的圆窗有的通透,有的是死层的,仅是个装饰。两个院落,西边的大些,正殿墙上的菩萨像清晰可见。这殿缩在高崖下一个宽大的山洞里,洞顶盖住了殿的大部,还剩一部分没盖住,此或是"盖不严"之称的来历。殿后是山洞,有数间房之阔。光线从正殿后墙顶预留的豁口透进来,视物清晰。石壁下有泓清泉,水从石雕的龙头口里流出来。据说,这寺里多时住十几人,做饭洗衣,修缮寺院,都靠这泉水,还引泉水灌园,育苗种菜,养花植木。如今那龙头已被人砸去半面,洞内成了羊圈,地下一层羊粪。洞外的东西厢房,只剩下塌落的墙。院内倒卧的石碑上,刻了些描述这寺院地形奇特的话语。碑上记载,这寺重修于崇祯年间,所建年代应该更久远。东边的院落有两层正房,正面看像二层楼。上边的一层已经坍塌,下边的一层是在山体上挖出来的洞,两间房宽,洞口有门窗,洞内还有小洞,券着拱门,像是储藏室。院里有碾盘,还有块舂米石,舂米石只剩下圆圆的石坑,其余部分都毁掉了,像个帽壳儿。舂米石和碾盘显然不是一个时代的粮食加工器械。

  为了赶路,在白石崖抄了条近道,几百米高的陡坡,非常险。老迟是老手,很快就下去了,冯子也顺利下去了,我担心枫叶,不时提醒她慢点儿。枫叶沉着而熟练,还不时提醒我注意。一年多的训练,她的胆量和能力已大大提高。毛子速度比较慢,每个险处对她都是个考验。"庄主"在她前边,不时站下来,指挥毛子这么扒那么下。毛子不吭一声,默默地做着每一个动作,躬身曲臂,手扒足登,虽略胆怯却很坚决。崖下的山坡上散落着几处农居,石墙外戳着大捆木柴,农居的房脊下压两溜青瓦,下边多由薄石板盖顶,在门头沟山村里,多是这种石板房。向阳口村西，一座铁轨做梁的板桥跨河而过，桥下的水流在卵石河床上泛得很宽，西边的太阳一照，波光粼粼。桥墩用钢筋笼石筑成，几个石笼堆在河床上，稳稳当当。据说这桥是首都钢铁公司扶贫所建，已使用多年，如今成了一景。

  珍珠湖北面的山坡上有孔隧洞，过隧洞贴崖壁前行，就到了那座铁路拱桥的上方。近观大桥，高崖碧水飞虹，美哉壮哉，不禁感佩设计师的大胆创意和建桥人的高超技艺。湖边崖壁上，红字大书"亚洲第一桥"。提着铁路信号灯的老王说，他是向阳口村人，十九岁那年，"文革"开始，一群小伙儿姑娘去大悲岩拆了那寺，砸了那观音，观音是铜的，还千手千眼。"文革"前那寺还好好的，村里的一个老妇在那儿看守，她的几个姐们儿常去看她。

（2002 年 11 月 23 日）

猴石梁头

老迟说，有拨五六十岁的人爬山特别快，领头儿的是个女的，姓张，建议我跟她去爬几次，感受感受。

约定六点钟到东直门长途汽车站集合，五点钟起床，这是爬山起得最早的一次。候车室有两位带包的人在吃东西，那女的五十多岁模样，瘦高，戴一顶紫红色绒线帽，带帽檐，精干利落；那男的岁数大些，南方口音，说话声音挺大，俩人像是去爬山的。老迟来了，跟那女的寒暄，向我介绍说是张姐，今儿咱们都听她的。那岁数大些的老爷子姓顾，今年六十七了。看着老顾红彤彤的脸膛，洪亮的嗓音，一点儿不像年近古稀的人，要不说年龄，看样子也就五十出头。一会儿，又来了一位五十多岁的妇女，个子不高，像个知识分子，说话细声细气，她说今天带人去爬箭扣长城，都是她小学同学。冯子说："她过去只是跟队，说话声音小得像是怕把人吓着，现在竟带起队来了，真是'驴槽改棺材，都盛（成）了人了！'"

到怀柔县城（今怀柔区，后文出现不再说明），天才大亮。张姐砍价，十个人乘两辆面的，顺八道河方向去鱼水洞。老迟说，张姐手里有一大把司机的名片，不少司机都认识她，愿意为她服务。到鱼水洞，张姐从村里找了位向导，司机又顺土路向上送了一段。

向导老田带着大家下土路，钻涵洞，接着步步登高。队伍行进很快，一会儿就气喘吁吁了。老迟悄悄说："跟紧点儿，小心被甩！"我们紧跟队伍，人与人相距很近，有时前边拨拉过的枝条会打着后边人的脸。我走在最后，身上开始发热，但不想停下来减衣，怕掉队。见老迟和张姐放下包减衣服，我才停下，脱下羽绒服卷起来塞进包。待再背起包，已不见人影。我撩开大步追赶，弄得满头大汗才追上。张姐问我累不累？我说还行。于是互问年庚。她说她今年五十，我说我也是，她说不像，于是又问出生月份，她长我几个月。朴素的衣着，高挑的身材，沉稳的态度，矫健的步伐和略带沧桑的脸，加上那顶带帽檐的紫红色绒线帽，真像一位女游击队长。向导老田指着两个山头说，左边那个矮的叫西猴尖，右边那个高的叫猴石梁头，山那边就是延庆县（今延庆区，后文出现不再说明），走西猴尖路近。看地图，猴石梁头有1300米。西猴尖的路枝条茂密，好在是冬天，叶子不厚，可以绕来绕去前行。老田拿着把斧子，遇到拦路的枝条，就砍两斧子。我紧跟着老田。老田说，猴石梁头太高，又野，很少有游人。你们这些人，岁数挺大，还有女的，还来爬大山，真不简单。老田年近六十，走在最前边，身着蓝色旧制服，裸露着双手，上山好像不费劲儿。接近西猴尖，回头下望，队伍拉得挺长，可没一个人掉队。六十七岁的老顾，脱掉上衣蒙在背包上，速度一点不慢，脸显得更红。他说他多年坚持长跑，这几年又爬山，吃得好睡得香，心情也好，一点不觉得老。同行的老李夫妇和老苏，都是六十出头的人，腿脚灵活，步伐有力，谁也不甘落后。登上西猴尖，已是中午。北面的猴石梁头遥遥在望，它的左侧，平缓的山坡上陡立着几根石柱。众人片刻未息，趟着厚厚的落叶扑腾扑腾下到凹处，又向猴石梁头挺进。接近顶峰，老李突然发力冲刺，猫腰躬身，曲线绕过灌木丛，像爆破手攻击敌碉堡的架势，率先登顶。接着众人陆续登顶，张姐断后。顶峰上有座三脚架，众人在架子下站好，让老田给捏快门儿，我还跟老田单照了一张。老田指着山那边说，那条公路通珍珠泉和四海，下边的村子叫双金草。向北寻路下山。峰下无路，坡陡，落叶很厚，一些处有残雪，众人互相关照着下到垭口。回望主峰，峰西侧几根石柱像手指，又像人形，这大概就是所谓的猴石。下面的峡谷叫大东沟，有之字形小径盘下去。老李的老伴迈着小碎步，既快又稳。有软土或落叶较厚的陡坡，她竟打着出溜下，像个调皮的孩童。冯子我们两个跟在后边，走一路，撵一路，感叹一路，佩服这些老大哥老大姐的精神、意志、体力和魅力，感叹生命在于运动并非虚话，庆幸自己走上这条健康之路还不晚。大东沟树木茂密，溪中有水，水潭连串，潭边已结冰，潭口未冻严，水尤清冽。我和老迟商量，夏天要重访此地，在潭边的坝地上扎营。大东沟口外是菜食河，这河源于四海镇南长城之巅，由南向北流，下游叫渣汰沟，其水入白河。节过小雪，水流汤汤，还未封河。在持续干旱多年的北京山区，冬季难得见到这样的河水，大家不约而同欢呼起来，顾不得水凉风冷，纷纷撩水洗手洗脸，直洗得牙关打战才罢。

（2002年11月30日）

四竿顶

张姐来电话，说要去四竿顶山，顺便去看一个什么寺的遗址。密云是我的家乡，可我对四竿顶山却茫然。真佩服张姐，说起京郊的山来如数家珍，她说的不少地方我听都没听说过。她说要从沙厂水库方向进山，这水库倒是我最熟悉的地方，二十来岁时在那儿修水库，做过民工。转眼三十多年，往事如烟，很想去重游故地。

那时年轻力壮，虽在水库工地劳动，却从没有过进山一游的念头。迫于生计，只知道没日没夜地埋头干活儿。何况当时填饱肚子还是个问题——粮食指标有限，有时只能吃半饱。有限的卡路里，高强度的劳动，正在发育的身体，那时没余力也没心思进山，就这样在山脚下干了三年，与大山擦肩而过。想想也真有意思，现在对走山这么感兴趣，主要目的是锻炼身体，锻炼的目的是通过运动消耗掉体内多余的热量。一次山上一个羊倌开玩笑，说走山的人是"吃饱了撑的"，想想他说的还真没错，这句不太好听的话也可理解为卡路里多余、营养过剩和脂肪沉积。一次在门头沟山里爬陡崖，好不容易爬到顶，一抬头，迎面的大石头上就用红漆写着这几个字，弄得人啼笑皆非。真是时移事易，今非昔比，"山还是那座山，梁还是那道梁"，可人的行为和生活态度却发生了根本的变化，时代在变。

在密云汽车站集合，八个人，六十岁以上的有三个，最年轻的四十三岁。看着老人们穿着运动服，背着休闲包，利利落落，精神矍铄的样子，我又佩服又振奋。张姐带的这队人，平均年龄较大，一般都走一天，当天去，当天回，一起坚持了多年，乐此不疲。本来张姐可以背帐篷去野营，但她舍不得这些老师傅，这些老师傅也愿意跟着她。设计路线、约时定点、通知队友、打车砍价、找请向导、控制行程等大事小情，都由张姐张罗，大家信任她，乐意听她指挥。

利明建议改变路线，从四竿顶西侧上山，减少乘车的里程，于是改去庄头峪。庄头峪村东，路边立座碑，上书"四竿顶战斗烈士纪念碑"。碑文载，1943年，"承兴密"抗日联合县政府的武装与日伪军在四竿顶下交火，五十多位抗日英雄捐躯于此。"承兴密"，指承德、兴隆、密云三县，抗日战争时期，共产党在燕山主脉雾灵山、云蒙山一线开辟抗日游击根据地，跨县成立联合县政府，统一指挥抗日斗争。密云东部有"承兴密""平密兴"，北部有"丰滦密"，这些抗日政权在敌后坚持斗争，把日伪军打得晕头转向，必欲除之而后快。日寇丧心病狂地在这一带进行"扫荡"，实施"强化治安"，惨无人道地搞"集家并村""修人圈"，企图使山区成为无人区，让抗日武装无立足之地。听县史志办的朋友讲，日寇实行"三光"政策，在密云山区实际是"四光"，在杀光、抢光、烧光的同时，还实行"片光"，将未成熟的庄稼一律"片"（割）掉，使其颗粒无收，以断绝抗日武装的口粮。燕山的抗日斗争异常惨烈和悲壮，在远山僻野，常可见英烈或惨案纪念碑，在各色各样的岩石上，镌刻着血泪战火烧融粘结的历史。同长城一样，燕山这些抗日纪念碑和遗址，已经融进山的血脉，成了燕山的人文景观。许多抗日的故事、传说、逸闻、琐忆，传于羊倌、采药人、村干部、村头老者之口耳，经世流年，成了不朽的丰碑。

　　土路沿着山沟逐渐抬高，这是运石料的路。山坡上的大块花岗岩被凿劈成石料，石条和块石堆在路边。这里的花岗岩洁白而坚硬，是极好的建筑用材，但盲目的大量采取，使水土保持遭到破坏。离此不远，白龙潭下游的山涧，原来满川巨大的花岗岩砾石，溪水绕石流淌、跌落，形成串串清潭。往昔，常有农妇在溪边洗菜，鸭鹅在潭侧追逐，犹如一幅水墨画。20世纪70年代以后，川里的石头被凿劈净尽，山沟变得直通通的，一览无余，潺潺的溪水从此也无影无踪。

　　顶着蒙蒙雾气，登上一座矮山。天阴得沉沉的，空气湿度很大。山上的树、灌木和草结满了雾凇，冬季的山野一改暗淡的灰黄色，变得银装素裹。山径上不时见到洒落的高粱粒，像是在诱捕动物。上得越高，雾凇越重，树枝草竿，裹厚厚一层雪白的晶体，玲珑剔透，纯净脱俗。瞻望四野，漫山皆白，似大雪既降，然更胜于雪之韵，山林皆素，玉树琼枝，恍若仙境。此乃雾之造化，鬼斧神工，非言语所能尽述。大家忙不迭地拍照，枫叶说："看雾凇还用去吉林？这大山上就有。只有亲近自然，大自然才把它的造化充分展示给你，使你发现奇观，享受美丽！"

　　枝条和高草遮严了山路，一些地方需钻过去，灌草一被触动，雾凇就纷纷落下，洒进脖子里，冰得人打激灵。戴眼镜的唐子说："这才叫败火呢！我起泡的嘴这回准好。"我走在前边，雾凇洒在抓绒上衣的细毛上，冻成一层冰。裤管被打湿，冰水渗进来，潮乎乎的，好在上山身体发热，裤腿向外冒热气儿。棉线手套湿透了，脱下来拧干再戴上，一会儿再脱下来拧干。山风一吹，手套

五指末端被冻成冰瘤瘤，手指头使劲儿也伸不到头。运动释放出的热量很大，慢慢将冰手套化湿，将湿手套蒸成半干，被冷风吹得痉挛的手，开始热乎乎发涨、发痒。

登上四竿顶主峰，向白龙潭方向下山，在密林深草中向东走了一个小时，走失了路。大雾遮山，能见度极低，无法观察山的走势，也判断不准所在位置。看看已是下午两点，还没有找到下山的路，张姐有点儿急，有人开始小声抱怨。说什么也没用，要紧的是赶紧确定方位，找准前进的方向。走一段，用指南针对照地图测一下，走走停停七八次。由于雾凇打湿了手，地图被水浸得花花搭搭。按地图，只要一直向东走，就会有向北的山沟，顺着山沟就可以出山。果然，下了一个艰巨的陡坡后找到了山沟和小路，众人欢呼起来。急行一个小时，到国道。

路旁坎子上，压两间房，房侧支个木架，木架上挑出根竹竿，竿子上挂一串花毛绿翎的野鸡，还有两条大鱼。少见的画面，我赶紧掏出相机拍照。突然，房子中蹿出一个黑胖的妇人，气汹汹地大喊："不许照！不许照！"吓了我一跳。老刘说，"她是怕你去发表！"我这才明白，野鸡挂在这里，是在向路人出售。我忽然想起山路上洒的高粱粒，那好像是用来捕野鸡的诱饵。

（2002 年 12 月 14 日）

从廊坊峪到侯家

（2003年3月1日—2日）

3月1日

一冬没野营，早就按捺不住，跃跃欲试了。从石塘路下火车，利明已在站台上等。他开辆面包车来接站，拉我们到廊坊峪路口。车是朋友的，到路口时，朋友正站在那儿打手机，利明把头探出车窗喊："别打了，到了！"他的妻子书琴也在路边等，利明风趣地对枫叶说："书琴能陪着我爬大山，真够哥们儿！"告别朋友，众人背起包上山。

土路曲折而上，左侧下方是九道弯峡谷。天气不错，多云，阳光暖暖的，空气里已有春天的气息。右边山梁上卧着残长城，用石片砌就，墙侧顺城的走向中间横着一条缝，不知是怎么形成的，是原来有砖，因年代久远风化掉了？还是砌墙时预留的？这缝是干什么用的？大家边走边猜，谁也没能说出个所以然。长长的一条缝，随着这段长城起伏终结，是个未解的谜，或许专家能说得清楚。要真正了解长城，需要具备历史、建筑、军事等多方面知识。一个多小时，来到黑龙潭上方。大家个个红头涨脸，汗透衣衫，忙着减衣服。居高临下，环顾四方，岭峻峰秀，谷幽峡长，龙潭庙遥遥在望。

打尖、喝水，补充些能量，下山奔榆木沟。山径窄狭，树木多起来。溪水在冰下叮咚细语，从化开的冰窟窿看下去，黑幽幽的水像纯净的眸子。老迟一只腿跪在溪旁，用瓶灌水仰脖痛饮，说真爽。看他惬意的样子，真是痛快。小溪上边是个石坝，坝上是个池塘，去秋的苇子黄黄的，根还冻在冰里。

榆木沟原是个几户人家的小村，如今已人去房空。有的房顶已塌落，荆棘生满了院落，地还在种。北山梁上有条小径，由此上拔，翻过几道梁，可达云蒙山主峰。去年夏天我们在此失路，多亏了两位种萝卜的老乡指点。那次利明第一次野营，一百九的体重，气喘吁吁，牛饮的水比别人多一倍，真担心他出点儿毛病。走山一年，他瘦下来一圈儿，人显得挺精神。

从榆木沟到草木毡，要拔高几百米，对第一次背大包的书琴来说，是个考验。利明打趣说，"书琴是新战士，需要照顾。我已经是老战士了，老战士

要帮助新战士。"说着掏出书琴包里的一些东西塞进自己包里。他说老迟和我是"领导",枫叶是"老兵油子",逗得大伙儿笑声不迭。

　　草木毡以上,积着挺厚的雪,山径上有新踩的脚印,像是有人走过不久。冯子猫腰捡起一片蓝色的东西,专注地研究,一会儿又捡到两片,原来是从防潮垫上剐下来的塑料泡沫,前边的人也是"驴友"。将防潮垫挂在包外面钻密灌,边走边剐,垫子也要不得了。我们这队人,多数都换了军包。军包较宽大,所有物件都可塞在里面,上盖拉紧后成椭圆形,在密灌中穿行不怕荆棘剐蹭;加之质轻防水,结实耐用,物美价廉,几乎所有人都换成了这包。一队军包,一色的丛林迷彩,像支别动队。

　　顶上是个三岔口,向北可达主峰,向右去侯家。此山地形复杂,林木茂密,路径迷离,经常有人迷失,几天转不出去;也曾有被洪水截在山里,数十人等待救援的事发生。去年8月初,我们一家三口,从西坡上山,刚到"石屋怀古",暴雨骤至,山谷中很快形成一股黑色径流,急急跨溪回返,才没被洪水截在上不着天,下不着地处。那天,豪雨一直下到半夜,我们宿在老乡开的"鬼谷子山寨",一边吃饭,一边听着河谷中传来的隆隆震响,那是洪水卷着木石在奔腾下泻。翌日一早,到前日渡溪的地方看,踩过的巨石踪影全无,河床冲刷得面目全非,真叫人后怕。后来看报,才知是百年未遇特大山洪,山那边冲毁了廊房峪、对家河等村子。这雨有点儿奇,东西南北都没下,只下在云蒙山,还成了势,闹了灾,要是在过去,不知要生出多少传奇故事。

　　书琴累得够呛,上了坡就靠在树上,说腰和脖子疼。利明赶紧给她按摩,主动照顾"新战士"。向西翻个小梁,钻过片杂木林,远远望见几间瓦房,"豪宅"到了。冷风甸"豪宅"是所弃宅,是"驴友"们喜爱的宿营地。"到家喽——"我大喊。院子里有人,五男一女,都是年轻人,是从四合堂方向来的,正在烧火做饭。这里一溜儿九间正房,断成三个三间。年轻人住东房,利明我们两家住中间,老迟他们几个住西房,宽敞的院,豁亮的房,还铺着地板,在这荒山野岭,真是奢侈的"豪宅"。为了防寒,把帐篷支在土炕上,这也是一绝!院子西边有口井,井口的辘轳被卸掉了,井里冻着厚厚的冰,先到的人把冰凿开个圆洞,蹲到井里,可以取水。来前预料到取水的事,利明还带把凿冰的锥子,没用上。白子非要烧炕,弄得满屋是烟,还紧关着门,他们几个人围在炕上喝酒,像是在熏獾。

　　春寒料峭,太阳一落,不胜高山之寒。钻入睡袋,温暖而舒适。打开帐篷的小纱窗,透过炕边的窗户,见院里的年轻人戴着头灯聊天,讲笑话、玩"杀人"，特开心。他们一直折腾到很晚。

3月2日

晨起，一边吃饭一边商量下山的路线。下山有几条路：向东是昨天的来路，向西是森林公园，向北是天仙瀑，向南是云蒙峡，还有一条向东北到京都第一瀑。从地图上看，东北那条路平面距离短，落差较大，路可能陡些。白子家里有事，着急回去，主张走森林公园。老迟、利明我们还没玩过瘾，主张走新路，希望探出条道来。讨论了半天，谁也没说服谁，只好分道扬镳，各奔东西，白子拉着冯子和毛子向西走了，老迟我们五人向东北方向探路。

顺着来路返回岔路，树枝上挂着布条，上写"黑龙潭"三字，指着昨天的来路。昨天走得快，没发现这布条。在地形复杂处，走山者有时会做些标记，提示山友，也为自己日后方便。我们选择了草木茂密不太清晰的那条路。下山一溜小跑，比昨天爬坡时轻松多了。清晨的树林里弥漫着松香味儿，醒脑提神，心情为之一爽，于是扯开喉咙喊山，"哎——"，惊得野鸡扑棱棱飞起，吓得松鼠忙不迭乱窜。太阳升起来了，阳光暖暖地照在身上，眼睛舒服地眯起来。多年案牍，竟至劳形，患上了偏头痛，就医、求药、针灸、理疗、偏方、食补，百般求治，然沉疴已成，收效甚微，痛苦不已。走山一年，病痛渐减，近日大有好转。偎依在大自然的怀抱里，众山是母亲，林木为襁褓，阳光暖之，雨露润之，清风抚之，鸟兽嬉之；远权术，离市侩，脱庸俗，少无聊；人格免贬损，心境少烦忧；云青青，水澹澹，淡泊宁静，返璞归真。病愈体舒，神清气朗。荡胸生层云，会当凌绝顶，如此走下去，不成仙也会修出点儿仙气儿来。

涧边是几间破屋的一个废村，树木荫翳，蒿草丛生。此时已从峰巅降到谷底。见岔路，查地图，这里叫二道涧，向左是磨石梁，通天仙瀑。我们向右顺溪下行。山溪还没解冻，冰冻堰出的溪水形成平平的冰面，上面覆着白雪。柳棵和芦苇的下半截被封在冰里，好像直接从冰里长出来的。这些植物显得极纯洁，褐的褐，黄的黄，自然地与冰雪合成奇妙的场景。树干上留着去年的青苔，苇子一丛丛站着，芦花随风点头。一些苇秆儿斜折在冰面上，被雪盖住或被冰冻住，形成美丽的折线。上午的阳光从冰上折射到苇丛，透过芦花逆光看过去，耀眼的光芒中映出红色的光晕。初春的幽谷，还恋着逝去的秋冬。

冰面下游，时有几米高的冰瀑。冰面带点斜坡，如果摔了跟头，有滑下冰瀑的危险。在冰面上行走须极谨慎小心，为防止滑倒，有时要弓身扶树或拉着灌木缓缓向前。冬春连续下了几场雪，山里的积雪挺厚。遇个很陡的雪坡，为保险，只好拴上绳子一个个顺下去。越往下走，雪越薄，后来，渐稀稀落落。行进间，后边传来一阵混乱，原来书琴踩动了一个水潭的冰盖，那冰盖整体沉到水里，她也跟着沉了下去，利明一把拉住，上身未沉下去，可鞋和多半截裤子全被冰水浸湿了。忙做紧急处理，拧干裤子，没办法，只好穿上溻着。

  河床坡度越来越缓，两边悬崖越来越高，估计再拐几个弯就是出口。忽然，溪流陡然下降，一道十几米高的冰瀑横在面前。小心翼翼挨近瀑边望下去，长长的冰溜子道道垂下去，似绺绺胡子。崖壁的阴影下，那悬冰闪着蓝光。冰瀑两侧，危崖陡立，石壁光滑，是处绝路！用绳子？现有的绳子不够长，也无处拴。按照经验，应该有条小径从崖上绕过去，于是返回去找路。返回去一段，见左侧崖边有处斜坡，坡上有条石缝，石缝顶端有个平台，由此上去，或许能找到路。我和老迟背包攀石缝，到极陡处，只好卸下包，徒手攀登，两人一上一下把包递上去。那平台是个陡坎，靠树根和荆棵支撑，才勉强站得住脚。下边是立陡的崖，崖下就是那个冰瀑，从这个高度望下去，感到眼晕。往上看不清有多高，仰着身子望也望不到崖顶。我们判断，从坎子斜着插下去，也许能下到涧底。

  将下边三人拉上坎子，开始向下移动。利明给书琴腰上拴了一根细绳，牵在自己手里，以为这样就给书琴保了险，其实反倒给她的行动增加了不便，可他固执地非要这么做。下边是个一丈多高光光的石头斜面，拽着绳子滑下斜面，是悬崖的腰部，到了这里，就断了后路，等于破釜沉舟，后退不得，只能继续下。大家一个个小心地紧贴崖壁，脚登着生在石壁上的荆根草根，慢慢挪动。这些荆条和草，生在一个个孤立的土坨上，土坨靠植物的细根贴附在崖壁上，如果承重过大，随时有脱落的可能。老迟在前，利明在中，我在后，准备把包传过去。突然，利明大喊起来，让已经爬过去的老迟返回，他要先过去，口里还念叨着"这儿没什么，挺刺激"的话。看他笨重的身躯在崖壁上窜来窜去，踩得脚下的土坨簌簌掉渣，我立马紧张起来，大喝他停住，嘴里顿时发苦。他见我发了脾气，勉强停在原地，悻悻的不以为然。我知道他胆子大，年轻时动作灵活，经常上树掏鸟窝，下水抓游鱼，人过中年，童心未泯，常做出些惊人的举动。可今非昔比，年龄不饶人，身处险境还玩飘儿，真让人着急上火。终于渡过险区，下边已有枝条可拽，有石缝可登，心里有了底。用绳子把包一个个续下，然后再接力下续，接连倒了几次，把包磨得惨不忍睹。全部下到涧底，用了近两个小时。紧张过后，一个个筋疲力尽。

  又见废村弃宅，此处应是侯家。山路渐缓，老迟暴走起来，转过几处弯，就不见了他的踪影。山坡上的采药人说，前面是京都第一瀑。还未到旅游季，不见一个游人，沟口有人在垒坝、建房。下午四点走出山谷。这里距县城还有40公里，没车，老迟正站在路边傻雁似的四处张望。无奈，大家只好顺路步行。忽听后边轰轰作响，一辆"泰拖拉"翻斗车开过来，利明举手拦车，碰巧司机和利明认识，于是大家上车。利明两口子坐驾驶室，老迟我们仨登着梯子攀到车厢里边，站着只能露出车帮半个头。车轰轰地开走，老迟笑开了："这辈子坐过奔驰，坐过宝马，还没坐过这玩意儿，这回算过了瘾了！"

牛盆峪

（2003年3月22日—23日）

3月22日

去年夏天从牛盆峪进云蒙山，向北穿越，同时寻访臭水坑——当年丰滦密抗日联合县政府的驻地。那天按老乡的指点，一条道走到黑，走到一条峡谷尽头，攀上隘口，下临悬崖，无路可行，只好下撤，宿在谷内的草莽中。国庆长假又从白道峪进山，翻了几道梁，在一处疑似臭水坑的地方宿营，四处寻找当年那块石碑——那碑是县政府遭日伪军袭击后，八路军晋察冀步兵第十团为烈士们所立，没找到，所以那地方恐怕还不是当年的县政府遗址。那次在山里走了五天，迷了两次路，穿越了云蒙山，可没找到臭水坑，也没弄清牛盆峪和白道峪两条峡谷之间的地形。这事儿一直存在心里。两峪顶端的山峰叫黄花顶，处云蒙山腹地，地形复杂，沟壑纵横，多年封山，许多地方已被密灌和藤蔓遮蔽，人迹罕至。加之手上没有详细的地形图，要找到臭水坑，有一定难度。本来，请个向导带路省点劲，可一来那样少了神秘感，二来现在老乡找到那儿也不容易。走山最有意思的是过程，留点儿悬念，解几个难题，刺激而过瘾，还能锻炼意志和胆量，增长智慧和能力。

进牛盆峪沟口，又遇见了去年那位牧羊老人，一个人放百十只羊，大声吆喝着，像是在和羊对话。有时扬起叉子甩出个石头子儿，吓唬吓唬羊群里的调皮鬼，显得威严和悠闲。对山沟里的掌故，他很熟悉。听说我们要去臭水坑，说路远草密沟岔多，你们很难找到，不过还是耐心地给我们描述了路径，只是听着有点儿犯晕。

走到下午两点，右手方向见条沟，沟口正中立着个小山尖，按牧羊人说的，见到右行的沟应该进去，可与地图所示差距太大，于是几个人商量，决定继续前行。三点，又见到两条窄沟，我和老迟分头进去，各探一条，都没有路，于是找地方宿营。附近有个废村，几处圮墙，或曾有两三户人家。小小的平坝，黄草铺地，坝下河中，有方水潭，径可两丈，水清透底，是宿营的好地方。山里天黑得早，一过下午三点，就要考虑宿营地问题，一要平坦安全，二要靠近水源。如果很晚再找宿营地，找不到合适的，特别是找不到一块儿平地，可就苦了。看看太阳还高，没找到路大家有点儿不甘心。利明说，找到和没找到心里是两码劲儿。儿子说，时间还早，再往里探一段，说不定会找到路。儿子已野营过几次，对走山也产生了兴趣。大家同意再探一段，不行再回到这里宿营。

沟口很窄，草木一遮，很难看出右面是条峡谷。坡度大，背阴的雪还没化，踩上去陷过脚脖子，石头上挺光。小心地攀上去，眼前开阔起来，一层层荒芜的坝地上，生满榛、柞、楸等杂树，厚厚的树叶铺地，高高的黄草摇曳。草木中，隐约有条小径。"有路！"我大喊。大家立时振作起来，走路爬坡也快了。老迟和我在前，枫叶跟在我后边。走山两年，枫叶的能力大增，虽背个大包，却步伐轻松，显得筋道、干练。去年在这峡谷里，一个石缝近乎垂直，水在缝间淅淅沥沥地流，两边的石头湿而光，还有斑驳的青苔。攀这石缝，老爷们都有点儿紧张，可枫叶却面无惧色，手攀、足登、腿支、臀靠，一个个动作完成得果敢有力、干净利索，俨然一个老手。现在她一般走在队伍前边。儿子年轻有活力，时而在前，时而在后，虽然有时喊累，却一直紧跟着。只是利明两口子，一直在最后边，需要等等。以他俩短暂的走山史，实在已尽了最大的努力。毛子历来带的东西多，这次大包虽减了重，仍然不小。背着大包站起，受伤的腿直打晃儿。爬坡时，她常常手脚并用，弄得手套又黑又湿，磨出了窟窿。队伍中每个人都在努力，以自己的方式体现着意志和耐力。

小径忽左忽右，忽明忽灭，终于到了尽头，接着是干涸的沟底和接连不断的大石头。沟底渐渐变窄，坡度越来越大，荆棘藤条阻隔，前进不得。看看天色已晚，老迟建议掉头返回，众人后队变前队，怀着不甘的心情回返。

太阳将落，灌草中时而发出哗哗的声响，像是动物。利明警觉起来，一边走，一边以"嘿——嘿——"的长声发出警示。他怕遇到软蹄儿的，狭路相逢，遭遇尴尬。他专门打造了一只梭镖，用红布缠起，以作护身之用。他将梭镖头插在木棍上，以红布为缨，扛在肩上，唱起歌，如昔日的民兵和儿童团员，引得大家哈哈大笑。太阳落山，光线暗下来，峡谷里弥漫着神秘的气息。人们的脚步快起来，开始向往宿营地。

宿营地平坦而舒适，只是潭水太凉，洗手洗脸砭人肌骨。山间的寒气阵阵袭来，冷得人打嚏嚏。虽已近春分，可山里夜晚的气温还如冬天，急忙钻入睡袋。儿子乏了，发出轻轻的鼾声。利明和老迟还在吱儿哑地品小酒儿。

3月23日

前半夜睡袋里热，只好将拉链打开。后半夜醒了，感到身下发凉。我习惯仰睡，臀部、脚跟等受力大的部位，更凉得厉害。这防潮垫是充气的，档次不高，里面虽有填充物，可身体一压，就瘪下去，受力点薄而贴地，隔凉效果差。为了使身下暖一些，昨晚在防潮垫上铺了条抓绒睡袋，可山里寒，冻土没化，地气未通，睡久了还是凉。只好起来，将防寒服铺在身下，略感好受些。躺在睡袋里想，要是有条狗皮褥子多好，哪怕一小块儿，垫在屁股底下也行啊。

睡得早，醒得也早，合着眼听见野鸡咯嘎的叫声。野鸡和家养的鸡一样，也是叫三遍，只是叫声节奏短，不会拉长声。鸡叫三遍，天就大亮了。

昨天没找到臭水坑，大家都不甘心，于是沿原路返回，继续寻找。远望右侧山坡上有个豁口，似曾相识，像是去年迷路时走过的那个隘口。记得那次是从另一侧上来的，在隘口休息过。如果判断正确，即使找不到臭水坑，也把两条路线走通了，算是探了一条新路。坡很陡，生满杨树和柞树，灌木稀稀落落的，不用钻，只是坡大，需要付出些体力。老迟征求意见，大家都同意上去看看，如果是去年那个隘口，就从那边穿出去，如果不是，就退回来。爬了不到一半，人人脸上都沁满汗水。爬这陡坡，对心脏、肺、肌肉都是考验。坡越来越陡，有时一步三滑，弄个嘴啃地。背大包爬坡，常常手脚并用，真真是在爬山。接近顶部，坡仰起来，找不到立足之地，只好踩住树干与坡面的夹角，十步一停，五步一歇，抱着树喘气。登上平台，上面覆满衰草落叶，踩上去扑扑腾腾，软软乎乎。众人一个个或坐或仰，陷在这天然的沙发里，大口喘气。平台上耸出个十来米高的崖子，老迟捷足先登，站在顶端，喊大家上去，显摆他攀登的实力。我问："是不是去年那个地方？"他大声喊："对！是去年那个隘口！"大家欢呼起来。

爬上崖头，下到隘口，左看右看觉得不像去年来过的地方，山下的峡谷也不像。可老迟却坚持是，并说只要顺着北边的山脊向上攀，就能到达分水岭，到了分水岭，就可从另一侧出山。过了分水岭可能是云蒙峡，可是今天能否到达那里，却是个问题。老迟手指的分水岭——一个马鞍形垭口，还在绵绵山岭的尽头，况且是不是分水岭还很难说。明天还要上班，今晚必须回家。我同意再往上攀一段看看，不行就下撤。于是大家束紧腰带，继续攀爬。这是一段花岗岩崖脊，大块不规则的岩石上挂着黑色的苔痕，石块的裂隙间生着八道木，这种植物只有这个高度才有。山风抖抖地刮，透人肌骨，昏昏的太阳下，飘起了雪花。山脊左面是探头崖，望不到底；右面崖下是极陡的坡，我们趴在窄窄的山脊上向上运动。在这种情况下负重攀爬，对心理和体力都是挑战。渡过崖脊，又爬上很陡的石缝，前面的山顶像个金字塔。乔木低矮，灌丛稀疏，黄草繁密，这个高度已不适合乔木生长。接近顶峰，又是花岗岩的崖脊，竭力攀上去，小心翼翼改变爬行状慢慢直起腰来，站在巨石上环顾，四面皆空，如入云端。老迟此时已站在顶上，如孙行者驾云般向远眺望。北面是个十几米高的悬崖，下去需要绳子。我带的绳子只有十几米长，但很细，必须用双股，不够长。此时已是下午一点，昏昏的太阳不知藏到哪儿去了，阴风瑟瑟，雪糁吹进脖子里，凉得人直打激灵。前途未卜，处境艰险，今天还要赶车回家，我主张下撤。可老迟却坚持下崖，继续向北。考虑到多数人特别是两位女士的体力状况，还有胖人利明，我仍然坚持下撤。这时利明居然提出要下崖试试，觉得挺刺激，恨得我咬牙着急上火。几个人在云雾迷蒙的半空中激烈辩论，老迟要求进行表决，发生了僵持。以往，也曾发生这种情况，一般都是持保守意见者获胜。我继续坚持下撤，坚决反对北上，要求按原计划行事。争执不下，老迟只得让步，便对利明说："保留意见，不然他又该嘴苦了。"上次在侯家历险，我曾嘴发苦，现在他拿这个来打趣我。

　　老迟撤得很快，一会儿就走得无影无踪。林密草深，来路已经失掉，只能大致判断个走向。站在山顶下望，中间是个黄草梁，右边是悬崖，左边陡坡深涧，按照经验，顺梁走可以下山。我感觉老迟是向左偏下去了，就大喊他回到梁上来，大家也跟着喊，远处依稀传来"知道了"的回音。虽然老迟富有经验，可是只身离队，走错了方向，又追不上他，大家都为他悬起了心。我叮嘱大家：前边的等等，后边的跟紧，大家在一起行进，不要掉队。近千米落差，下了一个多小时，灌条棘刺，几乎划破了每个人的手和脸。下到涧底，急忙大喊老迟，下游似乎有回音。走进一看，这家伙正在水边煮面条，上衣许多地方被磨破了。他指着他下来的方向，那是处几百米高如刀削般的石斜面。"我走错路了，再返回去很难。不得已只得把包先扔下来，然后从那大斜面往下出溜，装炸酱的瓶子都摔碎了。"他平静地说。那斜坡极陡，白色的岩石特别显眼，从那儿下来，需要极大的胆量和技巧。大家都佩服老迟，也为他感到后怕。

从边墙沟到石门山

　　云蒙山南侧在密云县境内有四条峡谷：边墙沟、小水峪、牛盆峪、白道峪，这几条峡谷由西向东，依次排开，其纵深都指向北面的云蒙山腹地，山水则渗入山南面的白河古河床。边墙沟以西，是怀柔县的大水峪。边墙沟得名，还有个来历：传说戚继光任蓟镇总督时，负责修筑长城的官员将图纸看错了，将规划在他处的城墙修在了这里。工程进行到一半儿，发现错了，赶紧停工，那官也为此受到处罚。因此这段长城只有半截儿，当地人又称为半截边。

　　枫叶、利明我们仨，一早从密云县城出发，到山南的西庄户还不到八点。村北的地还没种，苦麻菜、芨芨花已经长挺大了。踩着白地往北走，见一片挖采过沙砾料的大坑，有的坑用黄土做了防渗，成了鱼塘，塘内的水已干涸。绕过这些大坑，是西沙地村，村南的地被篱笆截成一片片的，有高有低，地耙得很平，参差错落，显出精耕细作的功夫。畦间栽种的春菜嫩绿可爱，有的刚浇过水，地垄间湿湿的，菜苗儿透出勃勃生机。村西土路旁，几棵老杏树花开得正闹，粉妆玉琢，照得人春光满眼，晨风拂过，空气中泛着微微甜香。

　　村北横亘着京通铁路，从铁路下的大涵洞钻过去，就到了边墙沟门。沟门外的乱石滩中，开出一块块"巴掌"地，这些地块用石头墙围起来，像一个个牛圈。这里是杏花的世界，所有杏树都在怒放着花朵，即便是坝阶石缝中钻出来的细条，上面也挂着几朵粉花。进沟门是个小水库，天虽旱，水库的水却满得溢出，绿波粼粼，那浇菜地的水就是从这里引出的。一位红脸膛的精壮汉子从后边赶上来，背着木梯架，去进山割荆条，姓崔。他说，从这边墙沟走到头向西翻过梁，是怀柔界，具体是哪儿不清楚，只说灌木很密，不好找路。他还说，沟里有只老狼，住在前边大柳树下的山洞里，他遇见过，不知我们能不能遇见。如今，野生动物被人类追杀得没有藏身之地，能与一只狼邂逅，也算是有缘。枫叶说，我真希望今天会会那只狼。

　　从水库右边的山沟钻进去，向左攀过小梁，有个小瀑布叫"独角龙"。

天旱少雨，"独角龙"身上漫着涓涓细流。看水流的轨迹，山水年深日久的左冲右突，使结实的花岗岩被淘刷成弯弯曲曲的石槽。石槽的断面呈半圆形，其走向都是急转弯，酷似龙身的曲线。可以想见，雨季水量丰沛时，山水在石槽中奔腾下泻，必现龙抬头、龙卷身、龙盘柱、龙摆尾、龙腾天等神奇姿态。"独角龙"的上游是大片芦苇丛，这山间芦苇，"头重脚轻根底浅"，多数倒地，一片狼藉，像是被什么动物扑腾倒的。

前面是边墙，只见一道大墙横卧在右边山坡上，墙体宽丈余，内侧墙皮和中间的台阶已经塌落，外侧的砖墙还挺拔地矗立着，墙面平直，雉堞完整，城砖青黑，虽历经几百年沧桑，仍具伟岸之态。边墙上边的山脊上，接连立着两座烽火台，一座冲这面有两个瞭望孔，一座有三个孔，当地人称为两眼楼和三眼楼，牛盆峪那边，还有座一眼楼。瞭望孔多少，与烽火台大小有关，派兵设哨，也应该有多少之别。遥想当年，在只有山羊才上得去的山脊上守望，吃饭、喝水怎么解决？只能爬上爬下，靠肩背手提。一年四季，寒关冷塞，伴着猎猎山风，唧唧虫鸣，鸿雁长唳，山月清冷，不像现代人有广播，有电视，有舞厅，有酒吧，漫漫长夜何以堪？其寂寞孤独和艰难困苦，可想而知。唐诗中的边塞诗，感人至深，亲临此境，油然生出对昔日守边戍卒的悲悯。

小径沿着山沟向上，忽左忽右，遮路的枝条越来越密，左右转换处一般在河沟中心，这时要仔细寻找路口，否则容易失了路。如果失了路，就要顺着河床，踩攀着大石头向前，这样才不至于丢了大方向。从峡谷下游向上行最容易走错路，有时遇见岔口，两条山沟差不多宽，水流也大小相等，究竟哪个是主流，哪个是支流？需要正确判断。这需要经验，地图有时不管用，比例尺太小，一些细节得不到反映。从上游向下走，失路的危险就小些，参照高度也可做出判断。这里没有难识的沟岔子，我们走得比较顺畅。

小径离开峡谷，从左侧偏上山。从山坡下望，大片猕猴桃藤把峡谷遮蔽得严严实实，有数亩方圆。扑棱棱，一只红翎绿尾的雉鸡惊起，咯咯咯叫着又飞到藤网下窜来窜去，慌乱中找不到出口，好不容易才从稀疏地方飞出，翅膀扑喇喇扇起的风吹掉了我的帽子。猕猴桃藤下的阳坡地上，山蒜苗嫩嫩的，似乎能闻出香味儿。

下午两点，差不多到了边墙沟的尽头，如果就地返回，预计天黑前出不了山。看地图，翻上西边的山梁应该能看到111国道。于是拨荆棘，扳杂树，登乱石，一身大汗，数起狂喘，翻到顶，是个黄草梁，右边矗着附近最高的一

座峰。西望山下，寻觅公路，无奈云雾弥漫，群山遮蔽，迷离浑沌，看不清楚。绕到峰南，云雾稍散，站在崖头远眺，隐约可见山下如线的公路和点点红房。分水岭那边的峡谷由东向西走向，顺峡谷下山，应该可以到达公路。白崖子又陡又高，要扒着石缝，拽着荆条小心谨慎地下，有一处还用上了绳子。连续绕过几处断崖，回头仰望，那崖头缭绕在云雾中，三人共叹，没想到竟能从那里降下来。穿过一片次生林，见到小径，继而又见石阶和路标，才知已进石门山景区，入怀柔县境内。

（2003 年 4 月 6 日）

二进边墙沟

从4月20日起，正在流行非典型肺炎的北京进入了一个非常特殊的时期。"抗非典"成了一时的中心任务。与此同时，公共场合戴口罩的人与日俱增，往日熙熙攘攘、摩肩接踵的大街上和商场里，清静了不少。公共汽车上的人稀稀拉拉的，往常堵车的现象也没有了。整个社会心理，处于紧张状态，不亚于一级战备。有人竟谈"非"色变，惶惶不可终日。郊区农村"村自为战"，一时村村路口设卡，对过往车辆行人进行盘查，使人想起抗日战争时期的查路条。对北京城里人，避之唯恐不及。有笑话说，某村见到城里人即敲锣大喊，以引起乡党警觉。我的老妈住在村里，几十公里之遥，为避嫌，也不好回去看望。每日坐班车在家和单位之间，两点一线，单调而乏味，身上紧了，只能围着宿舍楼跑几圈，出出汗。5月下旬，随着新增病例降到十几个，出行的人逐渐增多。憋了一个多月的人们渴望走出户外，去呼吸山野的新鲜空气。报纸上报道，香山等处游人爆满。

老迟早就憋不住了，打电话说要出去。这个时候出去要费些思量：近处人多，远处多要通过村庄，乘车也要小心一点儿，选择地点需要反复斟酌。考虑再三，边墙沟较为理想。路过边墙沟的列车终点是河北滦平，乘客不会很多；下车站远离村庄，走一段就进山，对谁也无妨无碍。老迟心急，周五晚上就和几个人先走了。周六上午，我们一家三口和几个朋友一起出发。

"非典"时期乘坐火车是件难忘的事。北京北站售票处广场上，放着一张条桌，条桌上放一摞登记表，每个旅客都要填表登记：联系电话、居所地址、身份证号码等等都要填全，最重要的是体温，不填写清楚不能上车。售票员将车票的号码尽量分散开，进站口顶部有一个自动测量体温的装置，每个人都要在那儿站上三秒钟。上车时列车逐节开放，列车员在车厢门口收取登记表，车厢之间不准旅客串行。我们的车厢只有十几个旅客，分成三四拨，互相之间隔着座位，离得挺远。上车的第一件事就是开窗户，车窗洞开，清风徐来。对填表不合格的旅客，列车员喊着姓名，与其核对，让其补填。

从小水峪站下车的有三四十人，都是到边墙沟爬山来的。人最多的一队

多是五六十岁的，还有七十多岁的，老杨领头，张姐也在里边。有人手里拿着步话机，"喂喂"地试声，老年队的装备有了改进，正在向休闲信息化进军。大帅举着摄像机，面朝后摄像，俨然随队记者。有七八个年轻人背着大包远远杀到前头去了，他们去野营。

我们小队计划从边墙沟走到石门山，天黑前实现穿越，从怀柔那边出山。路程长，时间紧，几个人紧走一程，超到大队前边。谁知"心急吃不了热豆腐"，只顾埋头赶路，忽略了岔路，冲到左面山上。直走到枝条密不透风，往前钻不动了，才又返回岔路，耽误了近一个小时。我加快脚步，想带着大家提速。急急走了半天，回头却不见了一个人，只好返回去找人。原来一棵桑树"绊"住了他们，鲜红的桑葚引得几个人扳树拽枝，边采边吃，全然忘了赶路。我催促快点，人们却无意向前，建议将穿越改成休闲。看看天色，感到这般速度半夜也出不了山，只好随大溜儿，改变计划。

在山坡上打尖时，看看手机有微弱的信号，忙给老迟打电话，还好，通了。他们昨晚进山，现在已到峡谷尽头，正在往右侧山坡行进。在山谷里，信号被山体遮蔽，手机几乎没用。即使发生了意外，靠手机呼救也是枉然。即使在山顶，也要看信号能否覆盖到这里。对讲机使用起来较方便，但它的有效半径只有几公里。在山地越野探险，有了事多数情况下只能靠自己，靠团队。学会在高山丛林野溪中避险，在紧急情况下自救，对越野探险者是必需的。越野探险近似军事体育运动，不仅需要勇气和毅力，还需要知识、技能和经验。通过学习和锻炼，能大大提高人的野外适应能力。

回返的路上，几个人扫荡了树上的桑葚。在水边的大栗子树下休息时，老迟发来短信，说他们已爬上一座山顶，有点儿迷路。老迟这个人，有时没路也要硬趟。迷路就迷路吧，以他的经验，不会有问题的。

路过"半截边"长城，寻路登了上去。城墙在陡坡上由峡谷向山顶延伸，内侧多已塌落，外侧的砖墙却保存完好，高高耸立，似戍卒坚守阵地。两道雉堞之间的通道横隔着道道短墙，短墙随着通道的坡度一截比一截抬高，墙中间留着方孔，似乎是防御的掩体。如果敌人突破谷底的关口，为消除上面来的威胁，必定要向城墙上发起进攻，防御者就可以利用隔墙，且战且退，步步为营。峡谷对面是陡崖，没有筑城，只在坡度稍缓处砌一段块石掩体，所以称峡谷这边的长城为"半截边"。边墙上端有座烽火台，四面墙体和拱门基本完好，从内部登石阶可到顶部，顶部的雉堞和排水的石槽已塌落，四围荆棘丛生。烽火台东北，静默不语的长城在山脊上蜿蜒远去，城头顶着萋萋荒草，证明着历史的沧桑和时间的永恒。登临此台，不禁想起陈子昂的《登幽州台歌》："前不见古人，后不见来者，念天地之悠悠，独怆然而涕下！"

　　赶到车站，爬山归来的人已在候车。一位晒得黑黑的老大姐穿着白底凉鞋来回走动，鞋上系的白纱在飘。我很奇怪，问她上山为什么穿凉鞋，多不方便。她答：你看，你看，是凉鞋吗？定睛一看，原来是一双旅游鞋，帮被穿脱了，只剩下了底，前后两边穿眼，用塑料袋拴在脚上，那飘动的纱巾，是被剐成罗梭的塑料袋。她一边说着，一边从挎包里掏出鞋帮，引得众人哈哈大笑。她嘴里哼着"鞋儿破，帽儿破，身上的袈裟破。你笑我，他笑我，一把扇儿破……"，晃着身子走开了。一会儿，她又和两位妇女切磋起跳猴皮筋的动作。张姐告诉我，这位大姐七十多岁了。

（2003 年 5 月 24 日）

三进边墙沟

从北京北站乘火车到小水峪，下了火车就进山，很方便。就是车太慢，这车见车就让，刚走就停，不太长的路，要咣当三个小时才到，坐上它就没了脾气。下车已十一点，今天计划顺边墙沟走到头，向西翻过梁，下到石门山，到有泉水的地方宿营。这个季节草木茂盛，一些小径可能已被灌草长严，能不能找到下山的路还说不准。强度大，时间紧，路况复杂。如果不顺利，晚上只能宿营在山顶上或树林中，没有水源，要忍受缺水的煎熬。

太阳嘎巴巴晒着，没有一丝风，峡谷中的大石头炙热得烫人，树草向空气中蒸腾着热气。走一段，喘一会儿，坐下来咕咚咚喝点水，走进峡谷一半儿，水也喝去了一半儿。喝进多少水，冒出多少汗，衬衫的前胸后背湿得贴在身上，连小臂处都湿透了。贾大侠说："我把一年的汗都出来了，绝对比桑拿浴痛快，肯定减肥！"

峡谷越升越高，两边的山梁也随着峡谷升高，右侧梁上从低到高矗着四座烽火台，我们已经到了最高一座的上方。这是座三眼楼，筑在陡崖上，顶部长着荒草，墙体拱洞等完好如初。地高势险，遗世独立，使人只能远观，不能近亵，无损毁之便，少拆改之由，是这些原生的长城保存完好的重要原因。我想，对长城的保护，最好是不要动它，使其保留原来的面貌。即使修复，也要详查历史资料，本照当时的建筑法式，如实复原，不要失却真韵。

据老迟讲，上次他们攀到边墙沟主峰，从东侧寻找下山的路，被悬崖峭壁阻隔，迷了路。后来顺着有烽火台的山梁下撤，在三眼楼附近攀崖下到涧底，衣服被刮破多处，大概就是在这里。老迟说，再也不会去云蒙山了，地形忒复杂！我才不信他的话，这个走山迷，肯定还会来。

峡谷底部基岩裸露，纵向坡度上扬，呈四五十度。基岩上流水淅淅沥沥，层层落叶被水沤烂，踩上去像层泥，很滑，抬脚落足须非常小心。我大声提醒儿子，话音没落，他就滑了一跤，身子歪在石片上，两只脚滑到水潭里，鞋里灌了满罐儿水，急忙卸包脱鞋倒水拧干鞋垫用卫生纸吸鞋壳里的水脱袜子擦干脚换上备用袜子，如此这般，忙活了半天。

到达峡谷终端，向左上山。灌草繁茂，原来的小径了无痕迹。灌丛中夹杂着一种圆叶带刺的草，那草肯定有毒，扎在身上生疼，我们管它叫老虎刺。前面是一片老虎刺的领地，去年干死的斜倒在坡上，干刺特硬；今年新生的已有半人高，密密麻麻肥绿绿直挺着，茎上的小刺已能扎人。只有通过这"封锁区"，才能到达一个通山顶的窄沟。贾大侠在前，用棍子啪啪打开一条通道，我在后边用靴子用力踩踏这些可恶植物的根部，将通道扩大。身上背着十几公斤重的大包，在陡坡上做这种苦役，脚尖和小腿持续承受着巨大压力，酸胀难耐。热汗不断流进眼眶，煞得眼睛生疼。老虎刺扎疼了手指肚儿，带毛的藤蔓勒肿了耳岔子，小飞虫在眼前耳畔嗡嗡飞舞闹心不止，不小心趴在老虎刺堆上，芒刺加身，苦不堪言。经过一场"肉搏战"，终于通过老虎刺区，来到那个窄沟下。两侧崖溜光，没有攀登支点，沟中间夹着少量土石，生一些楸树和灌木，可以作为凭借物。四个人一个挨着一个，揪着条，扳着树，托着脚，推着臀，劈叉、下跪、匍匐前进、引体向上，各种动作几乎全用上了，才攀上这"第二台阶"，到达梁顶。

　　梁顶凉风习习，我和贾大侠脱掉被汗贴在身上的衣衫，赤膊向群山和夕阳行礼。饮水已经不多，要尽快下山找到水源和宿营地。春天来时，梁下还有小径，可此时却生满了密密实实的老虎刺，路完全被堵死了！只得退回梁顶，重新找路。

　　向上的小径比较清晰，顺着小径，来到顶峰东边的隘口。记得上次下山，路在顶峰西，可我们现在却在顶峰东，小径又向北，从哪儿下山成了问题。按照经验，只要顺着小径走，就能找到下山的路。在隘口吃点东西，补充一下体力即刻起身，顺小径向北前进。我希望这路能左拐向西，可它却一路向北，继而在密密的草丛中消失了。四周是原始次生林，密密层层都是柞树，黑粗的树干默然站立，一眼望不到边，似成百上千的彪形大汉，使人感到压抑。枝叶把阳光、风和声音全部遮住，还不到傍晚，就像要黑天的样子。树叶纹丝不动，静得让人发慌。这里是蚂蚁的王国，树干上，草丛里，黑色和褐色的大蚂蚁匆匆忙忙碌着，一会儿就爬到身上不少。树边废弃的巨大蚁巢，犹如坟头，上面有头颅大小的黑洞。印象中，左边是一溜百丈高崖，绝不能顺坡闯下去；右边是缓坡，像是个峡谷，但不知下边是何方去处。在地形复杂的云蒙山腹地，离开小径乱闯是危险的，明智的选择是退回去重新找路。

　　退到吃东西的隘口时，太阳即将落山，余晖透过树缝照在脸上。不久就会天黑，时间不多了。在顶峰北侧树木稀疏之处向西探索，蓦然发现一条小径，

"找到路了！"我大叫起来。儿子有些怀疑，不断地问："您再想想，对吗？"枫叶也半信半疑。"没错！绝对不会错的！"我肯定地说，我相信自己的记忆，这是曾经走过的路。走了十几步，来到一个白崖头，枫叶也想起来了："没错，就是这条路！"几人同时欢呼起来。

从白崖头上下降，是个壮举。崖头一侧悬空，下面深不可测；另一侧探头，几丈下才能见到树巅。站立白石之上，如在云端。从崖脊下攀，要过几个台阶。枫叶此次是二渡危崖，熟悉地形，一边下攀一边高声指挥。儿子表现很好，虽略显紧张，却紧跟着贾大侠，攀枝、悬身、投足、转体，一个个动作完成得谨慎果断，很快就渡过了险关。身处绝境，对人的勇气是极大的锻炼。如果带一台摄像机，将此场景记录下来，供日后欣赏回味，肯定非常有趣。

转过分水岭，小径盘旋回环，陡然下降，一水儿就地取材块石砌就的台阶路，走得顺畅，高度很快降下去数百米。天色渐渐暗下来，必须在天黑之前赶到水源地，几人加快脚步，开始暴走。

石门山里有姐泉妹泉各一，暮色中见径边有泓清潭，那可能是妹泉。天黑到达姐泉，这里有一截稍平的路，能容两顶帐篷，于是掌灯扎营。到泉边洗去一身黏汗，顿感清爽无比。由于过度疲乏，谁也不想吃东西，都忙着钻入帐篷入寝。这一天，走了九个小时。

（2003年5月31日）

石门山

在帐篷里沉沉睡去。后半夜,朦胧中隐约听到远处有人在喊,似山间行者或早起劳作的人在呼唤,断断续续,如是十来次。睁眼看看,帐篷外还一片漆黑。深更半夜,莽莽野山,附近并无村落,也无道路,这声音从何而来?缘何而来?使人感到蹊跷。于是辗转反侧,再也睡不着了。山友张某讲过一件事:一次三人夜宿京冀交界大山中,夜半时分,附近崖坡忽然传来石头哗啦啦滚落和枝条刺啦啦摇动的声响,接着一个扑腾扑腾沉重的声音由远而近,挨近帐篷。这声音似人的脚步,可比人的脚步声沉重而缓慢。声响绕着两顶帐篷转了几圈,住着两位女士的帐篷还被碰了碰,其中的一位紧张得直哭,又不敢出声。张某说,当时他的头发和汗毛都竖了起来,尝到了毛骨悚然的滋味儿。和张某住在一起的老兄也姓张,胆子大,不信邪,拿着家伙钻出帐篷,在附近转了几圈,奇怪的是没发现什么,只好入帐继续睡觉。张某有心计,将二锅头酒斟了一小碗,连同几根火腿肠一起放在石板上。一会儿,这声音又来了,不久渐渐走远。天亮一看,石板上的酒被喝净,火腿肠也没了。

"哎——,哎——" 远处的声音时断时续,不绝如缕,时而还发出抑扬顿挫的短音节。是人声?这山里不会有人;是猿啸?燕山附近人类活动频繁,猿类早已绝迹;是鸟鸣?没有什么鸟可以发出这种声音。越听越像人声,似呼唤,似劝说,似倾诉……,我不禁联想起《聊斋志异》。这山里有姐泉、妹泉,传说姐妹是周代的村姑,为武王军队带路,引大军出此迷津,后二女化为二泉。下边崖上有座石门,石门内有位得道的仙人,仙人经常打开石门出来,做些周济穷困的事情。是姐妹在说悄悄话?是仙人在念道德经?还是什么魂灵在空荡的山峡中游来荡去,呼唤它的亲人和故旧?我的思绪开始畅游,在亦真亦幻,浮想联翩中入梦。

天大亮,那声音全无。钻出帐篷,只见山径两侧翠条纷披,一种不知名的灌木密匝匝开满白色小碎花,幽香袭人。由于峡谷曲折,这里三面被陡峭的山崖所围,壁立千仞,有如刀劈斧削,只有向下的一面是个出口。到潭边洗漱,一处五六十米高的瀑布,瀑水白白一线,顺着石缝飞泻,坠入碧潭之中。潭边

有处石台，台上有石桌、石凳，上边用木杆搭个棚，猕猴桃、野葡萄藤爬了半架。洗漱毕，烧火做饭，围着石桌早餐，美哉乐哉。有诗为证：瀑水泠泠兮，渊深潭碧；鸟鸣深涧兮，秀木随栖；纵情山林兮，我心怡悦；野径观花兮，晨露沾衣。饭毕，收帐起包上路。路边满是桑树，紫红的桑葚挂满枝头，熟透的落了一地。赶忙卸包拽枝，边摘边吃，又酸又甜，满口生津，弄得满嘴似涂了胭脂。

左侧山上翼然一亭，山后一面宽高的石壁，石壁平整光洁，上部正中齐刷刷凹切进去一块，正好是个凸字形，只是凸字上边的顶稍矮些，俨然一孔石门。贾大侠乏了，不想再登高，在路边歇脚看包。我们三口顺石阶盘旋登上亭子，攀着铁梯到达石门下。近观石门，又是一番景象：这石门远看像贴在石壁上，其实与石壁不是一体，门与壁中间还隔着两三米，成一道空缝。由缝仰望，碧空如洗，白云流走。石门宽十五六米，高十米有余，门框宽厚各约一米五，直线的折角处极规整，标准的九十度，两边非常对称，令人惊叹大自然的鬼斧神工。传说山下村里有个放羊的穷孩子，一日丢了羊找到石门下，正在着急，石门里忽然走出一位老人，安慰他，并给了他一枚金锭。牧羊娃回家的路上不小心把金锭弄丢了，很是后悔。夜里老人给他托梦，让他第二天还到石门来，石壁上会现出老人的影像，到时他还会得到金子。孩子半信半疑。再到石门，石壁上果然现出老人的影像，手里正捏着金锭。孩子取下金锭，老人手里马上又冒出一枚金锭，再想拿到手，就抠不动了。以后山下的人，谁有了难事，都会到石门来摸摸石壁，据说都能逢凶化吉，遇难成祥。

山口横着条河，下游有个小坝，河水壅成个小湖，岸边拴着游船，几个人坐在船中打牌。湖对面是个度假村，正值旅游旺季，里边却没一个人。几个修路的村民说，平常这里每天至少有四五十人进山，今年却没几个。春夏之交，正是踏春的好光景，如今却冷冷清清，山花空开无人赏，涧水自淌少客掬。靠接待游人过日子的山里人，上半年的收入算是眼睁睁地失掉了。他们说，都是"非典"闹的。

从搭石过河，到公路上打车。司机说，这几天已经有人进山来玩，只是不太多。路边停着几辆汽车，有人围坐在树荫下野餐，孩子蹦蹦跳跳捉飞虫，像是从城里来的。接近怀柔县城，饭馆外停着不少汽车，人们在露天围桌用餐。实在憋不住了的城里人，开始到郊外来透气。有了人气儿，萧条的旅游业也在复苏。

（2003年6月1日）

大东沟

本来想周六走一天，周日休息，可贾大侠想带上夫人去野营，来个休闲游；小刘也想休闲，甚至还想"腐败"，于是说好去猴石梁头，从大东沟出山。去年初冬和老年队走过这条路线，抓紧一天就能穿出去，我们走两天，应该算休闲。

加上我家三口，一共六人，正好打一辆面的，向怀柔八道河方向进发。雨后的空气清澈无比，透明度很高。盘上莲花池大梁，西望，阳光下的慕田峪长城像一条银龙，高卧于层峦叠嶂之巅，十几公里外，轮齿般的雉堞清晰可辨。东面，残破的野长城雄踞于青岭白崖，敌楼半圮，砖石拱券依然，风雨剥蚀过的墙体沧桑而伟岸。如果想摄影，从哪个角度都能拍到优美的画面。经过修复的长城和野长城有着不同的韵味，修复的长城雄伟、庄严，展现的是整齐对称之美；野长城苍凉、古朴，蕴涵的是缺失和不平衡之美，两种美各有千秋，而我更喜欢后者。

到鱼水洞，见到向导老田，把去年的照片送给他，请他再带次路。他婉言谢绝，说："太发憷。今年雨水多，山里的小道好些地方都被条子和草掩住了，找起来很难。"没有向导，只能自己去摸，虽然去年来过此山，可当时匆匆而过，对地貌和路径的记忆已依稀模糊，只好去碰运气。

司机不错，将我们送到大涵洞，这是进山的路口。钻过涵洞，进入山谷，满沟巨石嶙峋。找了块有平面的石头，将枫叶从怀柔采购的大西瓜放在上面，由贾大侠操刀，大家分而食之，薄皮沙瓤，解渴败火。吃瓜的时候，贾大侠夫人在石头间走动，不小心倒在石堆里，磕青了胳膊肘。新手上阵，出师不利，大家忙好言相慰，贾大侠更是殷勤体贴。

出了石头沟，寻到上山的小径，灌草掩得很密，需扒开走或钻着行。小径已长时间没人走了，野百合伸着长长的颈，顶着红红的花瓣，探到路中间展示美丽，招人怜爱。山杏开始泛红，疙里疙瘩缀满枝头，果枝拦住去路，好像要请你摘颗尝尝。不过现在味道苦酸，再过半个月，黄果满枝时才能吃。山杏的经济价值不在果肉，而在果核，杏仁可以入药，也可加工成干果或榨油。

既是休闲，就走一段歇一起儿。问贾大侠夫人累不累，说虽有点儿强度

但不累就这样挺好的。所有人的感觉都不错,谈笑间到了山腰。去年是从左侧林子钻出去,走山梁到主峰,比主峰矮的那个山顶叫西猴尖;现在那片林子被灌木遮挡,只好从右侧山坡寻路向上。

下午一点多,登上主峰东侧的山峰,这峰比主峰略低。小刘的大包装满了吃的用的,高过头顶,他是做了充分准备来休闲的,连沙滩鞋都带来了,一路上想着如何在清潭边的沙滩上宿营和"腐败"。从这儿可望见主峰上的三脚架。脚下绿草绒绒,蒲公英的蓝花球顶在长颈上,微风一吹,点头摇曳,满山顶全是这种花。猴石梁头海拔1000多米,山下已近盛夏,山上还在暮春,不禁想起白居易"人间四月芳菲尽,山寺桃花始盛开"的诗句。高山地势高而时节晚,盛夏花多,惜春觅春者应到山中来,特别是夏天,可以找到更多春的感觉。

用餐合影诸事办毕,已两点多,向北寻路下山。草厚灌密,在峰下隘口转了半个小时,也没找到下山的路径。掏出去年的照片比照,隘口确是下山的方向,下面的峡谷叫大东沟。贾大侠拱着灌草,探下去三四十米,由于太密又返了回来。无奈,只得从东侧的山峰向下斜插,那里树密草稀,下得很顺利。虽没找到路,但顺山沟下降,很快降下去二三百米。我想,反正是下山,只要大方向不错就行。儿子说,速降更快。于是接着往下走。没想到误入歧途,带来很大麻烦。原来在主峰周围,有时向下延伸出几条山沟。初离山顶,这些沟又窄又小,指向不同方向,随着向下游发展,沟逐渐变宽变深,形成峡谷,相去也越来越远。在山顶上相距几十步,到下游就相差几公里甚至更远。正确的路径应是大东沟,我们所在的可能是条叉沟。只见这沟怪石嶙峋,上边被树枝和猕猴桃、野葡萄藤遮得严严实实,才下午四点,就如同黄昏。树干和石头上生满青苔,石缝渗出的水将落叶沤黑沤烂,变成腐泥,投足落脚需倍加小心。由于巉岩顽石阻隔,枝条藤蔓遮蔽,前进时要做出扒、拨、拱、钻、蹲、摁、仰、侧、跪、攀等多种姿势。令人担心的是,沟底还有几处高坎和小瀑布,遇到这种地形,就要从旁边的崖坡绕过去。这路况,老山友还能对付,贾大侠夫人可有点儿吃力。更麻烦的是,她的左右腿又添了新伤,加上进山时摔伤的胳膊,四肢伤了三肢,来时的好心情早跑到爪哇国去了,而且她的体力也渐渐不支。在这深山密林中,队员之间不能离太远,否则容易迷路丢人。只好走走停停,全队的速度大大放慢,不知不觉中天渐渐黑了下来。小刘的大包也成了累赘,热汗从他的两鬓滴滴答答向下淌,走出一段,就靠在石头上大口喘气。此时清潭沙滩休闲的憧憬变为泡影,魔境般暗无天日的苦行成了现实。贾大侠建议,能否在这里坐一宿,明早再走,实在太累了。小刘坚决反对,他说,这谷底湿漉漉，潮乎乎，到处是青苔和枯枝腐叶，坡又这么陡，坐在哪里都难受。再说，虫子满地爬，来条蛇怎么办？再艰苦也要走下去，找块儿干爽的平地宿营。我们都同意小刘的意见，于是继续走。天彻底黑下来，藤蔓遮蔽的谷底没有一丝光。只有我一个人带了灯，走出几米，就要回身给后边的人照明，如此艰难地走了一个多小时。黑暗中摸索着有块平地，勉强够扎三顶帐篷，这已经够奢侈了。看看表，已近夜里十点。于是草草扎营，倒头便睡。

　　一觉醒来天已大亮，起身四望，山谷较夜里大为开阔，遮道的藤蔓植物也稀疏了。收营起包，向下游搜寻有时，才找到小径。又行了数里，见清潭一处，碧水一泓，沙白树绿，枝间雀鸣。于是卸包休憩，濯足洗身，支锅为爨，临水围坐，舒畅至极。谈起昨夜的困境，犹如梦魇。

（2003年6月14日）

大海坨

在大东沟迷路那天我左脚大拇趾受了伤,从指甲盖儿里向外流水儿,本该歇歇养伤,可听说要去大海坨,心里又跃跃欲试。走山有若干等级:腐败、休闲、中等、较强、探路、自虐。去大海坨,应属于较强或自虐,对脚趾的考验绝对是艰巨的。可想起六月山上的野蔷薇和美丽的草甸,还是禁不住诱惑,去!

火车咣当到沙城已近下午一点,近百名下车的旅客堆在车站里,等待测体温和进行"非典"登记。出站口内摆两张桌子,由工作人员询问、测体温,然后发登记表。负责测体温的人穿着白色防护服,戴着防护镜。填好登记表后,要到另一处交表。几位穿制服的人对表进行审核,然后划钩签字。登记的速度很慢,着急的旅客将两张桌子围得严严实实,挤得冒汗。有人说,现在是没"非典"了,要是有"非典",这么一挤,非传上不可。枫叶排在最前边,给几个人登了记,整个过程用了一个小时。持着签了字的登记表到出站口,才被放行。

十四个人分乘两辆面的,每人一个大包,车里挤得紧登登的。山友出行一般先乘公交车或火车,到县镇后再打个面的到山下。面的小而灵活,当地司机熟悉路况,价格还可商量,一般是山友的首选。费用实行 AA 制,大大降低了成本。我们一般走穿越路线,与司机说好,可到出山处去接。领队手里有若干司机的手机号,即使事先没有约定,也能随时叫到车,非常方便。

从沙城向西北行,至赤城县蔡窑子,然后向南行 20 公里,就到了大海坨西北的大海坨村。这里是老区,民风淳朴。由于怕拉肚子,每次出行都带两头蒜,这次忘了带,枫叶跟村里人要了几头,给那妇女钱,她说什么也不要。有人要补水,老乡热情地打开井边的自来水。村东头有块巨大的卧牛石,上刻两行大字,上边一行:平北抗日斗争纪念地——聂荣臻;下边一行:大海坨——段苏权。巨石下方的碑文概述了大海坨地区的抗日斗争史。山南五里坡,曾驻平北八路军军分区司令部。

几个年轻人刚从主峰上下来,风尘仆仆,是北大山鹰社的。路边停着两辆丰田越野吉普,一群人在树荫下野餐,树间拴着吊床。老迟说,我要有这么一辆车，非开着它去珠峰不可。大家议论，登珠峰上雪山，是极限运动，须经过专业训练，要花很多钱，还有危险。对我等来说，暂时还没条件。我们还是走山吧，走山多好啊，不缺氧，少危险，能健身，又省钱，还能交这么多朋友。对，还是走山吧，走在这大海坨山上，风景多优美，空气多新鲜呀！

　　山间开辟了挺宽的防火道，顺着防火道走到头，是曲折上升的小径，径旁一墩墩野蔷薇，低处的刚过花期，再高些只剩残红，更高处开得正盛。再往上，灌木稀稀落落，逐步过渡到高山草甸。绿茵在平缓的山地上延展起伏，视野开阔，给人以草原的感觉。回望山下，发现已到了很高的地方。

　　"东北张"在前边带路，早就听说他是个强手，今天初次领教。只见他穿件小白褂，敞着胸，大步流星飘然行进，一会儿就把后边的人甩下半里地。听说他的风格是只管独自前行，很少停下来等待，跟着他走，得先估摸一下自身的实力。他经常离开小径披荆斩棘，没路的地方也要硬趟过去。随身带根又软又长的大绳，遇到陡坎高崖，用绳子把同伴先续下去，他断后。前面是几个小山头。"东北张"上坡不歇，一气到顶；下坡小跑，一蹿到底。刚见他还在前边山头上，等一接近，又不见了踪影。年轻人起初还在努力紧跟，与其摽劲儿，后来见他持续不停，只得放弃。北京周边的许多大山他都熟悉，可带人去任何一座山，被山友称为"北京夏尔巴"。据说他文笔不错，常在网上发表游记。

　　到达大、小海坨之间的山头，已是晚上七点。急骤的风吹着奔马似的云从身边掠过，数米之内见不到人。这种情况下极容易迷路，急喊前边的儿子慢点儿，让枫叶跟紧，后边的人也紧跟上来。高度已超过2000米，湿度很大，气温降低，头发眉毛都变成白毛。高处不胜寒，穿上外套还不顶用，牙齿直打战。赶紧套上羽绒服，才抵住冷风的吹袭。

　　浓雾中在峰顶集合，集体下撤到山坳草甸。趁着风小，赶紧扎帐篷。我家的帐篷是抗风雪的，插上地钉，外帐绷得结结实实，再大的风也没事儿。贾大侠的帐篷差些，担心被风刮跑，又在四围压了些石头和土。几个年轻人刚从延庆方向爬上来，是掉队的"绿野"队员，他们爬了九个小时。他们说，先上来的"绿野"大队就在西边。顶着大雾，我们去访问"绿野"营地。只见五颜六色的帐篷扎了一片，听说他们来了六十人，还有二十个天津山友也在附近。

　　大家讨论，短短双休日，人们不惮山高路远来爬野山，睡野地，以苦为乐，究竟为什么？有说：人类是从山林中走出来的，眷恋山林是一种本能。也许在祖先遗传的基因中，有对野外生活的天然适应性。攀爬，奔跑，寻找水源食物，抵御动物袭击等等能力，只要锻炼开发，人皆可以做到。人类对山林的喜欢深

藏在骨子里，一有机会，就会回到儿时的摇篮。有说，人是山林骄子，万物灵长。人的生存仰赖大自然，必须与自然和谐相处。经济和社会发展了，生活水平提高了，生活理念和生活方式也需要变化。要亲近大自然，在融入自然中创造健康生活。有说：环境和生态问题正困扰着城市人，空气污染、噪音喧嚣、疾病流传、人满为患已影响生存质量；高度的竞争，紧张的节奏也带来种种生理和心理健康问题。适当离开城市，亲近自然，使身心得到休息和调节，是城市人的需要，也是明智者的共同选择。这既是无奈，也是必须。是啊，攀登于高山之巅，穿越于丛林之中，掬饮于清泉之边，徜徉于野花之畔，对现在的城里人来说，是享受也是时尚。

访问过"绿野"营地，向西登上小海坨。山顶有个木架子，是旧时的测绘标志。浓雾弥漫，天完全黑下来，赶紧撤回营地。这里竟有手机信号，给老妈和朋友分别打电话，向他们现场报道了在大海坨宿营的情况。

（2003 年 6 月 21 日）

窝头山

从德胜门乘公交车到昌平县城（今昌平区），再从昌平倒车去上山的起点，去这个方向走山，一般都这样乘车。公交车走高速路，既便利快捷，又经济实惠。车上，同行的山友笑语喧阗，其乐融融。对挤车和站着，对颠簸和晃悠，山友们从不在乎。结队走山，不能讲究和娇气，要向低标准看齐，尽量将就。

车到长陵，接着就得打车了，于是与司机讨价还价。司机说往上要翻道大梁，挺费劲儿，多给点吧！老哥老姐们说你闲着也是闲着，不如挣点儿是点儿！司机说给得太少还不够油钱，去不了！老哥老姐们说薄利多销你该懂，你要是不去，我们可就走着去了，一会儿就到，不算啥！司机说等等，等等，着啥急？于是双方的条件逐步接近，成交。市场经济的等价交换原则在这里发挥到极致。

大庄科是乡政府所在地，去年还通公交车，现在不知为啥撤了，连站牌子都薅了。俗话说，要想富，先修路。修路是为了走车，撤掉公交车，山里人出山进城多了不便，致富更难。农村现代化，交通事业应当越来越发展，乡村的交通应该带点公益性才是，至少不应该倒退，不知有关方面是怎么想的。

路旁有养蜂人，在卖蜂王浆，讲好了价他却没包装，只好作罢。这会儿功夫，前边的人已走得杳无踪影。别看这拨人年龄大，却走得飞快，很少休息，稍有懈怠，就会被拉得老远。赶紧迈开大步追。只见老李头在前边，白发银须，挂根手杖，快步流星，神行太保一般。惊得枫叶直嚷：这老头怎么这么快？我们跑了几步赶上他，跟他攀谈，他说他七十多了，引得我们啧啧赞叹。

开阔的一道川，四围山势平缓，川中阡陌纵横，地里的玉米和黄豆长得肥绿。一位戴草帽耪地的长者说，这儿叫慈母川，北边叫董家沟，西南的霹破石有景可看。到霹破石村，只见村头孤零零一座磐石，数丈方圆，花岗岩石质，石身有条尺宽大缝，缝中生两棵松、一棵桑、一棵流苏，顶上筑座菩萨庙。石侧筑有石阶，拾阶而上，可达庙前。庙内并无塑像，只供香案。此石是处奇观，村人说，传说古时一村姑正在屋内灶前捞饭，一白衣少年过路进门讨要吃食，借机调戏女子。女子恼怒，挥起一笊篱捞饭拽将过去，忽一声惊天霹雳炸响，

白衣少年化作一缕轻烟遁去，屋前巨石被霹雳破成两半。惊变过后，那饭仍洒在石头上。原来那少年是条意图不轨的白龙。惊天霹雳，破石出缝，故称霹破石，村也以石为名。老李告诉我，石上的那棵流苏树是少见的树种。

从霹破石一路下坡，到大秦铁路，这是晋煤外运的专用道。铁路的山体护坡别致而巧妙，为了节省石料，山体下部的护坡砌成拱券，拱洞内露出山岩，上部则整体砌筑，一直到顶。我年轻时修过铁路和水库，当过多年施工员，故而对这工程的事儿很感兴趣。

过铁炉村几里，山侧正在建房，说是要开发旅游。干活儿的人在午餐，烙大饼，熬豆角，一个个吃得挺香。大饼的香气撩起食欲，我们也开始午餐。

路南一座山峰兀立，这山长得奇特：正面看是个规则的圆锥体，从锥底到锥顶高约 200 多米，山体一色花岗岩，岩面生些灌草，少有树木。张姐说，这山叫窝头山。远看这山，确像窝头，惟妙惟肖。一条小溪从山侧谷中潺潺流出，谷中老柳虬卧，嫩芦丛生，溪弯草茂，雉飞雀鸣，好一处野趣盎然之幽境。出 2 里许，回头看这山的侧面，圆锥正中切出一条垂直大缝，从上到下，将锥体一分为二。200 多米高，缝切得又齐又直，如刀劈剑削，令人叫绝。看了此景，才明白这山为何又叫石缝山和双秀山。

走出山谷，河湾上方有块台地，台地上绿树葱茏，依稀露出屋舍。路侧田边夹着稀疏的篱笆，篱笆上爬着豆角秧，地里栽着茄子和葱。那房石墙红瓦，墙头架上爬满南瓜丝瓜，黄花开得正盛。院侧小房上顶着太阳能热水器。院门紧闭，主人没在家。听到人声，院内的狗汪汪叫个不停。母鸡也咯嗒嗒叫起来，也许是刚下了蛋。过了这户人家，路边全是杏树，杏子已经泛红。若是春天来，这里定是杏花迷人，落英铺径。从地图上看，此处距京城直线不过七八十公里，可是南有数重高山阻隔，到此只能经八达岭，从延庆境内绕行，因此无人造访。只有徒步穿越，不惮狂行暴走的山友，才能越重山来此绝境。同行者相约，此处为"保留节目"，只供吾等自享，不足为外人道也。

（2003 年 6 月 28 日）

凤驼梁

过黄花城往北五六公里，到杏树台。公路左边那山，就是凤驼梁。据说因山形像凤凰，故得了个美丽的名字。

还不到上午十点，太阳就灼灼地烤上了。农家院的房山旁有几棵又粗又高的杏树，上面稀稀拉拉挂着几颗黄里透红的杏子，用手晃晃树干，纹丝不动；用脚踹几下，震下来三两颗，又酸又甜。村子座落在山脚下的坡上，引来的山水在坡上冲出浅沟，哗啦啦地淌，翻起白色的水花。

天热，坡长，汗水湿透了背心，洇湿了背包。走山的背包：走一天背小包，主要带食品和水，负担轻；如果走两天以上，在山里野营，就复杂多了，帐篷、睡袋、防潮垫、食品、水、灶具，几乎所有过日子的东西都要带上，加在一起，轻者十五六公斤，重者二十多公斤。背大包比徒手上山付出的体力大得多。夏天出汗多，有时汗水透过背包，能将包里的衣物洇湿，那才叫汗流浃背，挥汗如雨。我的六十升迷彩包，贴背的一面常挂着不少汗碱。看着那些白碱，我有时想，这些就是钠和体液中的一些废物，经出汗被代谢出来了。通过运动，身体吐故纳新，血管保持弹性，心脏更有力量，身体也更有活力和健康。有人一背大包就嚷累，我是一背起大包就来劲儿，背起包来掂一掂，刹紧腰带晃一晃，战士出征的感觉马上就来了。

一位老汉靠在石头上歇息，梯架上背着半筐杏子。他热情地让我们吃杏。这山杏虽好吃，但主要的用途不是吃果，而是去掉果肉取杏核。去果肉的方法，简单的是捏开去掉；杏子多了，就堆在一起让它腐烂，在翻晒中使果肉脱落，将杏核分离出来。杏仁可入药，其油是高级油脂。旧时妇女用它来润发护发，梳头时抹一点，头发又黑又亮。现在用杏仁加工饮料，增加了它的使用价值，今年可卖到三四元一斤。

按老汉的指点，曲曲折折拐进林子。岔路口拴着一头驴，附近没人，左行右行拿不定主意，于是往左。上了很高，直走到灌草遮挡，密不透风，才发现是条死路。返回就走了冤枉路，大家决定爬到山顶再做道理。姜子一马当先开路，骁勇非常。有人作了一首打油诗赞他：四十出头正当年，攀岩爬坡若等

闲。披荆斩棘浑不怕，砍刀一挥冲在前。费了九牛二虎之力冲出密灌区，解除了羁绊，大家一鼓作气登攀到顶，环顾所在，原来是主峰左侧的山头。要登主峰，还需下到两峰之间的凹处。爬到高处再下到低处，山友们称之为"损失海拔"，今天至少"损失"了300米海拔。好在下山是个缓坡，坡上的棵子嫩绿可爱，厚厚的腐叶软得像棉花，踩上去富有弹性，脚下似呼呼生风。

刚才攀山头，大家的劲几乎用尽了，这会儿成了强弩之末。再往上爬，全凭毅力。陡坡上全是柞树，黑黑的树干，密密的枝叶，光线很暗，密不透风，让人感到憋闷和压抑。天闷热，加之二次冲顶，人的体力消耗很大，每个人都张着嘴喘气，热汗顺着脖子流。出了柞树林，眼前是一丛丛野蔷薇。光线明亮，视野宽敞了些，人才透过气来。多数人已筋疲力尽，可姜子却表现出极强的实力，骡子般腾腾往前闯。他已经走出灌木丛，在前边大喊："快过来看！真好看嘿！"我疾步追过去，眼前豁然开朗：一大片平缓的斜坡，有起有伏，满目皆绿，是高山草甸，有两三平方公里方圆。草有齐腰深，秆粗叶肥，茂盛得像庄稼，嫩绿得让人舍不得碰。由于未经扰动，草甸完全是原生状态。最显眼的是草丛中的花，黄花蹿出细长的花箭，有的咧开了嘴儿，它们是草甸群芳中的大家族。猩红的百合像火苗儿，伸长脖子探出头，娇艳热烈。不知名的蓝、白、粉、紫、红各色大小花，或正绽放，或刚做蕾，一片缤纷，在草甸上织出片片锦绣。由于山顶的腐殖质厚，这里的花开得比一般的野花硕大而鲜艳，既丰腴妩媚，又高洁超逸，兼具圃花和仙葩的气质。小暑将至，山下已是炎炎盛夏，而这山巅却还姹紫嫣红，满目春色，美得几乎让人背过气去。离开京城闹市不足百公里，即有此绝境绝景，真是出乎意料。山顶有个石堆，石堆上立个测量用的木架，表明此处已是主峰。

照相、喝水、赏花，在草丛中打滚儿，真不想离开这儿。忽听西北方向轰隆隆响起闷雷，凉风骤起，雨意顿生。张姐催促大家快点出发，向北下山。草深无路，只得顺峡谷下插。乌云遮顶，天色渐暗，大个雨点吧嗒吧嗒掉在脖颈里和脸颊上，凉凉的。终于找到下山的路，众人急急风般下撤，不到两个小时，就到了山脚。云消雨霁，彩彻区明；清风徐来，神清气爽。

一位老乡正往山下运杏子，两口袋杏子一袋一袋轮番往下扛，这样的干法叫"倒菜缸"。他说，山下的村叫水口子，属延庆县永宁乡。

（2003年7月5日）

牛犄角边

从西栅子村二队南边上山,先到正北楼,再到牛犄角边,一直到慕田峪长城西头,是箭扣长城的东段。

二队是个小自然村,坐落在缓缓的山坡上。正是收秋的季节,院子里、窗台上、囤子里,到处都是玉米、谷子、豆子、核桃、栗子的收获物及庄稼秸秆,堆堆攒攒,琳琅满目。柿子树叶子已落光,金黄的大柿子悬在枝上。公鸡和母鸡们吃得嗉子发歪,咯咯叫着四处闲逛。小狗撒着欢儿在院子里来回窜,不时仰头吠几声。骡子打着响鼻儿,在圈里用蹄子刨地。晨雾很浓,秸秆垛、房顶和门楼上,到处都湿漉漉的。露水很重,茂密的秋草湿得伏在地上,草丛里飘出一股淡淡的干蘑菇味儿。这时候的山里,能闻到一些特有的味儿,如荆稍味儿、烧秸秆味儿、艾蒿味儿等,这些都是秋天的味道。

一些庄稼院可接待游客,路边人家的院门边挂着块招牌——摄影人之家,院里停着几辆轿车,一位客人穿着带有许多口袋的坎肩,摄影师的打扮。

山路好走,儿子一上路就撒开了欢儿,远远走在前边。贾大侠带来两位女士,一位姓张,一位姓石。出版社的石女士,在单位是登山比赛的选手,走着走着就跑到前边去了。那位张女士也不甘落后,摽着劲往前赶。他们一带,整个队伍的速度就快起来,张姐等几个老手反被拉在后边。一个多小时,登上正北楼。这是座烽火台,楼体宽大,略有坍塌,没有修复的痕迹,是原生的野长城。从楼台西望,大雾弥漫,隐约可见远处危崖上矗立着高低错落的敌楼,敌楼间连着蜿蜒起伏的城墙。浓雾中的长城更显巍峨雄奇和缥缈神秘。来时大雾漫天,以为透视不好,没带照相机,其实这大雾中的长城更美。

一位老人在拾垃圾,说是山下村里人,受一位叫威廉的英国人委托,负责保持长城的卫生,每月可得到威廉300元报酬。像他这样的人有五位,每人负责一段长城。据说威廉在北京城里做事,在西栅子村买了房子,几个月来一次。上山路边竖着的那块白地绿字牌子,也是威廉所为,牌子上用中英文写着两行字:"除了脚印什么也不要留下,除了照片什么也不要带走。保持长城古朴的魅力!"

从正北楼向东沿城墙下山。墙上部的雉堞多已坍塌,下部的墙体完好无损,

城墙中心生满榛莽。山势险峻，可能是长城保存较完好的重要原因。临近中午，迎面走来十几个外国人，他们是从慕田峪方向来的。一个小伙子操着汉语，说他们是俄罗斯人。这群人走热了，一个个将衣服搭在肩上，系在腰上，边走边说，走得挺快。

　　长城顺山脊曲折向下，到凹部开始向东面的陡坡上爬，爬升百米左右，到达茕茕独立的峰顶，然后陡然向左侧山坡折下，形成一个大锐角，这就是有名的牛犄角边。边，乃边界、边疆之意。在北京山区，也称长城为边。京北山地，地形复杂，山势险峻，长城多依山就势，凭险而筑。按当时的生产力水平，筑城主要靠人工，建筑中要解决许多难题，一些难题至今都费解。那些技艺高超的设计大师和能工巧匠已经离我们远去，可他们的智慧却赋予了长城，留在这凝固乐章的串串音符上。这些烽火台、墙体和雉堞，许多历经几百年不垮不朽，完好如初，证明着设计的合理和质量的过硬。站在牛犄角边，你不能不感叹其地势的险要，其工程的艰巨，其设计思想的巧妙，其布防谋略的高超。固若金汤，铜墙铁壁，在这里可以得到最形象的诠释。然而，修筑长城的明王朝，却在腐朽没落中无奈地灭亡了。抚着粗粝的城砖，迎着萧瑟的秋风，思考历史，推究兴亡，令人嗟叹感慨。真正的长城在哪里？在这千山之上，还是在万众心中？不同的人，总会得出不同的结论，而历史，却早已画上了句号。

　　从牛犄角边往东，一路下坡，到慕田峪长城。正值周六，长城上人很多。一个大汉堵在敌楼的拱门口，嚷嚷着让人买票。说实在话，这长城被修得太规整，失却了古朴的韵味儿。好多游人乘缆车上来，熙熙攘攘，如同逛公园。门票价格挺贵，长城也被商业化了。爬野山的人对这种地方兴趣不大，于是寻路下山。几位妇女背着矿泉水，要到景区里去卖，她们想偷着从上面的门洞进去，说是让人发现了会被没收。一瓶矿泉水能赚几个钱？这些妇女真是不易。

　　下山时没有招呼姜子和儿子，发现时已隔着条峡谷。于是开始喊山，此呼彼应，声音在山谷中回荡。远远地，望见他们下了敌楼，钻入密林，等了半个小时才会合，儿子的裤子上沾满了草刺。

　　山谷中生满山楂树，红果累累，熟透落下的果实铺满地。这些年，远郊山区山楂树栽得过多，价格很低，农民也拿它不当回事儿。谷口的村子叫营北沟，村头有人在摘柿子，阳光下笑语盈盈，黄澄澄的柿子装了几大筐。山里人最乐的，就是这收获的季节。

（2003 年 11 月 1 日）

黑坨山

去黑坨山要翻两个大梁，一个是莲花池梁，一个是八道河梁，下了八道河梁，就是大地村。这儿比怀柔县城要高出几百米，前场雪还没化净，冷风飕飕，寒意袭人。冬闲的时候，山里人起得晚。太阳老高了，干活儿的人才推着车子、扛着锹从村里走出来。听说我们去黑坨山，一个胖小伙子吃惊地睁大眼睛，粗声大嗓地说："去黑坨山？你们可真行！山上的雪没腰深，前些日子还发现了老虎，连我们都不敢去，你们可真行！"山上雪大，但不会有他说的那么深；这些年封山育林搞得好，山里有小兽，但不会有老虎。说起大山，山里人有时有点儿夸张，以大山的崇高、神秘为骄傲。不了解情况和胆小的人，听了会吓回去，但我们只是报以一笑。

问好路线，快速向西南方向行进。路不陡，越往高走雪越厚，雪没脚踝，深的地方到膝盖。雪地上没有人的脚印，只有一趟趟兽迹，说明雪后还没有人来过。儿子打头，"窟叉、窟叉"走得挺快，后边人踩着他的脚印跟进。雪地行进，雪容易灌进鞋里。高腰鞋好些，矮腰鞋则差些；灯笼口的裤脚盖不住鞋帮，容易进雪；宽裤脚能盖住鞋帮挡雪。这些户外运动的经验，非经过亲身体验才行。

接近中午，一座圆锥体的山峰兀然进入视野，这峰鹤立鸡群，比周围的山峰高出不少，陡坡上突出几块巨大的黑石，是黑坨山主峰。要到达主峰下边，还需通过两公里长一溜山脊。路在山脊侧面，风卷来的积雪壅住山径，走起来很困难。好不容易拱到主峰脚下，又找不到上山的路，只好顺小径到主峰西北寻路。正走得起劲儿，张姐突然叫停，她说不能再往前走了，再走就下山了，让返回去找上山的路。有人认为山路有起有伏，此时下坡，一会儿还会上坡，顺路前行，会找到上山的路。双方各执己见，站在雪地上争论不休。看看已过中午，张姐有点着急，扭头就走。看她这样，持不同意见的人只好作罢，跟着她往回走。雪太厚，仍找不到上山的路，张姐决定开路上山。姜子挥舞砍刀，左右开弓，一路杀将上去。众人一个紧跟一个，在雪坡上手足着地，几步一滑地艰难挺进。雪滑坡陡，只有拽住枝条扳住树干蹬住树根踩住脚窝才能向上攀

登。前边的人滑下来，后边的人向上托；后边的上不来，前边的往上拉，十几个人形成一串动力链条，硬是在雪坡上开出一条路。北风卷过，松涛阵响；回首来路，众山皆小。雪岭漫漫，莽莽苍苍，天地间只有我们一彪人马，豪放之情顿生。我高声唱起二黄导板"朔风吹，林涛吼，峡谷震荡——"引得众人叫好。

终于登上峰顶，环视四周，南为绝壁，另三面为断崖和陡坡。峰顶平台生着黄草和芦苇，阳面的雪在阳光下开始融化，北侧光秃的树干在北风中抖动。向南远眺，长城从峰下一直向南延伸起伏，到"北京结"与东西向的箭扣长城相接，形成一个大丁字，蔚为壮观。在呼啸的寒风中合影，匆匆从西侧下山。

下山无路，只得从陡坡向下插，有时坐在雪上向下滑。张姐想从西北方向下山，说那边近。可前边探路的小郑和小孙夫妇俩，却向东南方向斜插下去，与队伍隔着个山头。这夫妇俩是飞行军，追上他们很困难。为防止走散，队伍只好向东南方向紧跟。雪漫群山，早已失了路径，长城成了唯一的参照物，大家不约而同向长城挺进。横切过三条山沟，终于站在了南北向的长城上。这里的长城不同别处，城墙大部坍塌，在山脊上堆成长长的石垒。石垒被雪覆盖，透过缝隙，可见块石上生满黑色苔衣。这险峻偏僻荒蛮之处的城墙，丰富了我心中长城的概念。夕阳快要落山，余晖照在银装素裹的巨龙之上，渐渐由黄变红。眼看着太阳很快落下去，红霞满天。前边是九眼楼，高大的烽火台形成剪影，雄浑、苍凉而神秘。

山地的冬天，傍晚和黑夜之间的距离非常短暂，红霞渐渐变黑，夜幕很快降临。已连续走了九个小时，有人渐渐跟不上了。从九眼楼顺城墙向下，坡度陡，光线暗，只能靠碎砖石的反光看路。为了省电，谁也不开头灯，要把灯光放在关键时刻用。接近"北京结"的时候，所有的灯都打开了，远看似一队星星游走在黑黝黝长城上。到"北京结"左转，离开长城。儿子在前边用对讲机传来消息，说见到了灯光，是西栅子村。登上山梁，望见山下微微的灯光，远远地传来狗吠声。寒夜山野，灯光和狗吠声使人感到温暖而亲切，"柴门闻犬吠，风雪夜归人"最接近这会儿的意境。七点半，到西栅子村五队，看看表，一天走了十个多小时。

（2003 年 11 月 15 日）

九仙庙

　　正月初六，去九仙庙，老杨带队，从居庸关东边的山沟进山。天空晴朗，寒风凛冽，景区停车场上空空荡荡，往常游人如织的长城上冷冷清清。一行十九人，三五成群边走边说，大家还沉浸在过年的气氛中，说的多是过年的事儿。不知不觉走到高处，长城近在眼前。

　　老杨身着铁路制服，腿上套着斑马纹绒线护腿，上粗下细，样子挺滑稽。他红脸膛，矮个子，精干而灵活。他今年五十五岁，可看起来像四十多岁的样子。他还在上班，和他差不多年龄的山友，有退休的，有下岗的。老杨说，能干就先干着，等人家叫咱下来的时候再说。大家开玩笑，说老杨是"丐帮"帮主。"丐帮"就是指这群年龄大些的山友。年轻的户外运动爱好者，多是白领或学生，穿着时尚，装备专业，服装鞋帽讲"酷"。年纪大些的山友，觉着穿山越岭，钻树林扒棵子，剐剐蹭蹭，好衣服太可惜，有的就穿件工作服、劳保装什么的。条件好的，也有户外行头全备的。队伍中有男有女，有老有少，职业不同，来路各异。于是就穿来各色各样、五花八门的服装。有人称为"丐帮"，有人称为游击队，其实不管叫啥，都能概括这支队伍的特点。"丐帮"中的人，有的走山多年，经验丰富；有的身强体健，功夫过人；有的深藏耐力，后来居上；有的智慧超群，有胆有谋。如梁山泊之一百单八将，看似散兵游勇，乌合之众，可却小觑不得，其中藏着强龙，卧着猛虎，关键时刻就会露出首尾，显出本事。

　　"帮主"老杨，热心并有组织能力。去年年初，180多名走山者到京西珍珠湖聚会。记得那天列车车厢上都是山友，到"55公里"车站，因下车的人多，列车长也来疏导。永定河谷寒气袭人，珍珠湖面冰封若盖，聚会的人们在冰面上欢声笑语。只见老杨嘴上衔只钢哨，手里拿面三角小旗，俨然总指挥的风度。清脆的哨音在峡谷中回荡，众人欢呼合影。湖上有座铁路虹桥，凌空飞跨300多米，气势壮观，成为聚会的绝佳背景。第二天北京晚报报道了这事，还登了照片，此事一时在山友中传为佳话。老杨说，今年还要聚会，农历二月二，龙抬头的时候，在小水峪，强些的可以从石门山穿出去，弱些的仍从原路返回。

大家各取所需，不勉强，可随意。

谷口有处卡子，一根木杆横挡在路中间，带红袖章的护林员从屋里走出来。老杨高声问候护林员过年好，每个人都按要求进行登记。见春节期间护林员还在这里值守，身为记者的儿子认为值得报道一下，还给那护林员拍了照。

九仙庙在村西，庙不大，正面墙上彩绘着九个人像，着古装，或峨冠博带，或长发飘逸，有男有女，想必是九仙。两侧墙上也有彩画，似乎是关于九仙的故事。庙堂正中横放着一口棺材。一个老乡说，过去如果人死在这棺材里，可以不去火化。现在不成了，必须得按规定去火化。传说中有八仙，这山里却供奉着九仙，那老乡说了几个仙的名字，都不是八仙里的，好像还有什么黄（狐）仙。小时听长辈讲狐仙的故事，晚上不敢出门。后来看《聊斋志异》，书里的狐仙多美丽而凄艳。我想，这九仙庙供奉的仙，或是民间的仙，是山民身边的仙，也可能与某种野生动物有关。与高高在上虚无缥缈的佛和道相比，是山民自己的心灵庇佑，是一种原始崇拜。

这村有六七户人家，明亮的冬日下，农舍冒出缕缕炊烟。村前的石碾子石磨还在用，院子里立着电视锅状天线。传统和现代两种工具，在这里对比鲜明又各得其所。有人提出到老乡家热炕上去坐坐，没得到大家响应，怕打扰了人家宁静的生活。

走到山沟尽头，按计划应从原路返回，可几个人感觉前边是分水岭，主张穿越，从另一侧出山。对有实力的山友来说，只有穿越才过瘾，不愿意走回头路。于是向山顶探路。坡陡枝子密，树叶下边全是没化的雪，登一步滑一步，探了几条沟都没找到过山的路。老杨在对讲机中劝我们返回，不要耽误了回去坐车。我不甘心，还想再探一探。老孙劝我下次再来，抓过对讲机，说马上下撤。无奈，只得随他。老孙是老杨的搭档，是队副。从陡坡上向下插，他灵活得像小伙子。老孙今年六十岁了，说所以身体好，全靠走山。吃饭的时候，老杨承诺："下次一定从这儿穿越一次，一定！"

下午三点，到京张铁路，沿铁路急行 3 公里至下园车站，离列车到达还有十分钟。站台接车的人说，列车满员，只停车不开门。这才想起正值春运，人满为患。只得到公路边去找车。晚乘小巴返京。

（2004 年 1 月 27 日）

九龙山

北京俗话所谓"说笑话儿,讲古迹儿",指的是对传说逸闻、稗官野史、民俗掌故、名胜古迹等的述说。今天去九龙山,冯子带队。冯子肚里的笑话儿和古迹儿多,说话俏皮诙谐。他说今儿路上有几个古迹,值得一去。能看到古迹,又能听他讲古迹儿,挺好,大家都乐意。

从城子向西,穿过密密的平房区,到九龙山脚下。先到周自齐墓,墓道的石牌坊有三孔门,中间的大,两边的略小。牌坊前侧左右树两根石柱,类似华表,上蹲石兽。牌坊和石柱用青绿色石料雕成,石质细腻,颜色别致,雕花简洁,为民国风格。中门匾额书"周氏墓道",石门框上有联:"控山带河奠灵域,镇燕绍鲁衍华礽"。题字者梁士诒,落款民国九年,即公元1920年。牌坊内密植松树,蓊蓊郁郁。大煞风景的是,树根部的土多被挖走,露出不少树根,墓道也给挖没了,到处坑坑洼洼。过牌坊十数丈,高坡上有座馒头坟,直径约两丈,也用那种青绿色石砌筑。周自齐为山东单县人,曾任清政府驻美公使馆参赞,袁世凯内阁度支部大臣,交通部、陆军部、财政部总长,税务处督办兼中国银行总裁等要职,为"交通系"三巨头之一。因支持袁氏称帝,被列为帝制祸首,逃亡日本。1918年获特赦后,又任财政总长、币制局督办。1922年任国务总理兼教育总长,达到仕途巅峰,可谓北洋重臣、三朝元老和不倒之翁。此人亦为清华学堂首任监督,清华园校址的择定者。墓道牌坊上的题字是1920年,而周氏殁于1923年,可知该墓建于其人未亡之时。民国初年,帝制已殁,而封建习俗未亡,从周氏之未亡而建如此排场之墓可窥一斑。周氏一生,官运亨通,飞黄腾达。关于其死,史载为病故,而民间所传却甚凶险。冯子讲,听说墓主是被人暗杀的,死时尸体无头,为使无头尸完整,下葬前给铸了个金头安上,但第二天金头就被人盗走了。望着衰草中的孤坟和不远处倾倒的垃圾,忽想起《红楼梦》中"好了歌"中的几句词:"世人都晓神仙好,唯有功名忘不了!古今将相在何方?荒冢一堆草没了。"

周自齐墓为区文物保护单位,可除了牌坊和坟茔外,保护得不是很好。如果将土坑填平、垃圾清净,石碑复原,稍加修葺和美化,介绍一下背景,可

成为人们了解历史，认识过去的一个好去处。

　　从周自齐墓往西，是崇化寺遗址。寺庙已无，尚存片段地基，两株银杏树生在遗址上，高大而古老。庙基后横卧着几块残碑，碑上有洒落的墨迹，不久前有人来拓过碑文。庙基东立着的一座碑上记载，此寺是明代宣德年间一位吴姓太监出资所建。碑文中，还叙述了一件公案。碑文云："皇帝敕谕官员军民诸色人等　朕惟：大雄氏之教，以空寂为宗，以慈悲为怀，其流入中土也久矣。然而化导善类，觉悟群迷，功德所及，幽显无间，是以建祠宇崇奉之者，亦无间也。故司设监太监吴亮宣德正□间于京都西玉河乡城子村捐己赀创造佛宇一所，赐额曰崇化。又赎居民姚三等山场田地六十四亩余，东至石墙界，南至山界，西至释迦寺界，北至山界，栽植树木与本寺管业备香之用。历兹年，又被人作践搅扰，住持僧慧灯具以闻，特敕护持。陞慧灯为僧录司左觉义，仍住持于内，俾朝夕领众焚修祝赞，为多人造福。今后官员军民诸色人等，不许侮慢欺凌，一应山田园果林木，不许诸人骚扰作践，敢有不遵朕命故意扰害沮坏其教者，悉如法罪之。故谕。成化十六年三月二十五日。"寺后有段山崖，劈开一处立面，上面刻有宣德年间的字迹，有里长某某和村里十几个人的姓名，其字迹模糊内容多不连贯，但意思与划分地界有关。

　　明代太监，实权很大。一个太监，为积阴德，财大气粗，出己资建一所规模宏大的寺庙，甭说当时，就是现在，非腰缠万贯者不能为。成化十六年立碑，此时距宣德年已有四五十年，几十年间，寺内僧与村中民免不了磕磕碰碰，窃柴偷果，私入净土的事可能常有发生。僧俗毗邻，出些鸡毛蒜皮的事本属正常，作为佛家，应以慈悲为本，宽大为怀，大度一点就算了，可是这寺里的僧仗着有来头，不但不肯吃一点亏，还想在当地作威作福。尤其这住持僧慧灯，靠着朝廷里的关系，竟使出通天的本事，一个刁状告到皇帝那里。这皇帝也事无巨细，什么都管，于是下了这道敕谕。其实这敕谕的起草者也许就是个太监，借秉笔之便，行弄权之实。敕谕上纲上线，大讲佛教功德，然后将最关键的内容：边界四至，借敕谕加以法律化。慧灯还成了僧录司左觉义，亦僧亦官，借官位来震慑山民。从这段小题大做，借势压人的公案，可以了解一点当时皇官僧俗朝野城乡之间的关系。

　　崇化寺遗址后，有道窄窄的山沟，山沟入口正中，堵着座砖石结构的墩台，中间底部匼个拱洞，拱洞顺山沟走向贯通。冯子说这是个塔基，拱洞用来宣泄山沟中的来水，叫过水塔，在北京地区唯此一座。塔基上的塔身早已坍塌，眼下正值冬季，没有流水过洞。洞的进口处堵着一堆石头，像是山水冲下来的，看来雨季时过水不小。心想这和尚也够浪漫，死了还要身倚高山头枕流水，将归宿设计得别出心裁，真是个性情中人。

从山沟右侧上山，山不高，海拔六七百米，接近顶部时有点陡，还有不少酸枣棵。羽绒服被剌了口子，飞出白毛，儿子的手被扎出血。向西越过几个山头，从九龙山主峰南侧绕过，中午到主峰西，山上竟有平地数亩，田垄齐整，杏林成行。从地垄上的茬子看，去年种的是芝麻和豆子。林内有数间房，声声狗吠，把主人叫了出来。身着迷彩服的护林人说，这里原有九龙寺，寺庙已毁，只留下几棵老树和庙基，他住的房子就建在庙基上。东边的九龙山主峰海拔858米，此处也有七百多米高。他说，春天来这里，到处都是杏花。

从杏林西过岗，虽数九寒冬，不见点绿，可山柳亭亭，野芦丛丛，黄草衰杨，残雪融冰，加之阴天无风，空气湿润纯净，能闻到大自然的清新味道，别有一番野趣。觅一块儿平地，靠在树下，打开保温壶，吃点儿带来的热饭，其香甜惬意，非盛宴豪饮所能比。

西行数里至峰口庵，一座关城卡在山口，城楼已坍塌，残破的拱券还在，地上铺着石条，京西古道从此关通过。关城旁曾有座尼姑庵，叫峰口庵，灌丛中倒卧着残破的石雕和石碑。冯子带我们去看一个好去处。踏雪走出一二百米，只见一座山崖被齐整切下，下边一段窄路，路面是整体的山岩，黄色和灰色的石质如玉石般细腻，石面上分布着几十个由驴马蹄子踏出的圆坑，蹄坑有十几厘米深。坚硬的石头被踩成这蹄坑，至少也经过几世几代。据说，旧时进京，这里是条必经之路，蹄坑记录下古道的沧桑。阴云将散，西边露出朦胧的太阳。遥想远去的时代，多少商贾、行人从这里走过，古道、关城、驮队、游子、西风、残阳，这样的画卷在这里展开过几百年，上演了农耕社会的文明。

从峰口庵沿古道下山，陡坡上不少路面有五六米宽，石头多横立着铺砌，可以有效抵御山水的冲刷。过官厅小煤矿，春节放假，矿井停产。

天桥浮也是古道上的一道关，别致的是关城拱门之上建着一座三义庙，拱门匾额上书"天桥浮"。两侧山头上建有混凝土碉堡，据说是国民党军队1948年所建，原来有五六个，现只剩下两三个。三义庙下部还有混凝土结构的暗道出入口，是为抵挡解放军攻打北平，国民党军修筑的防御工事。可见京西古道近代还是进京的一条孔道。天桥浮往下，山沟越走越宽。过三店村到圈门，一路有石拱桥、过街楼和戏台。

九龙山和古道一日游，大家玩得开心，长了见识，都夸"冯导"带得好，讲得好，说他完全可以作为北京的"地陪"带旅游团，开张营业。"冯导"被夸得心花怒放，说下次再带大家去个好地方。

（2004年1月31日）

东大坨

去冬大雪，一位山友孤身在东大坨摔断了腿，危急之中遇到山友，于是传信下山，众多好心人协力将人救下来，此事被多家媒体报道，一时轰动京城。

东大坨是阳台山主峰，离北京城很近，与西边的妙峰山遥遥相望。两峰位于海淀、昌平和门头沟三区之间，虽然不太高，但从不足百米的山下爬到一千多米高的顶峰，一天走一个穿越，也有一定强度，是走山训练的好去处。

穿越这几座山，可以设计多条路线：从昌平狼儿峪起步，登妙峰山，沿古香道经东大坨北侧的大风口，从凤凰岭下山；或从妙峰山向南到涧沟，从鹫峰方向出山；或从涧沟向东过萝卜地，沿古香道从大觉寺出山。也可反向行走，还可组合出多条路线。一些走山者认为，走这些路线，下午五点前能穿越出山就算及格。当然，要起早上山，一天中除去吃饭，其余时间基本上都在攀登行走，对体能和耐力是个考验。在那位山友遇险的前一周，大雪封山，我们走了一趟大风口，同行的一位小白领，初出茅庐，上山时活蹦乱跳，一直走在前，下山时却叫苦不迭，说两腿不听使唤，"真不想再走了，想往下滚"。去年春天，单位的几个年轻人跟我们爬妙峰山，爬到半截就回去了。对这种"暴走"，资深的山友自豪且得意，以"自虐"为乐，感觉过瘾。

才过立春三天，一股寒流刚刚离去，早晨天气干冷，山脚村里没几个人，许多人家的门前贴着对联，过年的气氛犹未散去。

从凉水鬏下的山沟向上行，接连看到岩石上用红漆画的"OK队""夕阳红"等标记，这是一些中老年山友画的。他们每到一处，都要画上某年月日来过此处。石头上写着几个不同的日期，说明已来过多次。在北京周边的大山里，常可见到这样的标记，透过这些标记，可以看到这些人活跃的身影，感受到他们年轻、乐观的心态。正说着，迎面笑语盈盈，走来六七个人，多是妇女。打头的有五六十岁，动作敏捷，步伐矫健，下山一溜儿小跑儿，惹得冯子连声赞叹。问他们从哪儿过来，说是从昌平王家庄。表针还不到上午十一点，他们就翻梁过来了，真够快的。走山的人群中，现在有个现象，年纪越大，走得越快，年轻人有时反落在后边。这些年纪大的人热衷于走山，长期坚持，乐此不疲，其中有人还脱颖而出,去登玉珠峰和慕士塔格山,成为健将。

  我第一个到大风口,今天这大风口名副其实,北风急骤而猛烈,迎面吹得人倒憋气。为等后边的人,我只好卧倒在长长的黄草上,将头埋在胸前,用背抵挡寒风的袭击。一会儿羽绒服被大风刮透,身上的热气所剩无几,只得起来继续攀登,用活动来增加体温。为避开大风,老迟、枫叶和我离开山脊,沿岔路绕到背风坡。看看雪坡不算陡,老迟开路,枫叶居中,我在后,拽着藤条,登着树根,绕开荆棘向上攀爬。折腾出一身热汗,爬上北边的山脊,与冯子他们会合。

  山上地势开阔,生着不少灌木和落叶松,如果夏秋季来,景色一定很美。风势异常猛烈,刮得人站不住脚,只能猫着腰斜着身子顶风前行。取道下到南坡,坡上有几间房子,赶紧跑到房前避风。昨晚天气预报,今天白天最高气温7℃,在海拔1000多米的高山上,静态气温要比山下低6℃—7℃,大风天实际温度更低,体温几乎全被刮跑了。在这种情况下,如果不穿羽绒服,用不了多长时间,就会被冻僵或冻死。走山首要的是安全,安全重于一切。一些不了解户外运动的朋友有时会问:在野外遇到野兽怎么办?遇到坏人怎么办?其实,遇到野兽和坏人的几率很低。安全上最需要注意的,是以下几点:一要走好路,注意不要摔跤。在危险地段,更要慎之又慎。试想在大山里,如果有人伤了腿脚,信号不通,手机不灵,要费多大的劲儿才能把人救出去?二要备好衣,特别是防寒防雨的衣物。俗话说,"天变一时",山地海拔高,地形复杂,气候多变,盛夏有时山上也会飘雪花,风雨雪会使气候变得更恶劣,高处不胜寒,"饱拿干粮热拿衣",有备无患。根据经验,将羽绒服装在压缩袋里,既轻便又实用。三要备不虞,地图、指南针、头灯、药品、刀子、绳子等物品,可随用加减,但一定要带上,以备迷路、夜晚、伤病、遇险时用。这些物品,带几十次可能用不着一次,但必须有备,以防万一。

  山顶太冷,餐毕赶紧下行。冯子主张到山坳就下山,白子却想多登个山头,头也不回往前赶。过了山坳,白子已登上山腰,向下大声喊:"上来吧!上来吧"!庄主用餐时喝了凉酒,这会儿犯了劲儿,蹲在地上吐。于是冯子大喊上边的人下来,中间的人正无所适从,庄主却说着"没事儿,没事儿"爬上来了。下山的路上,大家热烈讨论:以后上山不能喝酒或不喝凉酒或少喝酒或只喝啤酒不喝白酒冷天喝酒散热身上没劲儿,喝葡萄酒还可以葡萄酒对心脏有好处等等,庄主感受最多,白子却不以为然。论题还有这把年纪了以后应该控制运动量不可过量,过量伤身走伤了就没脾气了,冬季讲藏开春再来大的暴走不能太

多等等。冯子对此强调最多，老迟和我却持异议。五点一刻，到周家巷。

  2008年3月整理此文时，感到自己走山的能力已有很大提高，现在可一口气爬上东大坨，搞一个穿越不到五个小时，有时三点多就出山了。真可谓今非昔比，"不可同日而语"。

（2004年2月7日）

燕羽山

　　今天车挺顺，八点就到了延庆县城，等八个人都到齐，打个车去果园村。燕羽山在果园村东南，高度和妙峰山差不多，海拔1278米，基部坡度平缓，顶部陡然耸起，最高处叉出两个山头，远望像剪刀形的燕尾。山体光秃秃一览无余，没一棵树，一条小径曲折通向山顶。司机说，山脚原来有个猎场。我问，没林子怎么放养猎物，猎人打什么？司机笑着说：其实那是个引人"玩儿"的地方。"玩儿"就是赌，那里离城远，靠着山，如果有人来抓赌，可以躲到山上去，在猎场"玩"很安全。穷乡僻壤，野径孤店，山高帝远，鞭长莫及，做点出圈儿的事，容易避人眼目。《水浒传》里十字坡孙二娘卖人肉馒头，大概就是在这类地方。

　　村东头几个人正在倒粪装车，准备春耕。两个老人袖着手蹲在土坎下，看着我们匆匆走过，脸上露出好奇的神情。山风冷峭，飕得耳朵生疼，忙掏出绒帽戴上。正向山上行进，隐约听到后边有喊声，像是吵架。今天穿越的路程远，时间紧，大家疾步前行。又走出一段，感到后边有人追了上来，回头看，一个黑衣男子，一个小男孩儿和一条大黄狗。那大人喊我们站住，那孩子一边喊一边追上来，还吆喝那狗："咬他们！咬他们！"看这架势，是冲我们来的。枫叶和毛子怕狗，远远地避开了。看看他们追了上来，我坐在路边，问他们啥事。那孩子跑到我跟前，仍吆喝那狗咬人，也许离开家在外边少了依仗，那狗耷拉着脑袋，夹着尾巴，连大气儿也不出，让那孩子挺恼火。我问孩子，为什么让狗咬人？他说谁让你们不站住！那男人满头大汗，气喘吁吁地说，你们上山怎不打个招呼？原来他是护林员。枫叶说，没看见你们。那人问清楚我们的单位和电话号码，用对讲机和山下联系了一下，才放行。说话间，前面的人已走出去老远。眼下正值春季，护林防火固然重要，可是看这山，不像是被火烧秃的，倒像是人工给剃的头。农舍边放着一捆捆山柴，看来老乡还在砍柴烧。如果不从根本上治起，护来护去林子也不会长起来，山还会接着秃下去。

　　一鼓作气，上到一块平甸，千米左右的高度，是个坡度平缓的草场。草甸上的草很可怜，被牛啃得和地皮一般齐，到处是一摊摊干牛粪，多处草皮枯

死，露出土，好像瘌痢头上的疤痕。草甸前边是主峰，耸然拔起，有百十米高，南侧是悬崖。陡峭的峰上生着不少灌木，看来牛羊也嫌这里危险，很少光顾。这几年走过京郊不少山地，崖危谷深，人迹罕至之处多林茂草盛；而有路可达，人畜易到之地其植被和生态则差一些。险峻的地势在一定程度上限制了人类活动，保护了大自然。

顶着大风向顶峰攀登，风吹得人身子打晃儿。脚下的路很窄，为防止被风吹下悬崖，大家一个个弓着腰，拽着枝条扒着石头小心向上。到达峰顶，赶紧背风坐下。眺望东南，隐约可见大秦铁路从崇山峻岭间穿过，灰白色的痕迹是铁路的混凝土护坡，铁路旁边那片房子是铁炉村，我们下午要路过那里。今天计划：穿越燕羽山，到达碓臼峪，拿老迟的话说，要走个"大的"。路程长，时间紧，强度大，能否顺利找到过山的路，是能否成功穿越的关键。对面是燕尾形山峰的另一翼，峰体上有条清晰的雪径，猜想可能是过山的路。我顶着风去探路，小心地扒着崖下到两峰之间的凹兜，沿着只有兽蹄印的雪径攀上对面的峰尖，往下望，峰后是悬崖，没有路，只好无功而返。

大家小心翼翼下到草甸，在主峰左侧发现一条小径，姜子在前开路，绕过两条山沟，来到分水岭东南，找到了下山的路！北方天旱，一般山的阴面蒸发少，土层含水较多，林木茂盛；山的阳面蒸发多，土层含水少，林木稀疏。燕羽山却相反，北坡由于"剃头"剃得厉害，光得像秃子；而东南坡却遍生灌木，树木琳琅，另是一番景象。从地图上看，北坡面临延庆盆地，离县城近，山脚果园村以下有好几个村庄，人口密度大，带来的破坏可能要大些；东南山脚下是景而沟等小村，群山阻隔，成一个天然的盆地，人口密度小，外来的人也少，带来的破坏自然要小些。在人们对自身行为还不能完全控制的情况下，地理状况就成了保护生态环境的决定性因素。

下午一点，到景而沟。青松短岗，白石小岭，梯田层层，塍埂纵横，地整得很细，只等着播种了。路边一眼大口井，三四丈方圆，一泓绿水，水面离地表仅两米深，让人眼前顿时一亮。井边一座石头砌的水泵房，铁管伸向村里，这水是村人的饮用水源。村边有两座小庙，供着土地山神，门上贴着鲜红的对联。村里静静的，一位老人在阳光下踽踽独行，说这村有三十几户人家。

村南山沟横跨一座铁路桥，桥两端是隧道口，一头叫霹破山隧道，另一头叫军都山隧道。霹破山东北有块大石叫霹破石，去年六月曾造访，巨石的典故已记在手记中，霹破山似也由石得名。我爬上桥头护坡，几位铁路工人正从军都山隧道走出来。此隧道长八千多米，有山水从中潺潺流出。大秦铁路是晋煤东运的重要通道，铁路已实现电气化，不到十分钟就有一列火车通过，非常繁忙。

两点多到铁炉村，为避风，在小学校门厅铺上纸围坐就餐。三点多过石缝山，河边去年开工建的一个度假村已快竣工。大家议论，在此荒山野岭开发旅游，风景好是好，可少有人来，恐怕连本都未必能收回。四点翻碓臼峪东梁，五点到碓臼峪，枫叶几年来第一次喊累。

（2004年2月28日）

从居庸关到碓臼峪

早就想从居庸关穿越到碓臼峪，上次人多走得慢，只走到九仙庙上边的梁头就返回了。听说有人翻了过去，但只到了110国道，没能到碓臼峪。究竟能不能用一天时间从居庸关穿越到碓臼峪，仍是个悬念，需要用双脚来印证。与老迟聊天，谈起今年走山的想法，取得两点共识，一要"开辟新路线"，二要"制造新悬念"。尽量不走老路走新路，踩出几条新路线，发现几个新景点，让每次行程都有些未知数，制造点刺激。我们走山，一般都是穿越，从甲点到乙点，至少要翻一个分水岭，不走回头路。当一些朋友问，你们去爬山，汽车放在哪里的时候，我很难回答他的问题，只好开个玩笑："雇个司机，让他开车到山的另一面去等！"穿越这种形式，决定了只能乘公交车、火车或者租车去，然后再如此这般地返回，有时还要搭车或者蹭车。这是一种苦行僧式的运动，与"腐败"的"贵族"式旅游有天壤之别。几年间，面的、嘣嘣农用车、拖拉机、泰拖拉（一种巨型大翻斗工程车），我都坐过。有时赶不上车，徒步暴走十几二十公里是常事，铁脚板就是这么走出来的。这种拉练式的行走，锻炼能力，也考验意志。

山口阳坡的杏花已经绽开，片片粉白，如云似雾，飘在苍凉的山岭间，使人惊诧大自然生命活力的突然降临。杏花云朵之上，是起起伏伏渐次升高的山脊，山脊上纵卧着修葺一新的长城，深灰色的墙体和整齐的雉堞在蓝天下非常醒目。今天同事书旺和石林也来了。书旺说，随队爬山，和石林酝酿了半年之久。开始担心跟不上队，想先在香山单练，等练好了再跟大拨走。没想到酝酿来酝酿去一次也没练成，只好一咬牙跟着大伙儿走一趟试试。这俩走得挺努力，书旺斜背个包，穿一双帆布面平底鞋，一会儿就跑到前面去了。他说，在前边走轻松些，在后边追着累。他老家在延庆县，曾在县里工作，爬过海坨山，走山路没问题。石林是个翻译，戴副眼镜，在意大利工作过几年，大家谑称他为"意大利人"。"意大利人"身长体健，匀速行进，走在队伍居中的位置，既不靠前，也不拉后，热汗这会儿正从脖颈子上流下来，开始一件件减衣裳。

过九仙庙，开始沿小径上山，坡越来越陡，枝条越来越密。接近分水岭时，小径消失了，只好顺着山沟向上攀。比起难度大的地方，这陡坡不算什么，可因为对山那边的情况不了解，对能否成功穿越心里没底，加之队伍里增加了新人，大家对过这坡也很重视，决心走好每段路，为后边的险难之处多留些时间。整个队伍排成一字长蛇，人与人之间保持一定距离。我在前，老迟殿后，前后用对讲机随时联系。小伙儿杜文浩是个白领，学地质的，喜欢自行车运动，高瘦精干，带个绒线帽，领先开路。坡陡地滑，脚登上去又滑下来，反复几次才能稳住一步。枝条藤蔓挡路，小杜连拨拉带撕扯，实在不行就四肢着地钻过去，终于第一个登上山脊。为躲开密灌，我离开山沟，攀上左边的陡坎，辟出一条通道。枫叶是队伍中唯一的女士，可她是老战士，很快上来了。最令人高兴的是书旺和石林，第一次走山，一点也没落后。

　　下山没路，老迟和宽华在前，顺着陡坡一路趟下去，下到底部，看好能走，用对讲机呼唤大家下去。书旺说，走这样的地方真刺激，一辈子都不会忘。"意大利人"一边擦汗一边笑，说感觉挺好。

　　顺山沟走出数里，树木渐疏，峡谷开阔起来。沟边一片平场，五间瓦房坐落其上，没有院墙，房前两棵大杏树，杏花含苞欲放，树下立着新劈的几捆木柴，两扎黄黄的黍子秸秆，梢头缯在一起，下边呈圆形叉着扣在地上，像两顶大斗笠。一个白色锅状电视接收天线放在院侧，锅口向天。堂屋门框上贴着红对联，门上挂着锁，主人出去了。一群母鸡在黄草丛中啄食，一只红公鸡在鸡群中追逐，鸡群咯咯嗒嗒闹得挺欢。大家不约而同地说，这儿是世外桃源。

　　过农居半里，立三间茅棚，柁檩椽柱齐全，四围无墙，顶苫茅草，棚下及四周轩敞干净，一棵大杏树下石板作几，块石为凳，正是野餐的好地方。众人聚拢来，十几人带来的食品琳琅满目，好不丰盛。书旺饿了，四个面包风卷残云般下了肚，他一边抹嘴一边说，这会儿吃什么都香！

　　下行一里，至西三岔村，这村属延庆县。问人碓臼峪怎么走，只说还远，不得要领。出沟口，蓦然见110国道，车行如龙，多是载货的重型卡车，发动机上坡加油的轰鸣声响彻山谷。顺公路行一小时到果庄，桥头北有一条小径，老乡说顺路可到碓臼峪。此时已下午三点多，书旺和石林已疲累，但还愿意随队前行。见岔路，已向左走出一段，庄主却在后边大叫："向右！向右！老乡说遇岔路要向右！"从地图上看应该向左，可庄主又言之凿凿，弄得大家犹豫不决。冯子让我"悟"，悟来悟去还是听了庄主的，于是向右，结果一会儿就失了路。好在山不高，翻过山脊，一条小路顺山沟曲折而下，老迟高兴地说，穿越成功了！沙质山皮土踩起来柔软舒服，杏树的花蕾绽开嘴，春风拂面，步

伐轻盈，忽见前面有农舍，我兴奋地问老迟："怎么样，是双龙山吗？"双龙山是碓臼峪边上的一个景点，到了这里，离目的地就不远了。老迟沮丧地回答："我们又绕回来了！这里是黄花峪，是果庄的一个自然村。"原来走错了路，没有翻过分水岭，来到另一条叉沟，大家都失望和遗憾地叫起来。

"庄主"实在走不动了，书旺、石林和彭冰也不想走了，冯子决定和他们几个一起撤出。好在这里距国道很近，可以截车。于是兵分两路，余下的七个人继续向西北翻山，寻找碓臼峪。古语云：强弩之末不能穿鲁缟。爬上山顶，大家都成了强弩之末。吸取教训，这次得看好了再走。要过分水岭，要爬到对面山上去。我们的错误就是在岔路时应该向左，不应该向右，没有按地图走路。路线错了，真是不得了！

一个小时后，来到对面山上，山北就是碓臼峪峡谷，山下的村子和石油工人疗养院尽收眼底，大家不约而同欢呼起来。夕阳西下，光线渐暗，众人步履加快，抓紧下山。顺山脊向南，左侧全是崖坡，走了一个多小时也找不到下山的路，直走到掌灯时分，到锥石口附近才得下山。打灯行至泰陵乘车，白子不慎绊倒伤脚。

（2004年3月20日）

小水峪

　　云蒙山南麓的峡谷，我们穿越过边墙沟、白道峪和牛盆峪，还没穿越过小水峪。今年二月二，山友在小水峪大聚会，多数人走进峡谷半截就返回了。走进深处的几个人说，里边没路，不能穿越。小水峪处于边墙沟和牛盆峪两条峡谷中间，左右隔着大山和密林，峡谷指向西北，曲折进入怀柔县境内的深山。小水峪村在沟口，我姑姑家就在那村，表哥年轻时经常去沟里打柴，他向我描述过这峡谷的情况，通过他所说的一些地名：小窑子、柳坑、大窑子、小仰巴、大仰巴、黄寺、头道石、双山尖、三叉、野羊洞、野羊洞西坡等等，可对峡谷中的地貌想象出一二，只觉幽远神秘，林茂草深。据说能走到分水岭，可分水岭那边是什么样儿，能否穿越，心里没一点底儿。

　　今天的队伍很精干，四个人，老迟、小杜和枫叶我俩。为了在时间上争取主动，八点多到密云县城，九点钟就进了山。山溪的冰已融化，春水在卵石下汩汩地淌，山径边的黄草根下，泛出嫩嫩的绿芽。长城敌楼巍巍矗立在山崖上，白云在蓝天上游走，山雀的几声啁啾，衬出山谷的寂静。为了赶路，谁也不说话，只听得见沙沙的脚步声和微微的喘息声。山路开始向左拐弯，前面一个陡坎，陡坎下是一汪水潭，这应该是"小仰巴"。上次通过的时候，潭旁斜坡上的积雪融成冰，冻在石面上，出溜光，不小心就会滑进潭里。那天老杨等人在这儿刨冰垫草，忙活了好一阵儿，才在冰坡上开出几个脚窝，弄出一条通道，结果敢过去的人还不到一半儿。现在冰雪已无，光白洁净的石坡上有几个脚窝，是山里人凿的，山里人就是登着这脚窝攀上"小仰巴"，进入峡谷打柴种地，放羊采集，不知几世几代。

　　"小仰巴"之上约二里，谷底突然仰起来，近乎立陡，高达十数丈，坡面岩石白洁光滑。由于溪水很小，冬季流到石头上冻成冰，贴挂在陡坡上，越挂越长，一直垂到底部潭里，成一条冰瀑。时至四月，冰瀑还没化净，洁白晶莹，见之令人忘俗。想来这就是"大仰巴"，以它的高度和气势，雨季定是一处壮观的瀑布。"大仰巴"挡路，只好寻路上山，从峡谷左侧绕过去。攀上陡峭的山腰，俯瞰"大仰巴"，只见其首，不见其尾，其深令人晕眩，其险令人

咋舌，只可远瞻，不可近观。

从山腰转入溪谷，山路蜿蜒，黄叶铺地，草木越来越深，有几处藤蔓遮路，只得绕行。野径荒溪深处，偶可见石砌坝阶和断壁残垣，还有核桃花椒等树木，多年前似曾有人家在此居住。一对野鸡扑喇喇惊起，抖下两只翎毛，吓人一个激灵。

沟分两叉，一条向西北，一条向西南，上次就是到此返回的，看地势，这儿可能就是"三叉"。商量了一下，决定从西南方向过山。沟底荆棘遮蔽，几人分头到左侧山坡上找路，老迟对我说："你们向西找，我往上爬一段，看看能不能爬到山梁上。"一顿饭工夫，我找到一条向西南的小径，大喊老迟归队，三个人坐在路边等。左喊右喊听不到老迟回音，忙打开对讲机呼叫，才知老迟已爬到山梁下的崖根，正困在荆棘丛中进退不得。又等了一顿饭工夫，才见老迟从树林里拱出来。山里迷路，一般要往高处找寻。山头地势高，可能是人们的目的地或准目的地；山脊有的是分水岭，有的连着通往山头的路。这些地方草木较为稀疏，视野较为开阔，采药、打柴、牧羊等擅攀之人或曾到达过，往往可找到路。带队出行，不管人多人少，老迟都极负责任，每遇失路或逢险境，他都自告奋勇，去找路探路。找路探路的活儿，有时柳暗花明，皆大欢喜；有时无功而返，徒劳费劲，不知比别人要多流多少汗水，可老迟一直乐此不疲。

顺路上梁下梁，又到谷底，树叶扑腾扑腾厚，一些地方没膝。窄窄的山沟向左一直翘上山梁，应该离分水岭不远了。于是离开山沟，向正西的坡上攀登，想必这就是野羊洞西坡。坡上灌木不多，栎树和桦树不少，最显眼的是蚂蚁窝，一个个耸然隆起，如若坟茔。四月初的山间，气温还很低，细视脚下，蚂蚁国度的芸芸众生已开始忙忙碌碌了。一队队黑晶晶的蚂蚁，钻出城堡到外边来透气。它们跟人一样，在城里憋久了，就想出来呼吸新鲜空气。这林子是原始次生林，许多粗大的老树已干枯腐朽，横七竖八倒在坡上，一些像是被蚂蚁吃掉的。地面上的土很宣，是被蚂蚁松动的，踩上去陷过脚面，抬脚时会带出不少蚂蚁。这里是蚂蚁的世界。

翻过两个山包，接近分水岭，回望东方，雾霭中隐约可见密云水库和密云县城。疾步登顶，往西下望，一条公路飘带般逶迤在山谷间。"是111国道！"我和老迟不约而同地喊起来。如果能顺利下到公路，就实现了穿越。

站在岭上左右观察，感觉这地貌似曾相识，噢，原来去年五月底去边墙沟，从顶峰向北寻过一段路，因林暗草长，蚁窝成家，未敢深入。如果记忆不错的话，今天是从相反的方向走到那个地方来了。正面一溜山坡，看起来坡度很缓，似乎顺坡可以下山，其实不然，缓坡到了尽头就陡然下切，成一溜万仞绝壁，密密的柞树林将险境与危机遮蔽的纹丝不透！到了这里，必须找路，哪怕是数年无人问津的草径，或是山里人留下的些许痕迹，也能起点儿引导作用。找来找去，没找到一点儿可供参照的痕迹，只好顺着一个与绝壁呈丁字的梯级山梁下降。

　　降到一级平台，看看已快下午两点，坐下来垫补一下饥饿的肚子，赶紧起身接着下降。十几米高的陡崖，一个接着一个，好在有杂树和灌木，可以攀援而下。枫叶毫无惧色，紧随在我身后，拽枝子、扒岩石、打提溜、叉石缝，胆大心细，动作敏捷，直说没事！没事！在二级平台上，发现了一个装酸奶的空纸盒，令大家兴奋不已，这里肯定有人来过，说明此处可以下山。有了希望，下山的速度更快了。三点多，来到一个山包前，是个山径岔口，岔口左边下方是条沟，看样子是通往山外的；岔口右边的小径从山包右侧伸入密林，不知所之。在陡坡上攀援的时间太长了，大家都希望走一点平道，于是决定下沟，不想误入歧途。

　　这沟溪水潺潺，芦苇丛丛，水畔倚斜石，一一生绿苔，枯柳芽发，池塘春草，好一处山中水坞，僻静幽雅之地。行了个把小时，走在前边的小杜返回来了，说："前面是个瀑布绝壁，有五六十米高。"走在山谷溪流间，就怕遇见瀑布绝壁，怕啥来啥，还是遇见了。望望峡谷两侧，皆是陡壁悬崖，绝无绕行的可能，只好顺来路返回。算算如返回到岔口，路途太远，耗时太多，且体力已消耗不小，不能再有太大付出。看看天色不早，必须在天黑之前抓紧出山，否则天一黑，不辨路途，只能宿在山里，又没带帐篷等物，何以度过漫漫寒夜？攀上左边的山梁，从山梁上绕过瀑布，是最佳的选择。选中一个缓坡，几个人扒开枝条艰难上攀，坡越来越陡，老迟在上边喊："上边还高着哪！"看看可能性不大，只好退回沟底，另寻他路。左边一条水沟，是个垂直于峡谷的断层，枝条虽密，但勉强可以上攀。老迟在前，我断后，用尽最后的一点气力爬上沟顶崖头。我坐在坡上喘，感觉心发慌，向枫叶要糖吃，没想她没带，非常失望。心想如果此一搏不能成功，真可能要在山里委屈一宿了。想起昨晚让枫叶带上羽绒服，她执意不带，直后悔没坚持。正在思前想后，自寻烦恼，对讲机响起来，老迟呼叫："我顺沟下去了，你们也下来！"我边绕崖头边纳闷他是从哪儿下去的，忽然发现断层已到顶，从对面方向顺下去一条沟，才知这是个贯穿山体的断层，沟的另一面可能通到山下。

　　老迟已没了踪影，只有对讲机的呼叫声，我们迅速顺沟下降。计算着已

经降下了相当于瀑布的高度，心里渐渐有了底，轻松下来。蓦然，眼前出现一条山路，老迟正坐在石头上与人叙话。原来已进入石门山景区，刚才绕行的瀑布，称姊泉，去年春天我们曾在这瀑布下宿营。对地形的判断没错！我们已成功实现穿越，看看手表：下午五点三十分。

石门山口的杏花正次第开放，有的已绽开花蕾，有的在含苞掩羞，像一片片粉的红的云朵。夕照洒在杏云之上，现出一片奇异的色彩，映得人脸都红了。石门山峡谷里，只有一家三口在踏青，男的挂着一根金属登山杖，很羡慕我们，说以后一定要和我们一起爬山。

（2004年4月4日）

大 滩

　　从地图上看，在延庆县千家店和珍珠泉两个乡之间，有一片山地，几乎没有村落，空旷而神秘，老迟称之为"无人区"。早就想穿越一次，探个究竟，一直没机会，这次几个人约好成行。

　　这片山地的中心叫大滩，是穿越第一天的目的地。从白塔南沟进山，幽幽的山谷中淌出一股小溪。山里一有水，就有了灵气。正是小满时节，碧杨挺拔，嫩柳葱茏，田苗显出勃勃生机。篱笆内的菜地刚灌过水，青菜的茎叶支棱着，透着精神。白鸭在溪边追逐，乍着翅膀，嘎嘎地叫；老实温顺的羊羔，见到水也"咩咩"地叫个不停。谷口有座龙王庙，是20个世纪80年代建的，庙内墙上壁画簇新，画着龙王和各路神仙翻云覆雨的故事，表达出当地老乡对水的渴望。

　　一辆农用车从后面开过来，车斗里站着两位妇女，热情的司机非要捎我们一程，盛情难却，连人带包将车斗挤满，走了两公里。

　　白塔南沟山不高而秀，谷不峻而幽，曲曲折折，渐入佳境，使人想起唐人韩愈《送李愿归盘谷序》中的盘谷。韩愈的文章是愤世嫉俗之作，篇中充满了对社会丑恶的讥刺，以回归自然的高洁清新，反衬官场的污浊鄙俗，其君子之节令人景仰。唐人归盘谷，是为逃避社会的黑暗和污秽，实际是一种不合作和抗争，是超脱和清高。今日我等走进大山回归自然，也是一种逃避，是逃避城市的喧嚣和污染，逃避紧张的生活节奏和竞争的压力，其中也不乏对流俗的逃避。比起憋在城里的人们，能下定决心跑到山野中来洗肺和静心，也算先觉和奢侈。

　　司机告诉我们，不要走右手的沟，那沟叫三道沟，不通大滩，要顺着主沟一直往前走。一会儿，遇到岔路，左右两条峡谷大小宽窄几乎一样，左边是山径，右边是马道，有点儿拿不准。我自告奋勇，让大家在原地等待，进入右边的山沟去探路。只见这沟向右向前，再向右再向前，再向右……，这不是向右的大沟吗？八成是司机说的三道沟。我用对讲机向老迟报告情况，老迟让我返回，于是大家进入左手的峡谷。

左沟谷不深而壁峭，崖不高而石悬，树灌葱茏，野径迷人。峰回路转，树木渐稀，此时，西边的天空忽然现出一抹红霞，定睛细看，原来是一道彩虹。彩虹愈来愈清晰，大家不约而同欢呼起来。无雨少云，天现霓虹，乃山中奇观，赶紧掏出相机拍照。

走到峡谷尽头，开始爬坡，坡陡的站不住脚，只能不停地向上攀登。几百米高度登上去，腿肚子酸疼。老迟、老崔在前，中间是三位女士，我和小孙殿后。女士中的小王去过雪山，这山对她不在话下；小郑是个神行太保，暴走狂行间常大呼小叫爽爽爽；枫叶这几年百炼钢化为绕指柔，不显山不露水，但暗藏锋芒，关键时也能露一手。树灌密不透风，顶峰似乎遥不可及，"女侠"们大口喘息，香汗挥之如雨。好不容易攀上山顶，举目四望，发现所在位置大大偏离了主沟。更令人失望的是，峰的前方和左右都是巉岩绝壁，没有到达主沟的可能，只能回撤到上山的起点重新开始，多半天的工夫等于白费，真真气煞我等！

绕山梁下撤到发现彩虹的地方，在草地上打尖歇息，脱鞋晾脚。看看已近下午五点，不敢耽搁太久，赶紧起包上路。又进入前时探路的那个峡谷，谷中没有水，干枯的河床上满是石灰岩砾石，数里之内都是葱茏葳郁的山，干涸无水的谷。大滩周边所以少村无人，缺水可能是重要原因。如果这里水源充沛，或许早就被"开发"了。当下风靡的所谓"开发"，已波及穷乡僻壤，一些"开发"无序、无度、无知乃至无德，唯利是图，竭泽而渔，破坏了环境和资源，有的造成了不可逆转的污染和损毁。在攫取物质利益与保护环境之间，在满足眼前利益与施惠子孙之间，在汲汲于蝇头小利与兼顾社会公益之间，选择前者的多，虑及后者的少，如此下去，人们赖以生存的绿色家园，还能够一如既往地存在下去吗？皮之不存，毛将焉附？

走到下午，众人的饮水已不多，必须找一个有水的地方宿营。看地图，大滩几十里周围，基本没有溪流，只有东北方向有个地方叫旱泉子，据说那里有口井，但有水无水也说不准。正在踌躇，迎面走来两位老乡，其中一位虽有点木讷迟缓，却清晰详尽地向我们描述了旱泉子和大滩的地貌特征，说旱泉子有水，也有平地，离这儿至少还有十里。天黑前必须赶到旱泉子，匆匆谢过老乡，开始急行军。

夕阳西下，暮色苍茫，老迟和老崔按老乡的描述拐进一条山沟，却没找到旱泉子。大家判断走过了，又返回进入一条树木茂密，似有水源的山沟寻找，还是没找到。向前疾行三四里，山峡豁然开朗，川中坝地平整，只是未行稼穑，地垄荒芜。山侧有三间瓦房，人去房空，户牖萧然。按地貌特征判断，此处是大滩无疑。我提出继续向前找水，老迟却执意在此宿营，号召大家忍一宿。无水而忍，实在令人难以接受，但看看天已黑下来，无奈只得扎营。扎营毕，顶着头灯同老崔去瓦房后边的山沟找水，无果而返。

　　为留些水第二天用，晚上不敢多喝水，不喝水，就不敢多吃东西，枫叶我俩只吃了一个面包充饥。半夜醒来，口渴难耐，打开水袋，啜两小口凉水，如饮甘露。好在山中气温低，夜久生凉，凉能缓渴，不久酣然入梦。

（2004年5月29日）

白塔和五里坡

小郑身形单薄，皮肤白皙，戴一副透明框的眼镜，典型的文弱女子。可话音却清脆嘹亮，快言快语，一人开口，能将人群中的寂寞一扫而光。小郑先生小孙，话不多，说话调门也不高，时而抿嘴儿笑笑，算是表了态，夫妻俩性格迥异。别瞧小郑文弱，却是狂热的"暴走族"，热衷于爬崖子、钻棵子，搞穿越，她说，只有出大力流大汗才能益身养心，才够过瘾和感觉"爽"。小孙虽少言寡语，可攀山越岭的本事可大了，爬坡下坎快捷灵活，常常走在队伍前头，似乎没有疲累的时候。两口子还是采摘能手，不管队伍行进多快，也误不了敛罗些蘑菇、木耳、龙须菜之类，差不多每次出行都小有收获，令人眼馋。

小郑建议我和"东北张"走一次，说他存着几条极好的路线。"东北张"登过慕士塔格山，已由普通走山者升级为登山家，是山友中"博士"一级的人物，比起他，我等还在"中小学"阶段。"东北张"走山的风格以"越是艰险越向前"著称，声名如雷贯耳。听说要与他一起走，有人就打了退堂鼓，去的人也心里没底，不知跟着"东北张"会走出什么样的感受来。

从白草洼一进山，"东北张"就暴走起来，八九公里的盘山土路只走了一个小时，跟着走的八个人行前都有充分的思想准备，马不停蹄，紧追不舍，直走得张着大嘴，气喘如牛。到太安山算结束第一个回合，大家一屁股坐在树下休息，掏出瓶子猛灌水，一个个热气蒸腾，汗流如溪。

太安山阳坡的山体基岩全部外露，成斜坡状，有1平方公里方圆，村人借其地势，在斜坡下部凿挖一个长方坑，用来存住斜面上流下来的雨水，成一个蓄水池。山区缺水，截流蓄水的方法多样，如此别出心裁，倚山就势凿石蓄水，还是第一次见到。

过太安山，进入龙庆峡上游的一条支流，山谷中的小盆地，池沼连缀，溪流纵横，灌萝纷披，茂草丛生，不时有水鸟惊起，唧唧呱呱的叫声打破山中的寂静。小径一忽儿上，一忽儿下，起伏盘桓，移步换景。然疾行如风，不是拨枝俯身剐了衣衫，就是你追我赶略了美景。大家只顾追赶"东北张"，却辜负了清溪潺潺，绿草茵茵。

翻梁过山，到白塔村，有十几户人家，已入河北省赤城县境。午后的山村，静静的，人们都在歇晌，连狗都不叫一声。小溪从村边流过，溪边生满薄荷和各色野花。寻人问路，一位羊倌说向西过山可到野猪窝。

坡上的山杏黄里泛红，疙里疙瘩，只是多被冰雹砸出小坑。摘几枚尝尝，又酸又甜，满口生津。原想野猪窝是个极荒野之处，不想还住着两三户人家，见到我们，男女老少六七个人热情地前来搭话，说几天前有人将吉普车开到这里，还有支帐篷在野地宿营的。

对背包走山和支帐篷野营，多有老乡表示不理解，认为是找罪受。其实，何止山里的老乡不理解，就是城里的一些朋友，也不是很理解。走山野营，穿越丛林，接近极限运动，具有挑战性。人类祖先就生活在山地和丛林中，主要的生存手段是采集和狩猎。严酷的环境，要求采集和狩猎技能要达到很高水平，才能满足自身及族群的生存需要。可以想象，那时人们的行走、奔跑、跳跃、攀援等能力非常强，现代人所谓的野外生存，在那时是极平常的生存状态。生存的需要和对环境的适应，使人的心肺、肌肉、骨骼、大脑等进化得日臻完善。在今天看来属于极限的一些活动，对于人类祖先来说，却司空见惯和轻而易举。人类在山地和丛林中生活了一百多万年甚至几百万年，对赖以存在的大自然已非常适应。一方面，这种在现代人看来属极限的活动是当时人类的基本生活方式；另一方面，这种活动所依赖的环境——丛林、山地等，也是人类生命最合适的存在空间。生命在于运动，同时也在于在合适的空间——丛林和山地间运动。

农业社会特别是工业社会从根本上改变了人类的生产生活方式，生产力的极大提高解决了人类的物质需要，信息社会的到来进一步改变了人类的生存状态。交通的发达使出行更多依赖于现代交通工具，机械电子产品带来极大的便利，足不出户就可以办妥几乎任何事情。现代化带来的种种便利使人们远离体力活动，城市使人们远离大自然，远离曾经孕育了人类的山水丛林。自然的、天人合一的进化过程被打断了，代之以"人造"的生活方式。令人忧虑的是，这个变化是在一百多年间发生的，相对于人类的进化史，这只是个瞬间。瞬间发生的巨变给人类带来了莫大幸福，同时由于环境和生活方式的改变，也产生了许多疾病和困扰。有一本书叫《挑战极限》，作者对此有深刻的论述。

队伍行进速度很快，又翻两座山到五里坡。从这里出山还要翻两座山，这时小杜等几个小伙子开始和"东北张"叫板，爬坡时简直像在赛跑！跑到山顶，"东北张"躺在地上，喘着气笑说："岁数不饶人哪！"

（2004 年 7 月 24 日）

灵鹫禅寺

今天去灵鹫禅寺，老王带路。京郊的深山古迹，老王走过很多，他是山友中的活地图。

从鲁家滩下车，过了采石场就上山。阴坡的雪还没化，迈步须小心谨慎。好在坡不太陡，山也不高，一个小时左右，就到了垭口。垭口下边有座石台，石台下部正中设个拱门，塌落的砖石堆在拱门前后，四围荆棘荒草一人多高。这石台是干什么用的？我猜想是个塔基，或者是个关卡，但塔基为何将下部筑成门洞，下面又无流水；关卡所守何路，此处附近只有庙宇，并无要道通衢。猜来想去，想不明白。垭口右手下方的山沟里有座石桥，桥长三丈许，跨涧而过，涧深崖峭，地势险要。桥身两侧的花岗岩栏杆尚存，倒卧的栏杆和上面黑黄色的苔痕证明着这桥的古老。桥面生满去秋的黄草，更显荒凉萧瑟。

桥西头的山坡上是一片塔寺废墟，山门的门洞犹在，泥石流冲下来的土石将出口堵住，只露出二尺高的顶部，大家手足并用，从洞钻出去，就进了原来的寺院。柿树林里到处是残破的石块，都是些门柱、门楣、窗边、柱脚等物，残破的石雕刀工细腻，花纹精美。寺庙圮废得相当久远了，柿树粗大的树根将石条包裹住，似乎要将其吞下去。一口石井旁，胳膊粗的荆条长得像古藤，石槽里的雪被阳光晒化，半槽水像是新添的。时空倒流，这里曾为汲水之所，饮之、炊之、洗之、濯之，或有寺僧立此存问，或有香客暂驻歇息，今日则成圮败之所，荒废之墟，向人演尽世事沧桑。此寺因桥得名，称高桥寺，据说正名为广智寺，建成年代未可考。

翻过分水岭，山谷中间，山梁上矗着一座残塔，孤高寥落，成了苍凉众山间的焦点。转过山梁，又一座塔兀然现出，这是一座石塔，塔形曲线优美，塔身基本完好，据说是座舍利塔。这两座塔之外，还有另一座塔，可惜只剩石头基座。三座塔各据一座小山梁，互成掎角之势。只剩基座的塔称铃铛塔，与舍利塔同建于明代；另一座称鞭塔，砖石结构，建于辽代，基础残破，上粗下细，已岌岌可危，倾在旦夕。

离舍利塔不远有处废墟，废墟中倒卧着一块石碑，大字书"敕赐谷积庵记"，引起大家的兴趣。老邹用雪擦去石碑上的土，模糊的字迹略显清晰。碑文上书"敕赐额曰谷积庵，夫同山之名以名之，欲其以山同久也"，由此可知此山称谷积山。碑文又曰"尝闻一真之妙功"云云，可知这庵的尼姑称一真。"正统"是明英宗朱祁镇的年号，可知这尼姑与那后来经"土木之变"的倒霉皇帝，有着非同寻常的关系。

转过山来，又有两处明代宦官墓，这阴宅仿阳宅而建，有院墙和石门，石门是汉白玉的，门楣、门柱、门环雕得一应俱全，很是讲究。明代宦官的权倾一时和财大气粗由此可见一斑。可惜墓葬多被盗掘，挖得百孔千疮。山径旁的山坡上有个洞穴，匍匐才能进入，进去后可立起身子，但眼前漆黑一片，什么也看不见，待几分钟后眼睛适应了，才看清是座地宫，一间房左右大小，墙壁用石块砌筑，碹拱为顶，石门的门框、门扇、门轴完好，石材做工精细。石门原来隐蔽在地下，是被挖开的，墓室内一片狼藉。谷积山遗迹有数处被挖过的洞穴，估计是盗墓者所为。谷积山的高桥寺、谷积庵和宦官墓等遗址，有一定的历史认识价值和观赏价值。如果任其盗掘破坏，用不了多久，就会完全成为一片砖石瓦砾。我到过英国的曼彻斯特，那里还保留着工业革命时代的一些建筑，那些建筑不过二百年左右的历史，人家却保护得很好。我们的历史遗存比人家多得多，就拿北京来说，街巷山野，犄角旮旯，随便什么地方，都可能流落和掩藏着一些几百上千年的遗迹。也许由于拥有得太多了，也许由于无知，也许由于顾不上，也许由于趋利等等，总之，对这些流落的东西，有时好像不太在乎，有点儿大撒巴掌随它去。

向南下山的路上，有一所圆通寺，庙宇已毁，只剩下一座圆通殿，六角形无梁结构，前矗两块石碑，右手一块刻着"圣旨"，行文简陋。此寺为明代宦官所建。

灵鹫禅寺殿宇尚存，一位老者在此看管。他打开大门，领我们进去参观。禅寺两进院落，前殿已经毁坏，只剩下石拱的窗和门。后殿和侧殿完好，后殿内墙上布满用来放佛像的小佛龛，拱门和方窗的浮雕非常精美。老人说，前殿是抗战时日本鬼子烧毁的。他还说，奥运会火炬的祥云图案，是参考大殿石窗浮雕的祥云纹设计的。果然相像，那云朵变化而连贯，民族特点突出，大家纷纷拍照。古人说，读万卷书，行万里路，行路比读书的好处，就是开阔视野和深化见识。对祥云又多了一层了解，可算一例。侧殿的彩绘壁画很古老，笔法如素描般简洁，人物飘逸传神，不像是佛教故事，倒像是道教故事。

从山门外观禅寺，山门、前后殿的中轴与谷积山上的鞭塔成一条直线，

山上山下的建筑相互呼应，成统一格局。老者告诉我，禅寺是元代的，至于为什么叫灵鹫寺，他也说不清楚。山上的那个地宫，可能是谷积庵那个尼姑涅槃后的寝处。听说尼姑是皇帝的女儿，十八九岁就出家了。究竟一真是不是皇帝的女儿，是哪位皇帝的女儿，因何出家，为什么放着锦衣玉食的生活不享受而来此绝境苦修？这些尚待考证，但一真尼姑大有来头，则确定无疑，要不，怎么会"敕赐"庵名并撰记立碑呢？如果哪位作家能利用此由头，发挥想象，也许能演绎出个传奇煽情的小说或剧本来。

灵鹫寺下二三里，又是个采石场，石料是做装饰材料用的半成品。挖掘机正"吭吭"响着将山体开肠破肚，弄得遍体鳞伤。无限膨胀的房地产对建材有着似乎无尽的需求，最终殃及环境，不知对这青山的毁坏何时是个头？

（2010 年 3 月 15 日）

柳棵峪沟

清明是踏青的日子,我们去青菁顶。青菁顶差不多海拔 900 米高,起点有 200 多米,爬到山上已是一身热汗。山东边的坡面有三四十度,西边则是一二百米高陡立的悬崖,山体很薄,像一堵大墙。"墙头"很窄,略可行人,主峰在南侧,比"墙头"高出百十米。

山顶有处奇观,叫"扁担眼",四五十米左右直径的一个大洞,将山体洞穿,传说这是二郎神担山填海用来穿扁担的扁担眼。透过洞可望见山下的柳棵峪沟和对面的群山,雄奇而壮观。

主峰上生满"牛筋子"———一种学名"鹅尔枥"的落叶小乔木,粗壮而繁茂,成为这里的统治者。可以想象,夏天主峰上一定是葱茏一片,在到处花岗岩裸露的大山之上异常醒目,得名青菁顶或许由此。

主峰向南,是一条窄窄的山脊,经风化裂开的大块花岗岩顶在山脊上,四围生满密灌。我们从密灌中穿过去,试图找到一条下山的路,费了半天劲也没找到。然而也不是没收获,一是发现了山脊上生有大片的杜鹃花丛,如果"五一"以后来,定是一片花海;二是从山脊下视,能望见黑龙潭南面山上新修的公路,对地势走向大致有了个了解。我们决定找路下山,向黑龙潭方向穿越。

"扁担眼"下方有一条铁梯,百十米高,下可通柳棵峪沟。据说原来那边也设了个景区,借"扁担眼"收票,称"天门山",已关闭两年。怕铁梯有问题,我先下去探路,看看铁梯牢靠,才喊大家下来。这次出行共四个人,我、枫叶和利明夫妇。近几年,我来云蒙山不多,利明和淑琴经常造访,对地形很熟悉,不过到柳棵峪沟还是第一次。

很顺利地下到柳棵峪沟,由于春来得晚,虽已节至清明,山沟暗处的一些冰瀑还未完全融化,晶莹洁白,透着寒意。山溪里春水潺潺,在午后的太阳下闪着光。水菠菜嫩绿可人,在溪流中颤动着。溪边的草滋出了芽,地边的苦麻菜已生得茶杯口大小。柳条黄中带绿,在风中摆荡。雉鸡咯咯咯叫着,不时扑啦啦飞起一只,吓人一跳。春天的云蒙山,正是生命萌动的时节。

行进间,忽听前面有人语,一彪人马行来,竟是一队老外,领队是两位

中国人。我心里惊奇，如此偏僻之处，何以老外也能钻进来？一位领队告诉我，这是他们旅行社选的一条固定路线，从黑龙潭进山，再从京都第一瀑出山，经常带在京的外国人走。看那队老外，有二十多人，三四十岁的居多，还有几位五十岁上下的，有男有女，见到我们，热情地打招呼，一队行过，哈喽哈喽好一阵子。热爱自然，喜欢山野田园，是人类的共性。在中国古代文化中，人类与自然有着和谐的关系，陶渊明的诗和散文，是这种境界达到极致的典范。这理想化的人与自然的关系，为人们所憧憬。然而，在工业化的今天，与自然和谐相处，树立健康的生活方式，使更多的人得到全面发展，似乎还有很长的路要走。物极必反，当人们失去美好自然的时候，就希望回归自然，因为，自然是人类赖以生存的家园。西方的工业化比我们完成得早，因而他们的觉醒也就早一些。在这方面，我们应该向人家学习。

前面是条岔路，我觉得似乎应该向左走，可利明主张向右走，看看天色还早，我同意向右走走看。右行二里许，见栗橡成林，落叶扑地，走起来松软，沙沙有声；停下来谧静，寂寂无响。偶闻鸦呱，空谷回音，时听雉咕，密灌遮迹，好一个幽野去处。复前行，渐行渐深，愈前愈野，直至山径迷离，藤葛遮路。我忙拿出地图看，用指南针定位，原来去黑龙潭的路应该向南，而这小径向西，似乎是老乡收栗子上山的路。赶紧往回返，回到岔路，发现灌木枝上拴个红布条，说明向南才是对的。在深山岔路，或容易迷路处，山友一般都用布条等拴在树枝上做个标记，只要用心观察，就会见到这些标志，一般不会走错或迷路的。刚才因走得快忽略了，多走了一个小时，这也是常事。

往前要翻个小山梁，正起步时，忽闻隆隆雷响，见天空阴云密布，似夏天大雨将至前的景象。清明下雨常见，但"清明时节雨纷纷"说的是春天的小雨，一般不打雷，且天气预报今日无雨，此刻却电闪雷鸣，出人意料。这云蒙山的地势就爱招雨，北京地区一般年降雨量四百毫米左右，据说云蒙山曾有过下一千毫米雨的年头，这是地形造成的小气候，可说此山有藏龙的风水。我赶紧将手机关掉，同时喊别人也关手机，这是在山间遇到雷雨时必须要做的事，否则容易引来雷击。

我头一个登上垭口，等后边的人上来，闪电忽在头顶上炸响，我蹲下身子，继而赶紧离开垭口，下到低处。行到谷底，见到几间破房子，我认出是榆木沟，这里我来过多次，太熟悉了。路走对了，大家松了一口气。这时大雨点噼里啪啦落了下来，几个人加快脚步，登上新修的旅游公路，路面上已开始流水，身上也近乎湿透。想找处石崖避雨，又怕石块塌落，只好在公路上疾走。正尴尬时，一辆矿车从上方疾驰而来，利明是老司机，急忙跨到路左侧挥手拦车。车停下来，好心的师傅让我们挤进驾驶楼，在左转右转的山路上行驶了二十公里，将我们带出山。

雨过天晴，气清景明，平原上柳丝飘逸，迎春花黄，多么美好的春天！

（2010年4月12日）

屋后的山径

我家屋后不远，是一片小山。那山不高，海拔 200 米左右，说它是丘陵也可以，然而它是山，是燕山的余脉。山上林木蓊郁，栗、柞、松、柏及各类灌草或各据领地，或间杂共生，使得这片山地生机盎然。山间的小径是我的独爱，沿着小径，可以贯穿这片山地，到达尽头，尽头是个湖，是"浩浩汤汤，横无际涯"的那种，不过要到达那里，至少需要大半天时间。

沿着山径走过去，可以看到不少风景。山脚摆着几十箱蜜蜂，养蜂人是对夫妇，从南方来，他们追着花期走，每年花将开时来此，扎下帐篷，住上小半年，落花时节又去别处追花。这里的蜜源主要是荆花，荆棵是山上生得最多的灌木，花开时节，淡紫色的小花幽香清雅，满山馨气，令人欣悦。蜂酿的蜜，带着这花的香气，别具风味，且绝对纯天然。取蜂王浆是个费事的活儿，将成排的人工王台从蜂箱中取出来，用刀切掉封口的蜂蜡，用镊子将蜂王的幼虫从王台内一个个夹出来，然后再将王浆抠出来装进容器。如此这般，要抠几百个王台才能取一斤王浆。做此工作，须有好眼力和好耐性。养蜂人和蜜蜂一样，辛辛苦苦撷取这大自然的精华来滋养人。养蜂人夫妇一天可取四五斤王浆，由于质量可靠，一般当天就可卖出。

沿着山径向前，是一处塘坝，两亩左右水面。一家人在塘边山侧辟了块平场，建几间房子，搞起"农家乐"。院子一侧立两个一人高的铁笼，一边一个，像个门，里边圈养着两只藏獒，见人则冲突咆哮，凶猛异常，像在守门示威。几只雪白的鹅鸭，在塘水中徜徉，悠游闲在，顾影自怜。石坝下散养着一窝柴鸡，鸡自由地在山坡上啄虫觅食。塘里养着鱼，这鱼是供垂钓的，每到周末，城里人就驾车来到这儿，在塘边坝上，树荫底下，打起阳伞，坐着马扎，下好鱼饵，支上钓竿，等着游鱼上钩。"农家乐"在这里很普遍，但像这儿依山傍水，可垂钓、可观犬、可戏禽，环境优美，与外边又相对隔绝的去处，还少见。

小径上山后进入林地，先是巨大的核桃树，叶子肥绿，果实累累。接着是栗子林，开花时节，栗子花长长的，像一只只毛茸茸的尾巴，散发着一种类似肥皂的香气。松树林内静谧而湿润，夏秋之交的雨后，树下厚厚的松针上，会生出不少蘑菇。由于生态环境好，这里的柏树充满生机，泛出浓郁的树香。白子生得也不一般，城里立交桥边侧柏结的籽，仅有黄豆般大小，色泽灰暗；而这树上的白子，生得大如蚕豆，色泽浅蓝而光鲜，我不禁生出"淮南为橘，淮北为枳"的联想，对城市的环境也多了一分隐忧。柞树的领地是另一番风景，树与树互相攀比争高，林子下部是疏疏朗朗的黑色树干，可以望出挺远；高高的树冠则相互密密交错，完全遮住了阳光，偶有一缕光照进来，则成一斜线，使人想起王维"返景入深林"的诗句。十月秋风起时，柞树的叶子变得赭红，飒飒飘落，径上铺满落叶，脚踩上去扑扑腾腾。一次我躺在落叶上，仰望着一片片飘下的叶子，想着自己也成了一片落叶，有若庄生梦迷蝴蝶的感觉。柞树的果实就是橡子，叶落之后，橡子也滚满地。山里有一种叫"扫帚挠子"的小松鼠，蹦蹦跳跳地欢迎美食的从天而降。春天你再去看，多数橡子只剩下空壳，壳的一头被打个小孔，这多是"扫帚挠子"的功夫。

小径穿出密林，上个坡，是个小山头，从这里眺望西北，可以看见那个大湖。初秋季节，潦水几尽，湖面澄碧，扁舟数叶，鸥鸟翻飞，令人心旷神怡。

这小径有几处岔道，沿着每一处岔道走进去，都能发现一处景色。其中一处，由岔道前行一里之遥，进一处土地平旷，稷黍茂盛的谷地，其间核桃、栗树粗壮巨大，多有百年之龄；径侧野花烂漫，令人欣喜。置身谷地，时闻雉鸣，偶听雀啼；伫立平坝，近瞻松翠，仰望云流，心宁静焉。此地虽不是桃源，可别有情趣。

我有晨练的习惯，春夏秋三季，只要住在家里，这山径每日必行。平坦处跑，起伏曲折处疾走，往返一个多小时，大口呼吸山中清新的空气，与大自然发出的信息进行交流，汗透胸背，晨露湿衣，然一圈下来，周身通泰，心里也痛快。坚持多年，受益大焉。

与城里的通衢大道相比，这山径实在微不足道，其上既无车水马龙，其侧也无堂皇的建筑可供瞻仰，它窄得实在可怜，还常常被荒草掩没。与城市文明相比，它地处偏僻，原生荒蛮，简直没文化。然而，这山径直接融入大自然。人行其上，与大自然交换着各种物质和信息。我一直认为，这些物质和信息，有些是已知的，比如使人呼吸清爽的空气，令人眼目舒适的绿色等等，而有些则是未知的，对人的影响将来或会被逐步发现，因为人对自然的认识没有穷尽。人是从大自然中成长起来的动物，融入自然则生机勃勃，与自然对立则危机四伏，不是吗？现在人类面临的种种环境和生态危机，足以说明这一点。从某种

意义上说，大自然是最"文明"的，无论宏观还是微观，它都安排得那么契合和细密，让人叹为观止，人类只能适应它的规律。这山径还连着最平凡的生活，当走过它的时候，我感觉着山中四时，关心着谷地稼穑；与山脚的养蜂人问技术，到塘边的农家院叙乡情。山径引着你，去感受普通人平凡而宁静的生活，少去了多少汲汲和浮躁。

春末夏初，莺飞草长的时候，几位老友到家来聚，我带他们走了走这山径，大家都说好。回去后，一位作了诗，一位写了赋，还有一位约我和他一起写散文。朋友都说好，自然是好，但从何写起，心中还是茫然。想起常走的这条山径，以它串起所见所闻和所思所想，岂不是好？于是就有了这篇文章。

（2010年8月6日）

遁入山林

节过夏至，闷热孕育着雨水，没有一丝风，京城的雾霾天又降临了。早晨跑步，是我多年的习惯，然而令人郁闷的是，有两三天不刮风，空气就脏得不行，在这种情况下晨练，肯定得不偿失。于是只得停止运动，又心有不甘，幸福感大大降低。近一段见到雾霾，竟敏感起来，嗓子发痒，咳个不停，及至真出现了气管炎的症状，看了医生，吃上了清咳平喘颗粒。

周五下班，三环路上拥堵的车流散发出阵阵热浪，摩天大厦笼罩在灰沉沉的雾霭中，心情也随之晦暗下来，甚至有些焦躁，希望尽快逃离，逃离这令人窒息闷罐。

终于来到了山边，抬头望山，岚雾沉沉，雾气湿度很大，几近于沁出水来，空气中弥漫着松柏的香味儿。

晚间山雨骤至，夹裹着沉闷的雷声，这雨下得好大，半夜朦胧中还听得到急骤的雨脚声。睡梦中在想，京城饱含pm2.5的雾霾，该被这暴雨洗刷净了吧？多少年来，城里的空气净化多指望刮风，西北风一起，肺也跟着洗洗；几天不刮风，街上就会出现戴口罩的人。我现在醒来的第一件事，就是打开手机上网看空气污染指数，如果尚可，则"闻鸡起舞"；如果很差，则僵卧床榻；最纠结的是"中度""轻微"等指标，晨练的同时心存狐疑，多少会有些思想负担。醒来听到风声我会很愉悦，因为风声起，就意味着激浊扬清，还一个朗朗乾坤。即便是数九寒冬，朔风呼啸，我也会义无反顾地爬出热被窝，在奔跑中去呼吸那清新的空气。

晨起雨止，我去跑步。过去我在公路上跑，偶尔会遇到汽车。说来也怪，城里成千上万辆汽车终日在那里奔跑不息，排出的尾气何其多，可却闻不到明显的味道，可能是嗅觉给熏麻木了吧！跑在这乡间公路上，一辆车发出的味道也很明显，可能这里空气相对纯净，与尾气味儿对比度太大的缘故。现在我离开主干路，跑在一条村路上，目的地是浅山中的一个小村。路侧是成排大杨树，杨树外面是玉米地，今年春旱，下种晚，眼下玉米苗还不到一尺高，这场雨使玉米苗精神起来，生机勃勃。绕过两个弯，进入山沟，这沟里的土地从去年起

就改植了银杏树,一年多时间,树虽纤细,却已成林。春夏之交那会儿,林间树下是成片的油菜花,黄灿灿亮人眼。这季节,又变成了姹紫嫣红的草花,五彩缤纷。据说退耕还林是为了净化空气,是应对空气污染的一个举措,但究竟能管多大事?我不得而知,但树多了肯定对环境有好处,则是无疑的。一座混凝土渡槽从山沟间横跨而过,这是20世纪70年代的建筑,是"农业学大寨"的见证,至今完好无损,已成为"古迹"。沟谷两侧的山上,覆满了油松和各类阔叶树,郁郁葱葱。临近村头,几棵大核桃树冠如伞盖,格外显眼,青色的核桃累累挂枝。清晨的空气中,弥漫着花、草和树的味道,沁人心脾。长距离奔跑,自然要深呼吸,如果说在城里呼吸新鲜空气是一种奢侈,到这儿就如饕餮大餐。

跑回冲个热水澡,周身通泰,神清气爽,几天来的郁躁一扫而光。与妻说起清爽的空气,她也想去体验一下,于是去走另一条山径。板栗花已到了快谢的时节,如众多小猫尾巴落在地上,谢了花的托顶着个满是刺的绿色小圆球,这是板栗果实的雏形,叫"栗不楞"。山坡上荆条花盛开,紫色的小花散出淡雅的清香。眼下正是蜜蜂采蜜时,不过雨后蜂儿不多,嘤嘤几只,倒也显得清净。坡上的侧柏已结籽,那柏子大而干净,香气醒脑提神。小山上是松林,多是碗口粗的油松,个别的树干有盆口粗,林木阴翳,静谧清幽,只听见小鸟的啁啾。落在地上的松针有半尺厚,踩上去软软的。这里的空气纯净而新鲜,还加上了大自然的调味,供人呼吸,堪称上乘佳品,只可惜此地不能久留。

雾霾锁城已连续五日,回城后心情又为之黯然。半夜雨脚如麻,电视台播出汛情蓝色预警。清晨,碧空如洗,金色的晨晖炫人眼目,微风带来一丝秋日的感觉,犹如换了一个世界。雾霾不知何时散去,早已了无踪影,心里才感到些许宽慰。

第三辑 村野闲言

游板古岭记

板古岭,燕山幽处也,居雾灵之东。丁亥年秋分前日,吾夫妇与郑、孙、杜、杨四友同游之。

自花园村右下车,寒山秋日熏暖,农舍掩扉静恬,老杨婆娑,小峡幽远,曲水逶迤,山径盘旋。循径上行数里,谷中残关遮道,两翼废城卧岭,其势巍然,此五虎水门也。关城跨谷,中置券门二,门高近丈,条石券拱,青砖为墙,墙厚丈余。券顶石楣,浮雕虎头,二门四面,共四虎,略观其形若同,细辨各异,加减虎爪,机巧埋伏,匠心工也。石面苔痕年久深黄,虎头如生花黄毛,栩栩如生。溪中卧一石,长短类虎,乃依势就形,雕耳、目、须、胯、爪、尾,又成一虎,因称五虎。山溪穿门而过,虎侧清泉可掬,岭生青松白桦,墙掩黄芦衰草。长城卧岭逶迤,下至黑关。向①游黑关,曾见人掘残城砖石所掩礌石、铁炮诸物。关侧为密云、滦平、承德、兴隆四县交点,称"鸡鸣四县",勒②为志。因取捷径,故未游。

至雾灵山村,见农舍临溪,拙木为桥,清流激石,秋水沛然。远闻鸡鸣,近听犬吠。红果累累压树,玉米垂垂挂屋。墙头苫秸,院角码垛,室贮所藏,房晒所获,农人忙秋也。村及五虎门皆居板古岭北,属兴隆县。

过村上板古岭,路阔曾可行车,因弃之日久,树遮草掩,水冲辙毁,几③成荒径。径侧野菊漫撒,枝头红枫绚烂。桦直干白,橡曲冠赭,雏杨叶黄,考④松针翠。彩雉⑤惊飞神振,灵雀婉鸣意舒。遥瞻群山,五彩斑斓俦⑥画;近赏一树,秋色满目匹⑦春。过岭至陈家庄西,隶⑧承德县也。径侧山楂纵横成林,枝头盈实,落果覆地,拾数枚食之,酸颐⑨倒齿。再翻一岭,日已西,索图察其所在,至冰冷沟,居板古岭正南,入兴隆县境,乃雾灵山腹地也。谷深林密,荒草没顶,流水有声,其境清寂。日既落,气温骤降,急寻地扎营。披草沿溪下寻,见废墟,乃昔日鹿场也,屋塌墙毁,蓬蒿盈院,然地为砖墁,极平,四面石墙围之,遂议于此扎营。忽失杜君,同行者互问,皆曰未见。乃大呼之,但闻空谷回音,未有应者。众人稍慌,急沿溪上下寻呼之。顷之,杜君溯溪披荆而归,乃寻营地去之远矣,致虚惊。以其境过莽，乃相约，取水、洗濯诸事须结伴，防兽袭及迷路也。稍安，乃卸行囊，除碎石，去蓬蒿，铺软草，寻⑩四帐扎成矣。于是支锅为爨⑪，搬石围坐，各献珍馐，竞捐美味，同品醇酒，共享良辰，其乐融融矣。顷之，月出于东山之上，冰轮皎洁，清辉柔曼，山石树木皆成剪影。询计时日，将至中秋，于是发雅兴，高吟东坡水调歌头。兴之既发，继之以歌，一人歌之，众人和之也，和之既毕，轮而歌之，轮而不止，穷尽老歌旧曲，几近搜索枯肠。忽林中有声，类老者嗽，众皆屏声静谛，俄而嗽声渐远。吾知为山中鸟，曾闻其声，未睹其形也。于是入帐就寝，然兴之未尽，乃拥被闲谈，至闻临帐鼾声乍起。

　　晨曦微照，沉酣梦醒，重露湿帐，清气沁脾。乃收营启程，溯溪行数里，欲穷其源，向左攀岭出山。然林茂灌密，山径迷离，屡屡失路，至无径可寻乃返。下行数里，峡渐阔，路可行车，见蛙过路，大若拇指，疑其蕴雨之兆。忽见树隐屋舍数间，闻犬吠，既闻人语，趋近问之，乃养殖场也。主人筑坝壅溪为塘，养殖林蛙。其蛙昼出觅饵于林，夜则聚之于泽。贵在其脂，乃滋补极品，年可获十斤，斤贾千元，悉为津门富者购之。场有瓦房木屋数间，土炕板床、灶厨淋浴俱全，可纳客十数人。主人烹茶递烟，奉食请尝，殷勤淳朴。

　　主人曰：此南距国道四十里，距镇百余里，重山阻隔，甚僻；君等游处更僻，几无人至。山高路远，林密沟深，囊重行艰，缘何苦旅？吾友曰：京城人拥车堵，气浊境狭，居之尴尬；且熙熙攘攘，耽于竞争拼搏，久之疲顿，病疴积哉，因避此休憩，冀⑫其松缓。曰：吾辞职后赁⑬此谷，居之十年，未生倦意。亲朋常往来小住，通讯广播皆可通，并无寂寞。虽偏居僻隅，取食靠天，孤陋寡闻，少结缺交，隐没无显，然无名利嘈浊之扰，呼吸清馨，肺腑滋润，随日作息，生有节律。可春观百花，夏临清流，秋采山珍，冬赏冰雪。出伴獒犬，归抚胡琴，优哉游哉，足之乐之，比之君等何如？吾等默然，继而羡赞之。与约秋后再访。

（2007 年 11 月 12 日草）

注：

① 向：从前，往昔。

② 勒：雕刻。

③ 几：差一点，几乎。

④ 耇：老。

⑤ 雉：野鸡。

⑥⑦ 俦、匹：类似，相等。

⑧ 隶：附属，属于。

⑨ 颐：面颊，腮。

⑩ 寻：随即，不久。

⑪ 爨：烧火做饭。

⑫ 冀：希望。

⑬ 赁：租，这里指承包。

游京西古道记

丁亥年重阳后二日，山友约吾夫妇同游京西古道。乘火车自西直门至斜河涧，徒步入山。

霜降将至，秋意既深；露寒叶红，山气含馨；天碧日丽，散淡舒云；野径捷足，爽气清神。至牛角岭，古关城门券①犹存，此西山北道锁钥②也。关城以西，古道宽丈余，长数里，块石铺基，坦荡而下，殊可观。闻古为晋冀通京商旅要道，盛时日行骡马数千，几至拥堵，道侧店肆栉比，商客云集。今残垣可辨，砖石败零，榛莽侵道，四野萧然，顿生思古幽情，并涌沧桑之感。

隘口有亭，匾书"永远免夫亭"，为区税务局新筑，内立古碑，记清雍、乾世③，悯此乡地薄民穷，民多窑煤，故永免其赋役，因知古道亦为载煤入京之路。至桥耳涧，村户筑房修墙，砖石盈道。称游人日增，村人更④以民俗旅游为业，忙修缮以待游客也。入一农家，瓦房齐整，院搭凉棚，竹编篱墙，藤蔓爬缠，园艺殊绝。棚吊葫芦、倭瓜，篱攀佛手，碧者翠，黄者橙，间缀小红灯笼。室盘土炕，炕围花纸，被褥整洁，窗明几净。老者随和，答语详尽，风俗至淳，乡情浓郁。村北崖高数十丈，盘旋登之，有洞幽然。持灯下探，初深陡，下平坦，同行者欲穷之，未果。

至东落坡，一农舍后碉楼耸然，类川地藏碉，未圮毁，疑为清时所建。下开一门，内辟洞室，藏梨果杂物，农人用为库房也。农宅院狭，墙隅贮柿，硕大光洁，橙黄可爱。老妇为爨⑤，闻声出视，问柿价几许，颇廉，山友竞欲购，转虑路艰不堪重负，各拣数只作罢。沿石巷下行百余步，为元人马致远故居，四合小院，黄泥涂墙，石板为瓦，粉壁照门，屋漏堂空，户斜牖残⑥，庭生衰草，枯叶覆阶。老屋有年，却非元时旧迹；山溪作桥，已是后人新修。马氏以曲与关汉卿齐名，晚年归隐。此近邻大都，外人难觅，枯藤老树、小桥流水、古道秋风，《秋思》诸景兼具之，果其隐处乎？吾信之。曩⑦吟《秋思》，叹其辞约景丰，诗情画意奇绝，今猜于此摹⑧之。

南登九龙山，径边秋草，穗若春絮，楸枫柞松，层林尽染。山顶平旷，护林人居之，秋菜几畦，瓦舍数间，囤藏收获，屋升炊烟，壮犬虎吠，其崽扑

欢。憩⁹片刻,向西南过岭,峰回路转,至峰口庵。关城门券塌落,半拱尚存,废庵湮没,石人卧丛。拨丛循古道行数十步,见削岩开路,路基为石,石面密陈蹄窝,乃昔年骡马踩踏,经年累月而成也。石窝光洁莹润,如玉,如琢,野菊滋于石隙,秋叶漫洒其间,同行叹观止焉,流连有时。

平居城中,常虑四扰:气浊、境闹、身疲、心躁,冀得纯净安宁之境一憩,常思桃源。今行古道,知足下亦有桃源矣。

重阳登高沐西风,关岭古道访遗踪。
蹄印尽阅沧桑路,残城通览盛衰情。
五柳¹⁰桃源缀绝作,东篱¹¹秋思构天成。
古来贤哲性高洁,林泉稼穑隐其中。

注:

① 券:拱券。
② 锁钥:军事要地。
③ 清雍、乾:清朝雍正、乾隆。
④ 更:改变。
⑤ 爨:烧火做饭。
⑥ 户、牖:门,窗。
⑦ 曩:以往,过去。
⑧ 摹:临摹。
⑨ 憩:休息。
⑩ 五柳:陶渊明号五柳先生。
⑪ 马致远号东篱。

云湖记

吾乡密云有云湖①焉，源燕山之幽谷，纳潮白之清流，环其水三百余里，清波浩渺，沧浪寥廓。其西临云蒙奇峰，东接雾灵秀谷，甘露涵于自然；左倚白马之关，右凭古北之口，人文续于悠远②。春则百花吐蕊，其馨醉人，白鸥击水，飞之疾迅。夏则烟雨迷蒙，仙山缥缈，鱼戏涟漪，鸿鹄有临。秋则水天一色，漫山皆染，长城逶迤，烽台连亘。冬则寒凌封湖，雪挂岸柳，万顷凝然，飞絮披纷。其四时可入诗画。

昔密云城滨潮白之汇，西门居白河之阴，南门处潮河之阳，行旅须以舟楫济③之。逢河泛滥，城外为泽，城内亦危。自古御④水患焉，吾幼时古残堤尚存，碧水湍流于下，伙伴称"黑坝根"。吾母言某年举城防洪，曾垛沙袋于东门。俗传"鲇鱼姥"兴患，冶仙塔镇之，今北山有塔巍然。谚云："密云像条船，眼看下河南"，言不虚矣。

戊戌"跃进"之年⑤，始举宏图，筑土石之坝，截潮白之水，军民二十余万，如火如荼，英模辈出，事有可歌可泣者。三年毕其功，遂成云湖。其工移民数万，今水底旧迹犹存，枯水之年露城头者，乃石匣古城也，曩其繁华匹密云，今静沉水底。所移之民，多县内纳之，吾邻村岭东，即一移民村也。丙辰之年⑥，山摇地动，主坝滑坡，危象陡生，乃加固之，使其坚倍于前。时光流逝，其事多湮没，然饮水思源，应记之。

云湖既成，患绝利兴，滋润京华，万众承泽。忆幼时夏秋，湖水泄河，碧流盈川，岸柳拂波，吾与伙伴游其间，嬉水为乐，陶然欣然。初，湖水可溉，渠系成网，干、支、斗渠⑦俱全，吾村田多以湖水溉之。记某年孟冬⑧，生产队长夜半呼吾，命持锹提灯下地守渠，引水浇麦。时吾年未弱冠⑨，瞌睡渎事，致渠溃鞋湿，贻笑伙伴。

春秋卅载，京都阜盛，千万人所用多取之云湖，输水盈倍，云湖之功大焉。然亦有可忧者。吾村居湖下游，初地下水浅，春⑩铁管入地三丈，可以唧筒⑪汲水。后城用水渐蹙⑫，湖水止溉，久不泄河，专输城用，农改以地下水溉。初掘大口井，久之，水位降，井枯，继之以机井。前年秋，吾归故园，于自来

水中见沙。询于老母，言村中机井将枯，故水中带沙，村人复凿深井焉。并虑若水位复降，深井复枯，何求水源语。今湖水久不泄河，地下水不补，而城乡用水日增，水位日降，其隐患潜生于地下，危机暗伏于未来，不可不察也。

节水倡之有年，水价亦涨之，然顾左盼右，观城视乡，安享太平者多，居安思危者少，虑及后世者微矣。其节水举措难匹缺水之国以色列，空间弥大也。吾游房山，观南水北调输水管，双管齐下，其径丈余，叹其工程浩大，使鲧、禹、李冰[13]在世，亦自愧弗如。其开源有流，或可解燃眉之急。然京城车如潮涨，楼如海涌，其膨胀之势方兴未艾，止日无期。以汉之远水解饕餮之渴[14]，终恐欲壑难填，东海弗胜矣。

云湖汇潮白二水，其势为两湖焉，旱则一分为二，涝则合二为一。天旱有年，蓄水日窘，其合一浩渺之状久未现矣。捉襟见肘，偏逢无厌之求；囊中羞涩，竟遇竭泽而渔，吾为其忧之。

（2007年12月1日草）

注：

① 云湖：密云水库。
② 云蒙、雾灵：云蒙山、雾灵山，属燕山。白马、古北：白马关、古北口，长城关口，在密云境内。
③ 济：过河，渡。
④ 御：抵挡，抵御。
⑤ 戊戌"跃进"之年：1958年。
⑥ 丙辰之年：1976年。
⑦ 干、支、斗渠：渠道的种类。干渠从水源引水到支渠，支渠从干渠引水到斗渠，斗渠引水到毛渠或灌区。
⑧ 孟冬：冬季的第一个月，即农历十月。
⑨ 弱冠：古代男子二十岁行冠礼，表示已经成人，因为还没有达到壮年，叫做弱冠，后来泛指男子二十岁左右的年纪。
⑩ 舂：冲，撞击。
⑪ 唧筒：泵。这里指一种人工压水机。
⑫ 蹙：窘迫。
⑬ 鲧、禹、李冰：皆古代治水专家。
⑭ 汉：汉江，其丹江口水库为南水北调中线工程的水源地。饕餮：传说中的一种贪食的恶兽，比喻贪吃的人。

游小西天记

　　小西天，密云番字牌西沟也。谷深峡长，沟壑纵横，乱石嶙峋，草深林密，中淌小溪，叮咚可爱，下注白马关河。旧有村人居其间，以其境过僻，洪灾频仍，渐迁出，遂弃置荒芜。吾友王君，雅爱山水，醉心田园，冀得一山。不惮艰辛，寻访踏勘有年，终得其谷。遂与乡人约，倾其囊赁①之，夙愿遂焉。于是封山育林，涵水养源，还其生态，复其自然，并尝农耕稼穑之辛，得山水田园之乐矣。

　　丁亥年六月癸亥日，京城大雾，丝风不生，车贯长龙，尾气弥漫，阴霾笼罩，气憋心闷。吾与王君辗转乘车避于小西天。天将至午，径入谷口，一坝横亘于前，高可三丈，长十数丈，中泄洪口五孔，长方竖排，砌石修伟。此拦沙坝，以御②泥石流也。过坝入谷，蓬蒿没腰，车道依稀，狡兔扑朔，惊雉蹿飞。小径迷离，荆棘蔓草遮蔽，冲沟乱石阻隔，往往难行。王君挥刀斩棘在前，吾亦舞杖披荆于后，然荆蔓繁茂，斩不胜斩，披不胜披。无奈改斩披为钻行，俯身低首，或沿旧径，或循兽道，伏行逶迤，左右折返，裸臂划痕，热汗浸身，浑不觉天已过午二时矣。谷渐窄狭，坡愈仰陡，野蕨③叶类张伞，腐叶踏似绵毡，其境如入侏罗纪公园。忽见白桦列坡，树干森然，峡穷谷尽，山脊在望。卸囊稍息片刻，取食垫补饥肠，狼吞虎咽，饕餮④甜香。忽林间幽暗，天若黄昏，乌云压顶，暴雨骤至。急雨打叶，满林喧哗，树干淌水，足下成流。势高雨豪，气温陡降，王君寒噤齿战，吾亦感凉气逼人。乃憾弃登顶，冒雨回返。大雨掩迹，来路不明，左右寻径，全身如洗，至谷口已午后四时矣。忽雨止云薄，西阳微露，径侧草花含珠，长蔓摇曳，鸟鸣啾啾，凉风习习，山气含馨，沁人心脾。

　　谷口瓦房数间，向⑤林业站所遗，王兄居此，代为看山。房前屋后，坝田参差，稼玉米、稷、菽、葵等⑥，近水肥田，则爬瓜、栽茄、架豆、秧葱，菜蔬鲜美，琳琅满目。稼菜苗秧苗壮，雨润生机盎然。房前小溪壅⑦潭，雨后潭水稍浊，然依稀可见游鱼。潭边洗毕，更衣为爨⑧，土灶山柴，烟气蒸腾，大锅煮炖，其味本色。餐毕夜幕已笼，仰观中天，河汉灿烂，流星飞坠，空廓寂寥，令人遐思。久之困顿，就眠土炕，沉沉不知所之。

为纳清气避深山，寻得佳境小西天。

荒径苦行堪为乐，野山蛮登若作闲。

热汗浸衫洗肺腑，冷雨浇身沐天然。

羡君有地能稼穑，果菜丰盈胜桃源。

（2007 年 8 月 1 日草）

注：

① 赁：租，这里指承包。
② 御：抵挡，抵御。
③ 蕨：蕨类植物。
④ 饕餮：传说中的一种贪食的恶兽，比喻贪吃的人。
⑤ 向：从前，往昔。
⑥ 稼：种植。稷：谷类，一说即谷子。菽：豆类的总称。
⑦ 壅：堵塞。
⑧ 爨：烧火做饭。

老屋记

　　初，吾家居县。"文革"劫起，家遭遣乡，勒①逼甚急。吾父前就县谋事，村中屋已归人，举家无片瓦安身。无奈，乃寄玉成伯土屋间半为栖。玉成伯多子息，亦困窘，然慷慨施助，至今常忆其事。因所居局促，吾稍长，常寄场屋为宿。年十七，即充铁路、水库之役，宿工棚十载。

　　父既放逐穷乡，谋生甚艰，仅得糊口，又蒙欺辱，郁郁寡欢。居数载稍安，遂生造屋之念，并徐筹之。族老坟生榆林，时长顺爷为村主事，私嘱吾父遍求族人，允其伐之为材②。伐之日叔伯数人为助，斧锯坎坎霍霍③，树倒遥呼为号，牛车载归，其氛甚欣。榆性桡④，不宜为屋材，垛于墙侧风干雨淋，令其就形，后易为杨木，始合用。又数载，吾兄弟长成矣，生计始苏⑤，父遂举造屋之图⑥。吾乡贫户建房，以河卵石筑基墙，木柁檩为架，檩上覆椽，椽上覆秫秸⑦，秫秸上覆泥，即成土屋。待有余力，再覆之以瓦，即成瓦房。椽为父御马车自怀柔二道河子载回，时吾从之，山道弯陡，刹车尖声荡谷，今犹在耳。秫秸为吾兄弟自县东牛角峪负板车载回，往返百里，汗透衣背，足磨水泡火痛。何不惮道远？质优价且廉也。物料俱齐，即兴工为屋。时吾役于水库，未得归，均父与家人奔走罗张，归已规模初具。母称帮工者数十，数日即毕。于是和灰抹墙，垒灶安锅，码砖铺地，装门镶牖⑧，新屋俨然也。吾家宅基居沙坨，院土下挖四尺方与旁宅平，父及弟、妹以独轮车日日移之。

　　新屋既成，窗明室阔，地平壁白，炊气蒸腾，土炕舒暖，家人其乐融融。乃圊⑨植杨、梨、杏、柿、椿诸树，栽牡丹、月季、百合、玉簪、马莲、金银花、爬山虎诸花卉，庭畦菜，不数年，即锦绣满园，果菜飘香矣。吾婚于老屋，期年得子，父母喜得孙，悉心抚之。儿于土炕学步，举家欣然，笑语盈室，后土炕几⑩跳塌。妹挑灯读，公式书之四壁，终不负其功，为大学录。居四年，母病，父坚伐梨树，以避音讳，时已结果焉，后母病瘥⑪。吾弟婚，人丁盛，又接东屋一，厢房二，并筑晾台⑫于正屋前。吾儿幼时，喜伏晾台作画，粉笔涂鸦满台。

　　后拨乱反正，世事转圜，平反冤错之案，父亦申之，终得改正，洗其冤屈，释其悒郁，心稍慰焉。

父勤而敏⑬，精于谋算，然前未逢其时。改革既起，经济民生渐兴。父与村少年合，凑钱举债，赁闲屋，购榨机，研工艺，办油坊也。吾乡处白河畔，土为沙质，产花生，然多外销，自榨油者少。油坊成，乡人携袋拎筐，咸来加工。其油醇香，为人称道，趋之者众。不一载，获利载誉，为村人羡之。父亦消积年颓态，精神稍振。

时政策放活，民生诸业多可营，父复与村少年合，并得乡之援手，购旧汽车一辆，稍修之，营运输也。市场既兴，各业俱旺，建筑尤火，父担联络承揽之务，往来城乡，几无余暇。父之从业，求质守信，颇得信赖，其业务日丰，常分羹于同乡。时农人营他业者尚少，父开其先河。

居无何，始兴乡企，乡引东瀛技，创合资企，制花生食品。父以善营佣于乡企，担购销事也。时父日奔走于客户、机场、海关间，诸事繁杂，父条分缕析，料理有序，几无纰漏。又谦逊亲和，人多乐与之，办事益增其效。

吾假日归家，常睹闻父与村少年议经营事，母端茶递水，屋内轻烟缭绕，笑语朗朗。父有义气，乐助人，村人喜访之，常闲谈至夜。

后父中风，半身为痹⑭，嘱吾于东屋梁悬滑轮，以绳系臂练之，日日不辍，切盼康复。父喜洁，黎明即起洒扫，病后乃以一臂持帚，庭除净然。

父去，母居老屋，喜园艺，勤植管，花卉菜果更蕃⑮，葡萄盈架，瓜豆攀援，众卉覆径，百花纷繁。季夏⑯之时，鲜蔬盈垂，叶底撷采尝鲜；中秋前后，丰实罗园⑰，窗台摊晒收获。又蓄一小犬，常匿窜于花丛瓜架之下，增生气焉。

吾离家有年，老屋户牖及内饰老旧，妻促葺⑱之，吾未允。非不思葺，实恐毁其貌而断其念矣。

今父去十一年矣，柿树遮檐，获实盈筐；鹊飞远枝，其巢也空；新巢既筑，其居也安。父如知之，其魂可稍安矣。

（2007 年 11 月 18 日草）

注：

① 勒：强制。
② 材：木材，木料。
③ 坎坎霍霍：象声词。《诗经·伐檀》中有"坎坎伐檀兮"，《木兰辞》中有"磨刀霍霍向猪羊"诗句。
④ 桡：弯曲，榆木易变形弯曲。

⑤苏：缓解，稍缓。
⑥举造屋之图：实行造屋的计划。
⑦柁、檩、椽：房屋的木结构。秫秸：高粱秸秆。
⑧牖：窗。
⑨圜：围绕。
⑩几：差一点儿，几乎。
⑪痊：病愈，恢复健康。
⑫晾台：农家晾晒粮食等的平台。
⑬敏：聪明，机智。
⑭痹：中医指由风、寒、湿等引起的肢体疼痛或麻木的病，这里指半身不遂。
⑮蕃：茂盛。
⑯季夏：夏季的第三个月，即农历六月。
⑰丰实罗园：丰收的果实罗列满园。
⑱葺：修补。

游寒山记

孟冬①将尽之日，徒步永定河谷，两侧嶂②壁夹峡，崖高百仞，碧天为带，飞鸟绝空。崖间火车穿隧，飞桥渡涧，汽笛高鸣，谷荡回声。涧中水湾覆凌，河石裙冰，衰芦伏水，湿草冻凝。其峡西北始官厅，东南迄三家店，二百里重岩叠嶂，苍凉雄劲，气象万千，堪为大观，自京可一日游之，然人或忽之也。永定河古为桑干水，流沛水丰，清人有"一水绕山难觅渡"句③。今官厅壅湖④，泄有节，时断其流，搭石可渡。

溯行至珠窝西三里许，左岸石壁现一隙，近观为支⑤峡，石壁倒悬，峡窄如线，谷底仰陡，曲径中卧，石阶蜿蜒而上，其谷幽邃。溪床久涸，多全石为底。白崖余印苍然，向⑥时瀑也。潭底干，圆如巨臼⑦。

行数里，忽峡宽谷阔，梯田井然，中生衰草及肩，久未稼穑矣。复前行，见村舍参差，其屋多以石板为瓦，青瓦压垄，其墙、巷、陔⑧、坝皆石，砌筑有法。偶见门楼影壁，砖青墙白。巷侧置碾，石墙围之，盘滚光洁，框轴俱全。其村朴拙，犹遗古风。然中杂颓垣，杳无人声，其废村也。计其户三十余。忽闻人语，寻声入其宅，主人出作⑨，妇及孺子在焉。灶红炕暖，锅沸气缭。云村名避静寺，村人久徙他邑，其夫于此牧，母子随之。问其详，多不知，言自赣嫁此，村止一户焉。

崖下巨洞幽杳，其口石墙柴栅为栏，以圈羊。有大口井二，径三丈许，块石拱围之，侧置水泵房，铁管锈蚀，为先时筑，弃废久之。今井将涸，浅洼凝冰，旁置槽、桶，汲水饮羊处也。

攀梁过岭，山坳古松蓊郁，疑其为古寺址，寻之，未见其迹。行数里，复见一废村，屋舍犹存，村人皆遁⑩。遇二人，言地乃主人赁⑪，佣⑫其养殖焉。笼类屋，其鸡、雉、鹅杂养一舍，相处亦得。问其事，语焉不详，亦来他乡。

复行数里，至碣石，其村舍有明清之风。村北白壁炫然，墨书朱氏治家格言，宅门侧多书联，其先重德崇文焉。古槐耸然，径数围，有千年龄。村南一碑，书"碣石古村落、文物保护单位"，为区文物局所立。一村妇曰：吾村以多井闻，有井七十二，其白龙庙井尤古，历数百年，然久涸。曩溪水丰沛，先世所凿井皆涌流，用之不竭。今久旱不雨，溪久干，井多涸，大不如昔矣，然尚可以机井汲。问前村何废,答以缺水故。

　　吾行三村,二以无水废。碣石以井闻,然多涸,其运难卜。俗云,山多高水多高。气候常则然,气候反常则不然。此山涸,其因或有二:一曰气候变,二曰水位降。今京冀久旱,揣[13]为排放多而地球暖,大气环流有异故。而人滋[14]城扩不已,用水日增,地下水日降,其患或可及于上,现端倪于山地欤?此皆人为之也。有流则人聚,无水则人遁;流涌则文明兴,水竭则文明衰也。今二村已废,碣石井渐涸,古村堪忧。

　　闻巴厘岛万人论气候变[15],忧其殃及人类。与人言之,人曰:危言矣,尚远。果其远乎?吾观三村之衰废,知其患不远,已至卧榻之侧[16]矣。

　　冬日游山,未知其名,村萧疏而天寒,姑谓之寒山,是为记。

（2007年12月11日草）

注:

①孟冬:冬季的第一个月,即农历十月。

②嶂:高耸险峻如同屏障一般的山峰。

③清爱新觉罗宝廷《春日田园杂兴》诗:"桑干西去即仙源,洽喜归田近郭门。一水绕山难觅渡,乱花夹岸各一村。"

④官厅壅湖:指永定河上游的官厅水库。

⑤支:分支。

⑥向:从前,往昔。

⑦臼:舂米的器具,用石头或木头做成,中部凹下。

⑧除:台阶。

⑨作:劳作,劳动。

⑩遁:悄悄地离去。

⑪赁:租借,此指承包。

⑫佣:受雇佣,出卖劳动力。

⑬揣:估量,猜测。

⑭滋:增添。

⑮2007年12月联合国气候变化大会在印度尼西亚巴厘岛召开。

⑯卧榻之侧:《续资治通鉴长编·太祖开宝八年》:"上怒,因按剑谓铉曰:不需多言,江南亦有何罪,但天下一家,卧榻之侧,岂容他人安睡乎!"比喻自己的势力范围不许别人侵占。这里借用其意,指威胁就在身边。

园田记

吾居京有年，然距乡百余里，时旬月归之。睹其楼高路阔，人流车水，市衢喧阗，繁华阜盛①，感今非昔比，天上人间也。然乡之园田旧貌，近常缭②于脑，依稀恍惚，不绝如缕，情亦思旧，故强忆之，聊记之。

幼时居县城，镇内区划一分为五，曰一二三四五街，士农工商杂居，务农者近其半，其街类村也。吾家居西门内，属一街。去③西数百步为场，秋日收获，车载菽黍秸秆蓬乍④，御者⑤旋鞭吆畜过市，行人避之恐不及，甚招摇。冬雪覆场，软如絮被，中扫数步方圆，支筛罗雀⑥，伙伴欣然欢然。外祖居四街，近北门，其东城圮⑦，城内插篱作畦，植菜成园十数亩，鲜蔬绿嫩可爱。南门外南小河，潮白河间汊也，水流清澈，岸柳依依，其侧稻麦连畴⑧，渠畦栉比⑨。暖阳熏林，布谷交鸣。细雨湿地，墨燕翻飞。时读小学，春夏清明和煦之日，曾举班从师游之皋⑩，兴之至，咏而归。一日夜半，吾父灌田归，拎鲶鱼二，悬于门，修⑪将及地。母烹之，吾兄妹大快朵颐⑫，今余香犹在。城东、北良田千顷，三、四街之粮仓也。后吾职于镇⑬，"三夏"之季，督责获植⑭，瞻望南野，麦浪千重，其中割刈收获，镰光映日，往来繁忙，面赭汗雨⑮。获多车载不给⑯，则地侧为场，脱粒垛秸，昼夜机声轰鸣不已。

"文革"伊始，家遭遣村，去城八里。村滨⑰白河，滩地沙多地薄，主植花生。其地垄长及里，锄一日止得来回。枣树蕃茂，纵横成林，称"枣行"。秋日获花生，以牛牵犁松其根，使四五童于后捡拾之，称"捡花生秧"。时吾辍学，乐为此役。作间憩⑱枣下，繁果压枝及地，举手可掇。秋晨露重湿果，红枣润泽，其下所悬露珠晶莹欲滴，牵枝就口衔啖之，甘凉脆爽，齿颊生津。老者曰：初，村止八十户，地多人少。戊戌年筑水库，移民于村，地去其半，然聊可谋生。后人孳盛，户大增，人均少之，地始窘促。

春秋迭变⑲，适逢盛世，吾乡亦飞腾矣。土木大兴，广厦扑地，街衢达通，廛市栉比⑳。时运亘古未有，繁华凭京紧趋，殷富之兆初显，面貌迥然于昔。曩㉑城中街村今荡然无存，北门侧辟闹市，商海滔滔，车流汹汹，昔圮城菜园点痕难觅。亦有可憾者，城东千顷田多为楼群略㉒，所剩无几。南小河久涸，后填之，兴建材城，日益隆盛。昔稻畦渠网水色柳荫杳然，布谷雨燕亦远遁其迹。"枣行"绝久之，村人皆叹惋。滩地厂库棋布，陇亩支离。去岁吾归故园，感其面貌全非，以诗述其状："村北开发区，田垄几占光。村南国道边，别墅兴建忙。田畴皆支离，绿野无由望。忆昔田园画，幽幽生惋怅。"

　　静思之，其得中有失，失之有二：一曰土地，一曰生态。二者皆为本，舍本逐利，竭泽而渔，生不可为续，忧患隐生也。物有不易得者，二者皆是。今失之东隅，如亡羊而补牢，或可收之桑榆也。

（2007年12月25日草）

注：

① 衢：四通八达的道路。喧阗：声音大而杂，喧闹。阜：丰富，兴盛。
② 缭：缭绕。
③ 去：距，距离。
④ 蓬乍：形容车上装的秸秆臃肿蓬松，体积很大的样子。乍：同"奓"，张开。
⑤ 御者：赶车的人。
⑥ 罗雀：张网捕鸟。
⑦ 圮：坍塌。
⑧ 畴：已耕作的田地。
⑨ 栉比：像梳子齿那样密密地排着。栉：梳子、篦子的通称。
⑩ 皋：水边的地。
⑪ 修：长。
⑫ 大快朵颐：形容食物鲜美，吃得很满意。朵颐：指鼓动腮颊嚼东西的样子。
⑬ 职于镇：在镇里任职。
⑭ 督责获植：督促询问收获种植的事。
⑮ 面赭汗雨：脸晒成红褐色，汗如雨下。赭：红褐色。
⑯ 获多车载不给：收获的麦子太多，车辆的运输跟不上。给：供给，供应。
⑰ 滨：水边。
⑱ 憩：休息。
⑲ 春秋迭变：时代变换。春秋：年。迭：替换，轮流。
⑳ 廛市栉比：店铺商家密集的样子。廛：集市中储藏堆积货物的栈房，引申为卖东西的店铺。
㉑ 曩：以往，过去。
㉒ 略：掠夺，夺取。

老城记

吾县新城，今逢时乘运，阜盛繁华，畴昔①不可同日而语。

新城基乃老城址。吾觅老城遗迹，止于东城得颓垣数丈，余皆杳不可寻。心所存旧貌，年久模糊，片段零落。细思之，新脱②于旧，旧即敝陋③，亦为其史。于是穷搜苦索其忆，谨记之。

吾幼时，老城圮久，砖皮塌落，夯土④半裸，东西南三门犹存。东门稍全，存券门⑤二，门扇黑漆斑驳，有大轴，可开闭，布圆钉如星。今推⑥之，或为瓮城⑦内外之门。南门存券门一，亦有门扇。西门券圮⑧半，露青砖白灰。北城无门，开豁为路，径通北山。

吾启蒙小学居南城内，称宁家花园，为故豪门宅，高门重院，筑工精巧，存古风，有规模。操场邻城，城头坑坎凹凸，荒草萋萋，散存农户柴垛杂物。吾与伙伴时至城头藏猫追逐，欢声鼎沸，至于衣冠狼藉，误课受责。城下老柳径预⑨冠巨，春日柔条依依，轻絮飞舞，滚地缠球，朦胧曼妙。夏日翠冠遮炎，浓荫生凉，雀鸣枝间，蝉声抑扬。古城翠柳，青舍白墙，童稚无邪，书声琅琅。居城隅而静谧，处郭侧而宁馨，其境历久难忘。

老城建于明洪武，万历间扩建之。其西曰旧城，东曰新城。闻老者述旧，戊子年⑩，东北野战军入关抵城下，初攻东北城，遇暗碉倾弹如雨，久不破。攻西南城，几⑪破之，先头入城者陷城内，伤亡殆尽。麋⑫拔东北城碉，浴血城头，终破之，遂溃四城，巷战至夜。其为东野入关首战，伤亡千余，史册载之。幼时学校邀亲历者述其事，摹其状真切，如临其境。吾与伙伴尝至城头游，砖壁弹痕可辨。每至清明，同学从师出东门，浩浩荡荡，红旗猎猎，为亡者壅土填坟，以花圈祭之。

西南城内，地不平而阔，颓垣隐没，砖石零落。间辟菜园，方畦精培菜蔬，柴篱漫攀秧蔓，诸色牵牛花悦目。丙午年⑬"文革"肇始，乱象叠生。人于城头挖土为台，上搭棚，台前辟会场。聚万人于城下，揪市县"走资派"于台上批斗之。使颈悬木牌，白地黑字书"反革命"云云，复涂红叉狼戾⑭。令其躬身俯首，作"喷气式"，其状可哀。台下观者云集，口号惊心，今犹历历在忆。

吾家赁屋于城中，数易其居。始居鱼市口，清民时四合院也。虽户破牖旧，然青堂瓦舍，磨砖雕花，门楼侧蹲石鼓，甚古朴。后居长安街，门前生古槐二，径可数抱，干有洞幽然。夏午荫翳遮日，邻人纳凉于树底，时有展席而卧者。有虫衔丝而垂，绿而曲蠕，称"吊死鬼儿"。伙伴捏之置人领内，觉，呼笑搏逐⑮之。长安街北锥塔胡同，有石塔，状⑯棱柱，浅青石为之，数层，石面雕小佛数十百，纵横齐整。碑文清晰，时吾年幼懵懂，不解其意。顶圮，揣其状锥，故为名。城中鼓楼高耸，门窗木柱犹存，上扣铁钟锈蚀废缺，乞丐蜗居之。

世纪交替，老城兴厦起楼，宽街辟衢，其势风起云涌，其变日新月异。于是鼓楼拆，四城夷，石塔去，古槐遗。旧屋皆去，高楼栉比。吾常感其变之骤，易之巨矣。

向游晋之平遥古城，闻其列世界遗产名录，慕其名而至者如云。去岁游川之松潘，其古城葺复，城楼巍峨，街衢店肆古色古香，游人摩肩接踵。吾县古为渔阳、檀州，明筑老城为边戍锁钥⑰，漕运曾抵此。城虽圮久，然亦可观者。至贵者，其为史之载，文之脉也。今荡然无存，失之大矣，吾深憾之。

（2008 年 1 月 19 日写毕）

注：

① 畴昔：过去，以前。
② 脱：指从旧的蜕变、发展而来。
③ 敝：坏，破旧；陋：狭小，简陋。
④ 夯：砸实地基用的工具。夯土：用夯砸实的土，指城墙内部的土。
⑤ 券：拱券。
⑥ 推：推测。
⑦ 瓮城：围绕在城门外的小城。
⑧ 圮：坍塌。
⑨ 颟：粗。方言。
⑩ 戊子年：1948 年。
⑪ 几：将近，接近。
⑫ 鏖：激战，苦战。《汉书.霍去病传》："合短兵，鏖皋兰下。"
⑬ 丙午年：1966 年。
⑭ 狠戾：凶狠，指凶暴涂抹。
⑮ 搏逐：玩笑追打状。
⑯ 状：形状，样子。
⑰ 锁钥：军事要地。

游郭亮村记

闻太行有郭亮村①,以居崖上名于世,久冀②游之,适③休假,乃约友同赴之。

其村居太行之南,隶豫之辉县,邻晋之陵川,界中原太行间,山峻然超拔,崖高乎百丈,其屋筑崖之巅,岌岌乎危哉!村侧崖悬曲径,石阶数百,盘旋而下,谓之天梯。登攀其上,若凌云。闻有樵④曾堕之,心愈惊悚焉。崖巅稍阔,宽数丈不等,乃劈坡砌坝,辟为村居。村后倚峰如屏,复高百丈,须仰观之。其居危崖之上,奇峰之下,若悬太行腰际。因地狭,多筑楼,以红石构墙,青瓦覆顶,天然无雕饰,与山川浑然。有自然村四:曰郭亮、另山、会逃寨、不叠凹,以郭、另居中,会、不旁逸之。传汉末郭亮战于此,后自秘径遁⑤晋,因以郭亮、会逃寨名之。村夹一谷,中淌清溪,上卧石拱桥,向⑥八路军所筑,其事镌于石。溪畔有龙王庙,供香火焉。溪近崖数十丈,切谷下泻,乃截谷筑坝壅⑦湖,其水墨绿。水过坝复泻崖下,悬瀑千尺若白练。坡短地窄,乃精耕细作,以山泉溉,菜蔬葱茏,黍稷繁茂。路侧植泡桐,叶大荫浓;坝旁生老梨,干粗枝虬⑧。谷中有白龙洞,深邃阴冷,喀斯特⑨溶洞也;有珍珠泉,洞涌水沛,为溪之源;有喊泉,仰观崖壁,凸青苔状龙头,洒水若喷壶,水势随喊消长,称龙涎,甚奇。

吾宿另山侯家,其新楼三层,可纳客数十,门楣悬铜匾,为画者写生基地也。院侧旧楼,明清时筑,风貌古朴。门临崖端,下视晕眩,称"崖上人家"。于崖端环瞰,丹崖罗列,壁立千仞,峻拔伟岸,气象万千。对面崖有"挂壁路",于崖侧洞穿,贴壁三里,外开石孔罗列,下临深涧,上接峭壁,其险叹观止,称郭亮洞。村人不堪天梯⑩,乃择壮士十二,克艰历险,戮力⑪手凿之,六年即成,于绝境辟通途矣,观者皆长咨嗟⑫。侯家姁少时曾作于路,备述其事。

其民风淳朴,侯供客食宿仅取微利,勤谨于事,待人笃厚,并通晓地方风物典故,陈情指路甚详。有新乡老者数人避暑其家,已月余,言秋后去。

翌日游会逃寨,亦处崖端,然偏居一隅,其境更幽。瓦屋石楼,古木荫翳,驯犬迎客引路,老鸡护雏避门。其农舍新居,庭除⑬整洁,窗明几净。瓜萎蔓援绳入室，生气满屋；无名花植圃围篱，芬芳全院。其院端临崖，石面平坦，或有探出，其下悬空百仞，竟辟为场，摊晾玉米、杏核诸物。老者曰：吾宅处太行崖巅，东瞰中原，极目千里，一览无余，宜观日出，盍⑭择日一观?

吾视天梯，绝境也，郭亮果据此，无可破。其村悬峰崖之际，居天地之间，临豫晋之交，分太行中原之界，几⑮处世外；又境幽风淳，令游者流连，类桃源。其凿"挂壁路"，事匹⑯愚公，非庸者所能为。郭亮豪杰，吾疑村人乃其后裔。

（2008年8月10日草）

注：

① 郭亮村：传郭亮村建于西汉末年，农民起义军领袖郭亮，兵败失利退守于此，因得名。

② 冀：希望。

③ 适：恰好。

④ 樵：打柴的人。

⑤ 遁：悄悄地逃走，不知去向。

⑥ 向：从前，往昔。

⑦ 壅：堵塞。

⑧ 虬：古代传说中的一种龙，像虬龙那样盘曲。

⑨ 喀斯特：石灰岩等岩石因受流水溶蚀而形成的地貌。形状奇特，由亚得里亚海岸的喀斯特高地而得名。

⑩ 不堪天梯：不堪：忍受不了。郭亮村附近有一登崖之径称"天梯"。

⑪ 戮力：并力，合力。

⑫ 咨嗟：叹息，赞叹。李白《蜀道难》："蜀道之难，难于上青天，侧身西望长咨嗟。"

⑬ 除：台阶。

⑭ 盍：何不。

⑮ 几：将近，接近。

⑯ 匹：相当，相等。

游锡崖沟记

锡崖沟,处晋豫太行间,倚王莽岭,隶晋之陵川县。近以"挂壁路"闻于世,游者日①众。

丁卯日晨,偕友六人自豫之郭亮村行。其村亦凿"挂壁路",前日远眺之,今徒步近观其势险,详察其工艰,诸友摄影不迭,嗟叹不已。

至南坪,同行有乏者,乃打车至南马鞍,复拾阶两千余至王莽岭山门,众皆努力焉。其为晋之景区界,门票打折,可讲价也。分水岭下柱峰林立,如人状兽,其地貌类张家界。顷②白雾升腾,乱云飞渡,众峰隐没矣。至主峰,观勒马崖、琴台诸景,异木秀草,野卉山花,峰侧曲径,崖畔石屋,兼南北之美,并峻秀之韵也。

下山经锡崖沟之"挂壁路",其路贴崖壁或洞或凹③,往复盘折而下,长十五里,坡降百丈,似于崖上凿楼数层,其工数倍郭亮。车曲折盘下,人左右倾侧,如翔云中,刹车声厉,心惶悸焉。

至锡崖沟,其村四围环山,中裂一谷,狭数丈,深数十丈,崖壁陡立,下窥胆虚。村人于极狭处拱石为桥④,险而巧。又垒石为坝,截谷出平湖焉。有自然村七,户八百。

吾宿东崖王家,其新楼初成,工饰精细,多就地取材,夫妇手筑之。其南山如屏,曰刘秀寨,与王莽岭相望。传光武⑤施计,吊羊于树,使后蹄击鼓,以疑莽,因得名。门前清溪石桥,白鸭戏水;屋后古庙旧祠,绿槐遮荫。有郑州人客此月余,称惬⑥,言明岁复来。

村有老者林姓,前村支书也,访之,与询筑路事,言之详。初,其村周山环堵,有三径通外,曰椿树爽、蚂蚁梯、老爷梯,然山径险远,村人不堪其苦。因其闭塞,生计困窘,女多外嫁,男少婚娶也,其村不蕃⑦。庚子年⑧,村支部倡筑路事,议七昼夜,辩甚激,乃学《愚公移山》篇,笃定众志,决筑"挂壁路",以通域外,荫⑨后人。于是堪线路、筹资金、购钢钎、备炸药,倾一村之财,举四方之债,择其丁壮,聚其精锐,妇孺老幼俱尽其力,其工兴焉。村主事者数易,然凿路卅载不辍⑩,终感动八方,援手四至,毕其功役,成其壮举。其首倡者竟殉⑪其路,村人树碑记之。

今其村辟为景区，开发者另筑一路，洞⑫十里之隧，为通衢也。其"挂壁路"及坝湖俱为景点，供游者观。盛夏之季，游者络绎，旅游业兴。

吾感其事，憾昨车行之速，未得尽观其路，欲复观之。乃偕友自路侧峡入，攀巨石，跃潺溪，拨云雾，登路基，仰观其挂壁奇观，如层层石窟列崖，叹其势险工浩⑬，奇志无伦⑭，乃深敬村人。

列子载愚公移山事，其事出太行，皆以为传⑮。前游郭亮，后游锡崖沟，又游红旗渠，其事皆出太行，知其后人亦有移山之志，并成大业。吾信愚公事为实。

（2008年8月13日草）

注：

① 日：一天天。

② 顷：一会儿。

③ 或洞或凹：或洞穿或凹进去。

④ 拱石为桥：用石头砌成拱桥。

⑤ 光武：东汉开国皇帝刘秀。

⑥ 惬：心意满足。

⑦ 蕃：繁殖，滋生，指人口增长。

⑧ 庚子年：1960年。

⑨ 荫：荫庇。

⑩ 辍：停止。

⑪ 殉：为了某种目的而死。

⑫ 洞：洞穿，指凿通隧道。

⑬ 工浩：工程浩大。

⑭ 伦：伦比，匹敌。

⑮ 传：传说。

小青沟记

  小青沟，军都山幽谷也，居①昌平延庆间。前载暮春，吾与友偶至此，见山不高而秀，谷不深而幽，梨花纷繁，绿杨亭亭，山径逶迤，溪水潺潺。几畴②春田播毕，数声犬吠远闻，柴门半掩，黄鸡啄粒。主人闻声出，言居此五十载，止一户焉。四围皆山，非步行不得入，讶③吾等何竟至此。入室，土炕芦席，泥灶纸窗，拙柜简厨，梁檩悬堂④，所居陋⑤。然与人善，情至淳朴。其老妻沏蜜水邀吾等饮，言蜂为自养，其蜜宜人，奉⑥碗强之。去二里许有石缝山，高百余丈，肖圆锥，花岗岩为体，甚陡峭，不着一树。中裂巨缝，宽二丈，自底贯顶，因以石缝名之。易位观之，缝左右山体，如恋人偎。传二神蛇居缝中，夫妻焉，或可操⑦风雨。山侧谷⑧野趣横生，小溪避石绕树语细，清潭映花照云镜明，杨柳婆娑，草绿芦黄，偶见卧木当道，时遇野雉惊飞。出谷口，入碓曰峪，草茂溪清，沼池连缀，灌嫩花乱，春意盎然。两岸山形如碓如臼⑨，如人如兽，或有可观者。

  此距京百里，由市至野，一日可往返，然需翻二岭，非不惮苦累者不得至。吾走山成瘾，一岁竟数至，甚得。

（2008年6月10日）

注：

① 居：处在某个地方。
② 畴：已耕作的田地。
③ 讶：诧异。
④ 拙柜简厨：拙：笨。简：简单。厨：柜子。指柜子等家具非常简陋。梁檩悬堂：堂：正屋，指房屋没有装修吊顶，梁和檩子等木结构在房内裸露。
⑤ 陋：简陋。
⑥ 奉：两手捧着。
⑦ 操：掌握，控制。
⑧ 谷：峡谷。
⑨ 碓、臼：舂米器具。

雨中游青沟记

前晚风雨如晦①，路面积水盈②尺。夜雷雨不止，忖诸友约游小青沟事恐难谐③。晨，雨忽止，乃如约同车至碓臼峪。

近山复落细雨，乃覆雨具前行。远瞻群山，烟雨笼罩，如螺如髻，若隐若现，其境缥缈，似水墨画。翻一岭，谷渐深而境愈幽，雨洗繁树滴翠，雾漫野花泛香，其气清而馨，涤肺腑之浊，荡心脑之郁，除精神之萎，去筋骨之疲。诸友皆称气清而境佳，并引吭呼啸，抒④回归自然之乐。雨稍骤，乃议往返，并付表决。皆愿前，宁湿衣履而尽游兴也。于是入密灌而寻迷径，登陡坡而攀顽石，雨湿衣如洗，露浸身似浴，气喘呼哧，热汗蒸腾。行至隘口，歇息片刻，忽生凉意，忙向北下岭。坡陡径滑，众谨行慎足，前警后嘱⑤，蹲身屈膝，扶石曳枝，鱼贯而下。灌深没⑥人，林密幽暗，草湿掩径，迷离难辨。行二三里，忽林稀谷阔，地势平展，田畴参差，村路蜿蜒。山楂冠⑦巨，或⑧植百年；野杏实繁，当生旺季。山后鸡鸣，舍前犬吠，炊烟袅袅，人语依稀。此大青沟也，三四户居此。王君谓之桃花源，众皆一辞，徘徊流连久之。

村路曲折过岭，路侧新植板栗、核桃，生机苗苗，嫩绿可爱。至小青沟，居一户，向⑨吾曾访之。雨中瓦舍，静谧无声，推门入，幼犬急吠，主人喝止。前时来独见翁妪，其子媳皆赴川省亲。今归之，其媳双亲亦随来此，居十天焉。何君川籍，以乡音通之，笑语盈室。其孙女怯生，恐照相，避之厢⑩。亲家孙抱之怀。童婴在户，其室生气旺焉。见雨不止，主人留吾等食宿，甚诚恳。

雨中穿峡过山，草莽深密，溪曲沼多，全身皆洗，薄衣贴肌。忽忆去岁所作诗"热汗浸身洗肺腑，冷雨浇身沐天然"句，状⑪此最切。

午后出小峡，雨不止，遇庭院甚阔，乃入避之。一老者独居于此，自言延庆城中人也，昔营⑫建筑有蓄，乃于此筑度假村，因所在僻远，无人问津，几近荒废。吾等欲食干粮，老者邀于厅，就其桌凳食之。其善谈，通晓地方风物传闻逸事。又淳朴友善，言后山有桑葚⑬，指吾等掇⑭食。其桑巨，葚色白，味清甜，吾平生所未尝。其院梨杏环绕，结实满枝，四望环山，如画屏然。又通电，泵水自流，电视通讯俱全。老者六十有五，无龙钟态，感其所居不亚⑮

于仙。

某曰：平居城中，人海挤之，车潮迫之，浊气熏之，噪音扰之，繁务疲之，缛节[16]惫之，名利烦之，流俗约[17]之，或失其本，常思桃花源，冀得一憩[18]。今游二青沟，稍[19]遂其愿。

雨止，复行二十里至碓臼峪。西入东出，行一回环，若梦之所终。

（2008年6月15日草）

注：

① 晦：昏暗，《诗经·郑风·风雨》："风雨如晦，鸡鸣不已。"
② 盈：充满，增长。
③ 忖：思量，揣度。谐：和谐，这里指顺利。
④ 抒：表达，发表。
⑤ 前警后嘱：警：警示。嘱：叮嘱。
⑥ 没：淹没。
⑦ 冠：树冠。
⑧ 或：有的。
⑨ 向：从前，往昔。
⑩ 厢：厢房。
⑪ 状：陈述，描绘。
⑫ 营：经营。
⑬ 桑葚：桑树的果穗。
⑭ 掇：摘取。
⑮ 亚：较差。
⑯ 缛：繁多，繁琐。
⑰ 约：约束，束缚。
⑱ 冀得一憩：冀：希望。憩：休息。
⑲ 稍：小，稍微。

独行阳台山记

事有尴尬①，心不怿②之。暑气蒸腾，愈感烦郁。晨起，乃背囊携杖，登车径向阳台山。途中落雨，燠③热渐消。

于北安河村肆稍食，雨止，至鹫峰。检票者曰："尔前尚无游者。"园内万绿既浴，树茂花明，清气含馨，晨鸟啁啾，心稍朗。拾阶数百步，气喘呼哧，热汗渐出。复登数百阶，乃汗流浃背，浸透衣衫矣。胸中郁气多去，心愈觉朗。

过望京塔，忽浓雾笼罩，四顾弥漫，冷气凝结，汗毛皆白。渡松林，攀石崖，达萝卜地北尖下平台，见天分两界，其上雨霁云开，日光下彻；其下雾海翻腾，人若凌霄。向与山友行，每至北尖，乏者多自下偏过，舍峰不登。吾走山十载，足力颇健，常一鼓作气，径达峰顶。今北尖之巅独吾一人，西望太行之余脉，绵亘苍茫；东眺京城之间阎④，楼台雾锁。吾凌千山之巅，云霄之上，俯瞰人间，环览自然，感诸山唯吾独享也，尚何不怿哉！

下北尖向北，坦途三里许，步履轻松，心气舒畅，足力愈强，径抵主峰，300米之高一气呵成矣，汗流若洗，自足惬意。主峰之北，松、椴、柞、桦杂生，灌草茂密。此距城咫尺，几近荒蛮，殊⑤难得也。雨后钻行其间，衣衫浸透，花粉粒尽沾面颈间。陡降二里至大风口，与妙峰山北香道合，其径块石铺就，古意悠然。思人生如行路，难易相续乃常事也，不必不怿。

复行数里至凉水泵，清泉管涌，四季皆然。此水出地底，饮之甘甜凉彻，诸烦了无。传乾隆赞此水甘美，并叹其泉过高。林中遇取水者，行一日唯遇此二人也。

登奇峰，观云海，翳⑥林荫，沐雨露，饮甘泉，悠游乎雅园，徜徉于古道，独吾一人矣，岂造物独毗⑦吾哉？去其浊，得其清，易烦为爽，吾愿足矣。

（2011年7月7日）

注：

① 尴尬：处境困难，不好处理。

② 不怿：不高兴，不悦。怿：喜悦。

③ 燠（yù）：热。

④ 闾阎：泛指门户，人家。唐代王勃《滕王阁序》："闾阎扑地，钟鸣鼎食之家。"

⑤ 殊：很，非常。

⑥ 翳：遮蔽。

⑦ 毗：辅助。

秋游小青沟记

　　霜降将尽，秋意阑珊①，偕友游小青沟。其军都山幽谷也，距城百余里，日可往返，四季各有其色，殊②可游。尤可佳者，游客驴友多不晓其处，不知其径，静谧无扰，为吾与友独享也，殊奢侈。

　　自碓臼峪起步，二百丈之高一气呵成矣，浊气尽去，胸怀顿开。回眺山下，村舍依稀，车路如带。感风凉侵肤，高处不胜寒矣。过岭至梨园，向③此居一户，夫妇携一女，蓄二犬，今人去房拆，不闻人声犬吠，唯园篱犹在，畦间萝卜叶尚青焉。前来此，闻有商欲圈山为园，而山中诸户拒迁，事未果。今迁之，其事转圜耶？

　　过梨园，林密石障，落叶掩径，时明时灭，曲折迷离。初行者，十之八九失之，吾知其秘径，度④其岭，成竹在胸也。谷间楸林叶疏，落实铺地，同行者掇拾之，笑语盈谷，野雉惊飞焉。

　　登垭口，乃昌平延庆界。度其谷，穷其林，至大青沟。见村墟五七瓦舍，丫杈二三鹊巢。山楂叶疏，眺其冠红；村柳条柔，瞻其树黄。村头筑楼未既，其形制异于村居，高而阔，乃城中人筑，同行王君病⑤之焉。

　　登岭回望，南山如屏，曲道如蛇，疏林秋树，如诗似画。王君呼友止步，卸其囊，探取其物，展宣纸书法二幅也。一书"会当凌绝顶，一览众山小"，可状此境也；一书"踏遍青山人未老"，以壮行色也。友竞相拍照，赞王君雅兴。

　　下岭至小青沟，谷口居一户焉，四围群山数屏⑥，中辟坝田几方。秋收既毕，其获归家。场摊籽粒，隅贮薯瓜⑦。闻人声，幼犬急吠，老者出视，见吾而寒暄。向吾数访，与吾稔⑧熟焉。问家人安否，言妪春时病殁⑨，指其宅侧坟，面露戚色，吾夫妇皆叹惋。向吾与友扎帐垄侧，妪炖豆薯奉⑩吾等尝。后吾及友每过此，多访之，谈笑于陋室，坐卧于土炕，嘘寒问暖，甚相得。妪沏蜜水奉客饮，甚恳诚，其笑貌犹在。今翁茕孑⑪矣，吾心悲之。可慰者，其媳又添一孙，童婴在堂，增生气焉。

　　至石缝山，小青沟深处也。清溪潺潺，雎鸠关关⑫；蒹葭⑬苍苍，衰草丛丛，野趣横生也。王君善识百草，于谷中掘得菊芋⑭球茎。此物本宅生，今野得之，近有残垣，曩⑮谷中或有人居也。有潭水清澈，岸石如砥⑯。吾说⑰王君书字二十篇，布于石上，再成一雅事，众皆称可。

小青沟可称者，荒野自然，清净无扰也。亦有可忧者，前者城中人所筑楼，不伦不类，伤其原生之貌，实不智也。更有可忧者，为利所趋，滥肆开发也。毁其石，伐其木；截其溪，扩其路。索道亘⑱乎岭，车流塞乎谷。峨然设门，巧乎收银。易野为市⑲，自然之韵荡然也。

自然其自然，慎乎其开发，小青沟等庶几可存矣。

（2011年11月10日）

注：

① 阑珊：将尽；衰落。

② 殊：很，非常。

③ 向：从前，往昔。

④ 度：越过。

⑤ 病：毛病，弊病。这里指批评。

⑥ 屏：屏风。

⑦ 场摊籽粒，隅贮薯瓜：场：场院。隅：角落。场院上摊晒着粮食，墙角存放着薯类和瓜类。

⑧ 稔（rěn）：熟悉。

⑨ 殁：死。

⑩ 奉：两手捧着。

⑪ 茕子：孤独，孤单。

⑫ 雎鸠：水鸟。关关：水鸟的叫声。《诗经·关雎》："关关雎鸠，在河之洲。"

⑬ 蒹葭：芦苇。《诗经·蒹葭》："蒹葭苍苍，白露为霜。"

⑭ 菊芋：又名洋姜、鬼子姜，一种宿根性草本植物，其块茎可以食用。

⑮ 曩（nǎng）：以往，过去。

⑯ 砥：平。

⑰ 说：（shuì）劝说，说服。

⑱ 亘：横贯。

⑲ 易野为市：易：改变。将山野变成市场、城市。

登牛角岭记

霜降将尽，数日无风，雾霾锁城焉。吾晨练三十载，以长走为快，终年不辍。然虑于浊气，无奈罢之，心生郁闷。日久，肌骨紧痛，若风寒初起。适友约游牛角岭，欣然从往。

至丁家滩入山，吾少时为民工，曾于此筑铁路也。时年十七，宿芦棚于村东永定河畔，其丰沙复线四、五号洞吾皆与凿也。一日夜班，避炮于村西山楂林，摘果盈盔，皆啖之，至腹搅胃酸，卧于岗亭，张口垂涎，类泉涌，洒地成溪，遂知唾腺分泌极限之状也。过村登高下视，乃八号洞，列车风驰，笛声荡谷，昔日事浮想联翩也。

牛角岭处永定河西，高崖危耸，壁立百丈，其峰峭而薄，脊类锋刃，连亘起伏数里，远眺难登焉。上矗铁塔数座，承高压电缆也。同行者十，老邹领之。邹古道热肠，虑事细密，其数登临，陈其情如数家珍。初无路，披荆棘行之。复觅得一径，窄而险，为巡电之径也。始登窄脊十数丈，高危曲折，如临云端，偶有缆线可扶，莫敢下视，石上镌字曰"鬼见愁"。继而攀"天梯"，皆四肢着石，状类壁虎也。登"天台"，过"天街"，终达其顶。有小潭曰"而水"，此距巅咫尺，树灌皆无，不知水从何来。

邹言峰侧有景，引观之，乃一洞也。外封户牖，内置床榻，石壁镌"西玄古洞"，并书"西玄思永定，道眼望长安"之句。洞外数尺之地，仅容二三人立，其侧则百丈渊矣。邹数临之，皆未得见修道者。吾观石壁刻字，形肖所见"鬼见愁"、"天梯"等，疑为一人所为。呜呼！索居于崖窟，遗世于绝顶，是何人哉？其苦修乎？抑立异乎？

下行初陡，继稍缓，至关城拱门，乃京西古道也。南登九龙山，松翠、柞赭、黄栌红，落叶覆径，满目秋色焉。吾妻伤膝，久未走山，今初愈，竟行全程，虽体犹虚，然喜形于色矣。

端阳记游

端阳前日，吾偕妻与黄君夫妇自驾游于县之东。东有奇峰，若锥而耸，曰锥峰山。环峰百里，层峦叠翠，野韵横生。路环峰而绕，纡曲如带，起伏飘忽焉。

至太师屯，衢宽街阔，店排肆列，壮汉吆市，狡童飙车，阜盛之镇也。东至朱家湾，白墙红瓦，村舍饬整，绿柳扶疏，杂花点缀，俨然新村也。

自村西南行，势渐高而木愈茂；栗树成林，花开繁盛，香气馥郁，其景悦目焉。盘岭而上，入幽谷，林木阴翳，野禽交鸣，山溪潺湲，水潭清澈。转山复入一谷，坝田参差，农舍错落，曰大岭村。值午，户寂宅静，不闻鸡犬之声也。墙白瓦青，前辟平场，植垂柳，竖旗杆者，村委会也。

出村里许，深谷茂林间隐旧宅，前矗碑，书"承兴密抗日联合县政府遗址"，"承兴密"，乃承德、兴隆、密云三县之谓，昔抗战之政权组织也。曩平东北有"丰滦密""平密兴"诸抗日政权，时八路军十团团长白乙化率部转战其地，称"小白龙"，名传遐迩。乙化字野鹤，辽阳人，曾集义勇军抗日，后学于北平中国大学，又屯垦绥西，组抗日先锋队。其人蓄虬髯，人才倜傥，智勇超群，每战常毙敌数十百。战殒于鹿皮关，传先去其髯，犹虬去其须，因殒。今展厅存乙化蓄髯像，甚潇洒。

午返朱家湾，溯清水河至北庄。河截石堰，壅水成瀑，钓者设凳于堰，头冠斗笠，足浴清流，目注于清池，神游乎水府，若仙人焉。

沿沙太路西南行，浅山矮峦，栗林成海，诚山果之乡也。至沙岭，有贩杏者，掇食之，甚香甜，妻购数斤。沿密兴旧路行，遇工程断路，入一村，街巷窄狭，逼仄难行，与村人问，进退转折，终入密兴新路。山侧驻养蜂者，其上栗树蓊郁，于是停车登高，荫下铺垫，仰身憩之。目观乎万绿，身浴乎清风，心得其悦，神得其养，不亦乐乎！

为胡君辑诗作序

　　胡君辑诸友诗为集，嘱吾为其序，甚苛①，吾勉②为之。
　　三五同仁，出入同车，餐饮同堂，喜闲属文，乐缀篇③，以言情志，抒性灵，时有交流焉，日久为友。其迥异于酒肉之友，势利之朋也，乃君子之交，君子之交淡如水也。于熙熙攘攘间，辟④浮躁之扰，生高尚之趣，成风雅之章，达朴真之意，非心静淡泊者岂能为？嘤其鸣矣，求其友声⑤。巍巍乎高山，汤汤乎流水⑥，钟期既遇⑦，心甚悦之。胡君好事，辑佚成册，其勤可嘉。是为序。

（戊子年⑧夏至）

注：
① 苛：苛刻。
② 勉：尽力，努力。
③ 属文、缀篇：皆指作文章。
④ 辟：排除。
⑤ 嘤其鸣矣，求其友声：出自《诗经·小雅·伐木》，嘤：鸟鸣声。鸟儿在嘤嘤地鸣叫，寻求同伴的应声。比喻寻求志同道合的朋友。
⑥ 高山、流水：《列子·汤问》："伯牙善鼓琴，钟子期善听。伯牙鼓琴，志在登高山，钟子期曰：善哉，峨峨兮若泰山。志在流水，曰：善哉，洋洋兮若江河。"
⑦ 钟期既遇：钟期：钟子期。唐王勃《滕王阁序》："钟期既遇，奏流水以何惭。"既然已经遇到钟子期，就弹奏一曲《流水》又有什么自惭的呢？
⑧ 戊子年：2008年。

为王君"听"诗题序

　　吾友王君,近遗①吾诗稿一札,凡十九首,诗题皆曰"听"。有听溪、听风、听雨、听兽、听鸟、听蝉、听蛙、听蟋、听鸡、听牛、听犬、听鸭、听马、听驴,听鸡作六首。所咏皆自然之物,农家之养也。爱自然,喜听山野溪塘之音;重稼穑,乐闻乡村畜禽之鸣。听之以为绝响,闻之以为天籁,喜爱至极,因凝之为诗。

　　今之城,嘈杂扰攘,车流汹汹;当下业,拼搏角力,耽②于竞争。其居之不宜,人之异化也。观乎王君,情寄乎山野,心萦③乎稼穑,淳朴真质,无欲寡求,其人之本欤?

　　王君幼长于村,熟稔乡野之物,又善观察,加之情满意溢,读其诗如行山径,访辟村。时维六月,暑气蒸腾。读王君诗,如清风一缕,醒人心脾。

注:

① 遗:赠送。
② 耽:沉溺。
③ 萦:缠绕。心中萦绕着。

《神秘的查干湖冬捕》画册说明词

东方既白,红日渐出。阔哉大泊,美哉神湖。传于今以绝技,名于世以网罟。展奇观之琳琅,成丽景之卷舒。渔工之良捕,摄友之乐途。

昔者伯乐相马,以千里为称。马岂仅以千里为称哉?观查干湖之马,蹄蹈雪原,身耐极寒,鬃鬣披霜,曳车拖盘①。勤于职,忠于事,人之挚友也。冬捕之文化遗产,无马不完②。其马虽未行千里,然其功可匹千里之马。

注:

① 曳车拖盘:拖曳车辆和绞盘。
② 完:完整。

寒极湖冻,铲雪刨冰,操锥凿窟,设缆敷绳,若粗事也。其实不然,其事须有四知:知湖情,知地形,知鱼踪,知敷①网之技。三百里之泊了然于胸,然后施穿针引线之巧,于是网罟②围焉,群鱼出焉。

注:

① 敷:布,施。
② 罟:网。

查干湖冬捕,古之渔法,今有传承,乃幸事也。先人之文明亦文明,不应弃如敝屣①也。知传承文明,延续传统,尊重历史,保护遗产,乃真文明也。

注:

① 敝屣:破旧的鞋。

网者,渔之具也,古今渔者皆用网。载网于大船小舟,敷网于江河湖海;

依其境而变其形，顺其势而易①其法，多大同小异也。观查干湖冬捕，施网于冰下，获鱼于寒季，古传绝技，别具一格，运用之妙，叹观止焉。

注：

① 易：改变。

摄影者，光之艺术也，以撷①美为要。生活者，美之渊源也，取之不尽。查干湖冬捕，乃美之富藏②，然纷纷呈现，稍纵即逝，非慧眼疾手，不能得其神矣。摄影采风，仅一日之时，其佳作难得。

注：

① 撷：摘取。
② 富藏：丰富的宝藏。

神湖奇寒，冰下敷网。腾鱼抓拍，蹲坐俯仰。诸摄友尽逞其技，各撷其美。劳之获之，苦之乐之。查干湖冬捕采风，诚难忘也。

鱼者，余也。冰湖腾鱼，乃吉祥丰收之兆。获鱼生乐，抱鱼生喜，其意欣欣，其乐融融，其心畅然也。查干湖冬捕源远流长，其予人欢乐亦绵绵矣。

味之美在于鲜，鲜之久赖于存，保鲜多用人工之法。查干湖处极寒之地，其冬捕值极寒之季，鱼跃冰湖，转瞬即冻，天然保鲜，得天独厚。蒙荒天寒，游兴已阑①。坐拥红炉，炖浓烹鲜。有酒盈樽②，觥筹至酣③。

注：

① 阑：残尽。
② 盈：充满；樽（罇）：酒器。陶渊明《归去来兮辞》："携幼入室，有酒盈樽。"
③ 觥：古代一种酒器；筹：计数的用具；酣：酒喝得很畅快。

日出之时，长缆既布；日落之际，围网既收。作有时，取有节。敬乎天地，循乎规律。自然赐之，湖神佑之。皑皑乎，莽莽乎！日出日落不息，查干湖冬捕之无尽也。

山友传二篇

老 邹

老邹，身长大，面稍红，喜壮游，携妻遍访都会名胜，博闻强记，颇熟民俗风物掌故。

初，常游京畿①西山，了然其胜迹，通晓其故事，又善描摹叙述，道之甚详，人皆喜聆②之。

乙酉年，溯怒江达滇藏界，随傈僳人入高黎贡山，穿莽林，涉湍流，凡五日，终抵巴坡，临独龙江，访独龙村。又翻碧罗、云岭，渡澜沧、金沙，穿三江并流，越雪岭深峡，览奇观壮景，睹土风异俗。归，遂好山野穿越，广结山友，遍访京冀诸山，探险觅胜，得其秘径幽处，游其人所未游，知其人所未知，以之为乐。向③居于陕，又好学聪敏，因善歌陕晋俚曲④，友之邀，即歌之途，惟妙惟肖，众皆乐之。

邹性宽和，重然诺，喜结友，古道热肠，乐于助人。谋周而谨⑤，做勤而勉，凡租车、砍价⑥、问路、协调诸事皆乐为之，不厌其烦，众皆敬之，视如兄长。其游既广，所历积多，乃推为首，游处、路线、行止愿从之。然愈谦恭谨慎，敬友如宾，事多商询之，因人和事谐，山友多知其名。

山友某曰：商品社会，浇淳散朴⑦。然良心固存，人心思仁，其美德淳风乃众望所归。邹之行事，可为之范。

注：

① 畿：国都四周的广大地区。
② 聆：细听。
③ 向：从前，往昔。
④ 俚曲：民歌。
⑤ 谋周而谨：谋划周密谨慎。
⑥ 砍价：买卖东西时买方要求卖方在原有价格上削减一部分。
⑦ 浇淳散朴：使质朴淳厚变得浇薄。

于 子

于子，走山女侠也，修美绰约①，未知其年②。其坚毅干练，行事过男子。

初练于西山，后遍走京畿③山野，数登东灵海坨百花诸峰，脚力过人，遂立高远之志。

非典之年④，徒步连穿五台山，登青海之玉珠峰，初露头角。翌年，入疆登慕士塔格峰，遇飓风，未达顶。又徒步太行、长白、秦岭诸山，行傥骆古道⑤，觅先人迹。

曾独入滇之高黎贡山旬日，穿原始林，渡独龙江；继翻碧罗山，临澜沧江，经察隅进藏。又探雅鲁藏布大峡谷。

奥运之年，自京徒步拉萨，风餐露宿，凡百五十日，行万余里，终成壮举。又访墨脱、山南、阿里，皆人望而却步处，因声名鹊起。

凡六进藏，再入独龙江，川滇藏险难之胜，几尽览，"驴友"传其事而慕之。

囊⑥吾与之登海陀，其旅强难，于负重等男子，同行者十数人，其行前之二三⑦。归⑧有险易二径，断然择险而行。其功实出于苦练也。

于开博客，博名山女，其图文并茂，营之甚勤，殊⑨可观。

山友曰：欲成其事，必立其志，既立其志，要⑩在践行。践行者，又须坚其志，苦其身，持其始终。于子，一常女子而成旅行家也，吾感其事而传⑪之。

注：

① 修美绰约：修：高，长。绰约：姿态柔美的样子。

② 年：年龄。

③ 畿：国都四周的广大地区。

④ 非典之年：2003 年。

⑤ 傥骆古道：始通于三国，是穿越秦岭，连通关中与汉中的古道路。

⑥ 囊：以前，过去。

⑦ 行前之二三：走在前边两三名。

⑧ 归：返回。

⑨ 殊：很，非常。

⑩ 要：关键。

⑪ 传：作传记。

游藏小赋

观布达拉，宫巍巍。临纳木错①，水渺渺。访日喀则，寺煌煌。瞻珠峰巅，云缭缭。噫吁戏②！雅鲁藏布深难测，通麦天险③震魂惊。波密林海匿神，八宿冰川隐仙。尼羊谷④若桃源，亚丁峰匹天界⑤。然乌湖⑥如镜，雪山叠影；羊雍错⑦似玉，蓝天倒映。高垭⑧接天，车盘盘类蝼⑨；危谷入地，人惕惕⑩若蚁。处世界屋脊，气薄而动缓⑪；居地球之巅，势高则心宽⑫。虔敬有加，见长跪而生叹；笃信达极⑬，思至诚则有感。壮游两旬，藏地气象遍观；车行万里，高原奇景饱览。嗟⑭吾远道之人，胡⑮不早来哉？

注：

①纳木错：藏语意为"天湖"，是西藏三大圣湖之一，湖面海拔4718米，是我国第二大咸水湖，位于西藏自治区当雄县。

②噫吁戏：感叹词。李白：《蜀道难》："噫吁戏！危乎高哉！蜀道之难，难于上青天！"

③通麦天险：在川藏公路上。

④尼羊谷：尼羊河谷，在西藏自治区林芝地区。

⑤亚丁：在四川省甘孜藏族自治州稻城县，以仙乃日、央迈勇和夏诺多吉三座雪山闻名。匹：相当，相等。

⑥然乌湖：在西藏自治区八宿县然乌乡。

⑦羊雍错：即羊卓雍错，与纳木错、玛旁雍错并称西藏三大圣湖，位于西藏自治区浪卡子县。

⑧垭：垭口，两山之间可通行的狭窄地方，山口。

⑨蝼：蝼蛄，一种昆虫。

⑩惕惕：担心，提心吊胆。

⑪气薄而动缓：因空气稀薄呼吸困难而动作迟缓。

⑫势高则心宽：地势高则心胸开阔。

⑬笃信达极：笃信达到极点。笃：坚定。

⑭嗟：叹息。

⑮胡：为什么。

第四辑

茅屋诗草

日登三山

丁亥年①四月二十二日自鹫峰进山，经萝卜地北尖至涧沟村，于妙峰山金顶遇同事诸君，共进午餐，与诸君别后复步行三十五里至凤凰岭，一日行近八十里。此行程乃吾走山之中等强度，吾与山友常行之，是之谓"暴走"。"暴走"乃当下最时髦之健身方式，吾行之六年，受益匪浅矣。可喜者，吾妻常与吾同行，亦乐为之矣。

春树鸟鸣清，结伴登鹫峰。远瞻望京塔，足下复生风。
比攀萝卜尖，呼哧汗蒸腾。鱼贯达峰顶，长啸舒臆胸。
俯瞰京城近，雾气罩朦胧。穿林下缓坡，青翠落叶松。
足踏松针软，松香沁脾清。林尽闻犬吠，石屋青瓦垄。
桃花倚屋开，墙下覆落英。方畦篱笆稀，青青羊角葱。
主人友提示，春旱慎火种。逶迤绕山过，古道石板青。
山桃傍古道，飞花搅春风。涧沟村巷里，人车如沸鼎。
四月赏花日，旺季旅游盛。京西妙峰山，古来称金顶。
世俗朝碧霞②，盛时在明清。今朝游客众，神仙不暇迎。
店铺罗道旁，檐下灯笼红。农家诚邀客，生意正兴隆。
殿宇气巍峨，祠旁遇友朋。饭庄正开宴，把盏齐呼应。
称说此妙峰，玫瑰最有名。千亩玫瑰园，六月才繁盛。
相约六月来，女士喜盈盈。挥手与友别，我复山路行。
妙峰古香道，数条达金顶。来时登南路，归时行北径。
北径有遗址，旧时舍粥棚。古碑字模糊，老墙已圮倾。
北径悬高崖，下视悚然惊。所幸多植被，榛莽覆险径。
山鞍大风口，风吼效鼓声。黄草乱披覆，春芽始滋生。
盘旋下岭去，道旁梨树迎。梨花白如雪，映目生光明。

山坳楸树底，甘泉凉水泵。乾隆夸水美，山高人不胜。
山友灌瓶忙，携回煮香茗。忽见白石崖，下临凤凰岭。
杏园新绿嫩，苹果花将盛。远眺聂各庄，身至车耳营。
鳞次农家院，栉比酒旗亭。日行八十里，身轻若御风。

（2007年4月24日）

注：

① 丁亥年：2007年。

② 碧霞：碧霞元君，即天仙玉女泰山碧霞元君，俗称泰山娘娘，道教女神，明清时代在北方民间影响较大。

暮春燕山行

平居城中，楼迫路挤，人海车潮，嘈杂憋闷；敬业谋事，躬行谨慎，复杂繁琐，疲身惫心；加之尾气污染，噪音乱耳，名熏利浸，浮躁伤真，长此以往，身心内则隐患生矣。无奈何，温五柳先生①《桃花源记》以寻心灵之休息，行燕山太行峻岭丛林以求体魄之健康。走山数年，于京冀深山中得佳境数处，其幽、其静、其朴、其纯，迥异于所谓旅游景点。"五一"长假，山友数人结伴潜其中，身回大自然，心归小港湾，尘俗负累抛却脑后，身心疲扰云散烟消。聊诌五百言以记之。

平居闹市里，久存避嚣愿。五月假日长，结伴入燕山。
燕山有佳境，地处京冀边。生态皆原生，林泉尽自然。
路远地僻偏，至者甚为罕。我为健身故，数年恋走山。
偶然至此地，豁然新发现。暗思此佳境，颇似小桃源。
山友私下约，不为外人传。长假日晴好，携囊潜深山。
背负行囊重，神爽气若闲。手持登山杖，身轻步捷健。
地高春日迟，岭僻花期晚。春暮花始盛，人回三月天。
枝墨杏花白，树树罗村前。驴车咿呀行，鞭杆拂枝尖。
野灌花丛密，竞开石径边。抬手拨丛过，清香淡幽然。
山友齐啧叹，怒放红杜鹃。人行花胡同，出入皆绚烂。
忽上东山梁，翠林覆大坂②。亭亭落叶松，新针③悦人眼。
遥望十里崖，紫白展长卷。低首杏树沟，花掩水潺潺。
犬吠山坳里，农舍三五间。房前杨荫暗，屋后梨花繁。
坡田春种毕，菜畦耙土暄。高台谷场平，石眼涌山泉。
主人闻动静，高声止吠犬。笑语迎客入，烹茶递旱烟。
正月降大雪，山路皆封严。今春墒情好，薯种已栽完。
蜜蜂八九箱，浆蜜换零钱。园植板蓝根，解毒亦消炎。
老妇沏蜜水，花香味醇甘。盘盛甘薯热，隔年味更甜。

大儿营运输，镇上住半年。媳妇带孙随，租房帮做饭。
二儿打工回，恋家不思返。邻村访伙伴，日日归家晚。
山居少人扰，心静喜天然。雉鸡常为客，狍獾偶饮泉。
北岗立石碑，碑文百多言。抗日司令部，声威赫当年。
岗下演兵场，岗腰特务连。岗西供给处，岗东曾激战。
谷场扎营帐，晴夜观河汉。流星跨河坠，北斗天幕悬。
围灯话旧事，追思生百感。夜深山气凉，睡袋暖眠酣。

（2007年5月9日）

注：

① 五柳先生：陶渊明号五柳先生。
② 坂：山坡。
③ 针：松针。

访大海陀山

　　大海陀山，海拔 2230 米，南瞰延庆，北望赤城，为京冀分界。一日穿越主峰，有挑战性，山友喜之。山北有大海陀村，村东巨石如磐，上刻"平北抗日斗争纪念地"，为聂荣臻亲书。村西有"娘娘泉"，传康熙与祖母孝庄曾驻跸①泉北东山庙，孝庄渴饮此泉，故得名。去秋与诸山友访此，补记之。

秋日山友约，登访海陀山。携囊入山径，穿村上坂泉②。
疑为古战场，炎黄蚩尤传③。谷口垒石坝，池渊荡清涟。
溯流啤酒溪，溪水凉且甜。须臾④登高岭，回首已渺然。
仰视前路陡，手脚并扒攀。汗珠腌目痛，入口觉涩咸。
吾妻韧性强，跟队不稍缓。背负齐男子，行囊坚不减。
搭石越清溪，拨枝出密灌。松下众小憩，揩汗定吁喘。
幽谷秋意浓，悦目如画板。杨叶娇俏黄，桦皮白眨眼。
柞衣赭衫飘，枫冠红斑斓⑤。听鸟鸣树盖，观云行白帆。
逶迤盘道升，举步渐艰难。倏然见海陀，上下呼唤欢。
崖崩石海⑥古，草甸复连绵。严霜被⑦草黄，势高山气寒。
好汉李志伟，上下复登攀。助友携行囊，履高若等闲。
登临海陀顶，众山皆下览。南北望京冀，苍茫接云天。
衰草惬意卧，蓝天仰面观。秋风起萧瑟，因时涌悲感。
荆轲别易水，慷慨报燕丹⑧。善射飞将军，苦战封侯难⑨。
峰下遇驴友，扎营骆驼鞍。营帐呈五彩，青春靓女男。
北径覆黄叶，老桦树皮干。穿林下溪涧，濯足戏浅滩。
黄苇生石根，清流石上漫。五角枫叶红，玫瑰浆果丹。
路边冷泉奇，石孔涌海眼。康熙曾驻跸，孝庄渴饮泉。

忽见巨石伟,勒刻字赫然。将帅亲手书,抗日永纪念。
暮至海陀村,日夕天色晚。老牛唤犊归,羊群扬尘膻。

(2007年5月11日)

注:

① 驻跸:帝王出行时沿途停留居住。

② 上坂泉:延庆县有上坂泉、下坂泉村。

③ 炎黄蚩尤传:《史记·五帝本纪》:"轩辕(黄帝)乃修德振兵,……以与炎帝战于坂泉之野","于是黄帝乃征师诸侯,与蚩尤战于涿鹿之野,遂禽杀蚩尤。"

④ 须臾:片刻。

⑤ 柞衣赭衫飘,枫冠红斑斓:柞:柞树。赭:红褐色。枫:枫树。冠:帽子。形容柞树、枫树呈现出的斑斓秋色。

⑥ 石海:由于山体风化而塌落的大面积石块和碎石。

⑦ 被:覆盖。

⑧ 荆轲别易水,慷慨报燕丹:燕丹:燕太子丹。其事见《史记·刺客列传》。

⑨ 善射飞将军,苦战封侯难:飞将军:李广。《史记·李将军列传》:"广(李广)居右北平,匈奴闻之,号曰:汉之飞将军。"李广骁勇善战,"结发与匈奴大小七十余战",然一生未得封侯。

夜来常静思

近日常思父，追念往事，怅然若失。与妻屈指，父已故十一年矣。儿述前日梦祖①，约与黄鹤楼相见。事有巧奇，不日儿即出差赴武汉，因登楼祝祭。古有乘鹤西去之故事，其事真欤？若真有其事，吾父成仙去欤？果如此，吾心稍安矣。

夜来常静思，往事复联翩。慈父仙逝久，一去十一年。
前日儿告我，梦中睹爷面。相约黄鹤楼，登楼可相见。
其事巧亦奇，儿差②赴武汉。登楼践爷约，听风未睹面。
供烟权当香，燃烟遂爷愿。天际望长江，黄鹤西去远。
忆昔少年事，中热涌心坎。转念慈父失，戚戚生悲感。
冬晨贫屋寒，儿女尚酣眠。父起生火炉，朔风吹庭院。
劈柴搓手冷，铲煤呵手暖。吹火眼熏泪，导烟呛咳喘。
洒扫净庭除，振衣挥尘掸。火炉红彤彤，哈腰屋内搬。
为女烤袄温，为儿熏裤暖。贫屋寒意去，融融笑语欢。
父命多困舛③，平生事苦艰。未壮即成孤，姑幼同命怜。
及壮运动繁，狱厄④环牵连。文革复遭逐，遣家故乡返。
牛车载破家，茕茕⑤独挥鞭。安身无片瓦，遮雏借他檐。
穷乡居不易，谋生多苦艰。况兼多欺辱，郁郁常寡欢。
春日断青黄⑥，借粮愁肠转。夏日锄作苦，骄阳晒背肩。
秋日藏薯菜，深窖抹头汗。冬日备米肉，儿女盼过年。
莫须无穷究，捉影多见惯⑦。强项⑧对诬词，风刀兼霜剑。
造屋族人助，纾难凭人缘。命犹马齿苋，九死仍滋蕃⑨。
嘱我重德行，人穷志不短。嘱我学不辍，目光且放远。
送我修铁路，离乡见世面。送我建水库，风雨经历练。
鬓白过盛年，世事终有转。白手创事业，劬劳⑩复勤勉。
合作搞运输，乡里多称羡。机械榨油坊，特产加工点。

应聘务乡企，精明善谋算。入库计原料，机场详报关⑪。
豪爽重义气，乐助与人善。析事达情理，调解遂人愿。
亲族生龃龉⑫，常请居中断。里巷皆敬重，乡邻长者范。
儿女皆成人，生事才遂愿。晴天降霹雳，一病永为憾。
中风半为痹，移步渐艰难。晨起挂杖出，独行村路前。
屋梁系滑轮，悬臂苦锻炼。空眼盼康复，令人心澌酸。
日日窗前坐，庭树观六年。秋日乘鹤去，相隔九重天。
今日观庭树，棵棵枝叶繁。树树皆手植，浓荫满庭院。
去秋挂柿丰，澄澄黄灿烂。金风摇丛菊，九九艳阳天。

（2007 年 5 月 18 日）

注：

① 祖：祖父。
② 差：出差。
③ 舛（chuǎn）：困厄，不顺利。
④ 狱厄：牢狱之灾和厄运。
⑤ 茕茕：孤独的样子。
⑥ 断青黄：青黄不接。指上一年收获的谷物已用尽，而新种植的蔬菜瓜果还未长成。
⑦ 莫须无穷究，捉影多见惯：莫须：莫须有。究：追查。捉影：捕风捉影。
⑧ 强项：不肯低头，形容刚强正直不屈服。
⑨ 马齿苋：草本植物，太阳晒不蔫，生命力很强。
⑩ 劬（qú）劳：劳苦。《诗经·小雅·蓼莪》："哀哀父母，生我劬劳。"
⑪ 报关：货物等进出口时，向海关申报，办理进出口手续。
⑫ 龃龉：意见不合，相抵触。

宿杨木栅子村老马家

八月山友聚，穿越北猴顶。暮投杨木栅，借宿先约定。
下山天色晚，打灯疾步行。逶迤绕山过，游走似流萤。
山左犬吠急，柴门闻人声。山右屋俨然，熠熠窗灯明。
女儿十一二，跳蹦门外迎。引客入庭院，夫妇忙不停。
劝客卸囊歇，冲凉太阳能。操厨刀案响，锅灶气蒸腾。
浴后身清爽，环顾庭院中。灯光映李树，紫果密层层。
院畦栽白菜，墩肥①绿盈盈。老犬蜷檐下，耳竖眼警睁。
小猫立长尾，喵喵发娇声。山羊登墙头，咩咩叫不停。
主妇述来历，去秋羊贩送。母羊车上产，不忍弃生灵。
唤我进屋坐，饭菜已做终。土炕摆矮桌，山友齐围拢。
新粟熬粥香，锅贴玉米饼。黄酱韭菜花，大葱萝卜缨。
家栽西红柿，本色味纯正。一盘连三盘，饕餮竟忘形。
主人村会计，兼职酬不丰。承包山坡地，产粮够自用。
儿将满二十，打工去县城。女读六年级，明年上初中。
山中薪炭林，采伐前年停。京城水源地，涵养复环境。
致富少门路，谋事缺技能。河塘养鳟鱼，销路未可定。
女梳羊角辫，活泼亦聪明。凝神看动画，作业早完成。
村口上小学，邻村设初中。高中上县读，住宿多费用。
夫妇理被褥，整齐亦干净。家人移西屋，东房为客腾。
月轮出东山，山廓成剪影。清辉洒庭院，墙树映朦胧。
月近中秋圆，天至夜半冷。啾啾闻夜鸟，唧唧鸣秋虫。

（2007 年 5 月 31 日）

注：

① 墩肥：形容白菜粗壮肥硕的样子。

古槐扎根深

吾祖生卒年不详，概生于清末，壮于民国，逝于抗战时。祖之面貌行事，父及诸姑曾述之，吾时年幼，仅略知一二，然事类传奇，印象颇深。年过半百，常忆旧事，夏夜睡晚，思绪茫茫，聊敲键盘，记之备忘。

古槐扎根深，冠盖枝叶繁。木质纹理美，浓荫遮炎炎。
吾祖过世早，未曾亲睹面。前辈述往事，往往窥豹斑。
生当为清末，壮于民国间。炯炯双目神，黧①黑性和善。
义气助乡里，豪爽纾②人难。理事甚精明，临危殊③大胆。
乡里红白事，常请张罗办。礼俗不一漏，主客遂心愿。
荒年兼战乱，穷乡生匪患。掠物无奈何，劫人摧心肝。
一日邻遭劫，绑票急赎还。村人惮残戾④，莫敢赴砧板。
吾祖问情详，赎金捐将半⑤。徒手骑青驴，当夜赴北山。
岭陡谷深邃，月黑风高天。同伴语战栗，心虚意回转。
吾祖气笃定，婉言慰同伴。吾等送款至，彼等⑥岂不欢。
切莫委琐状，义正气凛然。拴驴密林中，树下藏赎钱。
嘱伴耐心候，履约只身见。酋⑦问持金否，人质须先看。
半金勉凑齐，全金实难办。酋呼要命否，全金再来见。
村小户贫窘，恳请多顾眷。大王亦曾贫，无奈聚深山。
若不允半金，村人实不堪。乡俗多习武，事绝岂等闲。
何况皆乡里，何必增仇怨。事今不得成，吾亦不回返。
娓娓陈利弊，进退有急缓。剖事令酋服，陈情令酋感。
酋亦无奈何，收款放人还。驴驮村人归，抱拳别北山。
村人悬心落，揖谢并啧叹。谦谦笑颜逊，谁家无急难。
一宵正假寐⑧，梁上君子现。惊起拔刀出，青驴寻不见。
急追松林黑，捷步坟岗畔。忽闻青驴嘶，断喝盗身颤。
青驴曳缰回，四蹄缚絮棉。盗伏叩头频，乞命复哀怜。
赌博致赤贫，年关妻儿寒。牵驴旋⑨归家，馈米遣彼还。

戒彼莫盗赌，言彼不报官。归家食妻儿，生计须勤勉。
盗愧感涕零，遁迹星夜天。至今失驴事，村人口相传。
昨日梦青驴，徜徉古槐前。身蹄健似骡，皮毛若锦缎。
古槐花正盛，金穗垂枝满。槐荫遮夏日，清风听鸣蝉。

（2007年6月6日）

注：

① 犁（lí）：黑中带黄的颜色。
② 纾：解除，排除。
③ 殊：很，非常。
④ 惮残戾：惮：畏惧，害怕。残戾：残忍，凶暴。
⑤ 赎金捐将半：村人为救人的赎金已捐了一半。
⑥ 彼等：指土匪。
⑦ 酋：首领，指匪首。
⑧ 假寐：不脱衣服小睡。
⑨ 旋：随即。

云湖晨练

心静喜自然，结庐云湖边。水阔胸襟朗，山幽心恬淡。
中夜落小雨，晨起岚遮山。茂林弥松香，雉鸡鸣树间。
雨过路犹湿，丛花悦人眼。展臂深呼吸，清气入丹田。
跑步过中街，三五见晨练。车早乘客稀，小镇醒来晚。
镇东架渡槽，飞虹跨两山。昔日旧工程，今朝成景观。
道旁罗酒家，门楼饰俨然。云湖多鲜鱼，烹艺炫牌匾。
长坡步幅小，节奏有舒缓。平路持匀速，身轻步捷健。
傍山绕弯道，灌梢嫩拂肩。木秀草愈翠，山气沁脾肝。
路边养蜂人；棚搭蜂箱前。夫妇起劳作，袅袅生炊烟。
现有新蜜否？昨日才摇完。王浆可有售？质优价且廉。
湖面雾迷蒙，虚无缥缈间。疑入蓬莱境，欲探更趋前。
云低闻沉雷，风凉欲变天。偶落数点雨，平湖起漪涟。
数碑计里程，里程实不短。境佳不思归，景幽意留连。
捷步复前趋，野趣更天然。胸背汗透衫，恋恋才折返。
早市尚开张，商贩正罗摊。鱼肥价格好，果美菜蔬鲜。
菜果自家植，味道更本原。湖鱼鳞鳍亮，肉质非一般。
左手拎果菜，右手鲜鱼拴。快步过街市，西邻道早安。
出汗身通泰，纳气体爽健。得鱼心生乐，赏景情愈闲。

（2007 年 7 月 26 日）

读贾君记老城文

戊子年^①正月初五,得贾君怀乡文二篇,记密云老城。其忆清晰,其摹细腻,尽展旧时景物风情画卷,补吾时幼未尽睹之阙,略去老城夷^②没之憾也。老城有灵,或稍慰之。

贾生有才调,撰章忆老城。略语状轮廓,纤言摹^③玲珑。
工笔描街市,重彩绘风情。书毕蓝图展,文成胜丹青。
民俗连环画,情态活生生。花会搅街巷,高跷技艺精。
梆腔^④惑众痴,青衣兼武生。市贸有名号,广聚久如恒^⑤。
肉杠烧饼铺,集市生意隆。作坊工匠摊,若闻叫卖声。
陈衙有来历,述庙去脉清。关帝封号确,孔殿奉贤圣。
斜交胡同繁,纵横街衢明,状物甚精确,叙事蕴乡情。
老城湮没久,魂魄忽复生。君笔有灵犀^⑥,翰墨一点通。

(2008年2月11日)

注:

① 戊子年:2008年。
② 夷:铲平,消除。
③ 摹:临摹,照着样子描画。
④ 梆腔:河北梆子。
⑤ 为商号名。
⑥ 灵犀:古代传说,犀牛角有白纹,感应灵敏,所以称犀牛角为灵犀。唐代李商隐诗:"心有灵犀一点通。"指心领神会,感情共鸣。

复王君《五十四岁记》

五十居半百，不长亦不短。君我修仙叟，避俗偏爱山。
柳暗即转折，花明忽恍然。自在乐运命，逍遥增天年。

除岁复王君

繁务缠身少宁息，君赠新诗复未及。
耳闻爆竹新春至，指计年齿旧岁移。
知命才觉前生妄①，耳顺②方感后年稀。
老马虽驽贵识途③，性谐情静心有依。

注：

① 妄：胡乱，虚妄。

② 耳顺：《论语·为政》："六十而耳顺。"指年至六十，听到别人的话，就能理解其中的意思。后来用以指人六十岁。

③ 老马识途：《韩非子·说林上》："管仲、隰朋从于桓公伐孤竹，春往冬返，迷惑失道。管仲曰：'老马之智可用也。'乃放老马而随之。遂得道。"比喻阅历多的人富有经验，能起引导作用。驽：劣马。喻才能低下。《荀子·劝学》："骐骥一跃，不能十步；驽马十驾，功在不舍。"

春节赠山友

新春佳节日,心思山友情。山友情淳朴,千山共一行。
自然趣相谐,健身道有同。来年飞花日,登高沐春风。

复陈君新疆塔城赠诗

闻君西域去,心亦向远疆。大漠望不尽,轻车一日量。
生感缘寥廓①,怀旧因苍茫。传诗凭飞信②,推敲论短长。

(2008年7月5日)

注:

① 生感缘寥廓:生出感慨是因为高远空旷。
② 飞信:手机短信息。

诗　梦

读罢君诗夜已阑①,梦卧胡杨黄叶滩。
远闻大漠风吹角②,寐醒蝉鸣垂柳间。

注:

① 阑:残尽。
② 角:古代军中的一种乐器。唐代李贺《雁门太守行》:"角声满天秋色里。"

复贾兄暑日诗

赤身来去一世游,黄金岁月几春秋。
性孤不侪耽名利①,情闲更懒溺权谋②。
遍登青峰心愈朗,聊读闲书意自悠。
修得精神筋骨好,自有人羡我风流。

(2008年8月24日)

注:

① 性孤不侪耽名利:性格孤傲不与沉溺于名利的人为伍。侪:同辈,同类的人。耽:沉溺,爱好而沉浸其中。

② 情闲更懒溺权谋:情调闲散懒得(不屑于)沉溺于玩弄权术。溺:沉溺,沉迷不悟。

初冬秋意

季至初冬天未寒,满城秋色尽斑斓。
一夜西风凋万木,黄叶飘地卷蜗旋。

访大沽口炮台

六月末双休日,政法司诸同事赴津活动,吾随之,临大沽口炮台,感其旧事,因缀言成章。

轻车半日临渤海,津门旧塞访古台。
芦丛围垒战声隐,棘棵掩迹忠骨埋。
长桥如虹千车过,新港似市万舶来。
华夏复兴可屈指,清酒一杯酹[①]魂哀。

注:

① 酹:把酒洒在地上表示祭奠。

假日天雨

滂沱雨过复连绵,小假酣睡自在天。
倚枕翻书不求解[①],临窗观花有怡闲。
湖畔风凉暑意去,山侧树深喧声阑。
万绿浴罢雨忽止,一抹斜晖映青山。

注:

① 不求解:晋代陶渊明《五柳先生传》:"不慕利,好读书,不求甚解,每有会意,便欣然忘食。"这里指没有功利地轻松阅读。

再访小西天（二首）

一

小假喜得二日闲，约友携囊入深山。
斩荆披萝觅草径，钻灌拨苇绕巉岩。
抛石驱蛇心愈警，登崖瞰涧胆稍寒。
斜阳照树寻归路，小憩卧石心怡然。

二

山溪跌宕壅①小潭，洗汗濯足戏清涟。
小米煮饭香本色，柴锅炖菜味天然。
卧石观星转北斗，扶门望月升东山。
土炕酣眠不知晓，雉鸣方觉在山间。

注：

① 壅：阻塞。

鹅卵石

瑜掩泥沙里，莹华没清波。
面光无棱角，心坚任蹉跎。

贺小薛新婚

宴罢宾客燃红烛,良宵酒酣醉金屋。
双居长安①多柴米,白首相携有大福。

(2008 年 11 月)

注:

① 居长安:意"长安居,大不易",比喻居住在国都,生活不易维持。唐代张固《幽闲鼓吹》:"白尚书应举,初至京,以诗谒著作顾况,顾睹姓名,熟视白公曰:'米价方贵,居亦弗易。'"

新 年

冬日将近寒风残,又近新年正月天。
多经坎坷心不弃,一任蹉跎意自闲。
性直往往拂人意①,思偏每每违常言②。
心境淡泊羡归去,何处觅得小桃源?

(2009 年 1 月)

注:

① 直:直率。拂:违背,不顺。
② 偏:偏激,片面。违:不遵照,不依从。

正月观雪

散花天女展素装，玉树琼枝容华藏。
待得春风飘遥至，万紫千红竞芬芳。

己丑年正月二十六

除夕赠山友

白驹倏逝去，转瞬又除夕。忆昔聚山野，山友情依依。
相携越高岭，渴共山泉掬。扎帐林深处，夜话伴潺溪。
趁生华发少，纵游莫止息。仁者恋山水①，乐命复奚疑②？

（2009年1月25日）

注：

① 仁者恋山水：《论语·雍也》："知者乐水，仁者乐山。"
② 复奚疑：还有什么值得怀疑。奚：表疑问，什么。晋代陶渊明《归去来兮辞》："聊乘化以归尽，乐夫天命复奚疑？"

早春还乡

岸柳垂丝草泛芽,河杨散蕊花始发。
粼粼一水滨城过,山侧杏林是我家。

初春游小青沟

山溪悄然潜白冰,林隅积雪渐消融。
一路笑语过岭去,阳坡拂面是春风。

戏 言

东风落花入部门,朝来暮去十八春。
月浮会海青发苍,日攀文山明睛混。
李广飞骑焉数奇①,贾生才调岂无伦②。
青山亦是逗才处,日行百里羡煞人。

(2009年2月3日)

注:

①李广飞骑:指汉之飞将军李广。数奇:运气不好。数:命数。奇(jī):不偶,不好。《史记·李将军列传》:"以为李广老,数奇,毋令当单于。"唐代王维《老将行》:"卫青不败由天幸,李广无功缘数奇。"

②贾生:贾谊,西汉初年政论家、文学家,有才名,二十余岁被文帝召为博士,又为太中大夫。后遭群臣忌恨,被贬为长沙王太傅,又为梁怀王太傅。怀王坠马死,因歉疚忧伤而死。唐代李商隐《贾生》:"宣室求贤访逐臣,贾生才调更无伦。"

杏 花

文牍公干忙昏头,乘车倚窗暂憩休。
街头杏花蓦入眼,一缕春意牵心游。

读王君怡情诗有感

孟德心不老,千古夏门吟①。螣蛇虽乘雾,土灰消其身②。
五柳③亦不朽,达辞性率真。桃源④得佳境,风淳怡我心。
幸交狷介⑤友,真心互与闻。又兼得幽谷,避嚣⑥可栖身。
古来慷慨士,几人屈豪门?且去濯溪水,清波荡心尘⑦。

注:

① 孟德:曹孟德,曹操,东汉著名政治家和诗人。夏门:指曹操的诗《步出夏门行》。
② 曹操《步出夏门行·龟虽寿》:"螣蛇乘雾,终为土灰。"
③ 五柳:晋陶渊明号"五柳先生"。
④ 桃源:桃花源。陶渊明的《桃花源记》描写的一个理想社会。
⑤ 狷介:性情正直,不肯同流合污。狷:洁身自好。介:耿直。
⑥ 嚣:喧哗,吵闹。
⑦ 屈原《渔父》:"渔父莞尔而笑,鼓枻而去,乃歌曰:'沧浪之水清兮,可以濯吾缨;沧浪之水浊兮,可以濯吾足。'遂去不复与言。"

喜日送侄女

宴罢宾客既成婚,香车盛妆送新人。
娇女春风得意日,岂知寂寥遗乃亲①。

注:

① 是否知道寂寥遗留给了你的亲人。遗:遗留。乃:你,你的。

感 春（二首）

一

才眺烟柳朦胧意，又见杨花垂枝头。
明媚春光能几日？劝君纵游莫止休。
人生时有限，何必汲汲①寻苦头？
沉醉山花烂漫处，悠悠②亦风流。

注：

① 汲汲：心情急切的样子。
② 悠悠：闲适的样子。

二

一缕春风轻拂面，杨花簇簇垂枝头。
转忆青春远逝矣，壮躯尚与少年俦①。
留得青山在，何惧汤汤②向东流？
君不见张三丰③，几代君王竟难求。
纵游山野放歌去，远避尘嚣无忧愁。

注：

① 俦：辈，同类。
② 汤汤（shāng）：水大的样子。
③ 张三丰：传为元明时道士，高寿，受到明朝皇帝尊崇，据说几代皇帝寻他而不见。

游石峡关

关内泛春色,塞上竟①朔风。雄哉八达岭,险乎军都陉②。
垣破生衰草,砖古记军情。敌楼断壁危,荆棘掩战声。
巍峨山脊耸,蜿蜒卧苍龙。残城展沧桑,残雪映苍穹。
岭高攀须功,坡陡降需警。热汗透胸背,过岭心犹惊。
闯王破阵处,巨石勒碑铭。取径石峡关,铁骑破京城③。
览此生嗟叹,得失岂在城?成败在人心,千古盛衰情。

注:

① 竟:竟然。
② 军都陉:太行八陉之一,在北京昌平延庆界八达岭,又名关沟。陉:山脉中断的地方。
③ 闯王:李自成,明末农民起义军领袖。勒:雕刻。石峡关:在八达岭西,李自成农民军在此攻破明军长城防线。

云湖春早

风暖云湖①春水碧,雨湿蒙山②杏花开。
扁舟一叶缥缈去,长城觅花过岭来。

注:

① 云湖:密云水库。
② 蒙山:云蒙山,属燕山山脉。

清明暮信步密云水库宾馆

彩云夕照若仙乡，明渠倒映柳丝长。
园门虚掩待闲客，几声啄木类敲梆①。

注：
① 啄木：啄木鸟。梆：梆子，一种木质打击乐器，旧时打更等用。

游藏复陈君咏秋诗

帕隆藏布①翻惊澜，南迦巴瓦②雪接天。
日行波密③深林里，夜梦溪边听秋蝉。

注：
① 帕隆藏布：帕隆藏布江，雅鲁藏布江支流，在西藏自治区。
② 南迦巴瓦：南迦巴瓦峰，海拔7782米，在西藏自治区林芝地区。
③ 波密：波密县，在西藏自治区林芝地区。

游川藏路小记

百盘业拉别怒江①,觉岭惊魂过澜沧②。
车堵芒康③急无奈,夜渡金沙宿巴塘④。

注:

① 业拉:业拉山,也叫怒江山。怒江:这里指怒江的上游。
② 觉岭:觉巴山,也叫脚巴山。澜沧:澜沧江,湄公河上游。
③ 芒康:芒康县,在西藏自治区昌都地区。
④ 金沙:金沙江。巴塘:巴塘县,在四川省甘孜藏族自治州。

过理塘

草原若锦缀牛羊,花海羁①客久徜徉。
一水逶迤似飘带,轻车笑语过理塘②。

注:

① 羁:拘留,束缚。
② 理塘:理塘县,在四川省甘孜藏族自治州。

游亚丁

雪峰莹洁疑隐仙，林海蓊郁多古杉。
白墙金顶独一寺，壮僧早诵悟机禅。
冰川融水成飞瀑，明湖映画重峰峦。
野羊为群攀岩去，急呼伙伴定睛观。

游藏返乡途中

藏地两旬游兴尽，心头蓦①起归乡情。
朝辞稻城滚石阻②，暮翻折多③烂路行。
夜临大渡抚铁索④，晨下二郎观雨城⑤。
日行千里过六垭⑥，锦城⑦小憩意轻松。

注：

① 蓦：突然。
② 稻城：稻城县，在四川省甘孜藏族自治州。滚石：指公路塌方。
③ 折多：折多山。
④ 大渡：大渡河，岷江最大支流，长江的二级支流。铁索：即铁索桥、泸定桥，在四川省泸定县大渡河上，1935年中国工农红军长征经激战通过此桥。
⑤ 二郎：二郎山。雨城：四川省雅安县因降雨量大称雨城。
⑥ 六垭：六个垭口。垭口，两山之间可通行的狭窄地方，山口。
⑦ 锦城：即成都，三国时蜀汉在成都设锦官管理织锦，因称锦官城。

游成都武侯祠

躬耕南阳无人眷，抱膝长吟欲问天①。
一日忽来涿州客②，三顾草庐意甚谦③。
慧眼大度容高士，鞠躬尽瘁报知贤④。
南征北伐业未既，可怜先死五丈原⑤。

注：

① 传诸葛亮躬耕南阳久之，曾抱膝长啸以问苍天。诸葛亮《出师表》："臣本布衣，躬耕南阳，苟全性命于乱世，不求闻达于诸侯。"躬耕：亲自种地。眷：关怀，宠爱，这里指得到重视。
② 涿州客：指三国蜀主刘备，刘备籍涿州。
③ 三顾草庐：刘备三顾茅庐请诸葛亮出山。
④ 诸葛亮《后出师表》："臣鞠躬尽瘁，死而后已。"
⑤ 五丈原位于陕西省岐山县，三国时诸葛亮率军在此与司马懿对阵，病死军中。杜甫《蜀相》："出师未捷身先死，长使英雄泪满襟。"

远游还家

远游归来落征尘，小憩佳园更宜人。
矮山寻径观湖色，斜雨凭窗觅花魂。
秋菜几棵家情厚，时果数枚乡味淳。
午梦车盘业拉岭，醒来卧犬鼾声沉。

游杜甫草堂

浣花溪畔绿竹荫,草堂檐下覆诗魂。
古井犹映旧阡陌,残垣如睹故江村。
秋风破庐思寒士[1],捷报催涕喜胜军[2]。
困顿不泯济世志,大雅长存泽后人[3]。

注:
[1] 杜甫《茅屋为秋风所破歌》:"安得广厦千万间,大庇天下寒士俱欢颜。"
[2] 杜甫《闻官军收河南河北》:"剑外忽传收蓟北,初闻涕泪满衣裳。但见妻子愁何在?漫卷诗书喜欲狂。"
[3] 大雅:《诗经》的一部分,这里指杜甫的诗歌。泽:恩泽,恩惠。

中 秋

一轮冰盘亮,五味佳饼甜。忽念春才逝,又觉秋将阑[1]。
青春追不及,晚秋待于前。老骥尚千里,龟寿有何难[2]?

注:
[1] 阑:残尽。
[2] 曹操《步出夏门行·龟虽寿》:"神龟虽寿,犹有竟时","老骥伏枥,志在千里。"神龟:《庄子·秋水》载有通灵之龟,能活几千岁。骥:千里马。

国 庆

三军阅广场,庆典盛空前。火树银花夜,莺歌燕舞天。
百年病夫恨,几代强国艰。何日归宝岛,济海挂云帆。

和胡君中秋诗

玉盘皎皎悬窗间,品茗馨馨意怡然。
远邻喧喧呼换盏,秋虫唧唧唱月圆。

秋 梦

晚秋独卧天愈阴,拥被闲读卷披纷。
囫囵一梦还乡去,叙旧言欢皆故人。

云谷山庄感秋

红藤附壁叶色殷,夜寒如水感秋深。
金辉数缕洒庭下,转念佳时剩几分?

雁栖湖秋晚

明湖潋滟映云霞，漫岭秋林醉若花。
野禽三五临水立，斜晖一抹照农家。

菊　花

三季韬光锐气收，东篱之下且低头。
暗与黄巢万千甲，冲天一胜在金秋[1]。

注：

[1] 黄巢《菊花》："待到秋来九月八，我花开后百花杀。冲天香阵透长安，满城尽带黄金甲。"

初　雪

大雪压枝舞飞扬，篱上丹叶着素妆。
水沸茶香泥壶美，盈盈笑语伴高堂[1]。

注：

[1] 高堂：父母。

严冬晨练

冬至寅①晨气奇寒，轻衣健履练翠园。
晨灯正暗行须慎，血气方升步渐欢。
十里捷足心怡悦，再练十里汗浸衫。
归来热沐身通泰，浑觉年少作神仙。

注：

① 寅：地支的第三位，十二时辰之一，指凌晨三时至五时。

感　时

冬至已去虎欲去①，岁尾又觉失流年。
何方借得三春景，几日舍去一时闲。
闻鸡起舞常捷步，肖虎练扑惯走山。
家有贤妻供淡饭，挚友无拘忘形谈。

注：

① 虎：这里指2010年农历庚寅年。

复王君冬枝诗

凌寒见耿直,孤高未逢时。败叶飘零去,风骨自相持。
泥土暗滋养,砥砺志如石。一日东风至,新蕾报春知。

春日闲作(七首)

春　雨

一夜悄悄雨,翩跹春柳绿。
山桃苞欲绽,邀友踏青去。

春　草

冬日晒汝黄,春雨润汝绿。
被覆天涯时,汝亦藏暗隅。

山桃花

雪漫山坡白,亭亭玉人来。
开瓣展笑靥,合苞掩粉腮。

苦 菜

地角垄边生，百草君早青。
清明苦败火，谷雨花似星。

柳

朦胧露春意，柔丝飘逸生。
素淡兼婀娜，渠早解风情。

迎春花

万芳皆暗淡，独秀亮人眸。
柔枝缀花黄，春妆领潮流。

春日闲卧

闲卧心中静，耳边听春风。
翻页书香淡，歇眼望碧空。

贺同学生日成韵八十字

五月花木繁，逢君美华诞。师生情殷殷，祝君常遂愿。
闻道同堂坐，切磋听妙言。情景模拟实，讲演有褒贬。
入乡访新村，慷慨谈发展。弓步习太极，攀岩类猱猿。
问君生涯里，此事历几番？再逢花好日，与人话当年。

2007 年 5 月 14 日

复王君（四首）

一

读君质朴诗，本色亦纯真。了无雕琢气，辞浅意境深。
我欲效君为，俗念压慧根。春风轻拂拭，旧壤露芽新。

二

人生何其短，白驹过隙闪。幸福千百解，各有执其端。
朴拙兼旷达，淡泊与容宽。健康有活力，多活几十年。

三

灼灼春日暖,煦煦照楼窗。晒我生懒意,安适此时光。
淡泊觉馨温,无欲心不忙。珍惜此春华,秋实满盈筐。

四

案牍劳颈肩,一盹梦成仙。
五柳堂前坐,园田见浩然。

2006 年 6 月

寄表弟向阳

前日表弟向阳来信曰:"梦吾舅与吾辈语,其神采飞扬,寤来乃知南柯。吾舅诞何日,莫非近日乎?"吾告之于母,曰父诞辰十月初八,尚差半月。表弟赴美廿载,重洋渺渺,竟梦其舅,人果有魂魄乎?唐人有"魂来枫林青,魂返关塞黑"[①]句,路漫漫其修远兮,吾念吾父旅途劳顿,又宁信其真。

日有所思,夜有所梦。先人已逝,所遗唯思。
思之渺渺,追之无及。冀其有灵,心稍安之。

注:

① 杜甫《梦李白》:"魂来枫林青,魂返关塞黑。"意路途遥远,魂往返奔波,不辞辛苦,感情深挚。

春　雪

节至惊蛰万物苏，忽降皑皑春意无。
　伏羲速遣东风至，梨花幻去润芽出。

山桃花

心思去岁靥粉白，瞻望花门久不开。
待得春晖十日暖，满坡烂漫玉人来。

清明前街头

路杨垂蕊木欣荣，街头五彩贩风筝。
桃枝如醉娇羞色，敛眉含苞待清明。

春 雨（二首）

一

中夜落春雨，晓雾湿亭台。
遥想西岭上，可有桃花开？

二

好雨深滋润，枝上柳芽发。
薄雾随风去，清明看杏花。

垂 柳

万丝垂帘绿，芽序更可人。
水岸添柔意，诗里作春魂。

清 明

寸草知暖绿，今岁又清明。
锹锹故地土，念念春晖情。

独登阳台山

独行西山隅，岭上看杏花。深林踏雪泥，古道觅新芽。
面饼权当餐，山泉且作茶。捷步身轻健，长啸心境佳。

怀柔圣泉山培训得陈君佳句

前瞻平湖后倚山，杏花才谢杏成丸。
日听高论心得矣，晨走野径意适然。
午睡窗前有花落，晚踱门外无车喧。
唯缺诗友谈诗趣，忽闻飞信传新篇。

暮登红螺寺前山

晚来微雨渐迷蒙，荷塘涟漪荡青萍。
树下指寺听钟鼓，山顶观城望云星。
拾阶有伴谈诗趣，步径无扰廓心清。
湖畔蛙鼓高低韵，远村偶传犬吠声。

咏 怀

欲效稼轩①难从戎，又无才似梁任公②。
登山得意筋骨健，读书不解③精神松。
穷达终了湮春雨，幸舛④到头没秋风。
五十年后少年友，几人能修百岁翁？

注：

① 稼轩：辛弃疾，南宋爱国词人，自号"稼轩居士"。
② 梁任公：梁启超，字卓如，号任公，中国近代维新派代表人物，资产阶级改良主义者，学者。
③ 陶渊明《五柳先生传》："好读书，不求甚解，每有会意，便欣然忘食。"不求甚解，指要在领会主旨，不读死书。
④ 幸舛：幸：宠爱。舛：不顺遂"。

午 梦

午梦忽忆少年事，城南水汊柳岸边。
浓荫围坐从师戏，浅滩群耍纵童欢。
青春几何白驹逝，穷达幸舛化云烟。
日劳案牍渐憔悴，唯有童心驻流年。
蝉鸣蛙鼓闻不见，春雨迷蒙觅城南。
天公若有西流水，扁舟回溯五十年！

和友人端午诗

汨罗汤汤东流去,千载端阳吊君情[1]。
无奈高堂鸣瓦釜,可惜伟阙毁黄钟[2]。
路修远朝天涯去,心求索向江底行[3]。
一曲离骚多愁怨,吟罢唏嘘意难平。

注:

[1] 汨罗:汨罗江。君:屈原。
[2] 屈原《楚辞·卜居》:"黄钟毁弃,瓦釜雷鸣;谗人高张,贤士无名。"黄钟被砸烂弃置,而瓦锅却敲得震响。比喻贤德之人被弃置不用,而平庸之辈却居于高位。
[3] 屈原《离骚》:"路漫漫其修远兮,吾将上下而求索。"

暑天云蒙行

六月天洒火,炙地热炎炎。约友成行队,穿越云蒙山。
觅径拨荆棘,取道长城端。岭侧暴骄阳,荫下水潺潺。
林深掩径秘,藤长悬树巅。草盛疑迷路,叶旧行迹斑。
酷暑汗若洗,胸背贴衣衫。解渴赖牛饮,除乏有趣谈。
小憩榆木沟,呼啸草木毡。汲水冷风甸,高瀑瞻天仙[1]。
翻山七十里,下岭五十盘。幽谷隐村居,瓦舍傍清潭。
白鹅浮绿水,群鸭踱溪滩。群峰肖水墨,俨若画廊前。
新友渐难行,忽闻达道边。轻车一路下,尽载谈笑欢。

注:

[1] 榆木沟、草木毡、冷风甸、天仙瀑皆为云蒙山地名。

斜穿云蒙山

直拔青菁顶，凭险达天门。危崖援梯渡，回首叹工神。
柳溪锦花明，榆沟幕草深。指眺莲花顶，觅径廊峪村。
廊峪野径古，雉鸣山气馨。石洞抚羔羊，儿心悯童真。
小憩落山雨，树下暂栖身。啖饼若珍馐，白水更生津。
径穿云蒙峡，再访白道村。敌台矗谷口，古堡镇山门。
老者唠旧事，抗日故址存。至今有遗骨，唏嘘感英魂。
我等生盛世，莫肖八旗孙。日行七十里，尚武更精神！

草原行

中伏前三天，赴呼伦贝尔草原生态系统国家野外科学观测研究站考察，其站驻海拉尔北六十里谢尔塔拉，观测点更遥之。天苍苍，野茫茫，其境寥廓苍凉，迥异市井繁华。站长辛女士等家京畿，于此创业十余载，难能可贵。今站规模初具，研究课题大益于草原生态保护，中外专家亦常访之。有感，作以记之。

穿苍云似帆，草野漫接天。牛羊缀绿锦，曲水几多弯？
毡包把肉香，酒醇谈笑欢。主人情质朴，客欣如家还。
感佩科研人，敬业扎荒原。离家甘寂寞，智慧泽绵延。
此山多松桦，高洁且历寒。彼岂平凡物，郁郁庇群山。

呼伦贝尔草原复王君

雨打车窗凉意生，云垂莽原渐迷蒙。
牧草结籽现秋色，幸备长衣御西风。

灵山古道行

驱车灵山①北，寻路访古村。村居风拙朴，村人性质真。
村右矗石塔，松伟虬②亦森。有山若高陵，碑镌蚩尤坟③。
前毗黄帝城，后临坂泉村。其地涿鹿野，其事史记存④。
本为走山至，不意竟寻根。山隅摘野韭，众友意欢欣。
撷劳竟忘时，日西至黄昏。下晚山气凉，野店止栖身。
山友团团坐，酌酒情挚真。汤热暖内腑，烛明氛温馨。
晨起攀峰巅，雾重汗湿襟。飘遥登云海，若入天界门。
坡陡行尤慎，势险勿分心。寻径行古道，古道林郁森。
泉流漱青石，花香沁脾馨。茅庐遇劳者，荷锄植野参。
笑语相问讯，黑犬亦驯温。屈指计时刻，捷步急行军。
午至双塘涧，谈笑憩槐荫。

注：

① 灵山：东灵山，在京冀交界，北京市最高峰。
② 虬：古代传说中的一种龙，比喻像虬龙那样盘曲。
③ 蚩尤坟：灵山东北有蚩尤坟。
④《史记·五帝本纪》："轩辕（黄帝）乃修德振兵，……以与炎帝战于坂泉之野。""于是黄帝乃征师诸侯，与蚩尤战于涿鹿之野，遂禽杀蚩尤。" 灵山北涿鹿县有黄帝城，灵山东北延庆县有上坂泉、下坂泉村。

游西夏王陵①

元昊陵侧风萧瑟，时湮铁骑破王城②。
殿阙沉沦杳繁盛，楼台毁弃消升平。
唏嘘大汗屠城令，吁嗟兴庆众魂灵③。
空将黄土筑若岭，兴亡转瞬付时空。

注：

① 西夏王陵：西夏王朝的皇家陵寝，位于宁夏回族自治区银川市贺兰山东麓。
② 元昊：李元昊，西夏开国皇帝，党项族人。铁骑：指成吉思汗的军队。
③ 大汗：成吉思汗，元太祖铁木真。兴庆：西夏都城，今宁夏银川。

溯河源至鄂陵湖、扎陵湖

仙湖浩渺水接天，鸿鹄栖戏点漪涟。
地高气薄人烟稀，路坎行难车迹单。
山头矗碑拟牛角，莽原搭帐用牦毡。
李白呼水天上来①，我临河源天湖边。

注：

① 李白《将进酒》："黄河之水天上来，奔流到海不复回。"

宿称多①

一隅偏居深山中，世人从来未睹容。
曲道逶迤衬岭秀，老寺龙钟庇塔盈②。
世外紧邻通天水③，桃源远渡昆仑峰。
晚来无灯燃烛语，晨钟醒寺人转经。

注：

① 称多：称多县，在青海省玉树藏族自治州。
② 庇：庇护。盈：丰盈，形容塔身粗而圆。
③ 通天水：通天河，长江的上游。

庐山夜雨

花径寻春杳无迹，石屋听雨梦有声。
晨眺窗树浴将止，心思瀑水正喧腾。

登三清山遇雨

云里揣山相，雾中闻瀑声。栈道悬崖危，杜鹃隐花红。
无奈阴雨笼，何久日不明？若有三分朗，奇峰亦动容。

过景德镇

赣地有古镇，瓷美世称佳。兼有浮梁事，幽怨传琵琶[1]。
韵谐源昌南，瓷名冠国家[2]。其史称久远，其名播迩遐。
先观美瓷艺，再品浮梁茶。主人多诚挚，宾客若还家。

注：

[1] 浮梁：县名，在景德镇附近。白居易《琵琶行》有"商人重利轻别离，前月浮梁买茶去"句。

[2] 昌南：景德镇的别称。昌南的谐音与英语 china 相近，一说 china 之音源于此。

雨中游婺源李坑

细雨朦胧看山色，石径逶迤古坊牌。
草溪桥曲木亭古，村舍瓦青粉壁白。
老树枝虬新竹密，秋秧果硕晚花开。
人说三月芳菲季，春田若锦赏画来。

庐溪行

庐溪曲如带[1],穿山入画屏。竹排轻篙点,遥闻对歌声。
峦态肖人兽,鬼斧丹霞工[2]。堪舆势有说[3],白虎对青龙。
杉挺篁竹秀,溪谷皆丹青。崖窟悬棺古[4],岭隅隐道名[5]。
乡有惑未解,孑孓避村行[6]。山水蕴玲珑,野趣更横生。

注:

[1] 庐溪:即庐溪河,在江西龙虎山。
[2] 丹霞:丹霞地貌。
[3] 堪舆:即风水。
[4] 悬棺:古时的一种丧葬方式,将棺木置于悬崖上的洞中。
[5] 传说道教创始人张道陵曾在龙虎山修道。
[6] 孑孓:蚊子的幼虫。庐溪边有无蚊村。

归故园

一

久居城市里,寻静思故园。故园在远郊,便我常回还。
推门入庭院,雀飞小狗欢。老母闻动静,掀帘笑开颜。
烧水沏花茶,问我待几天。出门买肉菜,下厨操刀案。
窗前月季红,墙角马莲蓝。牡丹丫杈长,叶肥白玉簪。
嫩葱栽数垄,丝瓜挖几掩。香椿叶已老,柿树遮房檐。
韭香鸡蛋黄,面醒揉捏软。擀皮包水饺,母子谈笑欢。
大舅前日来,退休已三年。侄女才毕业,备考公务员。

东邻开出租，西邻新房建。南邻铺面小，北邻包果园。
村中老井枯，深井刚打完。深井复深井，终何求水源？
话语未谈竟，锅水如沸然。蒸腾捞水饺，解我儿时馋。
午后酣然睡，不觉日西天。发呆看老墙，旧纸更驳斑。
父像墙上挂，笑貌宛当年。往事如隔世，联翩思恍然。
晚间十字街，老辈聚闲谈。互问年齿长，惊呼水流年。
辗转久不寐，夜静星斗转。旱风吹树响，隔墙闻犬鼾。

二

沉酣一觉醒，初阳映白窗。窗花剪纸俏，生肖皆成双。
秫秸吊顶棚，蜡花①贴土墙。红油旧板柜，脱漆老木床。
椿木写字台，书籍原样放。儿时作业本，老师批文章。
黑白老照片，琳琅镶镜框。睹像忆故人，思今在何方？
母唤趁热吃，羊肉馄饨汤。胡椒香菜末，呼噜滚入肠。
门响笑语盈，东邻大婶访。老母忙迎入，絮絮唠家常。
儿开出租车，载客辛苦忙。份钱②去多半，油价又看涨。
女作纺织工，破产将下岗。工龄须买断，何去未及想。
经营有微利，临街出租房。租与外乡客，油条烧饼坊。
夸我弟兄好，回家常探望。夸我媳妇好，贤惠比不上。
叨叨谈兴高，电话铃声响。孙儿放学早，午饭待罗张。
中心十字街，店摊纵横旁。大队东房山，村务公开墙。
社区医务站，小病亦无妨。公交村村通，出行多便当。
村北开发区，田垄几占光。村南国道边，别墅兴建忙。
田畴皆支离，绿野无由望。忆昔田园画，幽幽生惋怅。

（2006年5月27日）

注：

① 蜡花：蜡花纸，一种印有暗花用来装饰室内墙面、顶棚的白纸。
② 份钱：出租汽车司机交给所属公司的钱。

查干湖

北方有神湖，名美称查干①。古泊三百里②，浩浩水接天。
蒙荒封禁地③，一隅独处偏。生态存本色，风俗久绵延。
流断成涸泽④，引水辟新源。得沃松江水⑤，生意复盎然。
凫雁群翔集⑥，居徙有乐园。芦花生摇曳，荡舟可采莲。
严冬皆皑皑，冰封复奇寒。捕鱼技艺古，景象殊可观。
醒网祭湖神⑦，渔节盛空前。铁锥凿冰窟，长竿绳缆穿。
冰下敷网罟，五马拖绞盘。霜覆鬃鬣白，萧萧鸣长天⑧。
把头技精绝，渔工多剽悍。令下起绳网，窟口现奇观。
群鱼争涌出，喧腾若沸然。鱼肥人惊喜，鱼硕客喷叹。
抱鱼争拍照，冰上笑语欢。忙煞摄影友，奇景难得见。
快门揿不迭，俯拍并仰天。夕阳欲西下，收网垛如山。
获鱼车满载，归乘雪橇还。忽闻人惊语，红网过十万⑨！

注：

① 查干湖，蒙古语为查干淖尔，意为白色圣洁的湖。
② 查干湖宋辽时称大水泊。
③ 清代把东北作为满族的发祥地而封禁起来，查干湖所在的郭尔罗斯是蒙古王公的封地，称为"蒙地"或"蒙荒"。
④ 涸：水干。
⑤ 沃：灌，淹。查干湖水源霍林河，近世断流，20世纪七八十年代，引松花江水入查干湖，才得以保持生态。
⑥ 凫：野鸭。
⑦ 每年冬捕开始前，要举行传统的祭湖醒网仪式。
⑧ 萧萧：马鸣声，《诗经·小雅·车攻》："萧萧马鸣。"
⑨ 捕鱼多称红网。

观贺兰山东葡萄酒庄

　　壬辰年季夏，吾临贺兰山东，观葡萄酒庄凡三处，有在建者，有辟其地甚广者，有既酿其酒获国际金奖者。曩游其地，亘古荒原也。今闻人言，其日照足，温差大，且砾石钙壤宜植葡萄，好品质，可酝佳酿。感其荒原创业，化腐为奇，乃缀诗以记之。

　　巍巍贺兰耸，亘古瞰荒原。戈壁骆驼刺，石乱干河滩。
　　今有创业叟，垦殖葡萄园。植溉有讲究，品质求高端。
　　悉心酝佳酿，酒美加贝兰。一举获金奖，业界声斐然。
　　商客捷足至，谋断善瞻前。纵横植青杨，阡陌疏河川。
　　万亩葡萄绿，酒庄筑连连。君不见自此荒原绽新色，
　　葡萄美酒奉贺兰。

访北大荒

　　辛卯年霜降日前后，吾随部青年考察团赴黑龙江北大荒，经北安、九三、齐齐哈尔三管局所辖凡七农牧场。吾职于部廿载，常闻垦区之事，未尝睹垦区之貌也。所闻见与想象多有不同。其处边陲，初为极原始荒蛮之地，经艰难创业、辛勤开拓六十载，今沃野千里，良田连畴，通衢纵横，城镇阜盛矣。感其事，乃缀诗以记之。

　　北陲有莽原，大哉亘古荒。草淖①连千里，林灌野茫茫。
　　狍熊竞出没，狼狐嗥苍凉。一枪惊穹宇，古原奏新章。
　　十万铁军至，屯垦戍大荒。地窨②暂作屋，马架权当房。
　　躬身曳铁犁，赤脚踏泥浆。雨侵蚊蚋③虐，风催雪夜长。
　　至今创业叟，回首感衷肠。后有支边人，奋身投大荒。
　　拳拳赤子心，激情动天苍。更有知青史，悲壮感三江。

青春留北地，磨难出栋梁。故人说旧事，唏嘘泪千行。
前事载青史，魂魄久绵长。今人承其业，戮④力兴大荒。
盛世逢时运，涅槃⑤脱凤凰。民生有作为，发展重担当。
耕作皆现代，农业堪领航。难觅旧时貌，满目新城乡。
千里沃野阔，中华大粮仓。转虑资源蹙⑥，竭泽⑦当谨防。
黑土保膏腴⑧，久润稻花香。循规敬自然⑨，永续福祉长。

注：

① 淖：泥沼。
② 地窨：地窨子，一种半地下的房屋。马架：马架子，一种小窝棚。
③ 蚋：蚊子一类的昆虫。
④ 戮：并；合。
⑤ 涅槃：佛教用语，指超脱生死的境界。这里指一个旧的北大荒变成了一个全新的北大荒。
⑥ 蹙：紧迫，窘迫。资源：这里指地力和水资源。
⑦ 竭泽：竭泽而渔。
⑧ 膏腴：肥沃。
⑨ 循规敬自然：遵循规律，敬重自然。

南沙守礁人

渺渺云深处，茫茫海疆遥。南隅①有壮士，天涯守岛礁。
日烈炙肤痛，盐重蚀船销②。思亲眺日落，寂寞盼鸥鸟。
云谲立风头，波诡临惊涛③。家事常成憾，死生为国抛。
语此甚平淡，质朴动心潮。

注：

① 隅：靠边的地方。
② 盐重蚀船销：南沙有"三高"，即高温、高湿、高盐。其中高盐对船体腐蚀较大。
③ 云谲波诡，形容事态变幻莫测。

潭门[①]捕鱼人

台风趋将至,满港避风船。潭门访船主,讷[②]朴述心言。
自古渔南沙,唐汉可溯源。十月北风起,扬帆趋向南。
四月南风至,起锚返琼山[③]。哺我靠南海,养我倚礁盘。
潜捕有传统,父兄相袭传[④]。宿岛取淡水,避风入良湾。
忽焉生是非,蓦然起祸端。据我旧时礁[⑤],驱我常行船。
掠我仓中物,捕我入牢监。枪击伤透骨,抚伤心澌酸[⑥]。
潭门多渔家,南下航程远。油价又看涨,成本高于前。
生计须维持,风险宁承担。唯愿多体恤,助护保平安。

注:

① 潭门:潭门镇,在海南省琼海市。
② 讷:语言迟钝,不善于讲话。
③ 琼山:指海南岛。
④ 依托礁盘潜水捕鱼,是潭门镇渔民在南沙作业的传统方法。
⑤ 据:盘踞,占据。
⑥ "据我旧时礁……抚伤心澌酸":写我渔民在南沙受到的袭扰。澌:尽,都。

宿琼海遇台风

乌云走马风骤来,豪雨如泻天闸开。
椰树匍匐柔条乱,池塘满溢碧湖白。
屋檐垂瀑声贯耳,园径壅河水没踝。
静卧雅斋观风雨,羁旅有闲奇诗怀。

游海口五公祠

五公祠前谒五公[1]，石像栩栩耿介风。
忠直无畏嫉恨至，卓荦有为祸灾生。
佞巧小计易作祟[2]，刚正大道难成行[3]。
可叹天涯逐放地，还流苏公[4]伴五公。

注：

[1] 五公：指唐李德裕，宋李纲、赵鼎、李光、胡铨，五人均被流放海南，海口有五公祠。谒：拜谒。
[2] 佞：巧言谄媚。祟：鬼神作怪为害，借指不正当的行动。
[3] 道：道义。
[4] 流：流放。苏公：苏轼，1097年，苏轼被贬海南儋州。

雨中游台儿庄

冬雨无端潇潇下，长堤有意柳丝黄。
曲桥画舫古漕[1]水，繁肆叠院[2]老街坊。
死士[3]一战偿族恨，旧郭再造慰国殇[4]。
九天魂魄忽有感，串串涟漪落荷塘。

注：

[1] 漕：运送粮食的水道，指运河。
[2] 繁肆叠院：繁：多；肆：铺子。叠：重叠，这里指重重院落。
[3] 死士：敢死的勇士。
[4] 国殇：为国牺牲的人。

清江引（二首）

辛卯年九月十九日，偕友游京西古道，自陇驾庄过牛角岭至西落坡村，村侧有石墙残垣及碉楼，称大寨，传为金时筑，宋徽钦二宗曾囚于此[1]。其村屋舍朴拙，古风悠然，中隐名宅，其马致远[2]故居也。马号东篱，元曲状元也，其《天净沙》乃秋思之祖。传其曲"西村日长人事少"[3]即作于此。村中有泉汩然[4]，其水清冽，老者称代代饮之，非城中水堪比。深秋之节，万木斑斓，古村沧桑，古道漫漫，西风乍起，感从心生，于是效东篱作《清江引》二首。

秋 行

溪畔畦菜秋韵好，山间寻古道。
村巷老槐斜，狗儿吠声闹。柿树沟让人心醉了。

游西落坡村

石寨凋残遗旧堡，史事村人道。
屋后枣儿红，棚架葫芦吊。古道边看秋叶红了。

注：

[1] 1126—1127年，金军破北宋都城汴梁，掳徽宗赵佶、钦宗赵桓及大批人员北返，北宋亡。史称"靖康之难"。

[2] 马致远：号东篱，大都（今北京）人，元曲四大家之一，著有《汉宫秋》等杂剧十五种，散曲集为《东篱乐府》。

[3] 指马致远《双调·清江引》："西村日长人事少，一个新蝉噪。恰待葵花开，又早蜂儿闹。高枕上梦随蝶去了。"西村据说即指西落坡村。

[4] 汩然：水流充沛的样子。

塞罕坝摄影采风

秋风临坝上,万木尽斑斓。桦黄干愈白,霜草苍山原。
红叶染林醉,稼获^①美梯田。朝晖洒西岭,墟落^②生炊烟。
牧牛出村去,群羊仍卧栏。镜泊映天碧,钓叟垂长杆。
美景层迭出,摄友眼迷乱。岗摄宽画幅,林拍小景观。
西谷觅景溺^③,东岭久流连。木兰秋狝^④地,古风得绵延。
主人情挚朴,客亦无拘谈。晚来授摄艺,切磋至忘眠。
二日采风归,摄友多获斩。艺技皆长进,审美亦胜前。

(2011 年 9 月 25 日)

注:

① 稼获:成熟或收获的庄稼。
② 墟落:村落。王维《渭川田家》:"斜阳照墟落,穷巷牛羊归。"
③ 溺:沉溺。
④ 木兰秋狝(xiǎn):"木兰",满语,汉语之意为"哨鹿",亦即捕鹿。狝:秋天打猎。塞罕坝清代称"木兰围场",为皇家猎苑。

访峄城石榴园

冬雨润山色,疏林茏轻烟。
拾阶青檀寺,觅径石榴园。
绿畦新麦肥,幽谷野溪潺。
莫错芳菲季,疑梦入桃源。

临微山湖湿地

池塘连缀临水乡，冬韵萧疏望堤杨。
桥头看鸭舟将渡，芦荻深处小李庄。

题冬湖荷梗图

格高道尚简[1]，凌寒梗愈直。
天质自成韵，涂鸦亦成诗。

注：
① 格高道尚简：格：风格，格调；道：主张、思想、学说；尚：崇尚。

临温州三垟湿地

烟雨笼桥处，柑花溢香时。
曲水舟一叶，低岸鹭几只。
廊桥形如谣，台门状若诗。
绿榕正葱郁，细说何人植。

游曲阜

寒气凝冰曲阜城，夫子冢[①]上草青青。
旧殿重茸雕甍[②]丽。残碑再接断痕凝[③]。
春秋千载根犹在，风雨百年叶复生。
偶习圣贤二三语，如游沂水沐春风[④]。

注：

① 冢：高大的坟墓。
② 雕甍：雕：刻，画；甍：屋脊。王勃《滕王阁序》："披绣闼，俯雕甍。"
③ 残碑再接断痕凝：指"文革"时被毁坏今又修复的碑石。
④ 如游沂水沐春风：《论语·侍坐》："莫春者……，浴乎沂，风乎舞雩，咏而归。"

游阆中

小假游川地，偶访古阆中。老街连店肆，旧巷酒旗风。
酵巧馍味绝，酿佳醋香生。妄听风水馆，细谛医家经。
敬谒张飞祠，详瞻贡院庭。唏嘘前朝事，思古发幽情。
夜渡嘉陵水，高放孔明灯。灯红飘摇去，江城夜光明。
南山映古阁，阁侧红军陵。此地多故事，语君可一行。

初秋日游牛盆峪

牛盆峪,云蒙山深谷也。癸巳年七月廿五日,吾与友同游之。穷其谷可至黄花顶,其云蒙次峰也,山高壑深,灌密林茂,曲径迷离,四季景殊,易失路。峰南存丰滦密抗日联合县政府遗址,昔遭日伪军袭,壮士百余捐躯于此,其事悲壮,令人扼腕,今峪口碑石有记。因隐秘难寻,少人问津焉,偶有"驴友"穿越之。吾曾穿越者六,间失路者三,叹其径类迷津。今闲游之,原道返,遇山雨浇身,陡增游兴,乃缀诗为记。

秋临云蒙,天朗气清。潺溪漱石,茂林蝉鸣。
背囊曳杖,偕友野行。高歌长啸,纵我性情。
野雉惊飞,獾豸潜踪。旧墟久废,碾磨故形。
林密谷深,藤灌掩径。抗战遗迹,勒石为铭。
水畔为炊,野趣横生。磐石做床,惬意舒松。
山雨骤至,空谷雷惊。浇头湿衣,沃润爽清。
云销雨霁,斜阳景明。敌楼耸峙,峻岭长城。
大哉自然,至哉原生。还原归本,生命天成。

夜访江心屿

夜访江心屿,禅寺已闭门。
宋井寻史迹,唐塔觅诗魂。
丞相古祠立,领事旧馆存。
千古盛衰事,一屿尽说人。

山间农家

山若屏风人入画,拙桥浅水戏鹅鸭。
坝上新茶将采过,墙白瓦青几农家。

独登阳台山

晨阴蕴雨独入山,雾笼秋林尽斑斓。
捷步岭巅风乍起,慎足崖间云正翻。
微雨迷蒙湿曲径,衰叶飘零覆幽潭。
掬泉畅饮身通泰,浑觉飘飘作神仙。

樱桃沟早行

偶宿山庄隐杏林,寒晨早起气清新。
石上落叶幽深径,树底融雪润疏林。
远眺初日绚烟霞,近赏残叶亮丹殷。
我穿山林行虎步,花甲竟胜不惑人。

春节思旧

临窗风无寒，对镜鬓有丝。
坎坷少壮事，蹉跎老成时。
孤舟桃源梦，独钓雪岸痴。
索居南岭下，思友纵谈诗。

（2014年1月30日晚）

湘黔边界的别样风格

这些年，每年都出去走走。退休后，出去旅游的时间就更多了。走多了，就揣摩出一些旅游的体会。看了这么多景色和风情，比较起来，许多好的去处在边界，即在国界、省界和县界。所以美在边界，大致有以下几个原因：一是边界多在高山大川，故自然景观瑰丽多姿；二是边界多在民族地区，故民俗风情别具特色；三是边界相对人口较少，故旅游环境清静无扰；四是边界开发打造触及尚浅，故生态人文原汁原味。

去年晚秋，我走了走湘黔边界，即湖南的湘西土家族苗族自治州及怀化市，贵州的黔东南苗族侗族自治州及铜仁市的一些地方，感到除了个别旅游热点已被人为"开发打造"，商业化气息较浓以外，多数地区尚处在或接近"世外桃源"的状态。

十二三天走马观花，用照片做了些记录，回来还写了一首诗，努力将湘黔边界的别样风格概括在诗中，呈现给朋友。

秋游湘黔界，走马观花还。友人赋诗问，吾复缀冗言。
黔城深巷古，石街忆流年。江畔芙蓉楼，千载诗意传①。
洪江老商城，败落萧疏然。可窥鼎盛时，贸易当空前。
通道侗寨美，羞隐在深山。清溪风雨桥，古拙浑天然。
蜿蜒都柳江，渔舟唱晚还。梯田鳞次比，田水照夕烟。
红军遗迹多，长征史不凡。抗战大后方，故地亦可瞻。
榕江三宝寨，鼓楼衬花繁。江边古榕下，喜宴连桌延。
车盘雷公山，林密多巨衫。山间小村寨，景色殊可观。
西江苗寨火，店驿罗山前。游人密如织，商气侵田园。
古城观镇远，卫府两城垣②。曲桥跨舞水，石墙卧山巅。
武陵登绝顶，大美梵净山。突兀两峰立，傲世独不凡。
暮至凤凰城，人潮摩踵肩。一城皆驿馆，满街旅游团。
得夯好风景，苗寨笔架山。矮寨桥壮哉，老路曲折盘③。
常闻君语昔，幼时在湘黔。今游君故地，吾亦知一斑。

注：

① 黔城有芙蓉楼，传唐王昌龄《芙蓉楼送辛渐》一诗作于此。
② 镇远古城分为卫城、府城。
③ 近年建起的矮寨高速公路大桥净跨1176米，为世界第一。老路：指抗战时期修建的川湘公路。

登小小五台

欣出太舟坞，喜登望京楼。
沉霾隐身爽，清风拂面悠。
山浅林灌密，庙古柏松遒。
西天日高悬，驴友队已收。

土城春早

土城杨挺拔，坝桥柳朦胧。
石雕现戈马，碑记隐燧烽。
至今思大汗，铁骑建神功。
墙隅迎春开，月河水过亭。

登岳阳楼

夜雨洗洞庭，岸园春花明。登楼览章华，凭栏眺波平。
臧否谈忧乐，褒贬论世风。大泽水廖廓，对此畅心胸。

游韶山冲

塘田如镜山葱茏，土屋轩敞见家风。
农伢少立凌云志，扭转乾坤成大功。

三九晨练

丙申年腊月伊始,京城霾天数日,晨练无奈废之,日日蜗居室内,憋闷之极。时至"三九",风来霾去,天晴气朗,心悦神振,晨练乃复。"三九"末二日,晴雪交替,吾居乡晨练,感觉甚佳,乃赋诗为记。

一

明月悬天夜空澄,小镇灯火五七星。
快步轻松神抖擞,清辉柔曼影修盈。
山村折返犬轻吠,乡道直行车少声。
近山冲刺三百米,压腿抻筋畅心胸。

二

夜雪骤降天飘绒,街灯泛黄地莹晶。
未踩足迹无人过,已覆辙痕少车行。
快步乡道独行客,养目山景水墨屏。
年过花甲身犹健,捷步不减少年风。

(2017年1月16日)

夏末游赤峰等地

入秋暑未退，驱车离京城。北去寻寥廓，即日坝上行。
喀旗亲王府[①]，庭院称恢宏。睹物思史事，若闻马嘶鸣。
赤峰博物馆，文物精且丰。兴登红山顶，斜晖览群峰。
玉龙沙湖碧，湖畔白穹顶。沙山凸奇石，驼队鸣铎铃。
巴林鸡血石[②]，遐迩有名声。店贩沿街列，琳琅物玲珑。
暮宿热水镇，康熙曾驻停[③]。盛赞汤沐浴，我浴身亦松。
北去有石林[④]，奇石聚奇峰。忆昔登临时，石隐云雾中。
车行达达线[⑤]，云白草原平。牛羊悠亦闲，远山风车景。
渺渺达里湖，碧波万顷平。沙白翔鸥鸟，湖畔栖帐篷。
归途兴未尽，中都[⑥]寻故城。遗址叹沧桑，残城吟古风。
张北天路[⑦]美，崎岖上下行。高原五彩画，车在画幅中。
得闲游北地，寥廓畅心胸。与友约再去，计划早拟成。

（2017年8月20日）

注：

① 喀旗亲王府：喀喇沁旗亲王府。
② 巴林鸡血石：巴林右旗产巴林石，其中鸡血石最为名贵。
③ 康熙曾驻停：传康熙御驾亲征时曾至热水镇温泉沐浴，现存康熙沐浴井。
④ 指阿什哈图石林。
⑤ 通往达里诺尔湖的一条公路。
⑥ 中都：元中都遗址，在张北。
⑦ 张北草原天路。

访韩观农事

夏日访韩国，蜻蜓点水观。清水育芽菜，暖棚简且廉。
生态兼有机，品质追高端。产销对接畅，配送凭订单。
劳作多人手，就业利分沾。粳稻打糕厂，工艺求精尖。
设备皆亮洁，乡味本色鲜。品种目琳琅，利润亦可观。
兼理银行业，融资有靠山。农市可乐洞①，产品验检严。
白菜包装整，萝卜标识全。定价凭竞拍，价优购者先②。
叉车装运忙，市场序井然。夫妻营牧场，绿茵秀木山。
养殖重生态，酪乳味醇甘。牛舍观饲养，群童乐欣然。
午至农家食，主妇笑迎前。入乡且随俗，桌矮腿难盘。
主人昔创业，业成归田园。屋宇称饬整，庭前红杜鹃。
抱川人参好，滋补益延年。加工技艺精，卫生甚苛严。
品牌凭信誉，口碑重如山。访韩观农事，见豹窥一斑。
撷取他山石，眼界思路宽。

注：
① 指首尔可乐洞农水产品批发市场。
② 批发农产品，中间商进行网上价格竞拍，价高者即获得该批农产品的购买权。

游许昌

丞相府前花瓣飞，灞陵桥头柳丝垂。
与友同谈短歌句，千年往事犹可追。

（2016 年 3 月）

访愚溪

溯源寻迹愚溪边,桃花水没小石潭。
柳公庙前心感慨,斥穷竟成千古篇。

谒屈子祠

汤汤江平汨罗水,郁郁丘高屈子祠。
辞赋千年悬日月,高格万载立于兹。

游湘桂界古村

湘桂交界地,本色古村多。灵秀上甘棠,高耸文昌阁。
步瀛残桥美,石拱跨镜河。街巷临清流,村姑溪边濯。
村头驿亭古,崖壁存石刻。大字文天祥,小字无暇说。
富川秀水村,古来进士多。竟出二十三,堪称文渊泽。
如今状元楼,红白喜事多。全族皆聚此,酒宴流水桌。
黄姚访古镇,店铺栉比罗。戏台楹联古,街石历久磨。
乘舟绕村行,溪清竹树合。泊舟古榕下,艄公笑别客。
我恋古村美,景情蕴朴拙。更兼解文化,溯源知薪火。

游钟山十里画廊

山列屏风画展轴，水灌春田牛闲悠。
农舍门前梨花灿，心思故园惹乡愁。

游荔江湾

薄雾朦胧罩仙山，江湾倒影迎客船。
群鸭嬉水展涟漪，快门一点画天然。

游东兴口岸

跨境游客人众多，商摊栉比罗界河。
早尝芒果菠萝蜜，甜汁一碗榨甘蔗。

清明前游凭祥遇祭者

老兵着旧装，结队祭友殇。
徽章红依旧，人面已沧桑。

从乐业至凤山

山路崎岖遮老榕，一车若蚁盘云峰。
鸟瞰村侧清江水，不知几时到县城？

游巴马江村

青青螺髻山，曲曲盘阳河。近岸村居美，居村外客多。
老者来西安，商居择精舍。月支在千余，住宿并吃喝。
青岛俩夫妇，农居价更活。今复住二度，烹调乐趣多。
更有京城客，云游自驾车。携妻带孙女，琼海过弥勒①。
寿乡原生态，本色慢生活。人居好环境，自然多福泽。
我思桃源境，各地亦良多。生活在方式，科学即顺和。

注：

① 云南弥勒县。

游恩施峡谷

壁立高耸凌云崖，地缝深幽人嗟呀。
白墙青瓦农舍美，田畴棋布油菜花。

游三峡大坝

巍然一坝断江流，从此平湖至渝州。
三峡波澜无从起，留得褒贬鉴春秋。

参观抗战纪念馆

将临抗战日，再至宛平城。城古门堞整，桥长卢沟行。
墙壁弹痕深，石狮目圆睁。寇衅八十载，城桥永为证。
孱弱国受欺，心散民遭凌。国耻犹未远，战火才熄烽。
重温抗战事，感心慕英雄。血铸民族魂，众志竟成城。
中华今自强，小康路正行。馆内瞻群雕，群雕神凝重。
居安须思危，天下未太平。抗战精神伟，后人须继承。
勠力并同心，国强民族盛。挽袖再加劲，共圆中国梦。

立春日会友

天寒备小馔，灯暖聚友人。
忆昔共谈诗，感今同论文。
时光如驰驹，人生似转瞬。
君否得佳句？今日正立春。

初夏日老友重访半城子、遥桥峪水库

雨后山树绿，路洗标线明。老友驱车聚，故地访遗踪。
忆昔筑坝时，青春正火红。苦累等闲看，纯真且热情。
往事记清晰，趣闻博笑声。眼浮昔日影，心念旧时情。
大坝今巍然，碧湖水波平。闸下溢洪道，施工有牺牲。
高楼掩旧址，新老桥并行。驻地新村起，工棚了无踪。
村桥曾与筑，历久未变形。临湖水如镜，合影柳拂风。
聚谈饶有兴，转场至雾灵。湖光映山色，白云行碧空。
快艇划尾线，馆舍墙白棕。举目展画幅，美景若天成。
旅游境绝佳，水库转功能。高坝截平湖，诸君亦有功。
转瞬四十载，嗟叹感人生。娓娓说旧事，纷纷述别情。
年庚皆花甲，话题聚养生。快乐正能量，健康多运动。
一友演拳术，飞脚竟腾空。临别互珍重，来年再相逢。

读老陈回忆录赋诗五百字

吾友陈君，长吾十余岁。初，吾役于水库工地，陈统管施工，吾为其属，性情相投，遂为忘年。其后时移事易，人各西东，然常互存问焉。陈退休有年，撰回忆录万言，吾索而读之，有感于中，乃赋诗为记。

北国烽烟起，南国尚可居。初生鼓浪屿，风光正旖旎。
三岁避国难，湘西大转移。童嬉钻树洞，至今忆辰溪。
难靖返沪上，篷车簸千里。相聚泪如雨，乱世叹流离。
先人知书礼，渊源自承袭。父辈成家业，品格有潜移。

少年乾坤变，大事亲睹历。解放炮声隆，大军宿街衢。
治乱霹雳风，肃然整秩序。父病家困顿，辍学谋生计。
入厂做学徒，制器吹玻璃。初历人生艰，矢志再学习。
超龄再续读，文体皆优异。大学赴京城，术业攻水利。
校班为翘楚，发展固根基。其时遇偏激，受抑常郁郁。
毕业落燕山，历练有天地。引水溉心胸，筑坝蓄能力。
防汛通智慧，抗震增勇气。甘苦度春秋，铸剑龙泉器。
下放小山村，湖畔遇秀女。村童传鸿雁，幽会丘林里。
两情既相悦，简素成婚礼。飞鸟既有巢，清贫亦安居。
生女困顿时，捉襟亦生趣。倏忽十数年，世事大转圜。
贤才得倚重，责任愈沉甸。时而若履冰，了然操全盘。
敬业殚心力，指挥常靠前。观念与时进，人生愿求变。
辗转入部门，供职大机关。山河川谷阔，足迹遍踏勘。
交流赴异域，视野拓愈宽。谋事积淀厚，游刃有余间。
十年多建树，事业达峰巅。倏然至花甲，退休归园田。
老骥壮心存，老树花尚繁。工程除隐忧，施技助抗旱。
兴来学驾车，时尚匹青年。小筑园田居，菊花开窗前。
学书自成格，谈艺有洞见。养生探玄机，股海时消遣。
老伴相扶携，怡静度晚年。女孙皆长成，天伦乐陶然。
回首望来途，曲折若螺旋。定向渡森莽，蓄力攀岭巅。
悉心平凡事，平凡亦不凡。忽感人易老，静思亦无憾。

（2017 年 1 月 20 日）

秋日修沙厂水库老友相聚

秋雨洒鼎湖，故人聚农家。岸边观垂钓，坝后览水闸。
举杯说往事，投箸品鱼虾。忆君筑坝时，青春正风发。

（2015 年 9 月 11 日）

暑日老友聚忆七六年半城子水库洪灾

伏天老友聚，灯下话当年。
感慨筑坝事，唏嘘御洪篇。
急难磨心慧，险重砺志坚。
留得青春气，人生再鼓帆。

（2017年7月）

撰文体会

主题突出观点明，条分缕析事陈清。
对症下药须酌确，有的放矢不虚空。
惜墨如金求简练，陈言务去尚新风。
古来文章为盛事[①]，勤学厚积庶可成。

山村访旧

镇北有仙塔[①]，巍巍矗山梁。岭侧隐古村，村隅居同窗。
一室同窗读，君常发奇想。少年共嬉戏，君性不慌忙。
同为农家子，同气互相帮。运厄逢乱季，喧喧学不长[②]。
懵懂半启蒙，荒废好时光。草草宣毕业，从此各一方。

劬劳谋生计，平素少来往。倏忽四十载，人世皆沧桑。
一夕忽来电，语热调高扬。意君正微醺，叨叨絮语长。
忆事多细腻，怀旧诉衷肠。假日得闲暇，单骑故道访。
村路变开阔，村屋挤两厢[3]。难觅旧时屋，非复旧时墙。
故地去旧宅，旧宅换新房。正房五间阔，几净窗豁亮。
后房接五间，东厨西餐堂。前院筑七室，廊檐几连上[4]。
忆昔君婚时，三间矮草房。日子大翻身，铁炮易鸟枪。
问君何若阔？拆迁待补偿。村人多如此，守株开发商。
一儿已成婚，县城置楼房。贷款有压力，房价又看涨。
二女皆出嫁，一女正待岗。就业有难度，牵心须衬帮。
村地几占净，驾校训练场。为村管供水，工作不稍忙。
退休靠保险，生计尚勉强。东邻饲獒犬，效益不知详。
西邻为司机，驾校服务忙。呼妇速营饭，电话唤友忙。
瞬间旧友至，寒暄感时光。家菜气蒸腾，土酒味绵长。
酱肘盛盘满，炒蛋色橙黄。蒸饭白米糯，煮粥黄粱香。
遇旧兴致高，一举累十觞[5]。屋外笼夜色，室内兴致张。
转轴调胡琴，抖弦拉皮黄[6]。嘲哳旧时调，韵不谐宫商[7]。
时晚欲作别，恳留坐无妨。夜久送村口，互道珍重长。

（2011年2月27日）

注：

① 仙塔：密云镇北山有冶仙塔。
② 学不长：“文革"导致学校停课，时作者只勉强读到初中毕业，县内高中停课。
③ 挤两厢：拥挤的房屋挤在道路两旁。与四十年前相比，人口增长，建房占去了大量土地。
④ 几：几乎，差不多。
⑤ 一举累十觞：杜甫《赠卫八处士》："主称会面难，一举累十觞。"觞：酒杯。
⑥ 皮黄：西皮和二黄，戏曲声腔。
⑦ 嘲哳：形容声音繁杂细碎。宫商：指五音，古代五声音阶上的五个级"宫商角徵羽"。

老　柯[1]

老柯连新枝，同根已忘年。
春去共婆娑，秋至齐斑斓。
一朝旧木凋，雨洒枝阑干[2]。
新树渐挺拔，代谢道自然。

注：

[1] 柯：树枝。《齐民要术·园篱》："交柯错叶。"
[2] 阑干：纵横交错的样子。

井冈山即兴（四首）

一

井冈竹海绿森森，朱毛红军何处寻？
遥想哨口杀声急。黄洋界上克敌军。

二

井冈山高路崎岖，红军粮道犹存迹。
朱毛挑粮歇脚处，扁担故事复重提。

三

红米蒸饭众口尝，南瓜煮汤人称香。
能识其中真滋味，不虚迢迢赴井冈。

四

夜来隔窗听雨声，晨气沁脾花木明。
翠岭轻车盘旋下，一路笑语别茨坪。

夜宿云蒙山

　　辛卯年五月初三，与山友自白道峪入云蒙山。旱久，山间诸溪尽涸，独榆木沟水流尚存，明澈潺湲，于黄芦间绕石絮语，叮咚可爱。谷内林木荫翳，花香沁脾。于溪侧寻平坝一方，辟草扎帐，即成憩宿之所。友设爨营食，品咂醇酒，自得其乐。吾不善饮，简食既足。洗漱毕，乃入帐寝。有鸟鸣久之，空谷回音，不晓何禽。山气凉馨，心意和畅，因赋诗为记。

一

日行峡底林荫翳，晚宿溪边水潺湲。
夜鸟空鸣堪作伴，野香轻袭好入眠。
梦里落英覆蹊径，境外雅客访桃源。
久羡陶公散淡客，我今散淡梦溪边。

二

野宿幽谷逍遥境，神游无极素难达。
夜梦少年作剑客，斩尽不平意气发。
无奈世事竟不遂，一生坎坷漫无涯。
忽乘轻舟五湖去，吾妻掌橹船为家。
缘溪又入桃源里，满眼缤纷迷落花。

学　车

六月七日学车内路考试，练车学时已过大半矣。有感于老来学车，特赋诗一首。

老方时尚学驾车，求技不易事多磨。
未松手刹错挂挡，死把方向忘离合。
移库倒库师督练，停车起车自揣摩。
屈指累月时将满，忽恋学车日无多。

正月（三首）

元　日

日暖风和现春光，爆竹声里过年忙。
不日巷陌垂杨柳，山间桃李竞芬芳。

远眺云蒙山

料峭东风不觉寒,登高远眺云蒙山。
夕晖眩目峰峦嶂,几日杏花映岭南?

夜　雪

一冬云遁雪无缘,旱魃汹汹地生烟。
梨花潜夜覆巷里,可有几分润春田?

（2011 年）

闻周君登顶珠峰有感

偶览微信群,吾友赴珠峰。取道攀南坡,
壮哉勇士行。感我山友队,卧虎亦藏龙。
年虽逾花甲,竟敌青春风。数日无音信,
群友心不宁。一朝捷报来,俊影现神峰。
赞我老山友,壮举慰平生。骄我老山友,
堪称真英雄。视我山友群,不凡隐其中。
骑行东南亚,抬脚藏区行。探访江河源,
迷恋马拉松。人生凭底气,岂可论年龄。

（2018 年 5 月 22 日）